U0452919

我在未来等你

刘同 著

图书在版编目（CIP）数据

我在未来等你 / 刘同著. — 北京：北京联合出版公司，2017.9（2018.4重印）
　ISBN 978-7-5596-0894-9

　Ⅰ.①我… Ⅱ.①刘… Ⅲ.①自传体小说—中国—当代 Ⅳ.①I247.5

中国版本图书馆CIP数据核字（2017）第203808号

我在未来等你
　　作　　者：刘　同
　　责任编辑：龚　将　夏应鹏

北京联合出版公司出版
（北京市西城区德外大街83号楼9层　100088）
河北鹏润印刷有限公司印刷　新华书店经销
字数：384千字　　880毫米×1230毫米　1/32　印张：13
2017年9月第1版　　2018年4月第5次印刷
ISBN 978-7-5596-0894-9
定价：42.00元

未经许可，不得以任何方式复制或抄袭本书部分或全部内容
版权所有，侵权必究
如发现图书质量问题，可联系调换。质量投诉电话：010-82069336

序

从去年开始到今天,过去的将近 300 天里,我只干了一件事。

终于,新的小说今天开始了第三轮的修改。

第一轮写的是情节,写得飞快,每个人的性格在情节中渐渐成形。

第二轮写的是心理,细细琢磨小说里每个人的每句话、每个行为、每个反应。很多个下午或者晚上,因为足够代入,愚蠢的作者就会跟着人物一起生气、痛哭和傻笑,内心戏特别足,甚至会在办公室自己跟自己演起来。同事推门进来找我,发现我正眼含热泪,他们比我还尴尬。

今天开始了第三轮,把那个世界里的回忆填满。本想出版之后再回忆这些,但想了想,那时肯定也记不住现在的细节和痛苦了。那时会有那时的感慨,而今天的感受却是独一无二的。

电影《谁的青春不迷茫》结束之后,我问自己想写些什么?

一个念头立刻就冒出来,这个念头特别幼稚地高高举起手,仿佛在说:写写我呗。

《谁的青春不迷茫》这本书在我人生里起了特别大的转折作用,让我知道原来真诚地写着自己的幼稚,也能找到同类。在那本书里,30 岁的我看着自己 20 岁写的日记,在每一篇后写下 10 年后的感受。

纵使以前的文字幼稚，但多年后有勇气面对阅读时，才能看到自己这10年来一点儿一点儿的成长。

于是我突发奇想，如果36岁的我真的见到了17岁的自己，会发生什么？不是这种纸面隔空的对话，而是真真实实的面对面。

36岁的我会跟他认真交代哪些事？

17岁的我想问哪些问题？

我会告诉他，自己现在的生活？工作好不好？是不是有点儿帅？有没有存款？买了一辆什么车？他的梦想，我实现了哪些？又有哪些放弃了？哪一些他很看重的朋友还在？或是早已散落在人海？

这些我都想问，但更为关键的是，他会相信我真的是十几年之后的他吗？

我认真想了想，如果一个70岁的人来找我，说他是未来的我，我会相信吗？看长相是否相似太低级了，我指的是我真能接受这个事实吗？我想我应该不会相信未来的我。

所以我觉得17岁的自己无论如何不会相信现在的我。他肯定会觉得我是个骗子。

这么一想，好像这比写青春、写爱情、写奋斗什么的难多了。第一步都无法走出去，谈何未来的故事。

同事陪着我一遍一遍地探讨这个主题的可能性，我看着17岁的自己很执拗地站在远远的地方，一副"我绝对不可能相信你"的模样。

嘿！我突然觉得，那就这么干，你不走过来，那我就走过去，死死地贴近你，让你相信我好了。

故事就这么从200多天前开始了。故事发生在湘南。

湘南是我的家乡——郴州的另一个通俗的叫法，意思为湖南的南部。

17岁的主人公，我叫他刘大志。

希望他有远大志向，希望他能大智若愚，希望他在成长的过程里迎着风，一路坦荡。

再过几个月，这本小说就要跟世界见面了。

我不知道那时，17岁的刘大志会不会被大家认识，大家会不会把他当成自己高中熟悉的某一个同学，也不知道那时的他是不是依然执拗地躲在自己的角落。那就是我17岁的写照，就是那副"我想你们搭理我，可你们不可能真正懂我"的样子。

我从没有想过，在我今天的年纪，17岁的自己会以这样的方式陪我聊天、对话、讽刺、挖苦、忤逆。

刘大志，为了给你一个人生、一个美好前程，我写了几十万字，熬了好多个通宵，红了好多次眼眶，笑了好多次。

趁着没什么人认识你之前，跟你说这些，希望过几个月，你能潇洒地出现在所有人面前，拥有自己的生命。那时，你就不属于我一个人了。

好了，我继续改了，故事里见。

2017 年 5 月 20 日

目 录
Contents

001 **第一章 忙·茫·盲**

在某一年，每个人都会埋下一颗人性的种子，我们会一起看它慢慢发芽，然后各自忙着疯长，渐渐地，忘了关注彼此，再回头才惊觉：你怎么变了？

021 **第二章 既然回不去，那就认真留下来**

一直以为，有些人见不到只是一时，还有下次；可慢慢才发现，有些人一分开就是一辈子。最可惜的是，人们也常常不知道哪一次是最后一次。

057 **第三章 高手**

他不是打赢了我，他只是赢了我选的角色。

095 **第四章 这世界有点儿假，可我莫名爱上它**

如果给你一个机会能知道未来所有会发生的事情，你想知道吗？

129　第五章　我们的青春都一样

每个人的青春都不一样，有的疯狂，有的纯粹。但每个人的青春又是一样的，投入去爱，投入去拼，投入去忧愁，投入去证明自己。

167　第六章　有人在想你

我们对亲近的人撒野，是觉得他们对自己无论如何都能包容。但是我们常常忘了告诉他们这一点。

191　第七章　喜欢你

那么放肆地喊出"我爱你"，真是青春记忆中最美好的一个画面。

221　第八章　爱如流星

你微微地笑着，不同我说什么。而我觉得，为了这个，我已等待了很久很久。

247　第九章　人生总有许多奇妙

人生总是奇妙的，一旦你努力去做一件事，如果结果不是你想象的那样，那么老天一定会给你一个更好的结果。

279 / **第十章　青春的秘密**
　　青春里有很多秘密，但父母的秘密才是真正困扰我们的啊！

301 / **第十一章　推开世界的门**
　　人只怕生锈，一旦关上与外界的门，锁一生锈，别人走不进去，自己也走不出来了。

337 / **第十二章　不见不散**
　　世界上最遥远的距离不是我不能说我爱你，而是想你痛彻心扉却只能深埋心底。

355 / **第十三章　朋友别哭**
　　有人幸福，有人失落，有人想靠自己的成绩闯出一条路，有人要去陌生的环境，有人做着离去的准备……

383 / **第十四章　我们会再相遇**
　　我会在未来等你，在每一个路口拥抱你。

406 / 后记

第 一 章

忙 · 茫 · 盲

在某一年，每个人都会埋下一颗人性的种子，
我们会一起看它慢慢发芽，然后各自忙着疯长，
渐渐地，忘了关注彼此，
再回头才惊觉：你怎么变了？

"我叫郝回归,你看到的我,并不是我自己喜欢的样子。"

郝回归,36岁,是教了8年马哲的大学老师。18岁之前,郝回归的名字叫刘大志。18岁的某一天,刘大志的父母正式离婚,当时电视上正在播纪念香港回归的新闻,他的妈妈郝铁梅就直接给刘大志改名为郝回归。

大多数人提到郝回归,都会先啧啧称赞郝铁梅管教得好。

高三前,郝回归的成绩一塌糊涂。不知怎么,到了高三,突然有点儿醒悟,靠着爆发式的学习和郝铁梅用全家2万元积蓄换来的"定向培养"加分指标,郝回归终于上了大学。入校那天,郝铁梅告诉郝回归今后一定要把握机会发愤图强——考研、留校,成为大学老师。不忍心再让妈妈失望的郝回归一步一个脚印,朝着那条指明的道路前进,真的成为一名高校教师。从那一刻起,郝回归大学教师的身份就成了郝铁梅翻身的资本,也成了邻里乡亲口中的榜样,甚至连他自己也认为自己的人生圆满了。

一年、两年、三年,他一直兢兢业业地上课,其他同事开始利用更多的时间研究课题、撰写论文、晋升职称;四年、五年、六年,同事们继续追求着更多目标,郝回归依然教着马哲。眼看自己年纪越来越大,学校照顾性地让他成了讲师,可每天依然要上八节课,人生一点儿希望都没有。他尝试着跟领导说自己也想有更多时间做课题研究。领导说:"回归啊,我们很需要你这种踏实的老师。这样好不好,等明年我们再招一位马哲老师就解放你。"

郝回归信了,熬过第六年,直奔第七年。第八年,领导也换了,谁都想不起来要对郝回归的未来负责。他想过很多次辞职,可是刚尝试说出心里的感受,周围熟人就说:"大学老师!那么好的工作你都不要,脑子是不是坏了?做什么研究,稳定才最重要。"他有几个高中死党,一起逃过学,抄过作业,打过架,彼此知根知底,只有他们才能理解郝回归心里的痛苦。他的表妹夫陈小武,卖豆芽出身,靠着自己的努力一直做到湘南农贸市场的大老板。郝回归对陈小武说:"小武啊,我这大学老师的工作怕是做不下去了。"话还没落地,陈小武就拍着他的肩膀说:"是不是工资特别低?我前几天从查干湖搞了批鱼，一来一回净挣20万。你有文化，干脆帮我去管这个生意。"

"我不是嫌钱少，只是觉得自己的工作看不到未来。"

"不就是钱少才看不到未来嘛。"

郝回归觉得自己没办法和陈小武聊下去了，开口闭口就是钱。小时候，他们聊个屁都可以聊上一整天，可现在，郝回归说出自己的心里话，陈小武居然听不懂了。

陈桐是郝回归高中校园的学霸、男神，高考前为了帮他打架，被打破了头，脑震荡休息了两个月，导致高考失利，现在是一名公务员，刚刚参加完政府考试，成了当地工商局最年轻的副局长。

"陈桐，我想辞职，不想再做大学老师了……"

"回归，不是我说你，不管是政府还是高校，除了本事过硬，更重要的就是走动，你以为我光靠考试就能当上副局长？别开玩笑了。你不想做大学老师不就是因为得不到提拔看不到希望。听我的，看看你需要什么，告诉我，我帮你合计合计。"

郝回归知道陈桐是为自己好，但随着自我剖析得越深，他就越清楚——其实自己根本就不爱这份工作，这全都是妈妈的安排，甚至这些年自己能撑下来，也都是因为周围人觉得这工作很光荣。可是他都36岁了，继续做下去，就是在为别人的愿望而消耗自己的生命。

他跟表妹叮当诉苦，话还没说一半，有人进来了。叮当立刻站起来对每个人介绍："这是我哥，郝教授，厉害吧。"郝回归压低声音对她说："我不是教授，只是讲师。"叮当毫不在意地说："啊呀，你这人怎么这样，你在学校教授知识，那就是教授！"

呵呵，根本就没有人在意自己在说什么，他们都只在意他们认为对的。他想，要不，干脆就跟妈妈直接摊牌？可没想到，妈妈突然患了脑血栓，被抢救过来后，一直握着他的手说："大志啊，妈妈身体越来越差了，就是对你放心不下，幸好当年你听了妈妈的话，成了大学老师。现在，你也要考虑考虑自己的终身大事了，不然妈妈都觉得你的心理有问题了。"

一波未平，一波又起，郝回归的人生就像陷入了沼泽，每走一步，都离死亡更近一些。随着年纪越来越大，他内心的痛苦也越来越大。以前心里闪过一些不快，但总觉得忍一忍就好了。有人说时间能磨平一切锐利，可对于郝回归而言，时间就像个放大镜，把内心的不妥协一点儿一点儿放大，直到无法回避。

郝回归终于承认了一点——自己的人生早已被绑架，被妈妈绑架，被周围人绑架，他们认为自己应该这么过，他们认为自己的工作很好，于是自己就只能这么过，连商量的余地都没有。

他无法对家里说一个"不"字，他不能对朋友说自己工作很糟糕，他习惯被领导忽略。不知不觉中，他成了茫茫人海中一具漂浮的活尸体。他知道这么下去，不久的未来，如果他彻底放弃抗争，就会从一具活尸体变成"生活的死尸"。

无人可交流，郝回归上网写了自己的心声。

"36岁的我是一名大学老师，现在唯一能让我激动的事就是能拒绝别人一次，能和别人吵一架，鼓起勇气打一架，做一些从来不敢做的事，不是这些事有吸引力，而是我很想告诉自己我还活着。"

郝回归想找志同道合的人，可等了很久，等到一条留言："36岁？大学老师？想和人吵架？打架？能不能不要这么幼稚，36岁要面对的难道不是如何安稳地过完这一生吗？"

郝回归很生气，正是因为这样的人太多，才令自己一步一步走到今天。他决定反抗，既然不能辞职，那就从最小的事开始做起。第二天是表妹叮当的女儿丫丫的百日宴，很多许久不见的老朋友都会参加，郝回归想让自己变得不太一样。

"我想要变得不太一样，不是证明我很好，而是证明我还活着。"

郝回归躺在床上，手机振动了一下。叮当在群里发了一张她昨晚和微笑的对话截图。

微笑:"我和红包都在路上!"

叮当:"我结婚后,咱们就再也没见过,好想你!"

微笑:"我也很想你们,你生丫丫之后变胖了吗?"

叮当:"胖了几十斤,现在瘦回来了。你也教教我,怎么让自己变得更有气质。"

微笑:"好啊,我得关机了,十五个小时后见。"

发完截图,叮当又补了一条信息:"咱们这个群名现在正式改成'郝回归相亲群',希望郝教授能把握好机会,一举将微笑拿下。"

郝回归:"叮当,你够了啊。"

陈桐:"直接把微笑拉进群,大家都给说道说道,可能就成了也说不定。"

陈小武:"加加加。郝回归你要是再没种,我就把微笑介绍给我朋友了。人家一个个都是身家千万,准把微笑拿下。"

郝回归最烦陈小武这样子,三句话准绕到钱上。

"老公,你以为微笑和我一样俗气吗?人家眼光可高了,必须是大学教授才行。"

"我都说了我不是教授!"

"所以才轮不到你啊。"

群里闹成一团。

郝回归的人生也不是一望无际的黑暗,在他内心的最深处,还有一丝微光,透过这微光,能隐约看到微笑。微笑是郝回归的初恋,更准确一点儿说应该是初暗恋。5岁时,刚学完跆拳道、剃着平头的微笑在街角出手解救了被一群小孩围攻的郝回归,之后两家相识,两人又就读同样的小学、初中、高中。从那时开始,微笑便一直深深地藏在郝回归的心里。

微笑也是高中的五人组之一,从小父母离异,妈妈去了美国,她跟着爸爸长大。高三那年,微笑的爸爸破产、离世,在破产前,他安排微笑出国念书。整个过程,郝回归一直看在眼里,把想说的话憋在心里,因为他想成为微笑生命中的另一个男人,但总找不到时机。而且这么多年过去了,他也没有听说微笑谈恋爱。郝回归问过叮当,叮当也摇摇头:"她应该没有做好恋爱的准备吧。"是没有喜欢的人,还是没有人值得她喜欢?不过这似乎对郝回归构不成障碍。郝回归心里做了一个决定,谁说告白了就必须在一起。敢说出来,这是对自己的交代。告白不是为了成功,而是为了让自己的人生中不再留有遗憾。

微信群的人数从 4 变成 5,叮当已经把微笑拉进了群。郝回归吓得立刻把群名改成了"庆祝丫丫百日宴"。

"你厌不?"叮当立刻来了一条私信。

"我只是不想太张扬!"

"你还不认?我们这是正大光明!你那是暗度陈仓。"

"我只是不想让她失望,也不想让自己失望。"

"哥,你是不是微博上的睡前故事看多了?"

> "很想回到过去,
> 也许都是因为现在不够好。"

百日宴邀请了一百桌客人。

陈小武觉得百花齐放寓意好。

陈小武和叮当抱着丫丫在门口迎宾。只要有人掏出红包,陈小武就非常大声地说:"你给红包就是瞧不起我,来之前我就说了,今天不收任何红包,我陈小武不缺这个,只要你来就是给我陈小武最大的面子!"

郝回归走到叮当面前,掏出红包给叮当,赶在陈小武说话前直接对他说:"我是来看叮当和丫丫的,别对我来这套。"

陈小武"嘿嘿"笑了笑,拍了拍郝回归的肩,递给他一支烟。

郝回归摇了摇手,陈小武明知自己从不抽烟。

"谢谢哥,你别跟小武一般见识。来,丫丫,看看舅舅,舅舅可是大学教授,长大了你要变得和舅舅一样有学问。"叮当把丫丫递给郝回归。

郝回归皱了皱眉。

"哟，陈局长来了。"但凡有个一官半职的，陈小武的声音就会提高八度，生怕别人不知道。郝回归扭头一看，是陈桐，戴了一副新金边眼镜，穿着一整套合身西装，看得出从前校草的影子，在老家的公务员里，算是气质出众的。只是如今，陈桐胳膊下也夹着一个公文包。

陈小武大声招呼陈桐。陈桐的眉头快速蹙了蹙，连忙对陈小武说："小声点儿，影响不好。"

陈小武就当没事人一样说："最年轻的陈副局长是我的高中同学，我当然开心。"

"你来了。"郝回归走过去，一手搭在陈桐身上，就像高中时那样，"听说已经正式任命副局长了，恭喜啊！"

看到郝回归，陈桐一扫开始的谨慎，有些不好意思地说："嘿，副局长都快十个了，我排名最后，没啥实权，考试考了第一，必须安排而已。对了，上次我说让你找你们系主任走动走动的事，你考虑得怎样了？"

"再说吧。"郝回归不想跟他聊这事。

"来，我们照张合影。"叮当招呼大家。

摆好造型，摄影师还没摁，陈小武突然又走了出去，大声说道："马局长，您来了！哎哟，太看得起我陈小武了，谢谢马局长！"

叮当一看，照也不拍了，笑成一朵花，迎了上去："丫丫，你看谁来了，马伯伯来看你了，开心不开心？"丫丫被叮当左摇右晃地摇醒了，一睁眼见到这许多陌生人，"哇"的一声大哭起来。陈桐不知什么时候也挤了过去，微低着头，站在马局长旁边。丫丫一哭，空气中有了短暂的尴尬。

一群人围着马局长。郝回归一个人孤零零站在摄影师面前，站也不是，坐也不是。大家的戏都太足，光看脸上的表情，就能猜到大概在说什么。

熬到开席，郝回归赶紧坐进叮当专门为几个死党准备的包厢。

郝回归一个人坐在包厢里，想了想，打开了一瓶白酒。

两杯下肚，郝回归看见陈桐陪着马局长从包厢前一闪而过，两人目光一个对视，他本以为陈桐会进来打个招呼，没想到陈桐径直就走了过去。

007

看见郝回归一个人在喝闷酒，叮当赶紧进来坐在旁边，倒了一杯，正准备聊聊天。陈小武一身酒气，带着保姆走过来："丫丫一直哭，你能不能管管，全交给保姆，怎么当妈的？"

叮当脸一红，又急急忙忙站起来，去看丫丫。

郝回归撇嘴自嘲了一下，也跟着起身，站在包厢门口透透气。

他总算知道为什么有些人会独自喝酒，不是因为喜欢酒，而是喜欢独处时的那种空荡。大厅最右侧，郝回归看到几个高中班上没考大学的同学。高中时，他们是最酷的那群人，觉得读大学没意义，浪费时间，不如早点儿混社会。他们挣钱早，让郝回归羡慕了好一阵。现在看起来，他们也被社会折磨得不成人样了。郝回归又想到自己，其实也不过是看起来人模人样罢了。

"教授，来看看，我没读大学混得还行吧。"陈小武醉醺醺地拍拍郝回归的肩。

郝回归很反感，推开了陈小武的手，坐回包厢。

"来，我敬你一杯，教授。"陈小武干了一杯，嘿嘿笑了起来，脸色通红。他坐在郝回归对面，跷着二郎腿，拆了包中华烟，点燃，悠哉地吸了一口。

郝回归也干了，他的脸上虽然没有任何表情，心里却涌起一阵反胃的陌生感。如果是往常，他都告诉自己忍一忍，可今天，所有的不满都借着酒劲涌了上来。

"陈小武，你现在是不是觉得自己特别成功？"郝回归开口道。

"嗯？"

"你有几个臭钱，认识几个破局长，有几个狐朋狗友，就觉得自己到了人生巅峰吧。"

"什么意思？"陈小武的脸色有些不好看了。

"我是说，陈小武，你变了！"郝回归从未这么对陈小武说过话，他觉得这么说很爽，早该这么说了。

"咳，我就这样。"陈小武重重吸了口烟，仰着头，吐向半空。

"你以前不这样。"

"以前我穷呗。"

"就你刚才巴结局长那样，跟隔壁老王家那条狗似的，你还不如穷呢。"郝回归鼻子发出"哼"的冷笑。

陈小武没有被激怒，只是用夹着烟的手指点了点郝回归："你别以为咱俩是兄弟就可以乱说话。"

"我乱说话？你看看你，再看看陈桐，两个人跟在别人屁股后面，脑袋点得像捣蒜，钻木取火呢？"郝回归继续冷笑道。

陈小武缓慢地把烟头摁灭在桌上，稍微提高了嗓门说："郝回归，刘大志，你一个破讲师还真把自己当教授了？你教的那些玩意儿有用吗？也是，真有用的话，你一个月也就不会只赚那四五千块了。"

"这和我没关系，我说的是你们。"

"我们？你有什么资格说我们？我给你2万，你给这里的服务员讲上一小时，干不干？抵你四个月工资。我就想不通了，你个破老师，哪儿来的优越感，你觉得我们拍马屁，没人样，你也不看看自己，这些年你有变化吗？你是教出什么了不起的学生，还是做了什么了不起的发明？看不起这个，看不惯那个！你可别玷污了那些真正的大学教授！"说完，陈小武转身就要离开。

"你给我站住！"郝回归本想刺激刺激陈小武，没想到以前跟在自己屁股后面屁颠屁颠的陈小武居然指着自己的鼻子骂起来。

陈小武没理会郝回归，径直走了出去。

"你他妈给我站住！"郝回归冲上去，一把扯住陈小武的西服后领，将他拽进包厢，把门反锁上。

陈小武整整自己的西装，笑了笑说："很贵的，你三个月工资才买得起呢。"

"你是不是眼里只有钱了？"

"郝回归，你是不是疯了？"

郝回归红着脸说："陈小武我跟你说，自从你成了暴发户，你就越来越不像样了。是，你有钱了，但你已经不像个人了！"

"谁评价我也轮不到你,也不看看你现在是谁?我再不像人,也比你过得好吧?"

话音刚落,郝回归一拳已打了过来,重重砸在陈小武的脸上。

"我拿你当兄弟!"

陈小武毫不示弱,一拳回了过来,撞在郝回归的右脸。

"少来这套!我今天要不是发达,你们会把我当兄弟?"

"我今天要打醒你这个浑蛋!"郝回归又是一拳打过去。

陈小武反手给了郝回归一记耳光,"啪"地整个包厢都响了:"行啊,今天老子要是怕了你,老子就不姓陈!"

两个人扭作一团,手脚并用,酒菜横飞,长久以来的积怨今天似乎终于找到一个机会,一次性爆发在这拳脚里。

嘭嘭嘭!嘭嘭嘭!外面叮当拼命敲着门。

"哥,你给我开门!"

"别敲了!今天我打死他!"郝回归又飞出一脚。

"小武!开门!别打了!别打了啊!"

"你再敲一下门!老子就跟你离婚!"陈小武对着门外吼。

门外瞬间死寂。

两人又扭打到一起。什么高中友情,什么患难真情,什么两肋插刀,什么一辈子,什么好兄弟,在今天都被打得一干二净。

郝回归一边打,一边流泪。

"有种别哭!"陈小武又上来一脚。

"老子他妈的又不是因为疼。"郝回归一盘菜扔了出去。

"砰"一声巨响,门被踹开,锁被踢飞,一个人走了进来。

"你们俩还要继续打多久,我们搬椅子在旁边看好了。"

空气瞬间安静,两个人保持着扭打的姿态,像被按了暂停。

微笑平静地看着他们。短发的微笑,穿着一条紧身牛仔裤、一双白球鞋,笑起来还是那么明媚。郝回归觉得这个世界上没有人笑得比微笑更自然。

陈小武抓着郝回归耳朵的手立刻撒开，搓着手，笑呵呵地说："我们正玩呢，微笑你来了，快坐快坐，路上辛苦了吧。服务员，拿一副新碗筷！"郝回归低下头，他不敢和微笑对视，这么多年，他仍然克服不了这个毛病。

"老公、老公，疼不疼？"叮当赶紧跑进来，手里拿着创可贴，眼里好像只有陈小武。

"你看看你，全是伤，你不是也练过吗？"微笑看着郝回归说。

"包厢太小，施展不开。"郝回归赌着气，眼睛一直瞟着旁边。

"打不赢干吗要打？"

"不爽，就是想打，早就想打了，本可以把他打得更惨，你来得太快了。"

"郝回归，你根本没伤着我！"陈小武一边贴创可贴，嘴上依然不服气。

"你俩还挺逗的，陈小武你都当爸了，郝回归你还是个大学老师，也不怕被人笑话？叮当，给这个猪头也贴一下。"

郝回归偷偷看了眼微笑，她笑起来依然有颗若隐若现的小虎牙。

微笑的出现，让所有混乱都恢复了秩序。陈小武和郝回归一人坐微笑一边，叮当挨着陈小武，陈桐也夹着包回到包厢。包厢里虽然还是五个人，但大家好像早已不是原来的那群人了。

<u>"别人觉得你变了，
可能是因为你和他们想的不一样罢了。"</u>

百日宴结束出来已是下午。

郝回归和微笑并肩走在小道上，这曾是上学的必经之路。湘南已经入秋，秋高气爽，每句话都能听得格外清晰。郝回归呼吸得特别小心，他害怕被微笑听出自己的心跳得多么凌乱。

"今天的你，一点儿都不像你，好像还挺冲的。"微笑看着郝回归贴满创可贴的脸，笑着用手重重戳了一下。

郝回归忙向后退："痛痛痛。"目光不小心和微笑撞上，立刻看向远方，

"我已经憋屈了十几年,就想找个人吵一架打一架。""憋屈什么?听他们说,你一直挺好啊。"郝回归叹了一口气,也不知道该不该跟微笑说。

"有心事?"

"嗯……我觉得,我一点儿都不喜欢大学老师这份工作,但周围所有人都觉得好,我都不知道自己的人生究竟是为了谁。"

"你怎么这么想,当然是为了自己。就像你说陈小武他们变了。"

"你来晚了,你是没看到他们今天谄媚的样子。"

"如果他们真谄媚,自己却很开心,那也好啊。很多人的谄媚都言不由衷。"

"谁要是那副嘴脸还会开心啊!"

"你想,小武是生意人,平时巴结官员还来不及,今天局长亲自来,对他来说,是个多大的事。"

"他自己踏踏实实做生意,何必在乎这个。他走到今天也不是靠这个。"

"也许正因为小武是老实的生意人,现在环境人多嘴杂的,如果不是真心把他当人才,局长怕是不会来的。小武说得也没错,局长就是看得起他,叮当高兴也是因为这个。"

"即使这样,需要这么做作?局长也不会喜欢这样的人吧。如果我是局长,肯定不喜欢这样的人。"

微笑白了他一眼:"别如果了,你这性格,科长也当不上。"

郝回归硬着头皮说:"谁要当科长,我不喜欢那样的生活。"

微笑停下来,看着他,略带无奈地说:"你啊,陈小武现在的生活是他的选择,他喜欢才是最重要的,跟其他人喜不喜欢没关系。"

微笑两句话就让郝回归没话说了。

"不过呢,你们今天打了这场架挺好,看得出来,起码你还没有麻木吧,只是笨了点儿。"微笑又笑起来。郝回归喜欢看微笑笑起来的样子,好像什么事情被她一笑,都变得无足轻重了。

"我之前跟别人说我就想和人打一架的时候,还被人嘲笑幼稚。"郝回归心里觉得很温暖,这么多人里只有微笑懂自己。

"你是幼稚啊，但幼稚也没有什么不好。"微笑看着远远的路灯，脸被光影剪出立体的轮廓。郝回归心里扑通扑通，心跳声越来越大，都要淹没掉他的意识了。

"那……这些年，你在国外过得怎样？"

其实，郝回归想问的是：你谈恋爱了吗？有对象吗？过得好吗？有什么计划吗？还会回国吗？但所有问题最终尴尬地汇成一个"你过得怎样"。

"还不错。你呢？"

"我，也还好吧。"郝回归讪讪地笑。

"这些年你回来的次数越来越少了。"

"嗯，已经没什么亲戚了，只有你们。以后可能也很难再找机会回来了。"

"明天就走？"

"你不也是吗？"

这种有一搭没一搭地聊天，虽然面对面，心却隔得好远。郝回归知道如果错过这一次，以后恐怕就再也不会有机会了。两个人一直走到了微笑家——街角单独一片的院子。

以前觉得很长的路，现在一会儿就到了。

"房子拿回来了？"

"是啊，终于把这个房子拿回来了。"

"还是保姆张姨在住？"

"张姨照顾我长大，房子拿回来之后，就让她一直住着，她对这个房子也有感情。"

"那就好。我就不进去打招呼了。"

"好的。"

"那你进去吧。"

"行，那我进去了。"

"你……见到你妈了吗？"情急之下，郝回归突然问出了这个问题，然后立刻后悔了。微笑的妈妈是所有人从来不敢提及的，这些年，她自己也从来不曾提起过。郝回归也只是从郝铁梅那里得知了一点儿消息。在微笑小时候，她妈妈为了追求事业和微笑爸爸离婚去了美国。

"见到了。"微笑很平静地说，"她挺好的，有了新的家庭，新的子女。"

"那……那你呢？"

"我？我妈说结婚和感情是两回事，她和我爸是感情，她再婚只是为了组建家庭。我恐怕做不到吧，这两件事只能是一件事。"

这是在暗示什么吗？郝回归还是没开口。

"你明天就走，早点儿回去休息吧。"

"嗯。我还有课要上。你怎么也明天走？"

"我也安排了一堆事。"

"早知今天这样的局面，你还不如不回来。"

"哈哈，你是在说你自己吗？"

郝回归有很多话想说，却不知从何说起，怕尴尬、冷场，怕不投机，怕让对方觉得聊不到一块。可是如果再这么下去，这次见面又是无疾而终。微笑都说了，以后可能都不会再回来了，再错过，就没有以后了。郝回归在心里给自己做最后的打气：郝回归，今天你必须告白，无论结果如何，你都要告白，因为你要有勇气成为另一个人——一个敢说出自己心声，不再被任何人绑架的人！

"微笑！"郝回归朝着转身开门的微笑坚定地喊了一声。

"啊？"微笑回过头，捋了捋耳旁短发，看着他。

"那个……"郝回归突然愣住了。他这才发现，微笑右手中指上竟戴着一枚戒指。

"怎么了？"微笑问。

"呃……明天一路平安。"郝回归把话生生憋了回去。

"好的，你也是。"微笑笑了一下。

郝回归也尴尬地笑了笑。

"那我进去了。"沉默了两秒，微笑说。

"进去吧。"

"明天路上小心。"

两个人同时说出了这句话,再相视一笑。

郝回归的心好像被掏空,但身体却被加塞了很多重物。回到家,客厅很暗,妈妈正躺在轮椅上听着电视机里播放的《纤夫的爱》。郝回归把客厅的灯打开:"妈,以后客厅的灯还是开着吧。"

"大白天,开着也是浪费电。"

"妈,我先休息一下,累了。"

房间里,郝回归脑子里各种事情交织着。想起自己带着希望而来,却满腔失望而归,郝回归依然觉得气愤,他打开手机,往微信群发了一段话:"我非常后悔这一次回来!我相信微笑也很后悔!我不知道从什么时候开始,你们都变成我们以前最讨厌的样子!"写到这儿,他觉得好像不妥,又补了一句:"当然,我也变成我不想变成的样子!"接着,继续发:"陈桐,那时你斗志昂扬,说要考上最好的大学,做自己最喜欢的事,现在成了给局长拎包的副局长!"

"陈小武!你是有钱了,但在我心里你还不如卖一辈子豆芽!那才是真正的陈小武!"

"叮当,我知道你很满意自己现在的生活,没什么好说的!"

"人家微笑好不容易回来一次!就看着我们演这么一出闹剧!我们对得起微笑吗?"

"我想起我们高中要毕业那会儿许的愿,我们都希望彼此不要变,多年后还是一样的我们!而现在呢,我们却要这样彼此厌恶!可笑!"郝回归不解气,啪啪啪啪,打了一段又一段,最后又加了一段,"陈小武,你把我打得够呛,我很痛!但我不生气,我只是遗憾我们什么时候变成这样了。"郝回归把所有的愤怒化成文字一并撒在了群里。他希望自己激起的层层浪花能浇醒每一个人。

发完这些,他便退了群,闭上眼,心情难以平复下来。

他的心情既愤怒又兴奋。

一直逆来顺受的他,今晚做出了很多出格的事,指着陈小武的鼻子骂,和他打架，在群里说真心话，主动退群……郝回归觉得今天的自己才是活出了一点儿人样。他心里有一丝遗憾，如果早几年意识到这个问题，恐怕今天的自己也不会沦落到这个地步了。

"回归，你睡了吗？"妈妈在外面敲门。

郝回归不敢出声。妈妈继续在外面说："我给你发的几个女孩的资料你看一看，你这次回来又很匆忙，能不能后天再回去？介绍人一直张罗着让你和她们见见面。你说你都这个年纪了，还不结婚，大家说起来很难听。你听妈妈的话，多留一天好吗？"

好不容易给自己打了气的郝回归整个人又像被绑上了铅块，被妈妈投入了大海里。郝回归没有回应，妈妈过了一会儿也进了自己的卧室。他连忙站起来，悄悄地把门打开，打算出去透透气。

"你不是休息吗？这会儿你还要去哪儿？"妈妈的声音传过来。

"我……我出去给你找儿媳妇！"

<u>"总 有 一 些 人 要 先 走，
总 有 一 些 人 会 在 原 地 等 候。"</u>

郝回归站在街上，不知该去哪里。他想起影视剧里的主人公总是会打一辆出租车绕着城市穿行，显得格外帅气。以前的他精打细算，从未体会过这样的人生。想着，他便伸手拦了一辆出租车。

"去哪儿？"

"随便，到处转转吧。"

郝回归第一次感觉到，人的改变根本不需要质变，你敢做任何一件平时不敢做的事，你就应该开始变化了。他从不吃鱼腥草，打算明天就吃。他从不喜欢穿皮鞋，打算明天就穿。他还听妈妈的话存了一些钱打算买房付首付，但他并不想买房，而是想买一辆车。郝回归当下就做了一个决定——明天就取钱买车！

出租车在城市间四处闲绕，郝回归的内心也在渐渐复苏。这个城市变化真大，就跟人一样。郝回归靠在出租车的后座，看着这个城市，心里满是希望。他突然瞟到后座上还放着一个本子——恐怕是上个乘客落下的，他捡起来，发现是一个日记本。

灰色封皮上还印着几个字——与时间对话。

郝回归知道这种日记本，在这上面你可以写任何东西，并写明当下的日期。一年、三年、五年，日记本上留下了相应的空白让记录者可以写下多年后对同样事情的态度。这种日记本说是日记，其实更像是自己给自己创造的一个隔空对话的机会，每天记录的事情并非关键，多年后看看自己的转变才是重点。

他好奇地翻开第一页，那是使用前的问答页。

第一个问题：最迷茫的日子，谁在你的身边？

可能就是现在吧，马上就要高考了，有些朋友不参加高考，有些朋友要出国，但是还好，大家还在一起，每天都待在一起。

原来这是个高中生的日记本。

第二个问题：你现在身处何方？10年后你向往的生活是什么？你想成为谁？

我生活在一个小城市，我希望10年后能够有一份自己喜欢的工作，能每天生活得很有热情，即使有困难的事，也能想到办法去解决，不害怕解决问题。我不想成为谁，我想成为一个我想要成为的自己。

"我想成为我想成为的自己"这种回答让郝回归忍不住笑了起来，太年轻的人总是会说些太天真的话。他想起自己之前也希望找份自己喜欢的工作，而现在呢？他却找到了份大家都喜欢的工作。

第三个问题：你想对现在身边最要好的朋友们说什么？

我想对他们说，希望无论经过多少时间，我们都不要变。我们都能成为自己想成为的那个人，我们不要成为自己讨厌的那种人。

郝回归一愣，这不是自己刚刚说的话吗？他往后翻，想看看答题者更多的信息，可惜整本日记除了三个问答，什么都没有。郝回归有些遗憾地合起日记本。这时，他发现日记本背面写着一个名字和一个电话。

他是真的愣住了。

日记本主人的名字叫：大志。

联系方式是：156 0027 1308。

旁边还有一行小字写着：如果有人捡到，请联系我。

郝回归心里开始有点儿发毛，这是怎么回事？大志是谁？想到那几个答案很像自己当年的回答，这不会是……郝回归闪过一个滑稽的念头——不会是十几年前的自己写的吧？他看了看司机，司机正全神贯注开着车。郝回归看着那个电话号码，想了想，决定还是找到失主，于是拨了过去。

过了几秒，没什么反应。既不是无法接通、号码不存在、占线，也没有人接。就在郝回归要挂电话的那一刻，嘟……嘟……电话接通了。这种奇怪的回声好像穿越了海洋、天空，直飞向遥远的银河……

"喂，有人吗？"郝回归屏住呼吸，压低声音问。

电话里没有人说话，只有风声呼呼大作。

"你好，请问是大志吗？你的日记本掉在车上了。"依然只听见风声，就像那个手机遗失在沙漠。这一下，郝回归确定这是幼稚的恶作剧，同时确定自己此刻的举动很幼稚。

就在郝回归再次要挂电话的时候，听筒突然有了声音。

"你是郝回归吗？"这声音像是电脑发出的，不带任何感情。

郝回归本想回应，但又觉得跟电脑对话挺傻的。

"你是郝回归吗？"那声音又问了一遍，用一种不容怠慢的语气。

"我……是，你……是？"郝回归越发觉得这是朋友们在整自己。这个恶作剧很像是陈小武的风格。可他们怎么知道自己会上这辆出租车呢？

对方立刻又问:"你对现在的生活满意吗?"

郝回归突然忍不住笑了起来。对方越是一本正经,他越觉得可笑。虽然可笑,他还是想看看这个恶作剧到底还能怎样。

"不满意啊,什么都不满意。"

"如果给你一个机会改变自己的人生,你想回到什么时候?"

虽然不相信电话里的话,但这个问题让郝回归心动了一下。今天的他算是体会到了改变的意义。如果人生真的能改变——郝回归脑子闪过每一年的画面,一直追溯到1998年,那一年他17岁。

正是那一年,微笑出国了,他没有来得及告白。

正是那一年,陈桐转到了文科班,和他成为朋友。

也正是那一年,陈小武和叮当走到了一起。他的父母协议离婚。为了不让妈妈失望,他选择了人生的第一步。

如果真的能有一次改变人生的机会,那就是在自己的17岁——1998年时,自己必定不会再被任何事所绑架,也不会再变成一个懦弱、逆来顺受、看别人眼光生活的人,这次必定要为自己的人生争取权益,决不妥协!

"呵呵,那就17岁吧。"

郝回归的这个回答一方面带着不屑和挑衅的语气,另一方面也确是他不为人知的心声。如果能有一次和自己对话的机会,他一定要告诉17岁的自己,把握住那些因为缺乏勇气而错过的,克服掉那些因为面子而错过的,让自己的人生不走弯路。

"好,你等等。"对方回答之后再无音信。

出租车进入城市隧道,手机信号逐格减弱。

"喂?喂?"电话因为失去信号已经断线。

从隧道出来,再继续拨刚才的电话已经无法接通了,恐怕真的是一个恶作剧吧。郝回归看见路边有个游戏厅,他已经十几年没进去过了,想当年自己可是全校数一数二的游戏高手。这么一想,他突然手痒痒了,连忙对司机说:"就靠边停吧。"

第 二 章

既然回不去，
那就认真留下来

一直以为，有些人见不到只是一时，还有下次；
可慢慢才发现，有些人一分开就是一辈子。
最可惜的是，
人们也常常不知道哪一次是最后一次。

> "如果你觉得生活对你做了恶作剧，
> 也许这是让你停下来反省自己最好的时机。"

进入游戏厅，一种久违的感觉迎面而来。为了生活，为了前途，郝回归居然忘记了当年的自己只有在这里才会生龙活虎。游戏厅有很多小孩，有的在玩，有的在看别人玩。

"老板，全买了。"郝回归掏出100块，看着老板。老板如今已经是个老头，并没有认出郝回归，一只手收了钱，另一只手递给他一个塑料盘，里面全是游戏币。郝回归拿着游戏币，给每个小孩发了几个："今天叔叔请大家玩。"小孩们高兴极了。

如果当年也有人这么对自己多好。

郝回归找到当年最喜欢玩的《街头霸王》，坐下来投了币，选了个角色。正玩着，他突然听见一声大喊："刘大志！你给我站起来！"

刘大志？谁在喊自己？郝回归立刻站起来，看向声音的方向。与此同时，几个穿校服的小孩赶紧从游戏机边一跃而起，冲向游戏厅后门，仓皇逃离。

郝回归定睛一看，喊自己名字的不是别人，正是当年高中的年级主任何世福。他怎么会在这里？他正准备打招呼，只见何世福也从游戏厅后门冲了出去，没了人影。发生了什么事？郝回归有点儿恍惚。他看了一眼游戏厅的老板，突然打了个寒战，刚刚卖给自己游戏币的明明是个老头，可怎么突然就变成自己印象中的那个中年人？难道是他的儿子？郝回归隐隐觉得有点儿古怪，但又说不上来到底哪里古怪。他从游戏厅走出去，发现周围的高楼突然没了，刚刚经过的街道突然也变成记忆中的斑驳色彩。

迎面跑过来一个人，何主任在后面追着："刘大志！你给我停下来！我看见你了！"郝回归看了一眼跑过来的学生，一头的汗，闭着眼拼了命往前跑。这不是……郝回归浑身就像被雷劈了一般，这不是……17岁的我——刘大志吗？

我怎么看见了年轻时的自己？

刘大志"唰"的一声从郝回归身边跑过。郝回归想都没想，跟着刘大志跑起来。

"郝老师，交给你了！"何世福停下来说。

郝回归跟着刘大志一路狂奔，到了一个街角的胡同。刘大志立刻躲进去紧贴在墙边。郝回归也跟着进了胡同，跟着刘大志紧贴在墙边。刘大志根本不在意郝回归的存在，紧张地看着外面，看何世福是不是追上来了。

郝回归近距离仔细端详着刘大志，不敢相信自己的眼睛。

"你……你是刘大志？"郝回归很忐忑。

"嗯。"刘大志依然看着胡同口。

"你家住人民西路？"

"嗯。"

"你妈妈叫郝铁梅？"

刘大志把注意力收回来，认真看着郝回归说："你是？"

"你是不是喜欢你们班上的一个女孩？"

"你是谁？"刘大志分了一半的警惕性到郝回归身上。

郝回归越问越兴奋，这个人确实是自己年轻时的模样，但是发型太丑，人也太矮，比自己几乎矮了一个头；裤脚一个放下来，另一个卷起来；眼睛本来就小，还假装炯炯有神。

"你就说你是不是喜欢你们班一个女孩？"

"我不喜欢女孩……年纪还小，不考虑这个。"刘大志很小心地回答。

"那你和陈小武是不是最好的兄弟？"

"我们只是普通朋友，他成绩差，每天迟到、旷课、抄作业，我是不会和这样的人成为朋友的。"刘大志仰起头，一股子不服输的劲头。

"你是不是一直想养一条狗，但是怕你爸把它给吃了。"郝回归轻轻一笑。

"你……你到底是谁？"

"我？告诉你，你肯定会吓一跳！听好了！我是来自未来的你！我是36岁的刘大志！"郝回归死死盯着刘大志。

"真的？"刘大志睁大眼睛问。

"当然！我为什么要骗你！"

"那，我可以问你几个问题吗？"

"当然！"

"以后我能考上大学吗？什么大学啊？"

"北大！"

"我能考上北大？"刘大志一脸怀疑，"那……我有车吗？"

"你当然有车。"郝回归本打算明天用买房子的10万块首付去买辆车，这么一想，应该也算是有车了。

"什么车？"

"奔驰。"

"奔驰是什么车？"

"就是那种将近一百万的车！"

"我以后那么好？那我是做什么的？"

郝回归突然愣住了，他心里升起一股悲凉，自己有什么好开心的呢？自己对年轻时的自己有什么好嘚瑟的呢？17岁的自己对未来充满期待，可他却把人生过得一塌糊涂。他要继续骗刘大志，还是告诉他实情？

"你怎么不回答我了？大叔，你能不能不这么幼稚啊！"刘大志哈哈大笑，探头又看了看外面，确定没人之后，径直出去，朝学校走去。

"我知道你是谁，
我不想承认自己是谁。"

跟在刘大志后面，郝回归环顾四周，学校挂着很多横幅，上面写着"欢迎98级新生新学期报到，祝你们有一个美好的未来"。

这到底是个梦，还是那个电话真的起了效果？一切都太真实了，每个细节都十分清楚，山坡是山坡，绿树是绿树，微风是微风，连皮肤上被太阳照射的轻微灼热都那么清晰。

"郝老师！"

郝老师？刘大志和郝回归一怔，何世福走了过来。

"刘大志，开学第一天你就逃课打游戏，明天上午叫你妈来！"

刘大志㞞了，原来刚刚一直套自己话的大叔是这个学校的老师，幸好自己机警什么都没说……刘大志偷偷瞟了一眼郝回归。

"还有郝老师！这个文科班啊，组织纪律性太差了，刚才高考总动员，打游戏的打游戏，不去的不去，必须整治一下。"

"文科班？跟我有关系？"

"郝老师，这是个严肃的问题，你想想看，你们这批教育局引进的八位实习老师，只有三位能入职。是，我承认，咱们是理科学校，带文科班的只有你，但换个角度来说，这也是挑战，如果你真当好了这个班主任，留下来的机会反而更大，明白吗？"

"班主任？我是高三文科班班主任？"郝回归满脑子问号。

这事情复杂了，郝回归觉得自己得一个人理一理。虽然荒谬，但当郝回归走上熟悉的三楼，走进熟悉的教室，站上讲台的时候，一切却又那么真实。环视全班，都是自己高中的同学，熟悉的，不熟悉的，每张脸出现在郝回归眼前，他立刻就知道这个人未来的生活是怎样的。

何世福先给大家介绍："郝老师是教育局重点引进的人才，也是我们这次八位实习老师之一。作为你们的代班班主任，他将陪大家先度过三个月。三个月后如果大家的成绩都有提高，郝老师就有可能正式成为大家的老师。"

郝回归这才反应过来。高三那年，学校确实引进了一批实习老师竞争上岗。三个月实习后，学生和领导投票选三位留任。自己居然成了其中一员？郝回归忍不住又笑了起来，现实中自己评不上副教授也就罢了，没想到在梦里还要挤破头去争一个理科高中的文科班班主任。见郝回归在偷笑，何世福立刻提高嗓门："郝老师本该下周跟大家正式见面，但你们全班缺席动员大会，不管什么原因，我希望这是最后一次！"

讲台下大家各干各的，根本没有人搭理何世福。

"微笑呢？"何世福问。

底下有人答："去跟理科班谈判了。"

听声音，郝回归就知道这是叮当。他一直觉得叮当还算是会打扮的，可现在一看，额头前的刘海被卷发棒烫过，参差不齐，像被狗啃了一样。不过她的语气倒是没怎么变，一副没什么大不了的样子。

"谈什么判？"

"好像是重新分配公共空间的大扫除区域吧。"

"人家微笑成绩好不去参加高考总动员还说得通，为什么你们班这么多人不去？"

另一个女生接道："何主任，咱文科班这么多年一个重点本科都没考上，我们坐在这里看书学习比参加动员更有意义吧。"这是语文课代表冯美丽，她读书十分拼命，不参加任何课外活动，然而只会死记硬背，心理素质太差，最后复读两届，只考上普通本科，毕业就嫁了人，和所有人失去了联系。

"高考是重中之重，你们这样无组织、无纪律，有害无益！"何世福很生气。

冯美丽耸耸肩，毫不在意。角落里埋头睡觉的石头抬起头道："何主任你就不要再耽误大家的学习了吧。"几个高中毕业就进入社会的男同学一起附和道。

"是呀，作业还没做完呢！"

"你们不要嫌我啰唆。"

"您就是挺啰唆的！"陈小武吊儿郎当地坐在班上倒数第二排，摇头晃脑。

"陈小武，你这种态度要是考上大学，我'何'字倒着写！"何世福的脸都白了。

"何主任，我爸说高考没用，我反正也不考……"

"我们也不考。"石头等人纷纷表态。

"砰"的一声！郝回归重重拍了一下桌子。

"陈小武，你这什么态度！给我站起来！"

百日宴上,郝回归本就憋着一肚子火,看到17岁的陈小武如此吊儿郎当,更是气不打一处来。全班同学被这突如其来的怒火吓得一震,这才纷纷抬头,仔细端详着这位新班主任。

"你叫陈小武是吧?"郝回归决定给大家一个下马威,"你觉得高考没用?我告诉你,你未来走上社会,即使有钱,没文化,也只会被叫作暴发户。你,是语文课代表吧,你觉得一个人读书特带劲儿?"郝回归拿起冯美丽的笔记本,上面写满了英文单词,"你以为抄得越多,记得越牢?这些简单的单词,抄第一遍就记得住,非得抄100遍,抄给谁看呢?你是真的在学习还是在惩罚自己?再看看你的书,被荧光笔画成什么鬼样子了!"

"我这是在画重点。"冯美丽顶嘴道。

"画重点?你都把书画成彩虹了,这五颜六色的,眼不会看瞎啊?真正的画重点是什么?是拿支黑色的笔,记住一个涂黑一个,这一页被你涂满了,就都记住了,明白吗?"

冯美丽不说话了。

"还有那些不想考大学的同学,你们觉得读大学浪费时间?你们弄弄清楚,你们是能考但不想考,还是压根儿考不上?等过十年、十几年、几十年,你们参加同学聚会,哦不,到时你们都不好意思参加同学聚会。你们没资格说自己失败,因为你们从未努力过。你们现在一个比一个酷,染发、吸烟,还在胳膊上用圆规刻那么难看的小刀,未来连200元文身钱都拿不出来,你们吓唬谁呢?"

郝回归走到石头座位旁,拎起他的胳膊,然后看着坐在座位上的刘大志,心里无限感慨。

"还有那些以为自己考上大学就能对家人有交代,对自己有交代的人,你们觉得考上大学之后人生就稳定了吗?你以为你找到一份让别人羡慕的工作,人生就圆满了吗?如果今天的你不知道为了什么考大学,只是为了应付家长和老师,那你高考的意义也不大。因为最终你的人生不是你自己的,而是别人构造的。当你日复一日做着自己不喜欢的工作,却满足于别人羡慕的时候,你的人生就完蛋了!"郝回归越说越激动,越说越感慨,"没错,高考是人生中最公平的一次竞争,但你要知道你是为了什么而竞争。你想成为怎样的人,你想读什么专业,你想干一份怎样的工作,这都是你自己的希望,而不是周围人希望你去干的事。你的人生和其他人无关,从此刻开始,找到你人生真正的意义。"

底下鸦雀无声,同学们面面相觑,这个新老师的一番慷慨陈词虽然激昂,但真的很好笑。为啥突然跟自己说这个?什么社会,什么人生,什么自己的希望、别人的希望?现在不就是高考最重要吗?

装什么大尾巴狼,刘大志心里想。

"老师……"陈小武不知说什么好。

这一句"老师"又让郝回归把狙击焦点重新挪到了他身上。

"你以为不高考很光荣,很与众不同?你觉得上学没用,但你知不知道这一年对你有多重要?好好对待这一年,你才会找到好老婆,交上最好的朋友,有一个顽强上进的生活!你现在这种对自己无所谓的态度,不配获得任何人的同情,也不配被任何人欣赏!"

"老师,我……"陈小武觉得眼前这个老师肯定是疯了,说大道理就说大道理,跟老婆、最好的朋友、顽强上进的生活有什么关系。陈小武的脑子根本装不下那么多东西,现在他脑子里只有两个字:豆芽。

"我什么我,顶撞老师,去操场跑十圈。"

"啊?"

"还不去!"

陈小武立刻转身跑下楼。

刘大志缩在桌子后面,想着幸好自己躲过一劫。

何世福很满意郝回归在班上的第一次发言,交给郝回归一沓资料,让他熟悉工作,下周会在全校正式宣布他文科班代班班主任的身份。

郝回归一人独自站在走廊上,看着眼前的景象。

下午三点的阳光极其刺眼,陈小武顶着烈日在操场跑得要死要活,还有一些学生在校道上清理打扫。1998年的校园,1998年的下午,1998年的天空,1998年的色调,真的还蛮不错的。一切静悄悄的,没有工地,没有喧嚣，郝回归的心情也暂时缓和了下来。从游戏厅到此刻，他的脑子一秒都没有闲下来过。捡到一个日记本，打了一个电话，出了一个隧道，玩了一局游戏，然后就发生了一系列不可思议的事。到底是哪个环节出了问题？更具体来说，到底是哪个环节让自己回到了1998年？

郝回归赶紧把包里的日记本掏出来，想看看那个电话还在不在，空空如也，什么都没有。郝回归连忙翻开日记本第一页，上面的问题也都变了，出现了两行字：

你已经回到了自己的17岁。
你想好要改变什么了吗？

郝回归起了一身鸡皮疙瘩。不知不觉中日记本已经发生了变化，难道这是自己诚心所至，真的有了一个改变自己的机会？郝回归在日光下伸出手，感受阳光的温度。他把手放在眼前，仔细端详，每一条掌纹都看得仔仔细细的，然后冷不丁给了自己几个耳光。"啪啪啪！"声音清脆，而且脸很痛。一切都是那么真实，自己真的回到了17岁。想想之前自己做梦的场景，虽然很多时候觉得不可思议，但依然坚信自己的处境，四处寻找正确的出路。恐怕今天的结局也是如此。

回过头来，如果真的回到了17岁，自己要做的事情当然只有一件——36岁的人生已然失败，所以郝回归无论如何不能让刘大志重蹈自己的覆辙。刘大志必须成为一个全新的自我，不能轻易妥协，不能轻易放弃，不能轻易逃避，必须成为一个顶天立地的人，这样才能拯救刘大志，改变郝回归的人生，甚至……能在微笑离开时告白，也不至于一错过就是十几年。

冷静了一会儿，郝回归想起来，17岁的自己当年还有很多事想做，却没有做。他曾想弹吉他、学溜冰、练唱歌；他还想亲眼看一场张国荣的演唱会，当年张国荣从酒店一跃而下，他和一群朋友哭了整个晚上。而要说自己最想做的一件事，说来奇怪，刚从教室出来的郝回归此刻却想好好待在教室里，认真上一天课。不为高考，不为考试，而是认认真真听老师说了些什么，看同学们做了些什么。自己的17岁过得太匆忙，为了这个，为了那个，等反应过来，坐在教室的日子已永远结束。可惜，这一次郝回归不是学生，很多年轻人做的事没法再做。

改变、珍惜，郝回归还想到了遗憾。比如校门口音像店卖磁带的那个小姑娘。上学时，郝回归曾与她达成共识，小姑娘免费借他试听磁带，他则帮忙写磁带的推荐词。上大学后，每每听到那些老歌，他都会想起那个姑娘。等到郝回归再回湘南，想进音像店跟小姑娘打个招呼时，却发现小姑娘早已回农村嫁人。他很后悔自己从未对她说过一声谢谢，也不知道她的名字，而恰恰是这样一个人，让郝回归在学生时代免费听了上百位歌手的歌曲。

来不及说谢谢的人还有一个——学校旁边发廊的店主肥姐。肥姐给郝回归剪发，十次里有五次不收钱。每次剪完头发，肥姐都会莫名其妙地鼓励郝回归，说什么郝回归聪明，未来一定有出息。肥姐的发廊渐渐成为郝回归的"加油站"，心情不好就过去坐一会儿，和肥姐聊聊天，就感觉世界都莫名其妙地开阔了。所有人里，肥姐是第一个相信郝回归能考上大学的，她说，别的同学换发型总是犹豫，只有郝回归什么发型都敢试，肥姐敢剪，他就敢留。肥姐一直觉得郝回归未来一定能闯出一番名堂。后来高中商业街被拆，郝回归回来再也找不到肥姐了，两人彻底失去了联系。

以前郝回归觉得，有些人见不到只是一时，还有下次。可慢慢地，他才意识到，有些人一分开就是一辈子。最可惜的是，人们常常不知道，哪一次分别是最后一次相见。很多人就像混浊的水，要经过一段时间的沉淀才能分清楚他们对自己的意义，而成长就是把所有的人生细节沉淀出不一样的味道。

"最美不过少年时，
不是少年美，而是回忆美。"

有同学发现郝回归站在后门，咳嗽了一声，大家纷纷打起精神，谁都不想成为第二个陈小武。郝回归走进教室，在黑板上写下"郝回归"三个大字。"我姓郝，红耳朵郝，香港回归的回归。刚才有点儿仓促，其实我这个人很好相处，也没那么严肃。"郝回归稍微恢复了一些正常。

"老师的名字好奇怪噢。"有同学在底下笑。

"老师，好巧，我妈也姓郝，那……你有女朋友吗？"叮当一点儿不觉得郝回归严肃，反而觉得他又高又帅、文质彬彬，发起脾气来都那么有内涵。这么多年，叮当确实没什么变化，尤其是花痴这个特征，遇见稍微长得顺眼一点儿的异性，她都要问这种问题，撩别人也就算了，现在居然要撩自己——她的表哥。

郝回归假装洒脱，哈哈大笑道："老师现在最重要的任务是提高你们的成绩。你们也听到了，如果三个月后你们成绩不好，我还要去找别的工作。所以，我的未来就靠你们了。"说是这么说，郝回归心想，谁在意这份工作，我连大学老师的工作都想辞，怎么会和人去竞争一份高中实习老师的工作，简直是个笑话。

"报告！"陈小武站在门口，垂着头，气喘吁吁，满头大汗。

大家一看陈小武这副模样，都特别心疼，一定跑得很辛苦。郝回归自然知道陈小武这一头大汗是为了博取同情特意跑到水龙头下弄湿的。这种小伎俩还是自己当年教给他的。

"跑完了？"

"跑……跑完了。"

"回座位。暑假作业做完了吗？"

"做完了，做完了。"陈小武如释重负，赶紧从书包里拿出作业。

"书包里还有什么？"

"老师……没什么了。"

"拿出来。不拿，我就自己拿了。"

陈小武支支吾吾地又从书包里拿出刘大志的暑假作业。

刘大志心想糟糕。

"怎么刘大志的作业也是你写的？"

"不不不，不是，没有。"

"书包里还有什么？"

"真没什么了。老师你相信我，我家卖豆芽的，我很老实的。"

"把书包拿过来。"

"老师……我自己来。"陈小武又从书包里掏出了微笑的作业。

"你和刘大志都抄微笑的？"

"郝老师，真没有。微笑今天要做开学广播，所以我就帮她交一下，真没抄。"

一米七的陈小武看上去已经萎缩到了一米三。

"打开一百二十页，第五题，念你写的。"郝回归直接把微笑的作业打开，再把陈小武和刘大志的作业都放在陈小武面前。

"本文讲述了一群少年的成长历程和他们的成长……"

"怎么不念了？括号里的内容也一起念出来。"

"括号……括号，以上的答案不要，底下……才是正确答案。"

"微笑这么写，你也这么抄！刘大志也这么抄！陈小武、刘大志，你们连作业都抄成这样，到底有没有脑子！你们这样下去，人生准得完蛋！"

一片死寂的班级突然间哄堂爆笑。

"老师，我……"陈小武表情委屈。刘大志也觉得陈小武真的是蠢到家了，认识他很难堪。

"别装，我还不知道你，你俩再跑十圈，现在就去。"

"啊……"刘大志很颓，恶狠狠地瞪了陈小武一眼。

"还有，上来时别再去水龙头那儿浇水，浪费！"

"啊……哦……"

陈小武无论如何都想不通，为什么开学第一天自己会接连受挫。

"郝老师，你好，能出来一下吗？"

郝回归闻声转头一望，一位戴眼镜、头发烫成小波浪、穿得前凸后翘的女老师站在门口看着自己。

"Miss Yang，Miss Yang 来找郝老师了。"同学们偷偷笑着，窃窃私语。每个学校都有这样一个女老师，自带新闻气质，无论她和谁说话，大家都觉得会发生故事。

"找我？"郝回归的脸已有些泛红。

Miss Yang 笑了起来："这儿有别的郝老师？当然是找你啦。自我介绍一下，我是 Miss Yang，文科班的英文老师。"说着，伸出了手。当着全班同学的面，郝回归的脸红到了耳根。Miss Yang 是自己的英文老师，国外留学回来，走路、打扮、说话都带着洋气，一种人活明白了的洋气。她似乎根本不在乎别人怎么看她，别人的看法对她来说就跟掸灰一样，拍拍就没了。

郝回归连忙伸出手。

"郝老师，何主任让我帮你申请了一些教学用品，会派人送到你宿舍，不用客气，大家都是年轻老师，要互相帮助。"说完，Miss Yang 转身离开。班上同学还在偷偷发笑，郝老师原来这么羞涩，说句话都脸红。郝回归赶紧拿起花名册，用点名掩饰尴尬。

"很多事情你接受不了，只是暂时没想通而已。"

郝回归坐在办公室，回想着这半天发生的事。这感觉既真实又奇特，似梦非梦，亦幻亦真。郝回归满脑子问号。他在心里默默问自己：这应该不是梦，自己被打得那么疼。如果这不是梦，自己真的穿越了？可如果真的穿越了，那 36 岁的世界里还有自己吗？更可笑的是，自己居然还能遇见这个世界的自己……他都不敢在心里大声问自己，他怕自己瞧不起自己，所以只能悄悄地想，生怕惊动心里太多的主见。

如果那个世界还有一个我，那现在这个我是谁？如果没有的话，我该怎么回去？郝回归想起自己看过的所有穿越剧的剧情。他知道大多数穿越都需要发生一些意外，滚楼梯、抢古画、掉泳池、被车撞……要么跳楼死一次，要么触电进入另一个时空，要么……郝回归默默站起来，走到窗边，看了一眼外面。这里是三楼，他心里打了个哆嗦，放弃了跳楼的打算，他打算试试别的方法。郝回归离开办公室，朝教学楼最偏僻的一个楼道走去。走廊上，他遇见正打扫卫生的周校工——40多岁，戴着帽子，弯着腰。周校工抬起头和郝回归的目光正好撞上。

"你好。"周校工点点头道。

郝回归出于礼貌也点点头，说："你也好。"

郝回归急匆匆地离开。察觉四下无人后，他站在楼梯口，深深地吸了一口气，给自己鼓励："没事，豁出去了，没准儿就能回到2017年。"郝回归一脚踏出，故意踩空，整个人滚了下去，双手不自觉地抱住头。一阵头晕眼花过后，他睁开眼，眼前还是刚才那十几级台阶，自己从上面一直滚到下面，仍在刚才的楼道。周校工突然出现在楼梯上方，看了看坐在地上的郝回归，摇摇头道："既来之，则安之啊。"说完，转身离开。

接着，郝回归决定离开教学楼去学校的泳池——说是泳池，其实就是个人工池塘，夏天的时候常有学生在里面游泳。毕竟，在水中穿越是最常见的方法。学校有两个人工池塘，郝回归选了偏僻的那个，他环顾四周没有人，想都没想，"咚"的一声跳下水。水立刻没及脖子，郝回归心一横，直接倒在水里。水咕嘟咕嘟地灌进他的鼻子和嘴，还掺杂着各种令人反胃的味道。郝回归被呛到后惊慌失措，打算起来换个干净的池子。谁知水池很久没清理，池底全是青苔，郝回归越是挣扎，脚底越是打滑，灌进嘴里的水越多。

完了，完了，自己很有可能穿越不成，直接死在这里。突然，郝回归感觉自己被一股外力托上水面。这股外力太强，就像要通往时空隧道。郝回归的后领口被死死勒住，力量强大到他觉得自己不被水淹死，也可能会被勒死。无法呼吸的郝回归被拽出水面，再一睁开眼，阳光刺眼，一片光明。莫非回到现实世界了？郝回归站稳后，后领口的劲力一下就卸了，他擦了把脸上的水，然后回头。面前的水里站着一个人，短发，白T恤。在夕阳的照射下，数得清的睫毛，数得清的水滴，还能看得见她胳膊上的毛细孔。

站在自己面前的是微笑，那个一直放在自己钱包里的照片上的人。郝回归一直暗恋着，却一次一次错过对她告白的微笑。郝回归第一次这么近距离地端详微笑。他的脸在发烫，若不是夕阳的掩饰，他真想一头扎进水里。他希望这画面能定格得久一点儿，再久一点儿，就这么一直感受其中的美妙。虽然处境略微窘迫，但时间、地点如此美好。他想开个玩笑化解眼前的尴尬，比如："微笑，你救了我，我无以回报，只能以身相许了。"他觉得这个开头简直棒极了。

先开口的却是微笑："叔叔，你是有什么想不开的吗？"

叔叔？她叫自己叔叔？瞬间，郝回归的世界溃败得一塌糊涂。一切的美好都被"叔叔"两个字毁掉了、粉碎了、破灭了，毫无希望。暗恋了十几年的女生叫自己叔叔，他恨不得直接淹死，这简直就是灾难！郝回归脑子"嗡"的一声，我该怎么办？

"微笑！你怎么跑到水池里去了？"不知何时，叮当跑了过来。刘大志、陈小武跟在她后面。

"我正在广播室，发现有个叔叔要自杀，所以就……"

"我们一直在校门口等你，发现你没出来。快快快，快上来，不要着凉了。"叮当走到池边去拽微笑。刘大志也赶过来把校服脱下，准备递给微笑，却突然发现，池里的人竟是今天新来的郝老师。

刘大志整个儿呆住，赶紧把校服往微笑手上一扔，跑过去把手递给郝回归。

"郝老师，怎么是你？"

叮当和陈小武也傻了，纷纷站在岸边对着水池敬礼："郝老师好！""郝老师好！郝老师快上来。"

"什么郝老师？"用校服擦着头发的微笑停了下来，一脸疑惑。

"微笑，这是我们班今天来的新班主任，郝老师。"

郝回归那叫一个尴尬，想掩饰住自己的身份都不行了。

"啊？郝老师，你为什么……"微笑想了想，怎么问都不合适，"郝老师好，赶紧先上来吧。刘大志，快拽郝老师上来。"

大家手忙脚乱地把郝回归拽上岸后，看着郝回归。郝回归尴尬地说："我只是想在池子边转转，谁知道水池太滑了……"几个人一副"怎么可能"的表情，事实上连郝回归都不相信自己的鬼话。

叮当拽起微笑后，一把把校服又扔给刘大志："拿着，你这校服上个学期放假后就没有洗过吧。"说完，她脱下自己的校服递给微笑。刘大志很尴尬，只好转手把校服递给郝回归："郝老师，你也湿了，穿我的吧。"

"我没事儿，不用换了。"刚说完，郝回归就打了一个喷嚏。

"好了好了，你们赶紧回去，老师也回去换件衣服。"

郝回归急着离开了。

"哪怕一切都是假的，但一切都是好的，
那就告诉自己一切都是真的。"

夕阳笼罩着湘南，一群又一群归鸟飞过。

坐在宿舍的郝回归丝毫没有回到1998年的快感。一切都进行得毫不顺利，17岁的自己不信任自己，17岁的自己喜欢的对象遇见了自己自杀，17岁的死党们见到了自己最狼狈的样子……都别提如何实施自己的计划了，仅仅是重塑形象就要花费大量的时间吧。经过一系列尝试，郝回归心里差不多认定自己是回不去了，除非……除非完成改造刘大志的计划。

想到这个，郝回归整个人又强打起了一些精神。不得不承认，虽然这一天很狼狈，但比起2017年的"生不如死"，1998年真的就是天堂。没有人给自己压力，不用一天上八节课，不用一直重复"我是你们的马克思主义基本原理的老师郝回归"，不用被人问为什么还不是教授，没有人指着自己说"这可是大学老师啊，以后要向他学习"，更不会有妈妈劝自己相亲的苦口婆心。

"啪！啪！"郝回归瞬间扇了自己两个耳光，非常清脆，非常疼。他又找出一根缝衣针，戳了戳手指，一样疼。"果然是真的！我真的回来了！"郝回归坐在椅子上，看着天花板。谁都看不出他在想什么。

突然传来"嘭嘭嘭"的敲门声，周校工站在门口，看着他，一脸木讷。

"这是 Miss Yang 帮你申请的教学用品。"周校工递过来一张全年日历、新的备课本、文件夹。郝回归接过来，说了句"谢谢"，把日历贴在墙上。

"周校工，这日历上画了红圈的日子是什么意思？"

门口已经没有人了。

"既然回不去，
那就认真地留下来。"

第二天一大早，郝回归被早操广播声吵醒。

他躺在床上，听着广播，迷迷糊糊地听到"踢腿运动"时，忍不住笑了起来。这是他当年做广播体操最喜欢的一节。陈小武站在他前面，每次踢腿运动他都会故意去踢陈小武，然后说不好意思踢到你了。现在想起来，他也纳闷为什么陈小武愿意被自己整整踢了三年。到了"体转运动"，这个动作他也喜欢，每次体转，只要自己稍微转得慢些，就能看见微笑的脸。紧接着是"全身运动""跳跃运动"和"整理运动"。合成器发出特别假的弦乐和木管乐的声音，那时觉得很难听，现在听起来却那么亲切。郝回归爬起来，跟着音乐做了起来，内心居然有些澎湃和感动。

郝回归开始以班主任的身份出现在教学楼。

"郝老师！我昨天都已经向大家介绍过你的身份了，你就应该一早起来监督大家的早操和自习，晃晃悠悠到了九点才来，像话吗？不要以为文科班不受重视，你就能随心所欲。那么多老师都去了理科班，为什么选你管文科班？请你不要辜负这份信任。"郝回归一早的兴奋劲儿立刻被何世福给骂没了。

"不说了，刘大志他妈一会儿就来了，你去接待一下。"

还不到24小时，自己接连就要把生命中最重要的人一一见过了，之前郝回归与每个人的相见都很不顺利，见妈妈可一定要好好表现。但万一妈妈认出自己怎么办？应该不会吧，郝回归从镜子里看看自己，一早忘了刮胡子，略显颓废，而自己比刘大志高一整个头，也比刘大志帅气多了，两个人没有丝毫相似之处。

郝回归心里全是妈妈过去的样子，强而有力，什么都要做到最好，什么都希望郝回归照她想要的样子来。也许正因这争强好胜的性格，才导致后来的脑血栓。那之后，妈妈似乎变成另一个人，什么都慢，什么都很缓。她用强悍与辛苦护着这个家，突然丢盔弃甲，似乎成了这世上最脆弱的人。郝回归叹了一口气，早知如此，何必当初，妈妈的人生辛苦，自己的人生也辛苦，为什么就不能大家都轻松一点儿过完这一生？

时间一分一秒临近。郝回归已经去了好几趟洗手间，刚一出来，就听见远处响起特别亮的声音："郝老师！"

妈妈的声音底气特别足，郝回归又开心又感动。他太久没有听见妈妈这样有底气的声音了，害怕自己一抬头就会飙泪。他稳了稳情绪，抬起头，远远地看见一位中年妇女跟着刘大志走了过来。

每一步都那么矫健，带着风，充满了力量。

妈妈还没走近，郝回归心里已经开始凌乱。千万不能胆怯，批评刘大志的时候一定要有老师的样子，第一次见面一定要征服妈妈，这样才能让妈妈相信自己，让自己参与对刘大志的管教。

走近了，走近了……咦，郝回归一愣，迎面走来的这个中年大姐是谁？难道在这个世界里，妈妈变样子了？郝回归整个人僵住了。"妈妈"走得更近了。郝回归觉得迎面走来的大姐很熟，却又死活想不起是谁。

"郝老师，你好你好，初次见面，我是大志的妈妈郝铁梅。真巧，咱俩一个姓。"

"郝老师，这是我妈。"刘大志眼神里似乎流露出一丝不屑。

郝回归盯着刘大志，刘大志也盯着郝回归，郝回归再盯着郝铁梅。

这！这不是菜市场卖肉的蔡姐吗？！

看着刘大志的眼神，郝回归立刻醒悟过来。行，既然你跟我玩，那我就陪你玩一玩。一场17岁对阵36岁的战役即将打响，主角都是郝回归。

"大志妈妈，辛苦您了。"

"不客气，孩子说新班主任要见家长，摊一收我就来了。"

"喀喀！"刘大志不断地咳嗽。

郝回归假装没听见："长话短说，大志妈妈，是这样，我昨天和何主任聊起大志，我们都觉得他特别有潜力，所以希望在冲刺的这段日子，他想吃什么您就尽量买什么，他想买什么，您也尽量满足他。只要保持心情愉悦，我们完全相信他能考一个非常不错的分数，读个非常不错的大学。"

蔡姐疑惑地看了刘大志一眼，刘大志的表情也变得阴郁起来。不是要批评我的吗？怎么突然表扬起来了？

"大志，你觉得呢？"郝回归问。

刘大志僵硬地挤出笑脸，说："哪里哪里。"

"啊呀，郝老师这么看得起我们家大志，如果这些话被他爸知道，别提多开心了。"蔡姐演戏演全套。

"没事，没事，大志妈妈，我打算晚上去您家家访，顺便见见大志的爸爸，一起聊聊，对大志的帮助会更大。"

蔡姐蒙了。刘大志也蒙了。

躲不过的，硬躲也没用。放学后，刘大志在校门口乖乖等着，脑子里想了无数个主意，一个一个推翻，一个一个重建。

"走吧。"郝回归出现在他面前。

"你妈不是会计吗？为什么她中午说来学校要收什么摊？"

"她说的是收拾自己那一摊子事。"刘大志嘴上对答如流，脑子里却在飞速地运转着，"郝老师，我爸特别忙，我刚想起来，他今天应该值夜班。"

"你爸不是门诊医生吗？"

"嗯……是门诊医生，但晚上要加班，应该也不会太晚，我们走吧。"刘大志能想到的唯一对策就是拖，能拖一会儿是一会儿，拖得越久越有利。出了校门，路过车站，音像店正放着张信哲的《爱如潮水》。刘大志大喜，对郝回归说："这歌好听。老师，我去看一眼，是不是到了新磁带。"郝回归看着音像店，一切都与记忆中的重合。门口放着一个大音箱，播着时下最流行的港台歌。这首《爱如潮水》当年也正是在这里第一次听到。郝回归想了想，也走了进去。刘大志正在最里面柜台上趴着看。店口柜台前站着两三个顾客，正在听店里的小姑娘讲解："张信哲是最红的歌手，买他的肯定没错，大家都喜欢。"顾客看了看磁带，说："这些歌手都是昙花一现，歌也是流行歌，过一阵就没了，我想买经典一点儿的。"

郝回归好想冲过去以人格担保20年后张信哲依然很红。很多东西都这样，刚出来时被人瞧不起，经过很久才终于得以证明，但真到那时，其实也无须证明了。

"那就买李宗盛吧，词曲都不错，过多少年听都行。"郝回归走上前说道。

"对，李宗盛确实不错。"小姑娘对郝回归笑了一下。这个小姑娘比记忆中的要更小，满脸雀斑，牙齿不齐，不过却也有一种天然的可爱。帮顾客结完账，小姑娘对郝回归说："刚才谢谢噢。你是第一次来吧，很喜欢听歌吗？"

"是啊，常听。我刚来学校工作，是他的老师。"郝回归指指刘大志，"你年纪这么小，怎么在这里工作？"

"我啊，15岁啦，从乡下来帮我表哥。这儿比读书好，我喜欢，能帮家里挣钱，还能听歌。我打算就一直在这儿干下去了。"小姑娘笑着。郝回归也笑，心里却一阵感慨。小姑娘很想留在这个城市一直生活下去，可她并不知道再过几年她还是会回老家嫁人。因为刘大志在，郝回归不能聊太多，只好先走出音像店。推门时，郝回归突然想起什么，回过头走过去很认真地对小姑娘说："谢谢你。"

小姑娘有些不明白，羞涩地摆手道："啊，不客气，不客气。"

这个迟到多年的谢谢说出口的那一刻，心里一直留着遗憾情绪的缺口似乎也被填补了一些。郝回归站在车站旁等着。十几分钟后，刘大志拿了一盒熊天平的磁带跑了出来，很兴奋的样子。

"郝老师，你听过熊天平的歌吗？"

"听过，很不错。"郝回归所有音乐设备里都收藏着熊天平所有的歌。他的歌不只好听，而且相当不错，可惜，出了几张专辑后就沉寂了。

"郝老师，那你喜欢哪个歌手啊？"

"我喜欢徐怀钰。"

"啊？这个名字好土啊。"刘大志皱着眉头。郝回归心里笑了起来，当年很多人知道自己喜欢徐怀钰的时候也是这副表情。

"嗯，以后你就会听到，而且没准儿你也会喜欢。"

刘大志不仅会很喜欢，而且再过十几年，当徐怀钰开演唱会的时候，他专程飞到上海坐在台下默默地听。她唱着快歌，他在底下笑着飙泪。那时他才知道，喜欢一个歌手的意义不是对方多有品位，而是能陪伴着自己一直成长。

"郝老师，你怎么了？"刘大志看郝回归一个人傻笑起来。

"对了，你看到店门口的黑板了吗？你可以跟音像店那个小姑娘商量一下，让她把最新的磁带借你听几天，然后你把听歌的感受写下来给她，作为推荐给其他顾客的理由。"

"她肯定不会同意……"

"你放心，你跟她说说，她肯定会同意的。她叫……"郝回归这才发现，刚刚一时激动，竟忘记问她的名字，"你现在就去试试。对了，记得问她的名字。"刘大志将信将疑，跑回音像店，过了几分钟，兴奋地跑了回来："老师你真神了，她真的同意，还借了我一盒张信哲的，一盒刘德华的。她叫小红，她知道你是我的老师，还希望咱俩一起给店里写推荐呢。"刘大志拿着磁带，特别开心。要知道他每次为了买一盒磁带，都要存上半个月的早饭钱。郝回归也开心，能和17岁的自己一起分享喜悦，这感觉很奇妙。

"赶紧回去吧，都快七点了，你妈不着急？"郝回归清晰地记得，每晚七点就是个坎，只要七点还不回家，郝铁梅就会变成"好功夫"，棍棒、拳脚、搓衣板都在等着刘大志。刘大志又紧张起来，老师连这个也知道？走了几分钟，两人来到学校围墙拐角处的臭豆腐摊，而郝回归脚步开始放慢。刘大志一看，正中下怀，立刻朝臭豆腐摊跑过去，回头说道："郝老师，你刚来不知道，这臭豆腐摊开了好多年，味道简直绝了，我今天省了两盒磁带钱，请你吃臭豆腐。方老太，给我来一块钱的，分两碗，老师那碗三块，我两块就好。"

方老太手法果然干净利落，只见她从油锅里夹出五块臭豆腐，短短数刀，五块臭豆腐已被剁成许多整齐的小块儿，分装两碗，再从锅底捞出两勺佐料往上一浇，铺层葱花，碗虽不大，分量却显得不少。方老太擦了擦汗，说道："老师别嫌弃，我这儿很干净。"郝回归当然不嫌弃，自己读书那些年，每天都来这儿报到。自己要的分量总是比别人少，方老太就总是帮自己把臭豆腐弄成小块，浇很多佐料、萝卜丝、花生什么的，显得特别隆重。后来方老太得了重病，担心大家找不到摊子，就让她儿子继续摆摊。郝回归参加工作那年，方老太去世，叮当还在电话里大哭了一场。

"郝老师，给！"刘大志削好了筷子。

郝回归看着这一碗满满的臭豆腐，问刘大志："别人的臭豆腐都是整块整块的，可方老太却把给你的切成很多小块儿，你知道为什么吗？"

"有啥不同？"

"五个整块儿，两个人分开吃就显得太少，切碎了之后看起来就会很多。"

刘大志恍然大悟道："对噢，我倒没想过欸，方老太真好。郝老师，你怎么知道的？"

"我也是很多年后才知道的。"郝回归又吃了一口。

夕阳下，两个人在臭豆腐摊简陋的桌椅旁吃得很香。

"那条路，我舍不得走完。
跟着年轻的自己，踩着回忆，往最深处。"

岔路口，红绿灯。

刘大志看看远方，看看郝回归。郝回归自然知道他想干什么。

"你家是在？"

"这边！"刘大志故意指着相反的方向。

"你确定？"

"就是这边，每天走，没错！"说罢，刘大志往前走了几步。

突然，身后传来"嘀嘀"的喇叭声，一辆车停住，车窗摇下，伸出一个头。刘大志和郝回归同时呆住，车里的人是微笑的爸爸王大千——郝回归少年时代最怕的人。

"王叔叔！"刘大志立刻回应。郝回归一时却不知要怎么称呼。

"放学不回家你这是要去哪儿？"

刘大志十分尴尬地说："王叔叔，这是我们班新来的郝老师……"

王大千赶紧下车，紧紧握住郝回归的手，问候道："郝老师你好，我是微笑的爸爸王大千。微笑这孩子在文科班给你们添麻烦了，其实学理多好，像陈桐他姐，考到清华大学，现在又去香港大学，不也挺好的吗？"王大千突然意识到郝回归是文科班老师，连忙又说："不过女孩子学理太辛苦，学文也蛮好，蛮好的。"

郝回归紧紧握着王大千的手，连说："没事，没事，我今天到大志家家访，改日也会去您家的。"

"去大志家？正好顺路，往那边，我送你！"

郝回归狠狠瞪了刘大志一眼，刘大志的心已如死灰。

郝回归和刘大志并肩坐在后座。王大千唾沫横飞地说道："微笑昨天就跟我说班里新来的老师特别好！您叫郝回归是吧，这名字好，有特色。"郝回归心里忐忑，脸上附和笑着。他不相信微笑会跟家里人说自己特好，而且很担心微笑会把自己水池自杀的事说出来了。

"郝老师，王叔叔的菜做得特别好！"刘大志趁机向郝回归示好。

"以后我多做些好的，你们常来，你们来，微笑也吃得多。"

刘大志整个人都趴到后座上："叔叔你可记得叫我呀！"

"好啊。郝老师你喜欢吃什么，改天来我家，我露两手……"

"郝老师喜欢吃臭豆腐！"刘大志抢着说。

郝回归真想有一个按钮可以把刘大志从座位上弹出车外。

"没想到郝老师喜欢吃臭豆腐，那我学着做一下……到了，郝老师你看，刘大志家住三楼，亮灯那户。我们家就在前面拐角的院子，有空来坐坐。"

郝回归特别客气地说："您别客气，谢谢了！路上小心。"

车已经开走了，郝回归依然在原地目送，腰躬着，十分恭敬。郝回归看着微笑爸爸远去，心里很不是滋味。当年，一群人逼王大千喝酒，自己没有去制止，结果早已肝硬化的王大千在众目睽睽下干了两大瓶白酒，被送去医院抢救，最后还是离开了微笑。

"郝老师，你腰痛啊？"

郝回归马上恢复正常，瞪着刘大志说："三楼左边对吧？"

刘大志缓慢地挪着步子，一层、二层，马上走到三层时，他突然蹲了下来。

"怎么？你脚痛啊？"郝回归语带嘲讽地问。

"我……"

"你怎么了？"

"郝老师……""扑通"一声，刘大志半跪了下来，"郝老师，我错了，我没跟您说实话……"

"说吧。"郝回归一脸得意。

刘大志咽了一大口唾沫："郝老师，我爸是二婚，现在家里这个不是我亲妈。"

郝回归头顶炸雷，他恨不得一脚就把刘大志踹下楼。这个刘大志为了达到目的，真是什么都敢说。郝回归心在滴血，这不是别人，这是年轻时候的自己啊！

"起来，上去。"郝回归极其冷漠地说。

伴着昏暗的楼灯，两人慢慢走上三楼，一切熟悉又陌生。过道上摆着几堆煤球，墙壁上贴满了疏通下水道的小广告，一切还是老样子。刘大志哆哆嗦嗦地摸着钥匙开了门。郝回归表面虽然平静，心里早就翻江倒海了。他太熟悉这些场景，每天放学回家，掏钥匙开门，进去后大喊一声："妈，我回来了。"然后妈妈就在厨房说："先写作业，一会儿就吃饭了。"

郝回归很激动，却不得不压抑住情绪。

"我回来了！"门开了，刘大志声音小小的、怯怯的。

郝回归看着熟悉的一切，房间比想象中更小、更暗，空气中弥漫着熟悉的味道。客厅里的那张桌子是妈妈结婚时的嫁妆，年纪比自己还大。客厅的橱柜里放着爸爸各式各样的空酒瓶，当年自己总想偷偷地把它们全部扔掉。

可现在，郝回归很想摸摸这个，又看看那个，从前一点儿印象都没有的东西，现在看到却都充满了感情。

郝回归回头看门框，上面画着好多条线，那是每一年生日的时候爸爸给自己量身高画的。后来爸爸转到急诊科当医生，由于工作以及各种原因，和妈妈的争吵也多了起来。13岁那年之后，爸爸就再也没有给自己量过身高了，最高的一条还停留在一米四八的刻度上。

刘大志"啪"的一下把客厅的灯打开。

"怎么才回来？谁让你开客厅的灯了？！开台灯！跟你说过多少遍了，要节约要节约！快洗手，马上吃饭了！"郝铁梅在厨房大声呵斥。

这才是真正妈妈的声音。

"妈……我们班主任来了。"刘大志因为胆怯，喊得很小声。

郝铁梅根本没听清，又喊道："开台灯就行！快进来端碗！"刘大志忙不迭地进厨房。郝回归想跟着，又觉不妥，便干脆在客厅等着。郝铁梅正在做红烧肉。刘大志用手捏起一块，送到嘴边。"啪"的一双筷子打在他头上，他刚咬了一口，只得又吐出来，把咬断的红烧肉拼起来又放回去，舔了舔手指，想起郝回归还在客厅，脸色煞白，只好硬着头皮说："妈，班主任来了，在客厅。"

"你个死孩子不早说，赶紧去拿碗筷，我给老师沏茶。"

郝铁梅端着茶从厨房走出来。36岁的郝回归和47岁的郝铁梅就这么面对面站着。郝回归呆住了。妈妈真的好年轻，盘起的头发没有一根白发，眼角还没有皱纹，身子挺得笔直，一副誓与命运抗争到底的样子。郝回归的心就像火山爆发，所有感受汩汩而出，炙热、火烫，不敢去碰。妈妈比记忆中的更精神、更挺拔。他真想冲上去抱一抱妈妈，他已很久没见过妈妈这样的笑容，喜悦之情自内心喷薄而出。可一想到妈妈做完手术后虚弱的样子，他的眼眶便微微泛红。

"刘大志，把排风扇打开，油烟把郝老师的眼睛都给熏了。"

年轻时的妈妈真的很好看，只是那时她太凶，自己总是怕她，从没这么仔细地看过。

"郝老师，好巧，我也姓郝，我是大志的妈妈，您请坐。"

饭菜已在桌上，红烧肉嗞嗞冒油。

郝回归坐在平时刘大志的位子上。刘大志伸了一下筷子。郝铁梅把碗重重一放。刘大志和郝回归同时往回一缩。

"让老师先吃！"郝铁梅白了刘大志一眼。

"不用客气。"

电话响了。

郝回归下意识去接，手到一半立刻停住，佯装找杯子。

"肯定是大志他爸又说不回来了。"

刘大志接着电话，"哦"了两声便挂了。他用余光瞥向郝回归。郝回归看着他，轻微冷笑了一下。刘大志立刻又露出极恳求的眼神。

刘大志递了一个眼神过来：郝老师，放我一马。

郝回归一个眼神过去：知道自己错了？

刘大志又抛来一个眼神：我知道了，我再也不自作聪明了。

"大志他又闯了什么祸？"

郝回归正色道："我接新班，按理该去每家坐坐，便于尽快了解情况。大志妈妈您别担心。"刘大志喜滋滋地给郝回归抛了个媚眼，帮郝回归夹了块肉。郝铁梅又白了刘大志一眼："我倒想操心，可这是他的命，操心也操心不来！"

"妈，郝老师说了，我会考上好大学的。"

郝铁梅看着郝回归："您这么优秀，您妈真有福。大志将来要能有您这般出息，我死也瞑目了。"

刘大志没想到才和郝老师见第一面，妈妈就说这么狠的话。

自己没出息，妈妈说她死不瞑目；自己有出息，妈妈说她含笑九泉。

刘大志真不知道这些重如泰山压顶的话大人都是怎么想出来的。

"大志将来肯定比我出息。"郝回归很认真地说。

郝铁梅继续数落刘大志："您看他那样，考得上大学我们家都烧高香了，三天打鱼，两天晒网，将来能干啥！"

"大志妈妈,大志现在虽然不是很努力,但我相信他将来一定可以自食其力,他会考上一个好大学,也许还会念硕士,当个大学老师也不一定。"

刘大志"扑哧"一声笑了出来。他不敢相信郝回归竟然这样护着自己,这肯定是一个阴谋。

"郝老师,您这么说,我妈信,我都不信。"

郝铁梅先是一愣,随后一巴掌打在刘大志的头上:"大人说话,小孩儿别插嘴。家里没酱油了,去买点儿。"

"那您什么时候给我买一双耐克啊?"

"买耐克买耐克,我看你长得就跟个钩子似的。"郝铁梅没好气地说。

郝回归忍不住笑了起来,无论自己想要买什么,郝铁梅都会骂自己长得跟那个东西一样。想吃香蕉,就长得像根香蕉;想买磁带,就长得像盒磁带。

"妈,我还没吃完饭呢。"

"让你去你就去!"

刘大志只好离开饭桌,往门口走。郝回归只好闷声吃饭,吃了两口,气氛有些尴尬。"大志妈妈,其实小孩子都有自尊心,您总这么说他,他心里也会难受。作为家长,应该要更懂自己的子女才是。比如,我的父母就很不懂我,一直用他们的方式爱我,其实我心里根本不是那么想的。"

"是吧。其实郝老师,哪个家长不懂自己的子女呢。大志喜欢耐克,喜欢听歌,但我们家情况就这样,我和他爸一个月工资就那么多,以后他上大学的学费,结婚娶媳妇还要花很多钱,如果现在不给他存钱,未来他可怎么办,娶不到媳妇会被人笑话的。我不希望现在宠着他,未来他的人生不好过。"

郝回归一方面特别感动,另一方面听到妈妈之所以不给自己买耐克、磁带是因为要存钱给自己娶媳妇……他哭笑不得。

"大志妈妈,我跟您说啊,您真的不要担心,再过十几年,中国的单身男性有 5000 万,所以您根本不用存钱,不结婚也没什么的。最重要的是他能找到自己的兴趣所在。"

"5000万男人都不结婚？谁说的？"郝铁梅根本不信。

"那个……有个研究这么预测的，说是到了大志成年的时候，中国的很多单身男青年都不会结婚。"

"那我就更要存钱了！"郝铁梅从心底认定了刘大志娶媳妇必须花钱才行。郝回归心里吐了两口血，妈妈也太瞧不起自己了。

"等大志成家的时候，娶媳妇都是媳妇自己带车带房子，跟男方没什么关系。"

"不可能。"

"真的，大志妈妈。我觉得吧，你们也不用太节约了，会给大志造成心理阴影的，你们该花钱的地方就花钱，让现在的生活过得更好才重要。"

"这是大志跟你说的？"

"啊，他暑假作业里写的。"郝回归支支吾吾道。

"你还没孩子吧？"

"是……"

"等有了孩子你就会知道，在父母看来，自己的孩子都是最满意、最完美的，你父母肯定也这么想。虽然大志不努力，但我知道这孩子聪明，想做的事一定能做好，现在就是还没到时候。"

郝回归对这个答案也挺惊讶的，他一直觉得妈妈从心里觉得自己烂泥扶不上墙。"我一直挺怕我妈，她总是对我不满意，我感觉我总是赢不了她。"

郝铁梅笑道："她是你妈，她就已经输了，一辈子都要牵挂你……郝老师，你跟我说实话，大志到底犯了什么错？"

"没有没有，真没有。"

郝回归不知该说什么，他想转移话题。

桌子对面放着卡拉OK的麦克风。

"大志妈妈，你喜欢唱卡拉OK？"

"你也喜欢唱？"郝铁梅很高兴。

郝回归上一次去看妈妈，妈妈已经唱不了卡拉OK了，但她仍在家里听着《纤夫的爱》。以前妈妈唱这首歌，自己总嫌妈妈土。妈妈经常逼着自己一起唱,自己却老是拒绝。他那时以为自己拒绝的是一次丢脸,现在才知道自己拒绝的是和妈妈的一次美好回忆。

月色渐起。

刘大志拎着酱油瓶一路小跑上楼。楼道里传来一阵歌声:"妹妹你坐船头,哥哥在岸上走……"

听到歌声,刘大志手里的酱油瓶差点儿摔在地上,他慌忙推开门,妈妈和郝回归正在对唱《纤夫的爱》,一个非常投入,一个十分配合。震惊?喜悦?难过?崩溃?他完全不能理解眼前发生的一切。班主任和妈妈在家访的时候一起合唱《纤夫的爱》,这事如果让别人知道,自己这辈子就别活了!刘大志难堪地闭上了眼睛。

窗外一片寂静。

二人的歌声飘荡在小城夜空。

> "以前来不及做的事,
> 想到了就去做吧,不然就真的来不及了。"

郝回归提着一个餐盒下楼,出了门。

"郝老师!"郝铁梅从阳台窗子里伸出头来大声喊,"饺子要热了再吃!"

郝回归有些没听清,打开盒子,用手捏了个饺子咬了一口,喊道:"好吃!"

"郝老师,我妈说,回去要热了吃。"刘大志也伸出头,"我妈就这样,最喜欢包饺子,见人就送。"郝回归忙把咬断的饺子吐出来拼回去,笑了笑。远远地,刘大志却看得一愣,原来不只自己有把咬了一半的东西再拼回去的习惯啊。

"是这条路,没错吧?"郝回归指指方向。刘大志点了点头。

回学校的路上,郝回归的心情莫名好。他很疑惑怎么以前没发现妈妈做的饭菜那么好吃。想着自己一直觉得妈妈不可理喻,他的心里很自责。原来妈妈是用这样的方式在爱自己，不理解自然一直不理解，理解的话才知道妈妈的爱不仅是当下，还在为之后的自己考虑。虽然很多爱他不认同，但起码他明白妈妈是很爱自己的。

走了五六分钟，身后突然传来一个声音："郝老师，等等我！"刘大志追了上来，"那个，我妈又在唱歌，我要出来躲躲，不然她要拉着我一起唱了。"

郝回归笑了笑，果然17岁时很多事就是不能理解啊！正说着，几辆摩托车擦身而过，其中一人回头看了刘大志一眼。

刘大志"啊"了一声，侧身一躲，脱口而出："王帅！"

王帅？郝回归也反应过来。

"癞蛤蟆……"刘大志话还没说完，就看见微笑走在岔路口，几辆摩托车围住了微笑。

刘大志撒腿就往那儿跑。

"你别惹事儿。"郝回归在后面喊道。

"那些年我没做到的事情，现在去做，还来得及吗？"

几辆摩托车围住了微笑。

"去哪儿？我送你。"王帅看着微笑道。

微笑不理他，径直往前走。王帅装作很帅地拧着车把，绕着微笑转圈，扬起尘灰，说道："有麻烦告诉我，我帮你处理。"微笑停下脚步，转过头对王帅无可奈何地笑起来："这儿离我家只有两百米，你现在拦住我就是我的麻烦，让一下，谢谢。"

小弟大喊："喂！大哥看上你，别给脸不要脸！"

刘大志径直冲了过去。他怕微笑受伤，又怕自己打不过王帅，所以擒贼先擒王，电光石火间，他已冲了上去，从侧面重重推了王帅一把。失去重心的王帅连人带车就要摔倒，他心里一急，反手挥出，想找平衡，这一拳不偏不倚,正中刘大志鼻梁。刘大志的鼻子瞬间一酸,鼻血流了下来。

"微笑,快走!这里有我!"

微笑脑门滴下一滴汗,本来自己能解决的事,刘大志非得搞个英雄救美。刘大志知道今天免不了要遭一顿打,可他顾不了那么多,用手抹了一把鼻血,趁王帅倒在地上,大叫一声,扑了上去。几辆摩托车立即将他团团围住。刘大志一拳挥出,却被地上的王帅侧面一脚踢翻在地。刘大志的鼻子不停流血,此时脸也被乱拳击中。一个小弟冲过来。眼看刘大志又要挨一脚,微笑一个侧踢,将小弟踢倒。郝回归一看不好,也冲上来加入战局,一招撂倒一个,再一个过肩摔,将起身的王帅摔倒在地。

王帅的朋友们对微笑和郝回归敏捷的身手有些意外。本来王帅对微笑就有好感,大家都拿捏不准轻重,生怕自己下手太狠。然后又来了一个大叔,身手不凡。众人有些忌惮,只能猛揍刘大志。一来一回,刘大志被揍得不轻。王帅一伙人却被郝回归和微笑打得溃不成军。

微笑:"你们还不走?"

王帅又被郝回归一拳打倒,然后爬起来说:"你给我记着!"

一群人扶着摩托车一瘸一拐走了。

"嘿,你们的棍子。"刘大志咧着嘴从地上捡起一根棍子,直接朝王帅背后扔过去。一群人怕被砸到,四下散开。

街口又恢复了宁静,只剩下郝回归等三个人。

"没事吧?"

"啊,小意思。"刘大志想站起来,但好像扭到了腰。

微笑递给他一只手,要拉他起来。刘大志的脸唰一下红了,连忙摇手。微笑耸耸肩,拍了拍手,笑起来道:"郝老师身手不错!"

"你也不错!"郝回归含蓄地笑了笑。

两人均流露出欣赏的目光。

"好痛!"刘大志大叫一声,打破了郝回归和微笑的相互欣赏。

"郝老师,微笑是跆拳道黑带,她爸让她从小学了防身,你咋也会?"刘大志好奇地问。

"我？高三开始练的。"

"高三？还有时间练这个？"

"紧张啊，但我喜欢的女生鼓励我练，所以一直练到现在。"

微笑和刘大志都很诧异，这个老师怎么和学生说这个？郝回归做了个"嘘"的表情，示意不要声张。

"也没有在一起，就是好感。每个人都会对几个人有好感，是吧，大志？"

刘大志僵硬地往前走，目不斜视，黑暗中，他的脸已经红了。

三个人去了医院。郝回归让微笑和刘大志坐在大厅等，自己去帮刘大志挂号。看着郝回归的身影，微笑对刘大志说："不知为什么，我好像认识郝老师很久了，觉得亲切。"

"我有点儿怕他，他好像什么都懂。"

"你不觉得郝老师对你特别好吗？"

"他不是对我们都很好吗？"

"我觉得他和其他老师不一样。"

"微笑，你不会是……喜欢郝老师吧？"

"怎么可能，他是老师啊。"

"那就好那就好。他人是挺好，就是年纪太大了，老！"

"跟年纪没关系，三十几岁的男人最有魅力。"

刘大志耷拉着脸，不知该说什么。

"下一位，刘大志，刘大志是哪位？！"

"我我我！"刘大志赶紧往急诊室跑去。

郝回归走回来，坐在微笑旁边。

微笑笑着说："郝老师，没想到你挺厉害的。"

"那你以为我是怎样的？"郝回归鼓起勇气盯着微笑。在现实世界里，他从来不敢直视微笑，怕被她看穿心事。

"就是……觉得……挺不一样的，哈哈哈。"微笑用大笑结束了这个话题。

郝回归很享受和微笑的独处，但他心里也很清楚，自己是来帮刘大志的，而不是和17岁的微笑越走越近。他很想问微笑到底喜欢什么样的人，但他也清楚如果这么问，微笑肯定把他当成猥琐大叔。

"大志还挺可爱的。"郝回归抱定一个心思：不管你未来喜欢谁，反正我要让你看到刘大志是不错的，未来是值得依靠的。

微笑稍稍歪着头想了想："跟小孩一样。"

如果一个女生给同龄男生的评价是小孩，那就意味着她根本没有从异性的角度去看待这个人。郝回归知道为啥微笑那么多年对自己毫不在意了，无论自己是好是坏，都不在微笑的视野范围内。

"我觉得大志很讲义气、很热血，哪里像小孩？"

"他总是很冲动，很少考虑后果，不就跟小孩一样吗？"

"那个……"郝回归为了不让刘大志被微笑贴上"小孩"的标签，只能硬着头皮胡扯，"你看，我们会打架的去打架，是因为我们能打，算是很嘚瑟。像刘大志这种不会打架，还敢打，打输了还不跑，不为自己，而是为别人，这是勇气啊！你看很多人明明不会游泳，但是也跳下水救人，这种行为是错的，结果是惨痛的，但那一瞬间，见义勇为的人根本就没有考虑过自己。"

微笑也若有所思地点点头："郝老师，你这么一说，好像也对。"

"当然对！刘大志是我见过最热血的男孩了……不，纯爷们儿。"

"郝老师，我觉得你对大志真好。以前老师们提到刘大志，都觉得他，怎么说呢，就是评价都不好。你刚来两天，就能发现他身上的优点。我觉得他遇见你，真走运。"

"我 和 我
并 不 了 解 的 '我'。"

郝回归回到宿舍，也抱回了全班收上来的作文本。

作文题目是《我的理想》。郝回归先翻出微笑的作文本，他有种做贼的感觉，于是说服自己："我是老师，我当然有权利知道每个人对未来的规划。"

微笑的作文写了满满四页纸，其中有一句"我想成为一名国际新闻记者"。

"……我想去更大的世界，见更多的人，听他们心里的想法……很多人觉得这不是女孩做的工作，但这份工作对于我来说，可能是了解世界真相的机会……"

高三的女孩写下的文字已经比大多数同龄人成熟。

郝回归眼前闪过微笑所有的画面，自信的，阳光的，独立的，好像从来就没有见过微笑为任何事情伤心。在他的印象中，微笑一直都是笑着的，仿佛这世间就没有令她难过的事。这一切都是她爸爸给她的。虽然生意很忙，但王叔叔永远都会抽出时间陪微笑，因为担心微笑的成长，又从老家请了一个远房亲戚张阿姨来家里做保姆。虽然微笑妈妈离异后去了国外，但微笑看起来却比刘大志这种"完整"家庭的人还身心健康。

郝回归把微笑的作文本合上，找出了刘大志的作文本。刘大志第一句就写："我想成为一名伟大的科学家，发明对人类有作用的科技。发明超级机器人可以给人看病……"

这几行字让郝回归心里满是羞愧。17岁的自己写的作文怎么是这种尴尬到想吐的文风。郝回归看了两段就看不下去了，他想起自己有段时间写作文确实鬼话连篇，好像把纸填满了就是一篇作文。刘大志完全不懂科技，对发明丝毫没有兴趣，为什么会想当科学家？还要发明有用的科技？发明超级机器人？郝回归为自己年轻时的无知感到羞愧。

这种羞愧的事在过去做得还挺多。比如有段时间，Beyond 风靡校园，为了显示自己是真的歌迷，每天放学之后狂背 Beyond 的歌名，歌怎么唱都不知道，目的就是第二天中午参加"写 Beyond 歌曲名大赛"……郝回归一边回忆一边骂自己白痴，可骂完之后，又觉得年轻真好，也许年轻时做的那些没有意义的事，现在想起来最大的意义就是让自己知道自己年轻过。

刘大志作文的最后一句话是："给我一个机会，我就能撬起整个地球！"要个啥机会？明明应该是"给我一个支点"，不仅把"支点"错写成了"机会"，而且通篇文章都是在瞎扯。连湘南这座小城都没有出去过，还想撬地球？对于刘大志这样的人来说，他缺的根本不是机会，也不是支点，而是地球。郝回归恨不得一把火把刘大志的作文本给烧了。他真是忧心忡忡。刘大志比自己看到的样子还要糟糕，郝回归以为回来改改刘大志的轨道就行了，没想到刘大志都还没有上道。此刻郝回归的脑门上刻着五个字"任重而道远"。

宿舍外响起急促的敲门声。

"谁啊？"郝回归起身。

只见周校工一个马步冲进来，嘴里不停念着，眼睛则盯着墙上的日历。郝回归看到日历上 20 日那天打着一个圈，还画着一个感叹号。

"果然就是 20 日！20 日！"周校工默念着。

"你要干吗？"

"我要小心，我要小心！"说完，周校工转身就走。

"你……"

周校工举动格外奇怪。郝回归担心他出事，便跟着他的背影上了楼。周校工走到自己宿舍门口，从门框上摸出钥匙，一边开门，一边不停唠叨："20 日，要小心，要小心！"然后"砰"的一声，关上了门。

外面月明星稀，走廊里光线昏暗。

"20 日？要小心？"回到宿舍盯着被画了圈的日历，郝回归一脸困惑。

第 三 章

高 手

他不是打赢了我,
他只是赢了我选的角色。

"一个真正想要改变的人，
首先要做的就是承认自己真的很糟糕。"

第二天，刘大志照常上学，脸上包得像猪头。

"怎么搞的，大姨打的？"叮当远远看到，语气里透着心疼。

刘大志摇摇头："没什么大碍，昨晚我保护了微笑。"

"行了行了，你还保护微笑，肯定最后又是微笑保护了你吧。"

"昨天晚上……"

"啊，陈桐！"

远远地，陈桐骑着辆山地车风一样刮了过来。刘大志本打算和叮当说说昨晚的英勇事迹，但陈桐一出现，叮当立刻把他当垃圾袋一样扔在路边。

"哥，我今天好看吗？好看吗？"叮当着急又慌乱。

刘大志贴满胶布的脸上露出极其鄙视的表情，但叮当根本看不见。陈桐离近后，叮当立刻摆出一副可人的姿势，双腿站直，右手轻轻对陈桐摇着，很礼貌地说："陈桐，早上好。"

陈桐一脸冷酷，对叮当点了点头，看都没看刘大志一眼。

"面瘫！"刘大志骂了一句。

"天哪，太帅了，好喜欢这样的男生。"

"你们女生疯了吗？喜欢这种，一脸克妻相。"

"起码人家有人可克，你这种猪头脸一辈子光棍。"

"喂，我是为了保护微笑才受伤的。"

"得了，如果是陈桐保护微笑，受伤的只可能是流氓。"

刘大志语塞，他知道叮当说得没错。保护微笑的事飞快地传遍校园，刘大志远远便能感觉到大家投来的目光。他特别得意，对着大家比着"耶"的手势。陈小武跑过来说："大志，丢死人了！听说你要救微笑，后来微笑还把你背去了医院。全校都知道了！微笑5岁的时候是不是还救过你一次？"

刘大志一听就急了，肯定是叮当传出去的。"别听人瞎说，我这是报恩，你放心，总有一天我会学会打架！"

"学会有什么用，要打赢！"

"对！打赢！"

"如果你遇见10年前的自己，
你觉得你能和自己成为好朋友吗？"

下一节是语文课，课间，冯美丽在发作文本。

郝回归在黑板上写下了几个大字板书——我想成为一个怎样的人。

叮当打开作文本，竟然得了100分，她激动地对微笑说："以后可不许再说我不会写作文了。"然后一看，微笑也是100分。

她急忙瞥了一眼自己同桌的作文，发现也是100分。

怎么全班都是100分？郝回归站在讲台上，看着每一个人："这次作文，老师给分比较高。大家都可以看看自己的成绩。"

给分给得高？那倒要看看有多高。刘大志翻开作文本，59分。他很不爽，看了看陈小武的，陈小武居然有100分。刘大志两个手指拎起陈小武的作文本掂量掂量，他才写了100字不到啊！

"我的梦想就是成为一个认真卖豆芽的，我也不会做别的，我就是想认认真真把豆芽卖好，对顾客好，做一个踏实的商人。别的，就没了。"

郝回归继续说："梦想是每个人都必须有的东西。人活着，如果没有梦想，跟咸鱼又有什么两样呢？每一个真的梦想都值100分。"

刘大志问："郝老师，梦想跟咸鱼有什么关系呀？"

郝回归愣了一下，他也不太懂，于是说："这是周星驰说的。"

刘大志问："我很喜欢周星驰，但怎么不知道他说过这句话？"

郝回归瞪了他一眼："他会说的。"

下课后，郝回归和刘大志在办公室里面对面地谈话。桌子上摆放着刘大志的作文本。郝回归的脸上没有任何表情："你知不知道，为什么全班只有你一个人的作文得了59分？你给我念出来……"

"……我想成为一名科学家，每天起床都有机器人给我送牛奶，它会成为我最好的朋友,我们一起下棋,一起散步……"念着念着,他自己都不好意思了,"郝老师,我明白了。"

"明白什么了?"

"我不该这么写,太幼稚了。"

"你也知道幼稚?那你应该怎么写?"

"机器人如果是我的朋友,我为什么要让它陪我下棋,一起散步,给我泡牛奶……这些事情都太幼稚了,起码机器人要做一些高级的事情吧,不然怎么对得起这个伟大的发明。"

"行了行了行了,你给我闭嘴。你懂科学吗?你热爱科技吗?你真的想造机器人吗?你怎么说谎脸都不红的?"郝回归严肃地说,"真的梦想,都值100分。你看看叮当,虽然梦想是当一个家庭主妇,但人家敢于表达自己内心的真实想法,还有小武想卖豆芽,微笑想做国际新闻记者,冯美丽想当模特,彭军想写武侠小说,这些都是他们最真实的梦想。你写的都是什么鬼话?"

刘大志猛然醒悟:"郝老师,您怎么就看出我没写真话了。真是神了!我跟您说,我写我将来要当科学家、要报效国家,那全都是胡扯的。"

郝回归的眼睛放光:"老师帮你实现真正的人生梦想,好不好?"

"真的吗?"刘大志十分激动,"郝老师,您真的是好老师。"

"别害怕,有我在你身边。"

刘大志一脸慷慨地说:"郝老师,我最大的梦想其实是当一个电子游戏玩家,靠玩游戏养活自己。如果我真的成了一个伟大的游戏家,一定不会忘记您对我的培养,一定感谢您全家,一定……"

郝回归一脸黑线,不敢置信地说:"你说什么?"

刘大志越说越激动:"这都是我的肺腑之言。将来我要是能打遍天下无敌手,代表中国站在全世界的电子竞技领奖台上领奖,我一定要当着所有人的面,感谢您,感谢您始终如一地支持我发展自己的专业,成为万人敬仰的——高手!"

郝回归傻了:"电子游戏高手?你的梦想?"

刘大志认真地说:"真正的高手!"

郝回归想起来了,自己特别热爱玩格斗游戏那两年一直幻想如果能靠打电子游戏进入国家队,代表中国参加奥运会就好了……那时只敢想一想,也觉得不可能,没想到刘大志居然如此厚颜无耻地当成一个真正的梦想说出来了。

郝回归怒道:"你觉得这就是我的意思?"

刘大志抱起双手:"对呀,郝老师,您对我的一片苦心,无以为报,我……"他眼看就要下跪致谢了。

郝回归终于爆发了,顺手拿起旁边一个作业本,卷起来就朝刘大志的头打过去:"你怎么不去死!"

"哎哟,哎哟,郝老师,别打,别打,痛!"

"说也没用,我打死你!"

"是您让我说心里话的,哎哟!哎哟!"

郝回归一怔,心里叹了一口气道:"你先走吧,回头再说。"

这个老师明明希望自己说出真实的梦想,却又那么生气。不是说真实的梦想值 100 分吗?

刘大志离开办公室。郝回归抚着额头,忍不住想如果真的让刘大志现在开始认认真真玩电子游戏,到了 2015 年,《王者荣耀》有没有可能是刘大志带领开发出来的呢?上次看新闻,这个团队的每个人都奖励好几百万哪。

不行不行!郝回归揉揉太阳穴,自己已经被刘大志弄疯了才会有这种错觉。

"郝老师,刚好你在,我给你介绍一下。"何世福带着王大千走进来。

"这不是郝老师吗?我们见过。"王大千热情地伸出了手。

郝回归立刻起身握手。

"郝老师,王总给我们学校捐了批电视,你们高三(1)班已经安装好了。为表示感谢,我们请王总吃个晚饭,你也一起参加。"

郝回归略尴尬地说:"我就不去了吧。"

王大千抢着说:"郝老师,我们一见如故,你怎么能不去。再说了,微笑也在你班上,咱们这关系可近啊。"

"不是……可我真的不会喝酒,一喝酒就过敏。"

何世福纠正道:"谁说我们要喝酒?而且,郝老师,跟家长搞好关系也是学校考量实习老师能不能胜任工作的标准之一啊。"

郝回归都忘记自己实习这回事了,如果没转正,是不是意味着自己就要离开学校?如果自己离开学校,能去哪儿呢?是回到2017年,还是依然留在这个年代,却什么都做不了?

"哪能跟老师喝酒呢?"王大千打断了郝回归的思路。郝回归的内心独白:"王叔叔,你当我3岁小孩?哪次吃饭你不喝?"

果然,饭局开始还没到半小时,王大千已经喝高。桌上还摆着两瓶茅台。王大千端着酒杯说:"郝老师,我们不喝酒,喝的是感情!"

"微笑爸爸,你真的不能再喝了。我认识一个朋友,肝不好,后来喝酒喝死了。你别再喝了。"

"就冲你这话,我再喝一杯!人活着就是为了开心,不是为了怕死。何主任,这顿我请,算你们给我面子。你要是过意不去,就喝了这杯!"

"我真不行了!"郝回归对酒精过敏,现在浑身通红。

何世福瞄了一眼账单,头上冒汗,在边上劝道:"郝老师,千万不能说自己不行,你行,你一定行!"

郝回归又喝下一杯。

客厅里,郝铁梅和刘建国又在大吵。

刘大志很自然地从抽屉里拿出纸巾,撕成两半揉成团,一边耳朵塞一个。吵架也是这个家每天固定的节目,从加班不管家里到加班的意义,再到这么多年一点儿改变都没有,他俩每天重复同样的话题,一吵就是十几年。

"砰"——刘建国摔门而去。

郝铁梅推开窗户,大喊:"有本事就别回来了!"

刚开始,刘大志还觉得家丑不可外扬,为什么妈妈总是对着外面咆哮。

后来他就习惯了,因为他发现周围的街坊也都习惯了。刘大志把耳朵里的纸团掏出来,扔到桌上,躺着一动不动。他不想待在家里,心早沉入海底。

"砰"——郝铁梅把刘大志卧室的门推开。

刘大志觉得不妙。果然,郝铁梅把怒气撒在了他身上:"你跟你爸一个德行,不知道是不是上辈子欠了你们刘家!作业做了吗?"

刘大志脑子一转:"妈,我作业忘在学校了。"

"你怎么不把自己弄丢!"

"我现在去拿!"刘大志赶紧往门外跑。

"大的这样,小的也这样!"郝铁梅一脸怒气。

刘大志连忙逃走,关上门,跑出楼道。他当然看不见郝铁梅在他离开的那一刻落寞的表情。刘大志深深叹了口气,低着头到处转悠。这夜色茫茫,爸爸能去医院,他刘大志却不知能去哪儿。

眼前出现了王帅一伙人的身影。刘大志掉头就跑,但他掉头的动静实在太大,瞬间便被王帅发现。不一会儿,他便被众人围住。

"小子,很经打呀!怎么不跑了?!"

刘大志看了一下形势,赶紧双手抱头:"大哥,受小弟一拜!"

王帅一脚将他踢倒。

"大哥,打人不打脸!"

"谁是你大哥?!"

"你就是我大哥!有话好好说!"

角落阴影里,一群人慢慢围了上去。

何世福已被喝倒。王大千也喝多了。

"郝老师,你说实话,微笑优不优秀?"

"优秀!"

"我是不是养了个好女儿?"

"是!"

"你干杯,我随意!"

郝回归一口干了，脸色发红，趴在桌子上胡言乱语："叔叔，你真是我叔叔。"

"好，我就当你叔叔！"

"叔叔，我跟你说，你以后啊千万不要让微笑出国，她不喜欢外国人。"

"你怎么知道的？她想做国际新闻记者呢。"

"叔叔，我是从未来来的人。嘘，我全都知道。"

"那你说，以后叔叔能发财吗？"

"能呀……但是……哇——叔叔，我真的不能喝了。"郝回归低下头，吐了一地。

一双熟悉的球鞋出现在眼前，郝回归醉醺醺地抬起头："咦，你长得好像我女朋友……"

"你好像我女朋友，但我没有女朋友。"

刘大志一直没有回家。郝铁梅非常着急，让叮当叫上陈小武一起出去找。迎面，微笑和司机正走过来。

郝铁梅急切地问："微笑，看见大志没有？"

走近后，她才看见司机背上还背着一个人。

"郝老师怎么醉成这样？"

"我爸和何主任醉得更厉害，还在车上呢！大志怎么了？"

郝铁梅看着郝回归："别管他！先把郝老师弄上去。"

宿舍里，郝回归趴在床上，哇的一口吐了出来。迷迷糊糊中，郝回归看到微笑在自己面前，他想伸手去拉，可微笑突然又变成郝铁梅。郝回归脸上露出笑容："妈……""妈"字还没说完，他立刻又吐了出来。郝铁梅赶紧一手去扶他，一手用刚刚准备好的盆子接住。微笑要接盆子，但郝铁梅说："你别管了，我来收拾。"

"要不是碰见阿姨，真不知该怎么办。"

"你爸还不知成什么样了,快回去吧。明天还要上课呢!"

"那行,我回去给小武打电话,要是找到大志让他赶紧回家!"

"刘大志那个兔崽子,找到他我打断他的腿!"

郝回归又"哇"的一声吐了。郝铁梅赶紧反身给他喂温水,一脸揪心。

王帅的鼻子上已在冒汗。刘大志越打越来劲儿。

一记绝杀,game over! 后面已有人欢呼。

王帅和刘大志正在游戏厅比拼《街头霸王》。

刘大志一拱手:"怎么样,大哥,小弟还有两下子吧?"

王帅狠狠地说:"再来!"

众人看着刘大志,期待他披挂上马,他却把手一举:"等等!"

"怎么?赢了不敢了?"

"我不敢?笑话!把我眼睛蒙起来!"

"什么?"

"睁着眼睛打是我欺负你。你们谁帮我把眼睛蒙起来!"

王帅的脸红了。一块红布遮住了刘大志的双眼,可屏幕上的春丽却好像开了天眼,攻击、卡位,越打越猛。小学三年级开始,刘大志就在游戏厅玩这款游戏,早已将所有音效倒背如流,自然有听声辨位发招的本事。画面上春丽腿功无敌,游戏里音乐声音高亢,周围叫好声此起彼伏,刘大志仿佛站在了人生巅峰。

再次 game over。

刘大志扯下眼睛上的布:"怎么样?!"

游戏厅里好几个人过来:"我们跟你打!"

"大志,你怎么在这儿?"人群中,陈小武尴尬地挤了进来。

"来,小武你来一局,打他们几个,你就够了!"

"你妈找你呢!电话都打到我家旁边的小卖铺了!"

"啊?"

"你妈找你!"

"打了这局再走!"众多挑战者拦住了刘大志的去路。

刘大志犹豫了一下,低声说:"你给我家打个电话,说我晚上住你家!"说完一转身,"来就来!"陈小武还想再劝,却也被激烈的战况吸引住了。

刘大志又战了几局,正在兴头上。"啪"——一个包裹扔了过来,砸中他的头。一回头,叮当面无表情地看着他。

"干吗?"

"大姨要我给你的,她说要你别回去了。"

"我今晚住小武家,给家里打了电话呀!"

"这周的换洗衣物都在这儿,其他的我管不着。"

刘大志一下反应过来,心想完了,抱起包裹,拔腿就往家里冲。后面陈小武还在喊:"那你晚上到底去不去我家啊?"

刘大志轻轻推开房门,轻手轻脚地放下包裹。

忽然,灯开了,郝铁梅冷冷地看着他。

"妈,怎么了?"刘大志假装没事地说。

"不是要你别回来吗?"

"什么?什么不回来?叮当什么都没说呀……"

"不是拿到衣服了吗?还回来做什么?"

"妈,你别气坏了身子。"

郝铁梅拿起手边的鸡毛掸子。刘大志一把拦住。

"你还敢躲?"

"妈,打在儿身,痛在娘心……"

话音未落,鸡毛掸子铺天盖地暴打下来,惨叫声响彻夜空。

"感觉像是做梦,
应该是一件很好的事情。"

郝回归从宿醉中清醒过来,头痛欲裂,他努力摇摇头,想不起来昨晚的事。桌上有一张字条:"郝老师,昨晚我来学校找大志,正遇上微笑和司机送你和何老师回来,看你吐了一地,就帮你收拾了。桌上有蜂蜜水,以后别喝那么多酒了。大志妈妈。"

郝回归隐约想起些画面,但具体发生了什么,他也记不住。他拿着字条,有点儿恍惚,他已有好些年没看过妈妈写的字了。手机、电脑开始普及后,他只能从妈妈发的短信的字里行间去揣摩她的情绪,却再也没见过这种工整娟秀的小字……原来妈妈的字这么好看。郝回归看着纸条,他能感觉得到妈妈一边写,一边回头看熟睡的自己的样子。一股温暖涌上来,郝回归特别小心地把纸条折好,放在皮包夹层里收起来。

屋子里格外干净,脏衣服都已经洗好挂在窗外。他喜欢和妈妈这样相处,没有压力,妈妈也不会吼自己,可他又有些失落,如果妈妈知道自己是她未来的儿子,还会对自己这么好吗?他喜欢妈妈这样对自己,但他又不喜欢妈妈这么对一个"陌生人"。

到了学校,郝回归先找了陈小武,然后叫刘大志到办公室。

郝回归问:"说说,你昨晚去哪儿了?"

"昨晚?我在小武家复习功课呀!"

郝回归没工夫跟他废话:"不是失踪了吗?不是要住陈小武家吗?不是跟王帅在游戏厅练了一场,赢得还挺痛快,他还跟你称兄道弟吗?现在他们一帮人叫你二哥?"

刘大志马上知道自己被陈小武出卖了。他马上变换主题,解释并不是自己要打,而是王帅要和他决斗,打架自己肯定输,于是他提出打游戏,没想到王帅居然答应了。

"然后呢?"郝回归冷冷地看着他。

"然后我就赢了!"

"你妈来学校找你了,你知道吗?你还撒谎说作业没带……"

刘大志委屈地说道:"郝老师,你不知道,我妈当时正在大爆发,如果我不闪,下场很惨的。"

"你出去吧。"

"啊?"

"放学后在操场给我跑二十圈。"

"啊?"

"这是对你的惩罚。"

"郝老师,我下次真的不敢了。"

"只有跑完二十圈,你才是真的不敢。"

刘大志见没有任何商量的余地,转念一想:"郝老师,本来陈小武可以阻止我的,但是他没有。我觉得我们两个都有责任,能不能我跑十圈,他跑十圈?"陈小武趴在办公室门口,一听刘大志要拉自己下水,立刻冲进来:"郝老师,我明明阻止过,是他把我拉下水,还让我帮他玩了两局。"陈小武可不想成为垫背的。

"行了,行了,你俩一人给我跑二十圈。"

从办公室出来,刘大志很生气:"陈小武!你知不知道好兄弟如果分享痛苦,痛苦就变成一半;好兄弟如果分享快乐,快乐就变成两倍。你看你!本来我俩一人只要跑十圈,你现在让我们一起要跑二十圈!你这个猪脑子!"

"是你要把我拖下水的啊……"

"我拖你下水也是应该的啊!你怎么就那么沉不住气?气死我了,你说从郝老师当班主任到现在,你跑了多少次操场?等这个学期结束,大家都会说高三文科班的陈小武跑操场的距离能绕地球五圈,你不丢人,我也丢人啊。"刘大志仰天长叹,眼睛一瞟,看见微笑正从一楼穿过。三楼走廊的男同学看见微笑都在窃窃私语。刘大志特别大声地喊了一句:"微笑!"

微笑在楼下一回头,楼上的男同学都骚动起来了。

刘大志觉得自己唐突了,语气立刻有点儿怂:"你看见叮当了吗?"

微笑直接用手指了指站在自己身边的叮当。陈小武很纳闷,戳戳刘大志:"叮当不就站在微笑旁边吗?"刘大志用眼神制止陈小武,让他闭嘴,继续很大声地说:"好的,我看到了,谢谢啦!"

微笑看刘大志又是闲得慌,直接把手里的字典从楼下朝刘大志砸过来。刘大志慌忙一躲,接住字典,假装很潇洒地掂了掂。微笑在楼下笑着对刘大志喊:"你再这么无聊,小心我揍你啊。"其他男生都为刘大志喝起倒彩。刘大志毫不在意,大摇大摆走过人群。

"你每次遇见微笑的时候都好奇怪噢。"陈小武皱着眉头道。

"啊?"刘大志极力掩饰内心的错愕。

"哪里很怪?"

"你现在就很怪。"

"是吗?"刘大志极力放松地说。

"反正就是感觉你每次在微笑面前都不太像你,很不自然,很容易被人误会你喜欢微笑。"陈小武不知道该怎么形容。

刘大志差点儿喷出来。

"我是什么样的?"刘大志问。

"反正就是……"

"你别反正反正了!好好好,我承认我有点儿奇怪。你告诉我,我应该是怎样的?"刘大志急了。

"我不知道你应该是什么样的,但我知道在微笑面前你都不知道你是怎样的,但是还好……"

"嗯?哪里好?"刘大志很想知道自己的可取之处。

"还好微笑不喜欢你!所以也就不会在意。"说完,陈小武点了点头。

"她喜不喜欢我有什么关系,反正我也不喜欢她啊。那么凶,跟我妈一样。"刘大志急匆匆走回教室,留下错愕的陈小武。刘大志怎么了?

叮当摇摇微笑道:"你说我哥是不是喜欢你?"

"什么?"

"我觉得我哥在你面前老是不对劲儿。"

"他一直都很不对劲儿啊。"

"好像也是。"叮当点点头。

其实微笑此刻有自己的心事。她完全没有想到新来的老师会在喝醉后说自己像他的女朋友……虽然之前对郝老师颇有好感,但他对自己说这样的话,让微笑有一种被冒犯的感觉。郝老师之前说自己有女朋友,万一真的很像呢？她很苦恼，这个老师并不像自己看到的那么简单，甚至有点儿猥琐。对，"猥琐"这个词还挺准确的。微笑突然心情好了点儿，笑了起来。叮当莫名其妙地看着她。

郝回归总觉得自己醉酒后对微笑说过什么，可怎么也想不起来。他害怕自己说错话，因为他太了解喝醉的自己了。校园另一个角落里，周校工正在打扫操场的台阶，一边扫，一边小心翼翼的。远远看着，郝回归感觉周校工嘴里一直碎碎念着什么。一个趔趄，周校工差点儿从台阶上摔下来。郝回归远远看着，只见周校工拿着扫帚疯了一样打着那几级台阶。这个周校工还蛮沉浸在自己的世界里。

> "要抓住一个人更大的把柄，
> 最好先让他抓住自己的小把柄。"

放学后，跑完步的刘大志累得直接躺在操场上，广播站放着许茹芸的歌。

"陈小武，我认识你真的倒了大霉。"

"本来我不用跑的，还不是因为你……"

"我不管，你欠我的。"刘大志累得半死。

"啊？"

"反正你欠我一次。"刘大志扭过头，恶狠狠地看着躺在旁边的陈小武，"这星期的作业，你来抄！"刘大志直接把书包甩给陈小武。陈小武依旧一动不动躺着："这个郝老师太坏了，接下来我们该怎么办？"

"没事，只要整不死我们，我就一定能找到他的漏洞，抓住他的把柄，报复回去！"刘大志觉得不能再坐以待毙，必须反击了。

微笑和叮当从广播站出来。刘大志站起来，拍拍屁股，把书包踢给陈小武，两人一起迎了上去。刚出校门，王帅立刻带人骑着摩托车围了上来。

微笑皱着眉头道："他们怎么又来了？"

刘大志笑着道："他不是来找你的，是来找我的。"

王帅摘下头盔:"大志,雅南高中来了个高手,走,会会去!"

陈小武轻声对刘大志说:"我们刚围着地球跑了二十圈……"

"是操场!"

"哦对,我跑晕了,是操场,二十圈……"

刘大志很犹豫。王帅看了微笑一眼,说:"你这要是不去,就是重色轻友。我很丢人的!"

刘大志硬着头皮说:"是,不能让大哥丢人!没事,就是去玩个游戏而已。"

叮当:"你妈,还有郝老师,你都不怕了?"

刘大志对陈小武做了个割脖子的手势:"这一次你再敢说出去,就咔!我先去,你走过来找我。"说完,翻身上车,轰鸣而去。

"你妈要把你的腿打断,我可不管了。"叮当在后面大叫。

微笑看着刘大志远去,摇摇头道:"让他去吧,总会知道这么做会出问题的。"

"微笑,你等一下。"郝回归从远处跑来。

一看郝老师过来,叮当特别开心。听见郝老师叫自己,微笑不走也不是,走也不是。"那个,昨天我跟你爸喝酒喝多了,如果说了什么胡言乱语,肯定是我喝醉了。"他本想问"我昨天有说什么不该说的话吗",但一见叮当在旁边,只得改口。

"嗯。"微笑不冷不热地回应。

"以后老师再也不跟你爸喝酒了。"郝回归意识到自己肯定说了什么。

"那就别喝了吧。"微笑转身就走。叮当也感觉到有些不对劲儿,在后面追着微笑:"微笑,等等。郝老师,再见!"

"再见。"郝回归挥挥手。

雅南高中旁的游戏厅人头攒动,观战者众多。

刘大志像拳王一样登场,身后还有小弟给他拿着书包。来人显然有备而来,一脸不屑,正是外号"霸王"的雅南高手。刘大志笑嘻嘻道:"看来你还挺有名呀,霸王是吧,我是湘南五中的——春丽。"刘大志边说边做出一个很萌的动作。

霸王拱手道："请！"

刘大志也拱手走上前去。

霸王选的是红衣服的 Ken，但他并不主动进攻，而是用中远距离波动拳牵制刘大志的春丽。刘大志很沉稳，并没有因为无法占优势而慌张。王帅反而不停地催促道："进攻啊，进攻啊，你这样下去，没时间了，你血槽比他少，你也会输的。"刘大志没搭理王帅，操控着春丽用各种方式逼近又后退。霸王玩得确实不错，少有破绽，很沉稳。刘大志很久没遇到这样的对手了。

第一局结束，春丽防御了多次波动拳，费了些血槽，暂时落后。

王帅带来的人纷纷摇头，觉得很丢脸。

"可乐！"

一听插着吸管的可乐递到了刘大志的嘴边。刘大志一口气吸完一整罐，继续战斗。王帅不明白刘大志的玩法，也看不懂为什么两个人都远远的，很少交锋。对刘大志来说，要在电光石火之中找一个最好的机会，这种机会一面靠对方失手，另一面要靠自己的预判。Ken 一个扫堂腿，春丽及时后退，扫堂腿落空；就在 Ken 转身的瞬间，春丽走过去一个抱摔，成功进行了第一次正面打击。围观群众发出惊叹声。霸王有点儿丢脸，加强了进攻。刘大志接着抓到两个漏洞，扳回一局。

第三局，霸王重新调整策略，回到第一局的牵制战略。王帅害怕刘大志落败，不停催促进攻。刘大志尝试了两次进攻，但都被对方封住。还没结束时，刘大志站起来，双手抱拳道："厉害，今天我输了，有机会下周再战。"

王帅愣在一旁："还有时间呢，怎么就认输了？"

"今天有问题，比下去也是输。"

王帅自然听不懂。周围一群人觉得很丢脸，一哄而散。刘大志一个人坐在游戏厅外的台阶上等陈小武，略显沮丧。陈小武远远看见刘大志被一种"天地间唯我最寂寥"的孤独感所笼罩。

"输了？"

刘大志点点头。

"不应该啊，谁玩这个能玩得过你？"

"嗯……"刘大志陷入沉思。

陈小武坐在刘大志身边默默地陪着他。刘大志突然振作起来，猛地跳起来说："我知道了！我知道了！他不是打赢了我，而是打赢了我选的角色。"陈小武听不懂。刘大志大喊道："我知道哪里出问题了！除了春丽，我必须再修炼一个角色！他用 Ken 来克制春丽，我就要再找一个克制他的角色！"

湘南五中附近的游戏厅里，刘大志练习得昏天黑地。陈小武在一边劝道："大哥，算了吧。你妈、微笑、郝老师，你忘记他们的态度了吗？"

刘大志头都不抬地说："要是不赢回来，谁会看得起我？"屏幕上显示刘大志赢了。刘大志用胳膊肘捅了捅旁边的小武："怎么样？我帅不帅？"

小武没有回应。

"你怎么不吭声呀……郝、郝老师！"

郝回归站在刘大志的面前。

游戏厅外面，行人渐少。郝回归来回走了几步："你有没有想过，你游戏打得好是因为大部分比你聪明的人从来不打游戏，比你笨的又没有花时间和心思在这上面，碰上个脑子正常的，你就挂了。不是说玩电子游戏没有出路，而是你玩电子游戏没有出路，你的技术太渣了。"

"郝老师，那个……渣是什么意思？"

"渣的意思就是……很差劲儿！"

"郝老师……我打游戏是有技术含量的，外行很难看得懂的。唉，我很难解释。不过你是老师，你说什么都是对的。"

"我的话你是不是不听？"

"听，我听，我再也不打了。"刘大志一脸无奈，但又很想为自己挽回一点儿颜面，"不过，郝老师你是没打过。你不知道，游戏是个很强大的世界，在这个世界里——唉，说了你也不懂。"

"你说，我当然懂。"

"一般玩过这个游戏的人都不会这么说。"

"那应该怎么说？"

"要不郝老师和我玩一局？只要你赢了，你说什么我都听。"刘大志迫不得已又使出对付王帅的这一招，一方面是想证明自己，另一方面万一让郝老师掉坑里了呢。

郝回归沉默了一会儿。

"郝老师？"刘大志试探地问。

"好，我答应你。我们打一局。"

中招了！刘大志想象着自己在陷阱口探头，看到郝回归灰头土脸求救的样子。

"真的？"刘大志和陈小武异口同声地说。

"我跟你打一场，我赢了，从此你安心读书，再不能打游戏。"

"郝老师你可不能开玩笑啊！"

"我要是输了，从此以后你随便玩。"

"一言为定！"

郝回归和刘大志打赌的消息飞快地传遍学校。

"郝老师要跟刘大志在游戏厅决战！时间是明天下午放学后，地点在五四路第三个转角第二家游戏厅！"

"当你真的很了解自己的时候，你就能解决掉那个更差劲儿的自己。"

决战当天，游戏厅早早挤满了人。

"微笑，你是哪边的？"叮当在人群中悄悄问微笑。微笑是被叮当硬拖来的。一个身为老师喝醉了胡言乱语，一个不了解自己的同学各种冲动行事，两个人用格斗游戏打赌。微笑没有回答叮当的问题，在她看来，这两个人都是小孩。

叮当正侧着头和微笑说话，却看见陈桐走过来。

"陈桐！"

"你也来了？"微笑朝陈桐点头。

"难得一见。"陈桐也点点头。

另一边,王帅摆了个摊子,大喊着"压一赔十,压一赔十",导致本就不宽敞的厅子更加拥挤。

外面突然一阵骚动:"来了,来了!"

刘大志跟在郝回归的后面,一脸的自信。他环顾四周,叮当来了,微笑和陈桐居然也来了,还有好多不认识的同学。刘大志特别得意,如果今天一战成名,自己在学校就真的是一个人物了。经过微笑时,他比了一个"耶"的手势:"你怎么也来了?"

微笑回道:"挺有本事啊,把班主任拉下水了。"

刘大志害羞道:"哎呀,我就是随便那么一说,谁知郝老师特爷们儿,立刻答应了。"刘大志知道自己没别的本事,唯独能拿得出手的就是游戏,今天和班主任决斗,就是让自己有一个证明自我的机会。

微笑!让我给你留下一个深刻的印象!刘大志在心里呐喊。

两个人在游戏机前坐下,然后开始选角色。刘大志最擅长操作的是春丽,选好之后,笑嘿嘿地看着郝回归。郝回归面无表情,选择了 Ken。刘大志心头一惊,郝老师怎么会选这个角色?不不不,这一定是个巧合。众人觉得好戏来了。对《街头霸王》有任何了解的人都知道,直接选择 Ken 的人要么是新手,要么是老师傅。从握摇杆的力度到右手按键的姿势看,郝回归并不是一个新手。

开局。

刘大志瞄了郝回归的右手一眼,心里咯噔一下。玩游戏和弹吉他一样,看一个人手指在什么弦上分布,大概就能猜到对方的水平。郝回归用大拇指管下方三个键,食指和中指管上面三个键,正是行家手法。刘大志不敢再轻敌,他没有主动进攻,而是想先找到郝回归的漏洞。

郝回归的战略和雅南霸王的一模一样。十秒之后,刘大志的脸色开始变化,他知道自己遇见真的对手了。他不敢看郝回归,说害怕可能不太合适,更准确一点儿说,他觉得郝回归深不可测。他不知道这个班主任从哪里来,也不知道他为什么一直针对自己,今天自己给他挖了坑,可最后被埋的还是自己。不行！我不能被影响！我也不能输，那么多人都在！微笑也在！我输了，以后我还能做什么？！

刘大志的额头开始冒汗。

其实，直到开局前，郝回归的内心还是有些忐忑的。自从上大学后，他就再也没有碰过这个游戏。不过，虽然手生了，但看到熟悉的画面，听到熟悉的音乐，以前的感觉全都回来了。

郝回归完全克制住了刘大志的进攻，他已经渐渐进入状态。画面上，急于求胜的春丽冒险进攻，但都被 Ken 轻而易举地化解。群众哗然。大家倒不是为刘大志惋惜，而是没想到一个班主任居然这么会玩格斗游戏。郝回归的脸上开始露出笑容，而刘大志的脸渐渐憋得通红。越是着急，越容易失误，刘大志一点儿办法都没有。叮当兴奋地拽着微笑的手，语无伦次地说："天哪天哪，老郝那么厉害？！天哪，我要爱上他了！"

微笑让叮当克制一点儿，但也难以掩饰自己的惊讶。这个郝老师，原来真有两把刷子，并不是满嘴跑火车的人。

屏幕上亮起 game over。刘大志输了。不可一世的湘南五中格斗王刘大志输了，还是连输两局，而且是输给自己的班主任。十几年的努力，本以为会一战成名，没想到被一个老师给摧毁了。刘大志不知道如何面对周围的人，不知道如何在微笑面前抬头，不知道如何面对自己。

有人鼓起了掌。刘大志面如死灰地站起来，眼神有些放空，自己果然一无是处，在唯一擅长的事情上输得那么难看。郝回归拍着刘大志的肩膀说："怎么样？"

一看刘大志的表情，郝回归心想坏了，自己并不是想让他难堪的。此刻刘大志也许认识到了自己的不足，但这个做法可能太过分了。郝回归冒出了冷汗，他本想帮助刘大志，却当众把他毁了。他不知道刘大志此刻的心情，但如果换作自己的话，必定万念俱灰，不想再见任何人。虽然大家会对自己刮目相看，尤其是微笑，可他更清楚，和自己做对比的人是刘大志，赢了17岁的自己，踩着17岁的自己被人肯定，这才是致命的。他要做的是让刘大志变得更好，而不是用这种方法让他更难堪。郝回归的脑子迅速转着，他要帮刘大志把面子扳回来。

大家依然围着看热闹。刘大志一步一步慢慢走出了游戏厅,他的世界似乎崩塌了。十分钟前,他还是自信心满满;十分钟后,却在自己绝对占优势的比赛中失败了。他脑子一片空白,感觉自己是在做梦。我怎么可能输给郝老师呢?是郝老师给我下了药,还是郝老师作弊了?不可能啊,我怎么会在格斗游戏里输给郝老师?刘大志人生唯一的信仰就这么被摧毁了,这可是他花了好多年时间才建立起来的自信,怎么说失败就失败了呢?郝回归看着刘大志,心里特别愧疚。突然间,刘大志回过身来,"扑通"一声,单膝下跪,双手抱拳,对郝回归说:"师父,请受徒儿一拜!"所有人都惊了,郝回归也惊呆了。

众人哗然,本想看刘大志惨败后痛心疾首、悔不当初的样子,没想到……大家觉得虽然刘大志不至于号啕大哭,但至少应该表现出起码的羞耻心吧。

果然有种,瞬间就让尴尬的气氛变得更诡异了。郝回归还来不及说什么,微笑走过来,拉了一把刘大志:"刘大志,输了就是输了。承认自己输了,跟郝老师说你以后再也不玩游戏了。下跪这种事情还是尽量少做吧,如果你还是个男人的话。"她从未对刘大志这么说过话。现场瞬间安静了。刘大志的脸色变得很难看,但依然单膝跪着不愿意起来:"这是我们男人之间的事。"

"行,那你继续跪吧。"微笑说完转身往学校走。叮当在后面追。刘大志追也不是,不追也不是。他想让自己有个台阶下,而且不觉得这么半跪有失男人尊严。郝回归看出了刘大志的窘迫:"其实,大志,你能打成这样已经很厉害了。以你的智商和情商,稍微再练习一下,要打败我没有问题。但如果你把这精力花在学习上,考上重点大学肯定没问题。"

"郝老师,你怎么会那么厉害?"刘大志完全没有意识到郝回归在暗示自己是能考上重点大学的。郝回归一巴掌拍上他的后脑勺:"刘大志,我的意思是让你别再玩游戏了!你把精力花在学习上,考上重点大学肯定没问题。"

刘大志非常认真地说:"好!我一定……做到!"

"嘀嘀!嘀嘀!"一辆救护车从学校里开出来。

"郝老师,你们这是……"

"没事,没事。张老师,这是……"

"周校工刷墙时从楼梯上摔下来昏迷了。我要送他去医院。"

"啊?"郝回归想起周校工神经兮兮的样子。他一直都是很小心的人,怎么会这样?

众人把路让出来,救护车绝尘而去。

> "我和我的关系好了,
> 可我和我喜欢的人的关系却越来越远了。"

郝回归意识到一个严重的问题——自己一件好事都没办成,反倒把事情越办越糟。喝醉了酒说错话,让微笑讨厌自己;和刘大志打游戏,让刘大志下跪,又让微笑讨厌刘大志。可在郝回归的记忆中,微笑从未讨厌过自己。是不是因为自己的出现,让刘大志暴露了更多的问题?当晚,郝回归辗转反侧,无法入睡。

当晚,刘大志也辗转反侧,无法入睡。他觉得很奇怪,今天玩游戏输了,他应该哭得死去活来,懊恼个大半年。但他此刻却没有这样的感受,想到郝回归,他脸上反而浮现出似笑非笑的表情。

这个老师神神道道的,却总能在一些事情上让自己心悦诚服,而在这些神神道道之后,刘大志也感受到这个老师是真的想让自己变好。类似于"你那么会玩游戏,学习肯定也不会差"的话,这多像哄小孩子。毕竟自己成绩差也不是一天两天,曾经的自己也想认真学习,可就是没兴趣。这次他居然想相信郝老师一次。这个郝老师为了不让自己玩游戏绕了那么大个圈,那自己也应该相应地把剩下的那小部分圈给连起来。刘大志觉得生活突然有了一些盼头。他爬起来把七点半的闹钟改成六点半,然后继续躺下看着天花板。想到自己跟微笑说的那句话,他又后悔又懊恼,还略微有些委屈。如果微笑真了解自己，她一定会知道，自己所有嬉皮笑脸的反应都是一种自我保护的方式。他每天面对父母的争吵，已经够压抑了，如果还不笑着面对这个世界，他都没有勇气撑下去。他也知道微笑是为自己好，只是自己没有做好这样的准备，也没有勇气在外人面前承认自己的不堪。

"得意忘形的郝回归，
陷入了重重困局。"

郝回归站在何世福的办公室里。

何世福一只手敲着桌子，另一只手指着郝回归的鼻子吼道："太不像话了！"

看何世福那么严肃，郝回归强忍着不笑。

"你知道外面现在怎么传吗？知道话说得有多难听吗？"

郝回归无所谓地说："不就是打了场游戏吗？"

"打游戏就对吗？"

"主任，我也是没辙了。如果不跟他单挑，我想不出什么别的办法能让他不进游戏厅。你之前也说了，他是个聪明的孩子。"

"胡闹，简直是胡闹。跟学生打擂台，你还像个老师吗？"看郝回归不能理解，何世福越来越生气，"郝老师，你不要忘记了，你们八个实习老师是我们从教育局档案里选出来的。我们将文科班交到你的手上，是希望你能知道你肩上的责任。湘南中学文科班从来没有人考上过重点大学你是知道的。现在你这么做对得起他们的家长吗？你让家长怎么想我们学校？！如果你依然执迷不悟，两个多月后，你会为你今天的执拗付出代价的！"

郝回归一愣，心想："这就是明摆着说我不能转正，是吗？"

如果前段时间说这个，郝回归根本不会在意，反正这也不是他喜欢的工作。可现在，他和刘大志越走越近，和大家也越来越熟悉，如果自己不能继续当班主任，哪儿还有机会去接近微笑，去改变刘大志和微笑的关系？更别提其他朋友了。郝回归有些服软，但还是希望能说服何主任："何主任，您说的我都认同，但我觉得教育是可以用不同方法的，虽然我的方法有点儿另类，但结果是好的。刘大志已经表了决心，他再也不会打游戏了。他挺聪明的，就是没用到正道上。"

"我看你的脑子就没用在正道上！结果好？你有没有想过这样做的后果……"

郝回归打断道："我想过！"

何世福更气了："你想过？凭什么保证你一定赢？你万一输了呢？你跟他赌之前有没有想过，没有人能保证百分之百赢！"

郝回归语塞了："我……我不可能输。"

"你怎么不可能输？你只是幸好赢了，如果输了呢？学生会怎么说？刘大志会怎么说？传出去家长怎么说？其他人怎么看我们学校？你以为我是老古董，是教条主义，不能理解你用新的方法教学生？以为我看不惯你们年轻人？谁没有年轻过？你跟学生单挑，让全校都去看你们打游戏，那是教学生吗？你赢了？你那是出风头！你看现在传得沸沸扬扬，说老师打学生。你知道我从昨晚上到现在接了多少个电话吗？"

"打学生？我没打啊，那是和学生打游戏……"

何世福拍了一下桌子："游戏什么游戏！现在学校正在评优，一旦家长去教育局闹，整个学校就会因为你和学生打游戏这事给毁了。你代表的不是你一个人，是整个学校！待会儿，刘大志的家长会来，你自己跟她解释！我告诉你，一旦这件事传到校长耳朵里，你连接下来两个月的时间都不会有了，立刻给我走人！"

郝回归一脸沮丧，不管在梦里，还是在现实里，自己都不太懂职场规矩。等到郝铁梅站在办公室时，何世福完全变了脸，和颜悦色地说："大志妈妈，这件事，我们郝老师已经意识到了自己的错误。虽然方法偏激了点儿，但他的出发点也是为了教育大志。"说着，何世福瞪了郝回归一眼。

郝回归立刻接着说："何主任说得没错。我没有考虑到这件事的后果，完全从我自己的想法出发，现在造成了不好的影响。"

郝铁梅看着何世福："你们把我叫过来，就为这件事啊？"

"啊？我们学校做得不妥当，诚挚地向您道歉。"

"何主任，昨天大志已经在家里表了态，再也不去游戏厅了。这是好事呀！虽然方法有点儿极端，但总比我打断他的腿强吧……"

郝回归："其实我也应该考虑其他办法。"

"郝老师，你不用想了，我自己的儿子我知道。以后大志交给你好好教，不听话你就往死里打，打死算我的。"

何世福愣住了。郝回归连忙说："大志妈妈，我送您。"

两人一起走出何世福的办公室。郝回归摸着头道："让您见笑了，我挺没老师样子的，何主任他也是担心。"郝铁梅看着郝回归，认真地说："我相信你会是个好老师。""总是让您看见我很狼狈的样子。那天晚上多亏您了。""你说那天呀，我也是正好遇上。我看见没什么，让微笑看见总是不好，难为她还想办法送你们回来。"

郝回归脑中闪现出醉酒那天的事情，他突然想起了那天自己说过的话，心里一惊："糟了！"郝铁梅惊慌地看着郝回归："怎么了，郝老师？是不是我哪里说错话了？""不是不是，我想起一件特着急的事。大志妈妈，我就不送您了啊。"

郝铁梅看着郝回归跑掉的背影，自言自语道："郝老师……倒也像个小孩子。"

"知道自己哪里不好只是10%的成功，知道自己怎样才会好才是剩下的90%。"

放学后，郝回归经过教室时，发现刘大志还在，便走了进去。刘大志愁眉苦脸，一看见郝回归，就像见到了救命恩人。

"郝老师，上次你不是说微笑觉得我特别不爷们儿吗？我昨天那么爷们儿，可是她……"刘大志分不清"真爷们儿"和"大男子主义"。

"你现在打算怎么办？"

"我要是知道如何能解决这个问题，也不会这么烦了。"

"如果我能帮你解决,你愿意听我的办法吗?"

"愿意!愿意!什么都听!"刘大志一下兴奋起来,"郝老师,我要怎么做?"

"微笑跟着她爸长大,她爸又是生意人,见的人多了。她如果对你做出了一个判断,那你仅仅做一件事是没法改变她对你的印象的。接下来我们要从很多地方着手。从明天起我让你干吗你就干吗。相信我,不出三个月,保证你们的关系会变好。"

"没问题!"十几年都过来了,三个月算什么。

"那我现在能做啥?"

"微笑不是一个爱计较的女孩,你该干吗就干吗,假装昨天什么都没发生过,但明天就要真正开始改变了。"

"啊,广播结束了,那我跟他们一起走?"

"去吧。"

刘大志虽然有点儿忐忑,但觉得郝老师肯定有自己的道理,于是立刻收拾好书包。郝回归心里也很忐忑,他并不知道微笑是否真的不再计较。但他知道曾经的自己总是担心这个,害怕那个。现在回头看,自己的小心翼翼让自己错过了很多,他决心在刘大志每一个怯懦的路口都推他一把。郝回归偷偷地跟在刘大志的身后。刘大志在小卖部买了四个冰激凌,和陈小武两个人追上叮当和微笑,鼓起勇气说:"为了庆祝我放弃游戏,开始新生。"

叮当看着微笑。微笑想都没想就把冰激凌接过来开始吃。陈小武看傻眼了。什么样的女孩可以昨天翻脸,今天就好像什么事都没发生过一样?

"吃啊,愣着干吗?不能跟好吃的过不去。"叮当也拿了一个。

刘大志看微笑接过了冰激凌,心里想:"郝老师真的神了,他怎么知道微笑会当昨天的事情没有发生过?"

四个人举起冰激凌,碰了一下:"干杯!"

接着,刘大志高举冰激凌道:"敬老郝!老郝真是个好老师!"

微笑淡淡说了一句:"别被带坏了就好。"刘大志接着道:"他那么神,带坏我我也情愿。你是不知道我妈那么挑剔的人,现在只要是老郝说什么,她都没二话。"叮当看着微笑道:"你爸不也挺喜欢郝老师吗?这么帅的老师突然出现在我们的生活中,简直跟偶像剧一样,你们说我像不像女一号?"叮当一副自我陶醉的样子。

刘大志把冰激凌涂到叮当的脸上:"你要不要脸?"

叮当惨叫道:"刘大志,你要死了!"

陈小武:"郝老师……"

"哪有那么邪乎。"刘大志一转身,看到了郝回归,马上嬉皮笑脸道,"郝老师……你吃冰激凌不?"

叮当觉得脸上被涂了冰激凌见不得人,特别愤恨地瞪着刘大志。

微笑拉着叮当道:"走,去擦擦。"叮当被微笑拉着一步三回头:"郝老师,我先走了。拜拜,明天见。"微笑用力地拉着叮当赶快走。郝回归突然追上去:"微笑,你等等!"微笑停下脚步。叮当用袖子赶紧擦了一把脸。刘大志和陈小武也几步跟了上来。

郝回归特别自然地说道:"本来跟你爸说好今晚一起吃饭,我临时有个朋友来,不能去了。"

微笑敷衍道:"哦。"

"我不能喝酒的,上次喝醉了,真是失态。你也劝劝你爸,少喝酒,对身体不好。"

微笑低着头不说话。

叮当笑道:"郝老师,王叔叔不喝酒是做不到的。"

刘大志:"男人不喝酒像什么男人嘛!"

郝回归板起脸训刘大志:"男人就是要下跪,不停下跪,下的跪越多,就越像男人,是吧?"

陈小武和叮当笑了起来,微笑也忍不住笑了起来。刘大志很尴尬地说:"郝老师,别说了。我都解释过了啊,以后再也不跪了。"

"真明白了?"

"真明白了。"

微笑又恢复一副波澜不惊的表情:"郝老师,我会跟我爸说的。"郝回归点点头,朝另一个方向走了。他心里纳闷,自己鼓励后刘大志可以破冰成功,怎么自己的破冰似乎遇到了障碍?难道自己无论和多少岁的微笑相遇都是这种坎坷命运吗?

"微笑,你有没有觉得郝老师有一股特别不一样的魅力?"叮当看着郝回归的背影犯起了花痴。

"你心里喜欢的不是陈桐吗?"微笑看着叮当露出无奈的笑。

"我只是在客观分析他们各自的优点。我觉得郝老师才是男人,其他人都是男孩,只不过陈桐是一个优秀的男孩。"叮当把自己感兴趣的男性很准确地进行了分类。

事情被何世福说中了。

教育局要来学校进行考查,学校安排的是理科班特级教师张老师的公开课,但因为郝回归和刘大志那一场游戏厅战役,有人给教育局写了信,教育局点名要听郝回归的作文公开课。按教育局领导的话来说:想看看这个和学生打游戏机的老师到底在教学上有什么不同之处。

郝回归皱起了眉头,这意味着什么?何世福一动不动地盯着郝回归。郝回归被盯得发毛。看郝回归无动于衷,何世福爆发了:"你知不知道现在是学校评优的最后阶段?!你知不知道理科班张老师的课上得有多好?!你知不知道教育局之所以要来听你的课就是因为你被抓到了把柄,害得整个学校都要被连累了?!你上不好课,拍拍屁股就走了!我们呢?你知不知道学校今年评不到优意味着什么?高考加分的指标、三好学生的指标、老师的待遇,全都没了!唉!我们怎么会把你这样的老师给招进来……"何世福的语气从生气到无奈。

郝回归不知道该说什么,好像说什么都没用。何世福摆摆手道:"去吧去吧,你这几天就别上课了,我找人代你课。这堂作文公开课是教大家写父子情,你给我好好准备吧,死也要死得不留遗憾。"郝回归有点儿心疼何世福了,毕竟如果自己闯了祸,何主任的位子也难保。

郝回归叹了口气,回到宿舍,想了半天,翻开了何世福给他的作文公开课教案。他无论如何没有想到自己有一天坐在桌子前备这种课。郝回归和爸爸刘建国的关系不知从什么时候开始变淡了，彼此之间无话可说。郝回归在桌前沉思了老半天后，翻出朱自清的文章《背影》，寻找一些父子情的灵感。看到文中的两处"聪明"时，郝回归的心像被针扎了一下。以前觉得这短短的散文不过是篇优秀文章，今日看起来却字字戳心，无论是自责自己过于聪明，还是三言两语写尽父子生活的困境。还没看到父亲爬过铁道去买橘子，郝回归的眼眶就湿润了。也许是过了30岁，才能理解这些文字。小时候常常骑在爸爸的脖子上，后来再大一点儿，父母的关系越来越僵，自己跟爸爸的交流也越来越少，印象中似乎只有爸爸给人看病或独自看报的侧影。

如果非要找个深刻的印象，可能就是自己从湘南去省会读大学的那一天。郝铁梅怕自己忍不住会哭，就让刘建国一个人送郝回归。父子俩一路上一句话都没说。直到郝回归进了站，才听见爸爸在后面扯着嗓子喊了一句"注意安全"。以至于后来每每路过建筑工地或桥洞隧道，只要看见"注意安全"四个字，就好像能听到爸爸带着哽咽喊出的那句话，郝回归觉得格外温暖。其他人每每看他在"注意安全"的路牌下感慨万千，都觉得莫名其妙。想到这些，郝回归对自己和父亲的情感有些遗憾。

郝回归突然想起了很多。爸爸在车站送自己的那一天，自己两步并作一步往火车站赶着，而爸爸慢吞吞的，好像怎么也走不快。见爸爸落在后面，自己还一副很不耐烦的样子，不断催促着"快一点儿、快一点儿"，埋怨他怎么走得那么慢。爸爸当时的表情很复杂。现在想起来，爸爸是急诊医生，平日里行走如风，怎么会走得慢？他也许只是想在这最后一段旅程里多陪陪自己的儿子，多说说话。也许自己根本就没有理解过爸爸的意思，自己那时真是"太聪明"了。

上次去家访，听到爸爸的声音，好像还不觉得什么。此刻，他很想见见现在的爸爸。就像有些歌，刚开始听觉得一般，多年后再听，却能顿悟，懂了旋律，懂了歌者的情感。

郝回归合上教案，他已经知道如何上这堂课了。

这一日晚些时候，何世福来看他，带来了不好的消息。教育局要提前三天来听公开课，留给郝回归的准备时间只有两天了。何世福离开后，郝回归翻开日历，准备标记一下时间。没想到，日历上公开课后两天被画了个红圈，上面写着"小心"。怎么又出现了一个小心？难道也是周校工标的？他把日历翻回上周，就在周校工说要小心的那一天——20日，自己和刘大志打了比赛，周校工则从高空摔了下来。

郝回归瞬间毛骨悚然。难道周校工是在预测他自己会发生的事情？但如果他真能预测，怎么避免不了受伤呢？还是说，这只是一个巧合？郝回归蹙着眉研究日历上的那个圈，难道这个"小心"意味着又会出事？已经躺在医院的周校工还会出事？郝回归百思不得其解，他一会儿把教案打开，一会儿又合上，再打开，最后决定还是先把课备好，然后去看看周校工。

日历上的"小心"究竟意味着什么？

"最打动人的不是优秀，
而是真诚。"

高三文科（1）班的同学也在积极准备。

冯美丽走上讲台："后天我们的语文课是一堂公开课，教育局领导要来旁听，请大家积极配合。"说完走了下来。

刘大志："说完了？你这语文课代表也太不负责任了吧。"

"说完了！"

"你还没说我们怎么配合呢！"

"啊？还要配合？"

刘大志站起来，面向全班说："起码，我们要对对词，不能让郝老师丢脸。"

陈小武插嘴道："你不是最不喜欢形式主义吗？"

"什么是形式？没有内容能叫形式吗？我都不知道你政治怎么学的。我就问你吧，要是郝老师点你，你打算怎么说？"

"什么怎么说？"

"陈小武，今天我们说父子情，你读过什么关于父子情的文章吗？比如

《背影》。"

"《背影》是什么?"

叮当在座位上嘲笑陈小武。微笑笑着说:"是讲父子感情的故事。"陈小武对着微笑说:"我爸一个卖豆芽的,有啥好说的?"刘大志不耐烦地挥手道:"行行行,那天你别开口了。班长,你表个态,咱是不是该好好配合?"

微笑想想,这是郝回归的第一次公开课,太难堪了也不好:"这样吧,郝老师提问的时候,希望大家都踊跃举手。"

刘大志:"不行,不行,万一举手被点名了呢?"

叮当:"那怎么办?"

刘大志想了想:"有了!举右手是真的会回答的,举左手是不会回答的。这样的话,我们班就显得特别踊跃,气氛特别好。老郝也有面子,也不会出问题。"

叮当:"你说的是郝老师的右手还是我们的右手呀?"

刘大志思考了一会儿:"那这样,郝老师的右手。"

放学后,刘大志直接跑到郝回归的宿舍,轻轻推开门:"郝老师,你不要愁眉苦脸了,我搞定了。"郝回归正在很认真地备课,抬头看见刘大志吓了一跳:"你在搞什么?"刘大志低声道:"上公开课的时候,我们全班都会踊跃举手的。这样的话,气氛热烈。我们还有暗号。"

"什么暗号?"郝回归在书上做笔记,没有抬头,也没认真听。

"所有举左手的都是不会回答问题的,举右手的都是会的。"

郝回归这才明白过来,笑道:"真有你的!"

刘大志嘿嘿一笑:"你是我师父嘛!两肋插刀,应该的!"

"行吧,你去吧!"

刘大志走到门口突然回头,做了一个加油的手势,再次提醒郝回归:"记得噢,一切都以你的左手和右手为准!"郝回归挥挥手示意他快走:"什么你的我的他的?"他沉思了一会儿,自嘲地笑着摇摇头。本来自己的第一任务是要改变刘大志的人生,后来突然变成要缓和刘大志和微笑的关系,现在又变成要上好一堂公开课保住自己的实习老师岗位。好像自己的人生永远都在不停地走上歧途,但这一次郝回归提醒自己,无论如何要回到正轨上,而不是走远了却忘记为何出发。

公开课上,大家胸有成竹,从未如此有过信心。郝回归正在深情地朗读:"我看见他戴着黑布小帽,穿着黑布大马褂,深青布棉袍,蹒跚地走到铁道边,慢慢探身下去……"这篇文章刚读几句,郝回归就哽咽了。何世福都呆了,哪有老师念文章从一开头就哭的,他特别紧张地留意着教育局领导们的脸,但大家好像都沉浸在郝回归的感情里。刘大志根本就没有在听郝回归念的,他只等着参与举手的表演环节。他看见微笑异常认真地注视着郝回归的脸,有点儿发呆。

"刚才我们有说过作者写这篇文章的中心思想,可能现在的你们很难理解。那现在我们合上课本,先从自己的父亲是怎样的人开始说起。"

刘大志踊跃举起了右手。很多同学也都纷纷举手,有人举右手,有人举左手。冯美丽和王胖子都举起了左手。作为班长,微笑理应要回答这个问题,更何况她从小就是由爸爸带大的,对于父爱的理解可比其他同学更深刻。也正因为更深刻,此时的微笑反而沉默了。因为是女儿,所以微笑的爸爸在各种细节上都很照顾她的情绪,而随着微笑慢慢长大,她不想爸爸担心,不想爸爸把更多的精力花在自己身上,她学会了隐藏情绪。一切都很好,一切都能靠自己解决,不想让爸爸有任何的担心。她的心里有很多话想对爸爸说,但一句都说不出口。在她看来,只有自己过得开心,才是对爸爸最好的回馈。

刘大志看陈小武没动,拼命暗示他举手。陈小武只能硬着头皮怯弱地举起了自己的右手。虽然刘大志说举自己的右手是不会回答,但他还是担心万一被叫到怎么办。这时,坐在最后一排的教育局女领导轻轻地拍了拍陈小武的肩膀,小声说:"同学,想回答问题是一件特别了不起的事。但是,如果你想要在众人中被看见,就一定要更有信心。请你把手举高,让全世界都能看得见你的愿望。"陈小武的脸都被吓白了,却又没有办法,只能把右手又举高了一点儿。他回过头看女领导,女领导点了点头,微笑着鼓励陈小武再举高一点儿。陈小武硬着头皮把手举到最高,成为全场的焦点。他心里一直祈祷着："千万不要叫我，举右手的都是不会回答的。"

刘大志扭头一看："妈呀，虽然是制造气氛，也不用这么夸张吧。"

何世福见状，立刻给郝回归使眼色，让他叫陈小武回答问题。郝回归也呆住了，脑子里迅速回想：陈小武应该是不会回答问题的吧。但何世福不停地给他使眼色，郝回归也无法假装看不见。

"陈小武！"

陈小武内心是崩溃的。全班都傻了，有人偷看郝回归，有人偷看刘大志，有人偷看陈小武。刘大志一脸绝望。陈小武也绝望地望着刘大志，不是说好举右手不点名吗？

全班鸦雀无声，只有教育局领导的咳嗽声。陈小武没辙，扭捏着站起来："我、我爸死了……"叮当一听，差点儿被唾沫噎到，心想：够狠呀！

郝回归也呆住了，想说点儿什么，嘴皮子动了动，又停了一会儿，说："节哀。不好意思，老师刚来，不是特别了解情况。"

郝回归示意陈小武坐下。陈小武大嘘了一口气。其他同学的表情也从紧张到松弛。教育局的女领导突然站了起来，朝陈小武走过去。女领导拍了拍陈小武的肩膀，用温柔的语气说："孩子，别难过。你的父亲虽然离开了，但他的音容笑貌一定留在你的心里，对不对？想想父亲曾经的样子，是不是很高大？是不是家里的顶梁柱？是不是你最尊敬的人？"

陈小武傻傻地配合着女领导的每一个问题点头。同学们极力控制自己想笑却又不敢笑的表情。女领导安慰完陈小武，说："郝老师，我们应该鼓励他、帮助他，让他讲出心里话。"

郝回归一脸蒙。女领导看着陈小武温柔地说："来，孩子，给我们讲讲你和爸爸的故事吧。别害怕，老师支持你，我们和你一起分担！"女领导示意陈小武勇敢地站起来。大家的目光都聚集到了陈小武的身上。陈小武的脸有点儿发烫，硬着头皮站了起来，咽了口唾沫，定了定神。

"我爸是卖豆芽的，他……个儿不高，我妈身体不好，全靠我爸一人养家。天不亮，他就出摊。大半夜，他还在发豆芽，给豆芽换水。好多次，我想退学帮他，可他……可他坚决不同意。他要我好好读书，将来做个有文化、有出息的人，不要像他一样出苦力，被人看不起。我不争气！从小学习差，但我爸从来没有批评过我，总是鼓励我不要放弃。可是……一场车祸无情地夺走了他的生命……"

陈小武越说越激动。教室一片寂静。女领导面露慈祥之色，眼含泪光。陈小武稍微平复了一下心情继续说："当爸爸离开后，我第一次早上起来给豆芽换水，我才知道天气那么冷，弯着腰再直立时，腰都没有知觉了。我把豆芽抬上推车，才知道原来那么重。重的不是豆芽，不是脸盆，而是爸爸肩上的责任。那时我才知道爸爸有多难。虽然爸爸很矮，但是在我心里，他很高大，我也想成为像他那样的人，撑起我们的家。我知道，爸爸一定在天上看着我。我要告诉他，我不害怕。"说着说着，陈小武开始眼含热泪，边说边哭，同学中也有人开始默默地擦眼泪。刘大志强忍着笑，脸都憋紫了。

女领导率先鼓掌，感动地看着周围的其他领导，念念有词道："真是男子汉，真是好孩子。"

雷鸣般的掌声爆发了。

刘大志竖起了大拇指。陈小武一甩头发，一抹眼泪，一脸的得意。有了陈小武的铺垫，后面同学的发言都情真意切，句句真心，任何一个故事都带着《背影》的韵味。

听着听着，郝回归决定下了课就去医院找爸爸，虽然不知道说什么，但就是很想见一见。他十分感慨地做了最后的总结："以前我们说到母子情，更多的是爱，是宽容。而今天我们说到父子情，更多的是隐忍，是理解。如果说懂得了母亲的爱，是因为我们感恩，那么懂得了父亲的爱，就是因为学会了成长。谢谢大家，今天的课就到这里，下课！"

同学们一齐回道："谢谢老师！"

微笑若有所思。大家开心地走出教室。

女领导走到郝回归面前，紧紧地握住他的手："郝老师！充满真情实感！""领导启发得好！如果没有您的启发，今天的课肯定不会如此生动。"何世福连忙补充道："郝老师是我们湘南中学的文科新星！我们希望他能让湘南中学的文科大放异彩！"郝回归还没得及回味，一抬眼，看见陈桐背着书包站在办公室门口,他身后站着理科班班主任——数学老师赵老师,赵老师秃头上仅有的几根头发因为发怒而颤抖着。

"做有些事,我不想说理由。
如果一定要说,那就是我想自己试着做个选择。"

大家放学往校门口走。刘大志突然"扑哧"一声笑了出来:"真有你的,演得真好!"陈小武还在自我陶醉:"我也不知道怎么了,说着说着就觉得是真的。""呸呸呸,不吉利!赶紧去拍一块木头,快啊!"

陈小武特别慌张,一个纵身就跳进灌木丛,赶紧拍了十几下树。

"为什么要拍木头啊?"

"说了不吉利的话就要拍木头啊!"

灌木丛里有什么声音。陈小武好奇地扒开灌木丛,露出半截水泥筒,看到一条奄奄一息的小狗。狗妈妈不知道哪里去了。陈小武朝小狗伸出手。小狗下意识地猛舔他的手。

"你干吗?走啊。"

陈小武没理刘大志,关切地看着小狗:"你妈妈呢?"

刘大志插着兜在一边看着他,眼角余光看见陈桐的父母一脸严肃地朝教学楼走去。他拍了陈小武一下:"我有种预感,出大事了!"

办公室内,理科班几大班主任、郝回归、陈桐很严肃地站着。

何世福不敢相信地推了推自己的眼镜:"你再说一遍?"

陈桐面无表情地说:"我要转到文科班。"

所有老师露出难以置信的表情。

赵老师:"陈桐呀,这不是意气用事的时候,这是你的人生。"

陈桐板着脸说:"这就是我自己选择的人生。"

何世福看赵老师一说话,陈桐就逆反,赶紧接过话来说:"今天你和赵老师有些不愉快,这事已经过去了。你现在在全年级最好的理科班,教你的大部分老师也都是你姐姐当年的老师。你看你姐,全区理科状元,考上了清华大学，现在又去香港大学了。你现在也是第一名，还是班长。大家都很看好你。你和你姐一样，完全有希望考上清华大学啊。"

赵老师完全不顾郝回归在场的心情说："就是呀，你说你转到文科班有什么前途呢？"

郝回归实在忍不住了："话也不能这么说……"

何世福暗示郝回归也参与做工作："郝老师，现在不是顾面子的时候，文科班就是这么个情况——你要顾全大局！"赵老师根本不理郝回归："你数理化那么好，学文科太浪费了，你有没有想过？"

郝回归转换了思路："总得问问他为什么要转文科吧。"

全场安静下来，大家都看着陈桐。陈桐的父母正好推门进来。陈桐转过头对郝回归说："郝老师，明天开始我去文科班上课……"说完转身就走了。刘大志和陈小武两个人鬼鬼祟祟地站在外面，互相瞟了一眼。

办公室里的人都目瞪口呆。

湘南五中的理科第一名要转文科，所有老师都觉得天要塌了。

陈桐爸爸："什么，转文科？他肯定是开玩笑的！"

陈桐妈妈："赵老师，他受什么刺激了？"

赵老师："郝回归，你不能收陈桐。理科第一名绝对不能去文科班！你敢收他，我就跟你拼了！"

郝回归百口莫辩。

刘大志立刻跑到广播室，把消息告诉微笑和叮当。叮当惊得嘴巴都合不上了。

"真的？"

"刚刚得到的第一手消息——他们现在还在办公室。我跟你说，赵光头仅有的几根头发全都竖起来了，还威胁郝老师不许接收陈桐。我从没见过他那么生气，真是过瘾。"

叮当缓过来说："你的意思是，陈桐明天就会来我们班了？"

"我们年级又没有第二个文科班。"

叮当激动起来："他会跟我们一起上课下课，一起做操吗？"

刘大志白了叮当一眼:"还会跟我们一起上厕所……"

微笑很疑惑地说:"他到底为什么要转到我们文科班来呀?"

刘大志神秘地说:"据说,他跟数学赵老师干上了!"

微笑突然笑了起来。刘大志心里咯噔了一下。

"如果陈桐真的来文科班了,对文科班也好。起码,文科班不会不受重视了。"

"微笑,你不会也喜欢陈桐吧?"叮当凑近微笑问。

刘大志的脸都石化了,自己光顾着八卦,居然忘记防范这个了。

"怎么可能?陈桐是你的。"微笑边笑边把点歌的纸条整理好。

刘大志心里有股气窜来窜去,这陈桐人还没来,就已经让自己心神不宁了。办公室里,陈桐父母、何世福、赵老师正在争论不休。郝回归坐在一边,静静地看着他们。他从来不知道当年陈桐转到文科班这件事背后有如此大的争吵。每个人都对这件事赋予了自己的意义。郝回归有点儿走神,如果陈桐当年不转到文科班,是不是就能考上清华大学?如果自己这时阻拦陈桐的话,会不会对陈桐更好?他正想着……

"郝老师。"何世福叫他。

"嗯。"郝回归回过神来。

"你的意见呢?"

"要不,明天就让他来文科班……"郝回归试探性地答了一句。

"去两天包他后悔!"赵老师冷笑一声道。

"那就再转回去呗。"郝回归心想,只要让他踏进文科班就肯定回不去了,到时急死你们。

大家也都沉默了。

何世福说道:"是,一味强压反而让他更加逆反,不如顺其自然。家长也不要太担心,他肯定是压力太大了。"

"我们理科班随时欢迎他回来。"

"那就这样?"郝回归准备走了。何世福拉住郝回归:"郝老师,这件事很重要,我看你也是个很懂教育的人。陈桐明天转班,务必要做好安抚工作。"

　　这件事瞬间成了全校讨论的话题。大家都想知道到底发生了什么。

　　陈桐在家里打电话："嗯，我已经决定了。"电话那头是他的姐姐陈程："既然决定了，我支持你，要不我帮你再跟爸妈说说？"

　　"不用，挂了。"陈桐回到饭桌上，"国庆节，姐姐不回来了。"

　　陈桐妈妈："还说什么了？"

　　"没了。"

　　陈桐爸爸板着脸说："你的选择决定了你未来的人生。我绝对不允许你这么草率地做决定。"

　　陈桐妈妈："那么多理科班，你要是不开心，咱们换一个呀。"

　　陈桐看看他们，不再说话。

第四章

这世界有点儿假，可我莫名爱上它

如果给你一个机会能知道
未来所有会发生的事情，
你想知道吗？

"破坏感情的往往不是不喜欢，
而是有误会。"

上完公开课，郝回归就像脱了一层皮，此时正靠在宿舍阳台边，看着一片静谧的校园。两个低年级学生正坐在操场台阶上弹火柴。两人站在同一条线上，比谁弹得更远，燃得更久。看着看着，郝回归忍不住立刻下楼买了盒火柴，全部倒在手里，在阳台上一根一根弹起来。点点火光与天边晚霞遥相呼应。

陈小武很会玩这个，他只用拇指将火柴头摁在磷面纸上一搓，火柴便会直直飞出。很多人想玩这招，却大都会烧到自己的手指，只有陈小武特潇洒，扔火柴像扔暗器。经过这些天的接触，郝回归深深觉得陈小武身上有一种纯朴和善良，虽然调皮，但也是男孩的天性。只是一想到百日宴上的陈小武，郝回归又觉得可惜了。

有人敲门。

郝回归把门打开，Miss Yang 站在门口。

郝回归狼狈地赶紧转身："我穿件衣服！"

Miss Yang 大方地走进来："恭喜你啊，郝老师，听说公开课评价特别好，连周校长都知道了。我看最后留任的三位老师里肯定有你。理科班其他那些本来想看热闹的实习老师现在那个醋意噢。来来来，我们大家刚刚包了饺子，就知道你还没吃。"

郝回归一边穿好 T 恤，一边回应："我过关了？"

"何主任在周校长面前把你一顿夸，说他给了一个特好的方向，你也完成得特好。现在文科班那么缺人，你又被教育局领导记住了，想不留任都难了。"Miss Yang 一边张望一边说，然后坐在床上，跷着腿看电视。郝回归心里的半块石头落了地。

"郝老师，过来坐呀。你也喜欢看《还珠格格》？我可喜欢赵薇了。我早生几年，肯定也能当个演员，演不了小燕子，演个金锁总没问题吧。"

郝回归心里暗笑了一下，当金锁还真没那么容易。谁能想到，20 年之后，低眉顺眼的丫鬟会变成"自己就是豪门"的范爷。

郝回归不敢坐在床上，便在桌子前坐下。

Miss Yang 也走到桌边，夹了个饺子递过来："都是年轻老师包的，你尝尝。"

郝回归张嘴不合适，不张也不合适，只好用手拿过来吃了。

"砰"的一声，门被推开，体育老师王卫国提着一壶陈醋进来。

"王老师？"郝回归有点儿意外。王卫国一脸醋意道："Miss Yang 说给你送饺子，把我们晾在一边，但是她忘了把醋带上。"Miss Yang 一脸嫌弃。郝回归觉得很好笑，自己居然卷进了王卫国和 Miss Yang 的恋情当中。当年大家得知 Miss Yang 要嫁给王卫国时都觉得她把自己糟蹋了。郝回归也很好奇，王卫国究竟哪一点吸引了 Miss Yang？从现在的情况看，一个五大三粗的体育老师，爱吃醋、小心眼，并没有什么男人味……

宿舍里，三个人一边吃饺子，一边看《还珠格格》，甚是尴尬。

王卫国和郝回归心照不宣，用最快速度把饺子吃完，然后一个说"谢谢"，一个说"我们走了"。王卫国对郝回归投去感激的一笑。

Miss Yang 悄悄对郝回归说："谢谢你噢，还记得我生日。"

"啊？我不知道你生日啊。"

Miss Yang 笑着说："别装了，你身后的日历上还画着圈呢。"

郝回归回头看日历，恍然大悟。周校工画的圈跟 Miss Yang 有关？想到周校工说的话、做的事、画的圈、写着的"小心"，他越想越觉得不对劲儿。Miss Yang 还在盯着自己，他只好说："哦，是的，提前祝你生日快乐。"Miss Yang 羞涩一笑。王卫国在走廊上不停地咳嗽。

"Miss Yang，周校工来这个学校多少年了？"

"周校工？我也没来多久。卫国，你知道吗？回归在问呢。"

听见 Miss Yang 喊自己卫国，王卫国很开心，又听见她这么称呼郝回归，脸立刻垮下来："我在的时候，他就在，老员工了，八九年吧。"

老员工？

<u>"如果给你一个机会能知道未来所有会发生的事情，你想知道吗？"</u>

晚上十点半，郝回归决定去看望周校工。

郝回归借了老半天的单车，心里感叹还是有共享单车的年代好，一出门到处都是。周校工粉刷教学楼墙壁时从近十米的楼梯上摔下来，手臂和脚粉碎性骨折，所幸已经脱离了生命危险，此刻正躺在监测病房里昏睡。

郝回归推开门，走到床边。

"周校工、周校工。"郝回归轻轻地叫着。

周校工微微睁开眼睛。

郝回归大喜道："周校工，记得我吗？我是郝回归，新来的老师，我的日历就是你送给我的。我想问一下，你为什么在日历上画圈？在你摔伤的那天，你还写了'小心'。还有，这个月底，你也画了圈，是不是也会发生什么事？"

周校工似乎还没反应过来，一脸茫然。过了几秒，他似乎理解了郝回归的意思，点点头，嗓子有点儿发干，轻声说："我挺小心的，我真的挺小心的。你不要怪我，真的不要怪我。"郝回归拿起床头的水杯给他喂了一口水。喝完水，周校工整个人突然很害怕地紧张起来，身上的监测设备也被他挣脱掉。警报响起。

郝回归手足无措。

"你是谁？来这里做什么？"护士和医生快步跑了进来。

郝回归急忙解释道："我是学校的老师，只是来探望一下周校工，没想到他突然就这样了。"

护士很严肃地说："已经过了探视时间。病人粉碎性骨折，你不能影响他的情绪，万一位置挪动，不能恢复，谁负责？！请立刻离开。"

郝回归看着茫然的周校工，感觉什么都问不出来。走出病房，他回想着周校工的那几句话。周校工在防止他自己出事，为什么怕我怪他呢？还是说这个"你"另有其人？他真的能预测未来？但他是学校的老员工，并非来自未来，又怎么知道未来会发生什么？还是说他八九年前就来了，但一直无法回到自己的世界？想到这儿，郝回归浑身一个激灵。而且周校工明知道未来会发生什么，为什么还是无法避免？郝回归不禁开始担心自己：难道我也会重蹈覆辙？

"我做了这个决定，所以才能遇见你。
所以，我不认为这是一个坏决定。"

理科（1）班教室里人头攒动，大家都从门和窗户里伸出头来朝外看。

陈桐单手拎着书包，头也不回地经过理科（1）班门口，正准备走进文科（1）班。

有人伸手拦住他。

"你干吗？"陈桐冷漠地说。

"你真的转文科了？"郑伟不敢相信地问道。

陈桐点点头："以后理科年级第一是你的了。"说完，他径直走进文科班，留下郑伟一个人五味杂陈。没想到自己和陈桐竞争这么多年，最后居然以这样的方式得到第一名，他很不服气。

喧闹的文科班教室里突然鸦雀无声。

刘大志身边有个空位。陈桐扫了一眼，走过去坐下。

刘大志嫌弃道："你干吗？"

陈桐也不作声，打开书包，拿出全新的课本。

叮当等女生的表情全凝固了："陈桐真的来了，天哪！"

赵老师的数学课上，发上次考试的试卷。叮当得了 90 分，抿着嘴在笑；刘大志得了 60 分，一副幸好幸好的表情。

赵老师发飙道："如果不是微笑考了 120 分，我还以为你们文科班卷子的总分是 100 分呢。理科班有人考了 145 分，你们知不知道？！"

刘大志低声道："哇，谁考了 145 分？"

"陈桐。"赵老师面无表情地说，显然还在生陈桐的气。

刘大志瞟了陈桐一眼，嘴里嘟囔道："怎么能考 145 分呢？"陈桐看着自己的试卷:"选择题少做一道就是了。"刘大志觉得跟陈桐聊天是在刷新被侮辱的人生新高度。自从陈桐转到文科班,文科班女生的话题就天天是他。放学之后,叮当还要和微笑聊陈桐。刘大志和陈小武都快被烦死了。英文课上,Miss Yang 和陈桐对唱英文歌。操场上,陈桐大灌篮,冯美丽被惊艳得要哭。其他课上也一样,回答问题的不是微笑,就是陈桐,两个人还时不时地很有默契地相视一笑。

"陈桐,后悔来文科班吗?"发作业时,微笑问。

"比理科班有趣,那边太无聊了。"

"等下次月考,你考第二名,就不会觉得有趣了吧?"微笑笑道。

"那就更有趣了吧。"陈桐云淡风轻地说。

"算了,你还是手下留情吧。"微笑说完回到自己的座位上。

每每看到这种场景,刘大志就跟吃了苍蝇一样,表情扭曲地说:"你说这个人怎么长得这么不顺眼?!"陈小武在给捡来的那条小狗喂牛奶,有一句没一句地搭话:"没有吧?你是不是斜视啊,大家不是都觉得陈桐长得挺好的吗?"刘大志学着陈桐,面无表情地说:"你考60分是因为你只能考60分,我考150分是因为只有150分……内心要多狠毒,才能说出这种话?你说!"陈小武抬头道:"人家说的好像也有道理,要是有200分,你还是60分,他肯定能考200分。"

"滚滚滚!"

"班上来了个这样的人,只会影响第一名。我们这种倒数的,位置永远不会被动摇,你就别往心里去了。"

刘大志被噎住了。

陈小武非常宠溺地抱起小狗:"你叫什么名字呢?"

"木桶!"

"啊?"

"就叫木桶好了!"

"为什么要叫木桶啊?"

"陈木同!懂吗?!"

教室里。

"怎么？突然对郝老师没兴趣了？"微笑调侃道。

叮当有种被拆穿的窘迫："哪有，郝老师神圣不可动摇。哎，但是你不觉得陈桐特别完美吗？家境好，成绩第一，长得帅，性格稳重，关键是，勇敢对抗恶势力，选择自己的理想。如果我也能像他一样就好了。"

"你当然能像他一样。"

"不是每个人想干吗就能干吗吧，也要看自己有没有这个底气。"

"不过，陈桐一贯看不上文科班，突然非要转过来，到底是真喜欢文科，还是因为什么别的？"

"不会是暗恋我，然后转来的吧？"

"我看你俩挺配。"微笑笑着道。

"真的啊，我也觉得。但是，我还是觉得你俩比较般配。"

"行了行了，我还没到恨嫁的地步。"

叮当相当开心地说："要不，今天广播节目里，我以咱们班女生集体的名义给陈桐点首歌吧。一方面显得文科班女生善解人意，另一方面也让他感受一下我们的温暖。"

当广播站播到"高三文科班全体女生为转班的男同学点播一首《偏偏喜欢你》"时，刘大志愤愤不平地说："凭什么全体女生给陈桐点歌？陈小武，你也去点歌，送他一首《祝你一路顺风》。"陈小武放下手中几个月大的木桶，疑惑地看着刘大志："为什么你总是和陈桐过不去？他和我们本来就是不一样的人。"

这个问题把刘大志问住了。

是啊。他本来就和我们不一样，我有什么可愤愤不平的呢？

他成绩好，我成绩不好。

他家境好，我家境一般。

很多人喜欢他，没什么人喜欢我。

他高，我不高。

我什么都和他不同，为什么要跟他比呢？

这种没由来的比较，是不是我想太多？

还是因为我觉得微笑对陈桐有好感……

他想起郝回归曾问他："是不是因为哪儿哪儿都比不上陈桐这样的人，所以才去玩电动游戏，找到一些成就感和存在感？"

他整个人突然蔫儿下来，头也不回地往前走。陈小武紧跟在后面急切地问："大志，木桶我们就养下来吧。它也找不到妈妈，我家肯定不让我养，养你家可以吗？"刘大志头也不回地说："不行，我早就想养狗了，但我爸吃狗肉！"

"那怎么办？"

"找个废弃的教室，给它安个窝，每天来看它好了。"刘大志突然站住，回头问陈小武，"小武，你觉得我有什么优点吗？"

"啊？"这个问题吓到陈小武了。

"没有是吗？我知道了。"刘大志继续往前走。

陈小武一看不好，急追上去："聪明，有意思，够朋友。"

"那我能超过陈桐吗？"

"能！"陈小武硬着头皮说。

"哪里能？"

"哪里都能！"

刘大志很诚恳地看着小武："我去找郝老师，我也想努力了！你要不要一起？"

"啊？我不要了，我还要赶到菜市场帮家里收豆芽摊。"

刘大志朝郝回归宿舍走去。他要找郝回归，告诉他，自己真的愿意好好改变，体会一下被人在广播里送歌的感觉。

"我 很 想 改 变 自 己，
你 能 帮 帮 我 吗？"

郝回归刚从办公室出来，就看到何世福迎面走过来。

"郝老师！"

"何主任好。"

何世福亲昵地搂住郝回归的肩膀："郝老师，来来来，过来聊两句。"他特别神秘地拉着郝回归走到走廊拐角。郝回归心里没底。

"何主任，有什么事您就说。"

"陈桐在文科班一切都好吗？"

"挺好的呀。"

"我知道你带文科班不容易。陈桐是好苗子，肯定能考上重点大学给文科班争口气。"

"是。"郝回归点头道。

"他现在跟谁坐？"

"刘大志呀！"

何世福一脸不敢相信地说："他怎么能跟刘大志坐呢？！刘大志成绩那么差。再说了，其他同学也很需要陈桐同学的帮助。"

郝回归不懂地问："其他同学？"

"比如冯美丽，她妈妈主动提出让冯美丽跟陈桐同学做同桌。她妈是教育局的会计。"

"会计和换同桌有什么关系？"

"教育局每个科室最后都找会计领账。她随便说两句，只有好处没坏处。"

"换同桌？"

"对呀！"

郝回归一拍脑门道："我怎么就没想到呢！"如果能让刘大志和微笑做同桌，自然就能促进他们的关系了。何况有了何主任的建议，这件事就顺理成章了。想到这儿，郝回归好羡慕刘大志能遇见自己。和微笑做同桌，可是自己做了好多年的白日梦啊！

想要变好的刘大志主动来到郝回归的宿舍。

"谁啊？"

"是我，刘大志。"

郝回归起身开门前从钱包里拿出一样东西，然后扔到门附近。刘大志站在门口，一脸大义凛然。

"怎么？你妈又打你了？"

"不是。郝老师，我想变得更好。"

"啊？"

"郝老师，你说得没错，我也想变成一个更好的人。你告诉我，我该怎么办？"

"你到底是想成为更好的自己，还是想被微笑看得起？这是两个问题。"

"我……我觉得这是一个问题！"刘大志挺起胸膛。

"……行，你还记得上次答应我，接下来几个月，不管我要你做什么，你都会认真去完成，对吧？"

"对！你快交给我任务吧。我憋不住了。"刘大志特着急地说。

郝回归随手给他后脑勺一下："改变人生靠的是毅力、坚持、信念和准备！你以为是上厕所拉屎啊！还憋不住了！"刘大志嘿嘿一笑："及时吸收对自己好的营养，及时排出对身体没有意义的部分，人生才能茁壮成长嘛。""好，如果你准备好了，明天我就调你去跟微笑做同桌。"

刘大志呆了。跟微笑做同桌？这不是自己朝思暮想的事吗？天哪，苍天有眼，居然实现了这个愿望。

"郝老师，我、我……"

"微笑是班长，自律性很强，跟她做同桌能让你变得更有自律性。多跟她学习，让她成为你成长道路上的榜样。我看你现在跟陈桐互相交流得也不多。"

"可、可是……"

"你不是要变好吗？那就从换座位开始。"

刘大志的脸通红，"哦"了一声，赶紧转身要走。

"还有，"郝回归叫住他，"陈小武是不是养了一条狗？"

刘大志点点头。

"千万记住，没事儿别去逗狗，小心被咬，咬了记得要打狂犬疫苗。"

刘大志虽然不明白郝回归怎么突然说这个，但也点头说好，然后开了门就要走。

"大志，那是你掉的东西吗？"

"啊？"刘大志回头往地上一看，发现一张照片，捡起来说，"咦，这个人是谁？"

"呀，这是我的，怎么掉地上了？快拿给我。"

"这是？咦，郝老师，这是你女朋友吗？好像微笑啊，就是年纪稍微大了一点儿，成熟一些。"刘大志很好奇地说。郝回归把照片放进了钱包夹层："行了，你先走吧。"

"郝老师，没想到你女朋友这么好看。"

"你啥意思？"

"不不不，我只是有点儿激动。"

"行了，赶紧把你自己的事处理好。"

刘大志出门后，郝回归心里有点儿内疚："对不起啊，刘大志，为了让微笑不再误会我，只能把你当枪使了。"刘大志下楼后，心潮澎湃，一方面他终于要跟微笑做同桌了，另一方面他要赶紧告诉微笑他们，他看到了郝老师女朋友的照片，长得好像微笑噢。

刘大志毕竟只有17岁。

> "当我不再固执于我，而是站在更高的角度看待自己时，才能真正看到更真实的自己。"

一整个晚上，刘大志辗转反侧，无法入睡，就像小时候要郊游的前夜。

第二天，郝回归选了五六对同学换座位，说是"一帮一，一对红"，一个成绩好的同学帮助一个成绩差的同学。听说自己和陈桐做同桌，冯美丽喜上眉梢。叮当很不开心，嘟囔道："我成绩比冯美丽还要差……"

刘大志被分到和微笑做同桌，整个人提心吊胆。跟喜欢的人坐在一起，脸上却要装出一副被迫的、不情愿的样子,这也许是每个人中学时代的心情吧。刘大志抱着书包,在同学的注视下满心忐忑,慢慢地走过去。满心的慌张,却又佯装着昂首挺胸。他虽然没有去过月球,但此刻觉得自己就是在登月,四周空气稀薄,谁也不知道月球上会有什么怪兽。在地球上望了十几年的月亮,终于要揭晓真面目了。之前微笑对郝回归颇为冷淡,不过听说郝老师真的有女朋友,而且真的很像自己之后,她也觉得很不好意思。郝老师并不是酒后失态,而是酒后真言。这么看来,是自己误会他了。

微笑主动举手道:"郝老师,如果刘大志死性不改怎么办?"

"刘大志交给你了,想怎么帮助都行。"

班上的男同学发出一阵嘘声。刘大志的脸一阵红一阵白。微笑看着刘大志,半开玩笑半认真地说:"大志,跟我做同桌可是要先说好了,任何影响我学习的举动,我都不会放过你。"

"你放心,如果我不努力学习,我就不是人!"

刘大志把书包放在桌子上,偷偷从里面掏出一条娃哈哈AD钙奶,趁其他人不注意,扎开一瓶递给微笑,谄媚地说:"以后请多关照。"

"我会关照你的,但今天这个奶就不喝了。我早上起来就胃痛,犯恶心。"刘大志赶紧说:"难怪我一早就觉得你很恶心。"说完之后,发现自己口误,脸涨得通红,"我不是那个意思……"

"起立。"微笑没理会他,直接站起来喊道。

刘大志拿出新钢笔、新圆珠笔、新铅笔、新文具盒、新课程表、新圆规、新尺子,一切都是崭新的。他很认真地听课,但感觉自己"怦怦"的心跳声大得快让整个教室的地板产生共振了。他担心自己的侧脸不够好看,便悄悄把脸转了三十度,斜着眼睛看黑板。这是他照镜子时觉得自己最帅、最潇洒的角度。

微笑看了他一眼:"你斜视?"

刘大志赶紧把脸转正。离微笑这么近,她的每一根头发他都看得清。他根本无法彻底放松紧张的情绪。老师在讲台上讲两个公式时,他发现微笑马尾辫上的橡皮筋绕了三圈;老师讲解完上次考试的一道选择题时,他发现微笑的左臂上有颗小小的痣；老师让大家自己预习下个章节时，他发现微笑写字的时候，食指很用力。

刘大志发现自己根本没听老师在说什么。这样下去可不行！要集中精力！集中精力！原来，微笑思考问题的时候，嘴唇会微微歪一些……他在心里都快给自己跪下来了。原来和自己喜欢的人靠这么近，自己会变成一台复印机，把所有的细节一一复印在自己的记忆里。刘大志无法控制自己，似乎这是他和微笑坐在一起就自动运行的程序，他只能放任自己把所有能观察到的部分像背书一样，背得扎扎实实的。突然，微笑转过头，两人目光直直地撞到一起。刘大志心慌意乱，赶紧把注意力集中在课本上，不敢再看微笑。他在心里告诉自己，就算以后再也不能做同桌，微笑的这些细节自己也可以记一辈子，此时真的要好好听课了。

郝回归站在教室后面，看着刘大志和微笑做同桌，嘴角不自觉地扬了起来。能帮过去的自己实现一直以来的梦想是一件多美好的事情啊！

第一天、第二天，刘大志心猿意马。第三天、第四天，刘大志很想为了微笑表现出一个认真的自己，于是每天都保持着极其认真的状态。老师们从未见过这么认真的刘大志。

"刘大志，看你的表情，有不明白的吗？"

刘大志没想到老师会叫自己的名字，自己明白吗？当然不明白。哪里不明白？其实哪里都不明白。为什么上课那么认真还不明白？那只是想做出点儿努力的样子给微笑看看。

"那你哪里不明白？"老师关切地问。

刘大志一下愣住了，这问题对他有点儿难。别人不明白是不明白某个细节，所以只要说具体的就行。而他是什么都不明白，所以都不知如何描述。他完全不能准确表述自己的疑惑。

"有些地方不明白。"他硬着头皮回答。

"那是哪些地方不明白？"

"一开始那里。"

"一开始？这道题我们用了五个公式、五个步骤，你说的是第一个公式吗？"

"对！"

"那我们重新讲讲第一个公式。之后的呢？"

"嗯……还行。"

微笑看了他一眼。刘大志赶紧对老师说："第三个公式那儿……"

"这样吧，你把第一个公式解释一下。"

刘大志颤抖地站起来。自从和微笑做同桌后，同学们都觉得刘大志华丽变身了。今天老师点到了他，大家都期待着他的蜕变。

"我……我不懂……"

班上其他同学狂笑了起来。后排的石头大声地说："不懂还装懂，明明该坐最后一排，非要和人家坐一起，丢脸。"

刘大志满头是汗。

课后，陈小武溜达过来。

"大志，想回后排坐吗？在老师眼皮底下很痛苦吧？"

"不，我感觉到一种前所未有的力量，你看我的笔记！"刘大志翻开笔记本，上面密密麻麻都是课上的内容。

"哇，那么厉害，搞得我都想读书了。"陈小武翻了两页，发现都看不懂。

"刘大志，这个题目你用什么公式解答？"微笑指着一道题问。

"嗯，这个，呃，我想想，可能，我觉得……"刘大志好尴尬。

"光背，光记，如果不理解是没有用的，而且你抄的这几个答案是上一章大题的答案，你抄错地方了。"微笑很无奈地看着刘大志。陈小武在旁边偷笑。

被拆穿的刘大志就像溃散的军队，趴在座位上，如一摊水，陷入了深深的无助中。以前听不懂就不听，刘大志自有自己的生存空间和开心模式，而现在他每天都试图认真去改变自己时，却发现这是个完全不能理解的世界。因为基础太差，所以无论现在如何认真，都听不懂老师讲的内容。又因为说不出具体哪里不懂，所以害怕被人知道他哪里都不懂。刘大志迅速从一个会说自己不懂的人，变成一个不懂但不想让别人知道他不懂的人。之后的几天，刘大志慢慢恢复到换座位之前的状态。虽然每次快要走神、放空、听不懂的时候，他仍在心里告诫自己，这一次必须表现出一个不一样的自己，绝不能再让微笑瞧不起，要成为一个……他还没想清楚自己要努力成为一个什么样的人时，困意便如潮水般袭来。

"如果现在能睡五分钟，只睡五分钟，你让我干吗都行……"刘大志双眼闭上，准备休息一下。突然，右臂传来一阵钻心的痛。

"啊！"刘大志跳起来。全班都看着他。微笑把手里的圆规放下来，当作什么事都没有发生过一样。

"刘大志！睡觉就睡觉！鬼哭狼嚎是想干吗？！"刚刚进来的政治老师质问道。

"不好意思，做了个噩梦。"刘大志连忙道歉，满头是汗地坐下，他红着眼，压低声音对微笑说，"为什么要扎我……"

"你打呼影响到我了。"微笑继续看书，没有看他。

刘大志完全清醒过来，赶紧翻开书，加入听课的行列。老师问了个问题，全班只有陈桐一个人答出来了。微笑扭过头看陈桐，眼里都是赞许。刘大志心里很不是滋味。

下课前，老师布置作业。

"刘大志，你不记怎么知道今天有什么作业？"微笑问刘大志。

"我……"刘大志不能说自己的作业都是抄的，只得拿出纸笔。

最后一节自习课时，刘大志带着从音像店借来的顺子、刘德华、周华健的新专辑，把歌词翻开，准备好好听听。微笑直接把刘大志的耳塞拔了，将随身听放进自己的抽屉。

"我怎么了？"

"自习课是让你把今天的作业给做完的。"

"那晚上回家做什么？"

"晚上回家复习。"

"我不知道复习什么……"

微笑直接扔给他一本习题:"这个。"

起初,刘大志还觉得微笑是在帮自己,可慢慢地,他觉得微笑对自己是满满的鄙视和瞧不起。放学后,他去找陈小武抱怨:"从来没想过微笑原来是这样的人——凶、专制,以为自己都是对的,不听她话的人似乎都是她的敌人。"陈小武无所谓地说:"那就跟老师说不要跟她坐一起就好喽。反正现在是你对她的印象不好,再这样下去,她对你的印象也会变差。等到你们彼此讨厌,朋友都没的做。"

刘大志点点头,表示十分认同。郝回归还在得意自己的安排,等着刘大志来跟自己说谢谢。当他听到刘大志说自己很讨厌微笑时,恨不得一个巴掌把刘大志打出办公室。郝回归心里火急火燎的。

"刘大志,你跟我说清楚,你讨厌微笑?"

"非常讨厌。一个女孩怎么能那么蛮横!"

"刘大志,你想跟微笑做同桌很久了吧?你别跟我说没有。"

刘大志觉得跟郝回归没什么好隐瞒的。

"是,但我没想到她是这样的人。"

"说来听听,你觉得她的哪些要求不对,为什么不对。"

"那……她的要求……"刘大志想了想,好像微笑的要求也没什么不对,只是自己做不到而已。刘大志不说话了。

"不是人家要求不对,而是你做不到,对吗?关键是你知道你不行,你还放弃,那就是真的承认自己不行了。"

"不承认不行啊,这样太难受了。"刘大志整个人蔫儿了。

郝回归看着眼前的刘大志,满心感慨,这不就是自己吗?觉得麻烦就顺其自然;觉得不行,那就这样吧。自己的人生就这么一步一步越陷越深,最终无法自拔。

"没错。你其实根本就不知道自己应该从哪里开始努力,你只是怕继续和微笑做同桌,她会越来越讨厌你。你根本就没考虑过到底要怎样去学习,你只是想假装学习一下最好骗过大家。你现在终于发现自己差劲儿了,是吗?你以为你逃避了,大家就不知道你很糟糕了?你以为你重新坐回后排,其他人就不会讽刺你了？他们只会觉得果然没有看错，他们闭嘴只是因为他们发现你连被讨论的必要都没有了！明白吗？你所有的伪装都是想逃避，你所有的逃避都是因为自卑，而你的自卑让你想保全没有任何意义的'面子'。你就跟个缩头乌龟一样，从来没有真正活出过自己的样子！"

郝回归一口气说出这些把刘大志吓得够呛。这是郝回归想告诉他的话，也是说给自己听的话。刘大志没想到郝老师会对自己说这些，是吃了炸药吗？郝回归骂完后，整个空气也安静下来。刘大志大气不敢出，憋着气站着，害怕郝回归再次爆发。刚刚郝老师说的那些话一直在他的脑子里打着转。从来没有人跟他说过这些，虽然很难听，但这好像正是他的心理。自己不是不想学习，是真的不会。经过那么多年的挫败，刘大志告诉自己读书不是自己擅长的，他也跟不上别人的节奏，考试绝对考不了前几名，既然如此，为何还要在学习上浪费自己的时间呢？不如干脆逃避。他不是因为喜欢玩游戏所以成绩不好，而是因为成绩不好才选择去玩游戏，以找到一点儿成就感和存在感。但这些他都没有办法跟任何人说，说了别人也不懂，不懂还会骂他狡辩。刘大志多希望能找到一个朋友，跟他说说心里话。他现在唯一的好朋友是陈小武，但小武连他自己都没搞明白，更不会明白自己的心情。

郝回归骂完刘大志，心里也很不是滋味。这是刘大志的错吗？难道36岁的自己就没有这样的问题吗？所有人觉得大学老师的工作好，所以他也失去了辞职的勇气。大家都觉得他这个年纪一定要结婚，所以他也被迫去相亲很多次，不是自己真的想要解决人生问题，而是觉得拒绝别人太麻烦，那就给熟人一个面子。而此刻，他站在刘大志面前义愤填膺，自己的立场又是什么呢？

"郝老师……"刘大志打破了办公室里奇妙的安静。

郝回归回过头看站在面前的刘大志。他低着头，好像有话想说。可说了三个字之后，刘大志又沉默了，过了一会儿，他重重地吸了一口气，决定跟郝回归说出自己的心里话。

"郝老师，没有和微笑成为同桌之前，微笑不知道我是什么样的。成为同桌之后，我很努力，我也很想认真听课，也很想跟上大家的步调，但是我就是学不会。现在的我，不努力不行，她讨厌不努力的人。我努力了也不行，我根本学不会。所以我只能假装出一副大家看起来我很努力的样子，其实我也很讨厌这种努力了也不行的自己……我也不知道为什么，那些对别人很简单的问题，对我来说就那么难。郝老师你说我很聪明，只要把打电子游戏一半的聪明放到学习上就可以，但是我尝试了，真的不行。我努力了那么久，连陈桐一根小指头都够不上，与其被自己和别人瞧不起，还不如睡觉、不如听歌。我如果再这样下去，真努力了还是差很多，她肯定觉得我真的就是个傻子。而现在我自己就觉得自己是个傻子，但是我不想让她也发现。其实，我也很讨厌这样的自己……"

办公室里只有时钟"嘀嗒"走动的声音。

刘大志说这些的时候，郝回归的内心是极其感动的。这些话都是自己想了很多年，却从未说出口的话。郝回归没有想到，这些自己从不敢跟任何人提起的话，刘大志竟全都告诉了他。他当然知道刘大志说出这些需要多大的勇气。他突然能理解为什么有人说读大学也没用，也许他真的不行，但更重要的是没有人告诉他怎样才行。他们不是厌学，只是讨厌上学的自己，所以才想赶紧进入社会去证明给别人看——自己是可以的。刘大志也一样。他能在电子格斗游戏中找到价值，也许就是令他最开心的事。

郝回归从凳子上站起来，朝刘大志走过去。刘大志有些害怕，没想到的是郝回归走过去一把搂住了他。看着眼前这个失去斗志、彻底承认自己不行的刘大志，在没有人给他勇气的时候，自己能做的也只有这个了。刘大志被郝回归这么用力一搂，眼泪哗地就出来了。他不喜欢哭，他是一个用傻笑、用贱贱的笑、用坏笑、用自嘲去解决问题的人。但今天，他哭了出来。郝回归感觉刘大志正尽力不哭出声，可他全身都在颤抖。他理解刘大志的难堪、无奈与泄气，他理解刘大志心里那种无论如何拼命也不行的感觉……自己搂着的正是曾经活得艰难的自己啊！

有人说17岁的时候既放肆又恣意，既自由又无虑。17岁的少年哪有什么忧虑，稍有感慨，也被讽刺为"为赋新词强说愁"，庸人自扰。这些说法都是那些从灵魂到肉体都麻木的人的总结，他们早就丢掉了自己的感受。郝回归庆幸因为自己的出现，让刘大志有了安全感，能说出这些话。敢说出心里话的人，都是强大的；敢暴露自己缺点的人，都是强大的。他们不怕被伤害，不怕别人瞧不起。他想起曾经的自己，身边没有一个能信任的人，所有的话都埋在心里，没有人能分享，久了烂了，运气好的成了肥料，运气不好的便污染了此后的整个人生。在那些找不到一个可以信得过的人的日子里，每过一天都是一种困苦和折磨。

郝回归把长凳拖过来，让刘大志坐下，自己坐在他旁边。

"大志，你想过没有，如果你一直逃，这辈子你可能再也没有机会翻身。起码你要试试看。你连面对失败的勇气都没有，怎么配喜欢一个人？"

"可是，我觉得自己已经足够努力了……"

"你看，你从小学便开始玩游戏，到今天也将近 10 年了。10 年，你败了多少次，又尝试了多少次。现在你才不过努力了一周。"

刘大志不吭声。

"还有，不要和陈桐比，也不要在意微笑对你的态度。正是因为你没有自我，所以别人的任何一点儿举动都能够影响你。你首先要让一个强大的自我住在自己的心里。"

"可我要怎样才能让强大的自我住在心里？"

"你不能再逃避了，知道自己的缺点就去克服，找到自信才能让真正的你露出原本的面貌。一个有自我的人，才不会被人影响。陈桐或者微笑都不是你逃避真正自己的原因。"说完，郝回归站起来拍了拍刘大志的肩，然后离开了办公室。他不敢去看刘大志的眼睛。其实，很多道理，根本就不是年纪越大，懂得越多，只要事情发生得恰是时候，36 岁和 17 岁时懂的都一样。

天空乌云密布，空气中弥漫着雨水的味道。

郝回归格外喜欢这样的天气，好像任何情绪在这种天气中都能维持它本来的样子。湘南是一座山城，在乌云衬托下，满眼的绿色更浓了。灰色的天边都散发着乌青的光芒。

当郝回归再回到办公室时，刘大志已经平静下来。

"回去吧，你要想一想再告诉我。如果想彻底放弃，我会帮你把座位换回去。"

"嗯。"刘大志耷拉着脑袋准备离开。

"对了。你最近没被狗咬吧？"

"我现在这个样子，没咬狗就不错了……"刘大志挤出一个苦笑。

"每个人的人生困境都是由一个本质问题所引发的。"

一连三天，刘大志都没有来找郝回归。

郝回归又不方便继续找刘大志。这段时间，刘大志必须靠自己扛过去，这样才能成长。于是乎，这些天，对于郝回归来说也是煎熬。课堂上，刘大志依然抓耳挠腮，面对难题龇牙咧嘴，特别像拿到核桃又打不开的猴子。

这天下课，刘大志突然冲进办公室："郝老师！"

郝回归一惊，肯定出事了。

"你还记得前几天你让我不要逗狗吗？今天上学时，陈小武帮我给狗喂吃的，结果他的手指都被咬出血了。哈哈哈哈，笑死我了。"

郝回归本来还在担心刘大志的心情，一看到他这么欢脱，也就放了一半的心。当他听到原来自己可以利用已知的信息改变未来时，心里涌起一股激动，他并不会重蹈周校工的覆辙。这时，陈桐也从门外进了办公室，给郝回归递上一张纸。刘大志瞄了一眼，是一份保证书。保证书大概的意思是如果陈桐接下来所有考试排名不是第一，就转回理科班。

保证是第一……真是好大的口气。

郝回归看了看，说道："把'保证第一'改成'不低于630分'吧。我不知道你为什么突然要学文科，但我不希望这是你逃避的途径。以你的成绩，在文科班考第一太简单了。你必须保证每次考试总分都在630分之上，不然就是文科班害了你。我负不起这个责任。"

陈桐想都没想就点点头。

"你的山地车是新的吧,最好别停在校门口的单车棚里。虽然麻烦点儿,但停在校内车棚比较好。"刘大志一听这个就来劲儿了:"真的,你一定要相信郝老师,他可神了。"

陈桐又点了一下头,然后走了出去。刘大志热脸贴冷屁股,一脸的尴尬。

"人家陈桐想考第一就是第一,你啥感觉?"

"那陈小武还不是想倒数第一就倒数第一。"

"你忘记微笑怎么说你的了?认真点儿。"

刘大志不说话了。

郝回归想了想:"这样吧,你把不开心的原因全都写下来。"

刘大志没理解郝回归的意思。郝回归把一张白纸放在桌子上,对刘大志说:"来,今天我们把关系厘清。你讨厌微笑,是因为你和她坐在一起不开心。你不开心是因为你做不到她的要求。你明明做不到对方的要求,为什么却得出了一个讨厌对方的结论?"

刘大志一愣。

"你要正视这一切,好好想想,你现在的人生中,到底有哪些事让你不开心。只有明白了本质原因,才能解决问题。"

刘大志揉了揉眼睛,拿起笔,折腾了十几分钟,终于写完了。

女同学大都不喜欢我。

我没有零花钱。

我妈不喜欢我。

老师不喜欢我。

男同学大都不怎么搭理我。

我没有好看的运动服。

郝回归看了一眼答案,当年正是这六个问题深深地困扰着自己。

于是郝回归一边在白纸上画一边说:"女同学不喜欢你,是因为连男同学都不搭理你,她们是被影响的。男同学不喜欢你是因为你没有和他们一样的运动服、漫画等,所以很难有共同的话题。你没有这些又是因为你没有零花钱。你没有零花钱是因为你妈不在乎你。而你妈不在乎你,是因为每次开家长会,老师都觉得你没有什么前途,好像都不喜欢你。你发现了吗?你这六个问题是相互影响的,而最主要的问题是老师不喜欢你。正是因为这个问题,而引发了后面一系列的问题,造成了今天困扰你的局面。"

郝回归在"老师不喜欢我"后面画了一个大大的问号。

"你想过吗?为什么老师不喜欢你?"

"因为我成绩不好。"

"没错。但是你看看,在你的人生困惑中,完全没有成绩不好这个原因。你把所有的时间都花费在解决这六个困惑上,而这六个困惑根本就不是造成你人生困境的本质原因,学习不好才是。你不想和微笑坐在一起,是因为你成绩不好,你觉得你学不会。你不喜欢和陈桐比较,是因为你成绩太差。你所有的不开心,都来源于此。其实人生哪有那么多问题。老天啊,对每个人都一视同仁。只不过有些人对自己更在意,早早就解决了人生难题;有些人放任不理,于是一个问题衍生出另一个问题,渐渐地,被越来越多的问题给包裹住,他们又被这些问题击垮,再也找不出真正的问题是哪一个。看似复杂的人生困境,其实都由一个本质问题引起的。你的本质问题是成绩不好,而你自己却没有意识到,反而花了大量时间浪费在解决别的问题上。"刘大志呆呆地看着郝回归,好像他说出了一件特别了不得的事情,也就是一瞬间,他长久昏暗迷茫的人生突然投射进了一丝光亮。

"你改变不了你的出身,改变不了你的长相,但是这些跟你快乐不快乐没关系。你可以改变的是你的成绩。学习真有那么难?"

"是很难……"刘大志小声地说。

"你觉得一件事难是因为你从不觉得它对你有多重要,你觉得不值得。当你知道它足以击垮你的人生时,你再看看它难不难。如果你真的尽力了,成绩也上不去,你也能做别的。一个拼尽全力的人能做成很多事。但首先你起码要证明你能为一件事拼命。"

"我……"

"我相信你可以做到的。"

"郝老师，你怎么知道……"

"因为我 17 岁的时候跟你一样，我也想不通，也不敢面对。"

"真的？"

"不止你一个人这么想。每个人生来都不会是陈桐，这个世界有第一就有倒数第一。你觉得陈小武会有出息吗？"刘大志想了想，不知道怎么回答这个问题。

"卖豆芽？能有什么出息吗？"

"我告诉你，陈小武虽然是倒数第一，但是他很清楚自己要做什么，要成为什么样的人。他知道自己不是学习的料，所以能把注意力集中在别的方面，未来他也会成功的。"

"郝老师，你怎么知道？"

"你相信我，郝老师看人很准的。而你也一定能学好的，你也要相信我。"郝回归很肯定地说。

刘大志点点头。

"你还要不要我给你换座位？"

刘大志想了想："等我成绩好了再换。"

"好！"

郝回归拿了套数学习题给他："你的数学很差，所以只要有提高就很明显。"

"嗯……赵老师说的那些，东扯西扯，都不知道扯到哪儿去了。"

"下周开始，数学课会从高一知识开始复习。之前你没听，现在你就按照这个习题集把每个小节的所有题目都做完。以高三的智商学高一的知识，不难吧？"

刘大志想了想："不难。"

"那就好好弄吧。"

"总有一些旁人所不理解的孤独，只有陌生人才能缓解。"

下午第二节课后，一群女同学从教学楼跑出来，往校门口的传达室跑去。郝回归站在办公室的窗边，何世福端着杯茶站在他身后："这些女孩子噢，交笔友都交疯了，也不知对方是人是鬼，什么话都写在信里。我那个女儿也这样，跟我不说的话，全跟陌生人说了。你看这是什么事。"

理科（3）班的李冒芽一马当先，兴奋地拿着信从传达室跑出来。

"三毛的爱？叮当，这是你的信吧？"生活委员大喊着。

"对对对，我就是，快给我，快给我。"叮当很兴奋地说。

这是叮当收到的第一封信。

她最喜欢听的电台节目是《午夜旧时光》。前几天，叮当给电台打电话，说自己想交个朋友。主持人问叮当是否愿别的听众给她写信，于是她留了学校的地址。当时三毛的作品刚好很流行，所以她就给自己取了"三毛的爱"这个笔名。

大家都围过来，想看看是谁给叮当寄来的信。

"呀，你们别看了，怪不好意思的。"

叮当想独自分享这份喜悦，但这封信很奇怪，上面没有地址。她低下头，小心地拆开。叮当独自看信，但又觉得周围太吵，有点儿对不起这封信的神圣感，于是跟微笑打了个招呼后，跑到操场上。操场上很安静，零星的几个人坐在草地上聊天。她走到双杠区，靠在双杠边，把信拿出来，上面的字一看就是男孩写的。不知怎的，叮当的手在颤抖。她想象着，一个男孩在城市的另一个角落听广播，自己说的每一句话他都听到了，自己的地址很长，他也记了下来，可见男孩有多么用心。还没看信的内容，叮当心里就已经把男孩的样貌、性格、神态、年龄全部想象了一遍……

"我在电台里听到了你的声音，很喜欢，觉得你一定是个善良可爱的女孩。我听了你打给电台的电话，你一定是一个需要关心的女孩……你一定要记得，不管一个人身边有多少好朋友，每个人本质上都是孤独的。"

看到开头时，叮当觉得被粉红色的幸福所笼罩。可看着看着，她脸上原本的甜蜜渐渐消失了。

"……我也很喜欢'三毛的爱'这个名字，但三毛的爱太少，可爱的人值得五毛或一块的爱……但只要在这个世界未知的角落，有一个人默默注视着你，你就是幸福的。希望我们能成为好朋友。"叮当简直要爆炸了，这个笔友真是太俗了！叮当没有想到自己的第一个笔友居然连三毛都不知道！

叮当又读了两遍信，抛开那个几毛的爱，这位笔友倒是让她觉得蛮温暖的。

信纸的背面写着："我收信不方便。需要的时候，你给电台打电话，我都会听，也会继续给你写信，希望你快乐。"这第一封信让叮当充满了幸福感，她感觉在一个未知的地方，自己拥有了一份未知的爱和关注，这种感觉让她很有存在感。叮当回到教室，特别害羞地跟微笑说不知道是谁写来的。微笑安慰她笔友这种事就是要神秘才有想象，一旦失去想象，就没意思了。叮当很认同，这种神秘地被关注的感觉很好。她认真地把信按痕迹折回去放进信封，然后小心翼翼地夹在书里，接着又觉得不妥，就把信放进了书包的夹层口袋，好像只有过分的小心才对得起这份信任。

"真正的改变是不需要告诉你，
你也能感觉到的。"

晚上十二点，刘大志皱着眉研究一道不会的数学题。这道题涉及的公式是高一第一天学的，是一个最简单的公式，完全没有牵扯到别的复杂知识点。刘大志的内心是崩溃的，他翻来覆去地把白天记的内容细细理了一遍。郝铁梅轻轻推门进来，悄悄走到他身边，猛地把他手上的练习册抢出来。

郝铁梅一只手拿着练习册，另一只手伸过来："交出来！"

"快把练习册给我，我只有这个。"

郝铁梅完全不理他："站起来。"刘大志赶紧站起来，还原地跳了两下，转了两圈："真没有，你儿子现在决定报效祖国，不再辜负父母的养育之恩。

你要相信你儿子。"

郝铁梅还是一脸的怀疑。

"哦，老郝说现在开始复习了，是赶进度的机会，所以我……"

"原来是郝老师。我就说你怎么可能那么努力。"

"坐在这儿看书的是我！不是郝老师！"

"别看了五分钟书就觉得自己是世界第一了。我告诉你，考试考不好，你照样逃不了！"

"妈……"

一天、两天、三天，刘大志房间的灯都是过了凌晨两点才灭。他欣喜地发现，即使爸爸不回家，家里的菜也从两个变成三个了。陈小武也欣喜地发现，以前他每天早上都要抄两份作业，现在他只要抄自己那一份就好了。作业批改下来，陈小武几乎都是对的，刘大志对一半、错一半。刘大志想着郝老师说陈小武未来肯定会有出息，他越发怀疑郝老师的判断。

陈小武笑话刘大志："你看你现在，作业还没我对得多。"刘大志颇有禅意地回答："当我敢开始错时，我就开始正确了。"

陈小武果然不懂："自从游戏输了之后，你不会疯了吧？"刘大志叹了口气："我也觉得自己疯了。"他看着那些没做对的题发愁。微笑拿过去看了一眼："蛮不错啊，已经不是全错了。"刘大志把作业本拿回来："哪里不错，我觉得自己真是个死脑子，那么认真学，还是错那么多。"

"说真的，第八题你怎么解的？"

十道题，微笑对了九道，只有第八题错了。而刘大志正确的五道题中就有第八题。刘大志突然不好意思了，支支吾吾地说不出来。

"你抄的？"

"当然是我自己写的！"

"来，跟我说说怎么写的。"

刘大志看周围没有人注意到他们，这才开始语无伦次地解释。

微笑笑道："刘大志，你又逃课，又打架的。我还以为你特别爷们儿，以前怎么没有发现你这么怂啊。"

刘大志听了一咬牙："听着！这道题很简单！"

他把解题过程流利地说了一遍，其间额头一直在冒汗。听完刘大志的讲解，微笑皱着眉头有点儿纳闷道："刘大志，你真的是一个奇怪的人。你错的题都是基础题，而基础题只要牢记公式和解题技巧就行了。你对的这道题需要思考过程，可你居然做对了。"

"你不是为了安慰我吧？"

"刘大志，别得寸进尺啊。"

"你真的觉得我还有救？我都已经觉得自己不配做人了。"

"你自己看。"微笑站起来，拿了几个同学的作业本翻开。第八道题，只有刘大志和陈桐做对了。

刘大志心里那么多天的抑郁突然间烟消云散。他一直以为自己要成绩非常好，要得满分，要考第一，要超过陈桐才能证明自己会学习，没想到只要做对一道家庭作业题就有这样的感觉。陈桐从门口进来，看到兴奋的刘大志，瞟了一眼。刘大志立刻被打回现实。

郝回归给郝铁梅打了两个电话了解刘大志的情况，得知刘大志很努力后也放心了。就在郝铁梅感谢自己的时候，郝回归立刻见缝插针道："大志妈妈啊，大志是个心里特别有数的孩子，您一定要记住了，千万不要给他存钱娶老婆，也不要逼他做他不想做的事。只要是他自己乐意做的，就一定能做好。您一定要相信他。"郝铁梅在电话那头直乐："没问题，没问题，郝老师你说什么都是对的。"郝回归觉得妈妈这是在应付自己，他觉得要说服妈妈这条路依然任重而道远。

就在刘大志拼命学习的时候，郝回归也在忙着准备不久之后留任老师的最终测评。虽然已经有很多人来恭喜他，说学校一定会把他留下，可郝回归依然不敢掉以轻心。他也听说其他几位实习老师早已使出浑身解数，而自己和刘大志打游戏也是被其中一位老师举报到教育局的，本想以此淘汰郝回归，没想到……

一想到这儿，郝回归更上心了。为了刘大志他们，他也一定要留下来，如果换成是他自己的事，可能都不会如此认真。郝回归了解了一下测评规则：三个月内要做满所有同学的家访,要记住所有同学的名字和家庭情况,要对教学提出新的方法,要对提高班级凝聚力提出新的想法……这些对他来说倒不是难题。来的这一个多月里,郝回归活得比自己原来的生活要累100倍,他全天待在学校上课,放学后还要去家访,平时还要和学校其他老师走动。除此之外,周校工的事也让他疑虑重重。

一晃终于到了数学第一章节的摸底测试。刘大志从没如此期待过一场考试。发试卷时,微笑先拿到试卷。刘大志伸头过去看了两眼题目,嘴里小声念着什么。

"刘大志!"赵老师一声大吼。

"嗯?"刘大志一愣。

"把你的桌子跟微笑的分开一点儿!考试才刚刚开始,答案都没有,你连名字也想抄?"其他同学大笑。刘大志十分尴尬,赶紧打开试卷,浏览了一遍,感觉好多题目都似曾相识。

"你不开阔的时候,
常会把别人的好意误认为敌意。"

数学课上,赵老师正在公布第一章节的考试成绩。

第一名陈桐,150分;数学课代表和刘大志并列第二名,124分。全班哗然。刘大志自己都呆了。微笑118分,叮当78分,陈小武42分。赵老师念一个成绩,就点评一句。"陈桐,150分,学学人家陈桐啊!人家在知识海洋里开快艇,有人在知识的海洋里喂鲨鱼。

"第二名是刘大志。我说啊,会做就会做,不会做就不会做,我们鼓励学习,但是我们不鼓励抄袭。刘大志,老师希望你下次能更诚实一点儿。"

刘大志就像大冬天当头被浇了一桶冰水。赵老师又补了几句:"陈桐转到文科班,是来改写文科班从未有人考上重点本科的历史的,不是来给你们抄的。抄的同学,如果你们能保证高考时也抄得到,那算你们有本事,如果不行,就是自欺欺人。"

全班都知道赵老师说的是刘大志。微笑看出了刘大志的尴尬:"赵老师,我不知道班上谁作弊,但你发了刘大志试卷之后说这个,我觉得对他不公平,对文科班的同学也不公平。作为老师还是不要误会任何同学吧。"赵老师被微笑这么说,面子挂不住了:"最后一题,我们班只有两个同学做出来,陈桐和刘大志,难道陈桐抄了刘大志?"

同学们哄堂大笑。

刘大志硬着头皮站起来,面红耳赤地说:"赵老师,我没有作弊,这些都是我自己写的。"赵老师还打算继续说什么。"赵老师,刘大志没有抄我的。"陈桐站了起来。同学们很惊讶,没想到陈桐居然会帮刘大志说话。刘大志心头一暖,原来陈桐和自己平时想的不太一样,他还挺仗义的……

"我是不会给他抄的。"同学们再次大笑。刘大志也尴尬地笑了。

陈桐这个人,真是太欠了!赵老师只得说:"那好,刘大志,考你道题,如果真是你做的,那这道题你一定能做出来。"

刘大志站着不敢动。微笑对刘大志说:"去啊,别怕。"他看着讲台,不敢上去。他一直觉得讲台就像罪犯拍照的背景板,只要人往那儿一站,黑板上就写清楚了自己的生辰八字、籍贯年龄、作案细节。他多次作为"犯罪分子"被老师叫上台,那种恐惧不言而喻。

同学们窃窃私语,准备看刘大志的笑话。刘大志心里没底。突然,眼前递来一根粉笔,是陈桐。

"既然这道题是你自己做出来的,那就去做。"

刘大志看着陈桐,心想:"可能他也不是一个坏人吧?也许他平时说话就这副德行,感觉拒人千里,其实人挺善良的。"他正准备说"谢谢",第一个音节还没发出来时,陈桐又补了一句:"如果这道题是你抄的,那就承认,不要耽误大家的时间。"刘大志立刻在心里扇了陈桐一百个耳光。

刘大志深吸一口气,走上讲台。赵老师念了一道题。果然很难!同学们也在座位上尝试着解答。听完题,刘大志知道赵老师没有骗自己,这就是最后一道大题的变形而已。

同学们不知道答案,都盯着赵老师。看完黑板上刘大志的答案,赵老师脸色一沉,特别生气地说:"刘大志!你太不认真了!你这样下去一定考不上大学!"

刘大志一惊,看了看黑板。唉,自己还是太年轻,容易意气用事……但这道题,应该没错啊……

"这道题你都能做对,那被扣的26分,很容易的题,你居然做错了!你是不是脑子有问题?!如果你真的开始努力,以后有什么不懂的问题,也可以来问老师。"

刘大志鼻头一酸地愣在那里,然后猛点了几下头。陈小武带头鼓掌。很多同学依然不敢相信。陈小武一个人用力鼓着,颇为尴尬。刘大志看了看微笑。微笑就跟她的名字一样开心。他看了一眼陈桐。陈桐低着头,似笑非笑。回到座位上,刘大志的心情依然忐忑。以前,他觉得时间好漫长,怎么过都过不完。现在他突然觉得时间好短,怎么跑都觉得慢。可能这就是没目标和有目标的区别吧。

"好的东西不一定适合自己,
适合自己的东西才是好东西。"

肥姐的发廊外全是当红港台明星的海报。

林志颖、郭富城、孙耀威、陈晓东……进发廊的人从不说自己要剪长发还是短发,分头还是平头,而是说:"肥姐,给我剪个林志颖。""肥姐,我要一个陈晓东。"

刘大志决定要个郑伊健。

肥姐夸他有眼光:"郑伊健是现在年轻人最喜欢的偶像,不过他的头发太长了,你的不行。给你剪个陈小春吧,平头配着你的单眼皮,酷。"

"真的啊?"刘大志很开心。

"肥姐什么时候骗过你?坐吧。"肥姐午饭都顾不上吃,把剪发的围裙一抖,围在刘大志脖子上。

"想好了?不改了?"肥姐例行公事地问一句。

"不改了。"

"大志，你知道肥姐最喜欢你什么吗？"

"我长得帅？"刘大志笔挺地坐着，害怕自己一动，让肥姐失手。

"除了帅，还有一点，你从来不犹豫。肥姐最喜欢你这点，只要决定的事就去做。不管最后好不好看，你都觉得好看。"肥姐发自内心地夸赞道。

"啊？还有不好看的时候啊？"刘大志心一凉。

"很多人的发型和你一样，但他们不自信，所以很难看。你不一样，任何发型你都能驾驭。今天这个陈小春，肥姐不收你钱了，多介绍一些同学来就好。"

"谢谢肥姐！"刘大志坐在椅子上，对着镜子欣赏着，略一甩头发，自我陶醉的样子。

"来来来，陈小武，你也剪个陈小春！"刘大志刚答应肥姐，就开始为她招揽顾客。

"我不要，我不要，长得不好看的人剪平头就很像坐牢的。"

"你懂个屁，这叫潮流好不好！"刘大志对着门口的玻璃看着自己剪好的发型，然后摆了个造型，伸出双手唱起《古惑仔》的主题曲《友情岁月》："来忘掉错对，来怀念过去，曾共渡患难日子总有乐趣……"

"欸，肥姐，你桌上这根大肉骨头不吃了吧？不吃的话，我就拿去喂木桶了。"

"行，你拿去吧。"

刘大志和陈小武一前一后去看木桶。还没走到废弃教室，木桶就欢快地摇着小尾巴跑了出来。陈小武立刻举起它，往天空抛了两下。木桶一点儿都不害怕，依然"呜呜呜"欢快地摇着尾巴。刘大志叫了声"木桶"，把骨头扔到地上。木桶摇着小尾巴，围着骨头转，不知这顿大餐从哪里下口。这时，不知从哪里又冒出另外一条野狗，飞快跑过来，准备抢骨头。刘大志连忙用脚赶开野狗。野狗绕来绕去，就是不愿意走。刘大志拿起一把扫帚，佯装要打。趁刘大志一个不留神，野狗对着他的手就咬了一口。

"啊！"刘大志大叫一声。

陈小武赶紧跑过来。刘大志的手指被咬了个清晰的齿印，还冒着血。

"快快快，先用自来水洗洗消毒。"陈小武立刻去找水龙头。

"陈小武，你快去借辆自行车，带我去防疫站。完了完了，我要得狂犬病了，我要死了。"想起郝回归之前的话，他满头是汗。

陈小武连忙跑出去借自行车。正好是下午上课时间，同学们骑着车三三两两到了学校。陈小武抬眼看见陈桐像风一样过来，他本想叫住陈桐，但觉得向陈桐借车怪怪的，也许他也不会搭理自己，所以打算去找别人。

"陈小武，你要干吗？"

这是陈桐和陈小武第一次说话。陈小武没想到陈桐居然知道自己的名字，还主动和自己说话。他一直以为像陈桐这样的人活在另一个世界里，从来不会为不感兴趣的事和人花任何时间。

陈小武有点儿语无伦次。

"那个，我，那个刘大志被狗咬了，我要借一辆自行车送他去防疫站……"陈小武觉得自己说了也没用，等着被拒绝呢。

"哦，要我帮你俩请假吗？"说着，陈桐从山地车上下来，把山地车推向陈小武的方向。陈小武看着陈桐的山地车，没有后座，只有一个前杠可以坐人，主要自己完全不会骑啊。

"刘大志要坐前杠才行，你会骑吗？"

陈小武摇摇头。

"那我送他去防疫站，你帮我们请假吧。"

"啊？"虽然有点儿疑惑，陈小武还是立刻跑回去叫刘大志，"快快快，我给你找了个特别好的司机送你去，包你满意。"

刘大志到了校门口，看到陈桐一只脚撑在地上，另一只脚踩在踏板上等着自己。刘大志看了陈小武一眼，陈小武点点头。刘大志好尴尬，但再尴尬也比不上命重要，他硬着头皮走了过去。

"我坐哪儿？"刘大志指了指山地车。

"他让你坐前面。"陈小武想笑又不能笑。

"你就不能借一辆正常的？"刘大志扭过头压低声音对陈小武说。

"我怕时间来不及,万一野狗有狂犬病进到你的血里怎么办?"

一提到"狂犬病"三个字,刘大志就不敢废话了。他很僵硬地站在陈桐的山地车前,不知道下一步该做什么。陈桐面无表情地对着前杠说:"坐这儿。"刘大志特别别扭地靠近陈桐,屁股一点儿一点儿地挪上前杠。啊啊啊,感觉就像是被陈桐搂在怀里……

陈桐骑得很快。

经过的人都侧目,究竟是哪个女孩能坐在陈桐的前杠上?大家的眼神中透露出的是好奇,是妒忌,是羡慕。当大家发现那个人是刘大志时,立刻大笑起来。有人大声对刘大志说:"大志,今天和校草去约会啊。"

刘大志恨不得自己立刻爆炸。反倒是陈桐没有任何反应,左闪右躲,选最快的路,一路杀到了防疫站。他让刘大志在大厅待着,然后自己去挂号、排队、交钱、领药,再回来叫刘大志打针。整个过程,陈桐的脸上完全没有任何表情,也没有问刘大志有没有钱,自己就把所有的事情处理完了。刘大志又感动又矛盾,他觉得自己真是倒霉,怎么人生当中永远遇见这样的事。他一开始很不喜欢郝回归,后来郝回归带他来医院,忙前忙后的。他很不喜欢陈桐,今天陈桐骑车载着他来打狂犬疫苗,帮他忙前忙后的。

刘大志不知道用什么态度面对陈桐。就在种种纠结中,刘大志把第一针狂犬疫苗打完了。医生说没问题,来得及时,肯定不会有事。刘大志一颗悬着的心才放下。多亏了陈桐,一切才这么及时。

"今天谢谢你了。你怎么那么懂?"刘大志鼓起勇气。

"我也被狗咬过。"陈桐超酷地走在前面。

"那个……"刘大志不敢走快,怕狗气攻心。

陈桐听到,稍微放慢了脚步。

"上次你跟赵老师说的那些,谢谢啊!"刘大志不太好意思。

"下次你能考第二才是你的本事。"

"你……"刘大志被噎了回去。

走到防疫站门口,陈桐停了下来。地上有一把被撬开的锁,陈桐的车被偷了。这郝老师真的神了,怎么什么事都知道?可一看陈桐因为自己把车丢了，刘大志感觉很不好意思。

"特贵吧……如果不是我……你的车也不会丢。"

"郝老师说了要看好它，不然就会被偷，所以活该被偷，跟你没关系。"感觉陈桐一点儿都不想和刘大志扯上关系。

"那……等我以后有钱了，我赔给你。"

"我等不了那么久。"

"你……"换作以前，刘大志肯定觉得陈桐很可气，但现在他觉得陈桐外表冷酷，其实内心还是很善良、火热的。他赶紧跟上两步："说实话，你以前是不是特别讨厌我？"

"现在也是。"陈桐没有给刘大志留任何活路。

"我到底哪里值得你讨厌了？"刘大志把脸凑向陈桐。

"你哪里值得被喜欢？"

"那……那你干吗今天下午不上课送我来？"

"下午全是政治课，老生常谈，无聊死了。"

刘大志本想草船借箭的，最后发现每支箭都有万钧之力，支支射穿船身，射死船里的人。

虽然被狗咬了，刘大志还是很兴奋地跑去找郝回归。

"郝老师，你好厉害，你全都说准了！你看，我被狗咬了，陈桐的车也丢了！"

刘大志特别崇拜地看着郝回归。郝回归的心情却沉到了谷底。厉害什么啊？该发生的还是发生了。郝回归突然害怕起来。如果自己不能改变事情的结果，那预测未来就一点儿意义也没有，那么自己做的所有努力也都没有意义。那他回来究竟是为了什么呢？能做什么呢？

第 五 章

我 们 的 青 春 都 一 样

每个人的青春都不一样,有的疯狂,有的纯粹。
但每个人的青春又是一样的,投入去爱,
投入去拼,投入去忧愁,
投入去证明自己。

"没有人是独一无二的，
这个世界上总有一个和你有类似困境的人。"

郝回归决定再去探望周校工。

来到医院时，一辆湘南精神病医院的救护车停在住院部楼下，周校工被绑在担架上正要往救护车上送。

"周校工他怎么了？"

医生告诉他，周校工的精神出现严重分裂，一直胡言乱语，昨晚差一点儿伤到了值班的护士，所以他们要把周校工转移到精神病医院去。

郝回归在担架边俯下身，压低声音说："周校工，你记得我吗？我是郝回归。"周校工一直盯着郝回归，嘿嘿一笑："你也是从那里来的吧？我告诉你，一切都没有用，没有用，所有的事情都没有用啊。"医生和护士马上要把周校工送上救护车。郝回归有点儿着急道："你到底是谁？日历上的明天，你还画了一个圈，代表着什么？"周校工被送上救护车，关门的刹那，说了个字："火！"

火？火灾？

郝回归用力拍拍车门，喘着大气对医生说："你们明天千万不要让周校工接触到火，他很有可能会引发火灾。"医生打开门，看着郝回归："你放心，除了床，他的房间里什么都不会有。"

天气已转凉。站在带着秋意的空气里，郝回归不禁打了个寒战。周校工身上到底隐藏着什么秘密？如果从他的嘴里撬不出任何东西来，那就只能去……一个念头冒了出来，郝回归看看表，现在是晚上十一点。

"知道未来，每一天只是等待；
不知道未来，每一天才是期待。"

员工宿舍楼里，最后一盏灯熄灭。

郝回归悄悄上了四楼最靠里的宿舍，摸下门框上的钥匙开了门，然后打开手电筒。房间很乱，衣服堆在床上，东一件西一件的，空气中还弥漫着一股异味。郝回归找到电灯开关，按了两下，没有电。书桌上有一支烧了一半的蜡烛，看来周校工的宿舍电路出了问题。

他点燃剩下的蜡烛，整个房间亮了起来。小宿舍没有任何异样。唯一出乎他意料的是，地上、书架上堆满了各种书籍，没想到周校工这么爱读书。郝回归看见书桌旁边的垃圾桶里扔满了纸团、纸片。他从垃圾桶里拾起一个纸团打开，上面用钢笔字写着一段文字。

绝望
不来自黑暗
来自已知的明亮
孤独
不是没有目标感
而是万物都有既定的终点

没想到周校工居然是一个文艺青年。

他正准备去看别的纸团时，楼下突然传来保安的声音："四楼，是谁在周校工宿舍里？"郝回归一惊，赶紧把外套脱下，将垃圾桶的纸团、纸片等裹在衣服里，从另一侧楼梯溜回自己的房间。

几个保安"噔噔噔"上楼的声音由小到大再到小。五分钟、十分钟后，就在他准备开灯研究剩余纸团的时候，突然传来急促的声音："宿舍起火了，赶紧救火！"

起火了？糟了，郝回归想起自己出来时，剩余的蜡烛没有吹灭。火灾！他突然想起周校工的预测，马上看看手表，已经过了十二点。周校工说今天会有火，难道指的是他的宿舍会起火？郝回归想不了那么多。其他宿舍纷纷亮起了灯。大家都往楼上跑，郝回归立刻拿起脸盆，打了一大盆水，冲上四楼。周校工的宿舍门口挤了几个保安，里面火势很大，衣服、书籍都在熊熊燃烧。大家端着水，一盆一盆浇上去。有人从厕所接了水管过来，一阵狂浇，火势才被扑灭。房间黑乎乎一片，充斥着各种烧焦的味道。

郝回归在楼梯口的水槽洗了把脸，他需要冷静一下。能准确预测未来的周校工到底是这个世界的人，还是来自未来却没有回去的人？是错过了回去的机会，还是根本就回不去？可如果现在的周校工来自未来，那这个世界的周校工又在哪里？周校工又为什么会疯？他越想越害怕，回到宿舍，看见自己抱回来的那一堆垃圾：有过期发霉的食物、有被撕碎的杂志、有揉成团的纸张。他先把纸团打开，里面大多都是手写的文字，感性晦涩，难以理解，还有一些被撕碎的图片，看起来好像是一张完整的图片被撕碎了。脑海中一个念头一闪而过，郝回归把所有碎纸放在桌面上，一块块开始拼。这是一个穿西服的人……平头……肤色被阳光晒得很黑……哦不，这是一张黑白照……照片慢慢成形。

可是，最关键的地方少了五块。郝回归把自己的衣服翻来覆去检查了两遍，并没有找到多余的碎片。他想了想，又溜回周校工的宿舍，在一片黑乎乎的狼藉中寻找剩下的纸片。垃圾桶靠着墙，郝回归把垃圾桶挪开，发现了三块纸片，还有一块已经被烧焦。他把碎片拿回宿舍。虽然仍旧不完整，但他已认出图片中的人。郝回归胆寒发怵——这张照片是一本杂志的封面——《时代周刊》2013年某期的封面人物——美国总统奥巴马。

郝回归脑子全乱了，1998年的周校工怎么会有2013年的杂志？这张封面意味着周校工一定来自2013年之后，可王卫国又说周校工工作了很多年。所以这封面一定不是周校工本人的。所有信息——浮现，郝回归的脑子快速运转着。这张图是别人给的，那个人是未来的周校工，或者是其他人。是谁不重要，重点是这个世界里除了自己，还有一个人也来自未来。而这个人自始至终从未出现。这个人在哪儿？如果这个人来找过周校工，那为什么周校工现在会疯？郝回归和周校工陷入了同样的困境——两个人都能预言未来，但都无法阻止结果的发生。

> "越是绝望，越容易看到希望。
> 那不是假象，是要活下去的理由。"

第二天，郝回归刚到办公室，何世福就怒气冲冲地走过来："跟我来一趟。"郝回归不明所以，跟着去了他的办公室。门一关，何世福就爆发了："郝老师，你知道我们学校本年度评优被取消公开课的成绩了吗？"

"啊？不会吧？"

"不会？你看看这是什么！真是岂有此理！"何世福把一张教育局的通报重重地拍在郝回归面前。通报的大概意思是：湘南五中文科班作文公开课效果很好。课堂发言环节，陈小武的发言感人肺腑，但经举报，为达到任课老师想要的课堂效果，此同学编造父亲身亡一事博取同情，完全脱离了语文教学的初衷，特此提出通报批评，取消湘南五中公开课成绩，以观后效。

"郝回归，你知不知道陈小武的故事是假的？"

"何主任，我……"郝回归不知该怎么回答，他确实知道，但当时没有办法拆穿。郝回归心里一沉，完蛋了，一旦学校公开课的成绩被取消，自己可能在这里待不住了："何主任，那天你也看到了。我知道小武回答不了这个问题，所以让他坐下，但教育局领导非得启发他，让他动了感情。我发誓，这一切绝对不是事先安排好的。"何世福回想着那天的情景，重重叹了口气，取下眼镜，拿衬衣衣角擦了擦，什么都没说，摆摆手让郝回归回去。

回到宿舍，郝回归心情沉重。"争取留任"又成了悬在头顶的达摩克利斯之剑，那张奥巴马的封面也让他心神不宁。他请了两天病假，打算好好在图书馆找些关于平行时空和时空穿越的资料，弄明白自己与这个世界的关系，找到回去的途径，同时也好好准备最终的测评。

两天没见郝回归，刘大志拎着郝铁梅做的饺子来宿舍看他。打开门，郝回归胡子拉碴的，这两天他除了泡面，什么都没吃，屋子也没收拾。

"郝老师。"

"啊？"

"我们都知道陈小武的事被教育局知道了。"

"嗯。"

"是不是对你留下来有影响？"

"可能吧。"

"我们能帮到什么吗？"

"你们啊……你们就照常好好读书。你们好了，学校自然也能看到我存在的意义啊……对了，你和微笑怎么样了？"

"还行。起码最近她再也不用圆规扎我了，偶尔还问我问题。对了，郝老师，我来的路上，遇见微笑的爸爸，他今晚过生日，特意问你要不要一起？"

郝回归现在完全没有心思理会，正准备拒绝，但突然想起19年前王大千生日那天自己家中发生的事。那件事他永远不会忘记。虽然他知道自己无法阻止事情的发展，但如果能让这件事更晚一些暴露，可能对一切都会好一些。真是一波未平，一波又起。

"好，我去，等等我。"

上次喝醉之后，王大千和郝回归再也没有一起喝过酒。所以看到郝回归，王大千特别开心，从酒柜里拿出了三瓶好白酒。

"今天不能再喝酒了！"微笑皱着眉头，直接把酒抢到手里。

"就喝一瓶好不好？"王大千笑着恳请道。

"不行！"

"呀，这闺女，从小就倔。"

"这还不是你培养的？"微笑把酒拿进厨房。

"郝老师，那今天咱俩就喝少点儿。一人一瓶啤酒怎样？"王大千窃笑着，又从沙发后面找出两瓶啤酒，偷偷递给郝回归。

"爸！我生气了！"微笑站在厨房门口说。

"好好好，一瓶啤酒总可以吧？"

微笑瞪了他俩一眼，转身进了厨房。

"女儿还是不能当儿子养啊！本以为会说话温柔，可现在性格豪爽，脾气又大。"

"微笑蛮好的，成绩又好，落落大方。"

那边微笑探出头来说:"谢谢郝老师表扬。"

虽然只有一瓶啤酒,郝回归和王大千聊得却很开心。刘大志他们也用可乐代酒喝来喝去,闹作一团。郝回归一看,快九点了,赶紧提议:"我们来玩游戏吧。"

"什么游戏?"

郝回归灵机一动,拿了几张白纸,写了几个身份。

"我们来玩狼人杀吧。"

"狼人杀是什么游戏?"除了郝回归,没有人听过这个游戏。

郝回归开始解释游戏规则。

"郝老师,这个游戏你是在哪里学来的?规则怎么这么复杂。"

"我发明的,再过十几年,你看吧,红遍大江南北!"

一群人玩得不亦乐乎。临近十二点时,大家玩得特别投入,王大千都上瘾了,约好下周大家一起继续玩。郝回归陪着刘大志走到他家楼下,看着他上楼、开灯。楼上隐约传来郝铁梅骂刘大志的声音,过了十几分钟,房间熄灯,没有任何异样。郝回归松了一口气。

郝回归在楼下站了很久,不知自己这么做是对是错。19 年前的今天,晚上九点,他开心地回来,听见父母争吵,他趴在门口听见父母在商议协议离婚,但是要隐瞒自己。自己一着急,推门进去,爸爸已经在离婚协议书上签好了字,妈妈则坐在沙发上一言不发。原来父母想要背着自己离婚,每每想到这个场景,他就觉得自己被他们抛弃了。他知道自己不能阻止父母离婚的结局,但如果不让刘大志提早回家,他是不是会比自己过得更幸福一点儿?郝回归慢慢走回宿舍。参加完生日聚会,他的心情也好了一些,他已经很久没有这么开心了。更为关键的是,这种开心是他自己带来的。

"如果你回到记忆中最鼎盛的样子,就会发现那和你想象中的完全不一样。"

刘大志以为自己是第一个到教室的,没想到有人来得更早。

陈桐站在教室里的电视机前认真地摸索着。

"你也想看NBA吗？"刘大志偷偷走近，在陈桐耳边轻声说。

陈桐一扭头，惊恐地看了刘大志一眼，大声说："吓死我了！"

刘大志更大声地说："你是不是也想看NBA？"陈桐懒得理他。刘大志假装一本正经地说："我早就想好了，与其打这个电视机的主意，不如直接请假回家。""啪"的一声，陈桐打开了电视机。

"行呀你！"

"你还是请假吧！"

"没有我，老郝会让你在教室看电视？"

"你有办法？"

刘大志嘿嘿一笑，绘声绘色地说着自己的大计划。

上午最后一节课，刘大志对叮当使了个眼色。叮当立刻脸色一变，举起手："郝老师，我肚子痛！"

郝回归很担心地说："怎么了？胃不舒服吗？"叮当点点头。郝回归果然着急了："要不让刘大志送你去医务室？"刘大志立刻说："我前两天腰扭伤了。呀呀呀，现在还时不时痛一下。"

郝回归盯着刘大志，语气胁迫地说："你去不去？"

刘大志不敢抬头与郝回归对视，低着头说："郝老师，我的腰真的好痛。"

郝回归走过去把刘大志的头扳上来："你就那么想看NBA？"

众人皆惊。刘大志感觉被当众打了脸，正想着如何回答，只见陈桐很失望地摇摇头，站起来说："是的，郝老师，今天NBA总决赛会重播，刚好班上安了电视机，所以就想大家一起看。"

刘大志一脸慌乱，你怎么可以出卖我们？

1998年的总决赛是乔丹第二次退役前的最后一场比赛，听说电视台要重播这场经典决战，当年连郝回归这种不爱运动的人也装病躲在家里收看。他喜欢这种运动的热血，也爱这种团队的拼搏。那时大家都是各看各的，如果大家能一起看的话……

郝回归想了想，说："好吧，那最后一节课就看看这场重播吧。"

怎么可能？不仅是刘大志和陈桐，其他同学也都呆住了。老师居然让全班一起看NBA的重播？高三（1）班教室里爆发出一阵欢呼。郝回归想得很简单，当时自己在看的时候特别希望能和大家一起，现在自己成为老师，有了这样的权力，为什么不给大家留下一个共同的美好回忆呢？虽然很多同学之前都看过了，但是每每有进球，大家都像第一次看直播一样激动。

少年的投入总是能把每一次都当成第一次。郝回归陪着大家一起大呼小叫，激动不已，没有人剧透，每个人都陪着其他人跟着已知的剧情在走……

下课铃声响起，全班依旧沉浸在激烈的比赛当中。

"哐"的一声，教室的门被重重推开，撞在墙上。

何世福站在教室门口，周校长在他身后。

郝回归立刻站起来："何主任、周校长……"

何世福气势汹汹地走进来，啪地关上电视，用手对着郝回归点了点："你给我出来！"郝回归在众目睽睽下跟着何主任和周校长走到走廊上。何世福立刻发飙道："胡闹！简直胡闹！你以为这是哪儿？啊？菜市场？这是教室，是学习的地方！上课时间看电视，你们还想干什么？是不是还想把楼顶掀了？"

郝回归语塞："何主任……这个……"

何世福瞪着他："周校长还以为是老师不在，学生们自己胡闹，没想到是你带头胡来。人家微笑的爸爸捐这个电视机是给你们学习用的，不是让你们看球赛的！这样下去，还想不想考大学？！"

微笑很尴尬。

"何主任您先别生气。孩子们爱好体育，看NBA也是他们的兴趣爱好。我想不必为了学习，一切爱好都放弃吧，也要劳逸结合啊。"

"郝老师，不是我说你，上次公开课造假，学校已经睁一只眼闭一只眼。按规矩，你早该停职搬出员工宿舍该干吗干吗去了！为什么还让你参加最后测评？不就是因为相信你能把文科班带好吗？你小子是觉得学校是你开的啊？什么叫不能一切爱好都放弃？我告诉你，为了学习，为了高考，就是要放弃一切兴趣。什么叫奋力一搏？什么叫破釜沉舟？你别被他们糊弄了。真要那么爱好体育，运动会文科班怎么没有一个人报名？怎么不去报名参加5000米长跑？一派胡言！"

周校长看何世福生那么大的气，也不再多说什么，扭头走了。

"郝老师，从今天起你停职一周。这一周，我来代班，你好好检讨！"说完，何世福一甩袖子，走了。停职一周意味着什么？是离职的前兆，还是与刘大志他们的相处又少了七天？郝回归没想到事情会发展到这个地步，他按按太阳穴，无奈地笑了笑，然后回到班上。同学们都很担心地看着他。郝回归耸耸肩，然后把电视机打开，做了个嘘的手势。总决赛还剩最后十五分钟。

"为了你，我愿意拼一次，
不是我真的可以，而是你值得。"

郝回归被停职一周的消息立刻传遍了学校。表面上是停职一周，实际上，大家都认为郝回归已经没有留任的可能了。Miss Yang每天下课后都去郝回归的宿舍找他，帮他出主意，但看起来，似乎只有在最后测评当中出现奇迹才可能留任，可什么是奇迹呢？郝回归也没有心思去干别的事，他非常清楚，如果不能留任，一切都完了，他只能每天坐在宿舍里做好最后的测评准备。

刘大志等人也不敢来找郝回归。

郝回归被停职后的三天，刘大志度日如年。一切的根源都是因为自己想看NBA，如果郝老师因为自己而失去了当老师的机会，自己的责任该有多大。

第三天最后一节自习课，何世福视察了一圈，准备离开。

刘大志突然站起来："何主任，我想报名参加5000米长跑。"

"什么？"

刘大志认真地说："我说，下周校运动会，我要报名5000米。"

同学们都惊呆了。文科班从来没有一个人参加过5000米长跑。但是，大家都明白，刘大志是在用这样的办法证明给何主任看，郝回归让大家看NBA是有意义的。

陈小武也站了起来："我也要参加！"刘大志感激地看了陈小武一眼。何世福脸都白了："不知所谓！不知好歹！你们除了哗众取宠，还学到了什么？！"何世福转身走了。刘大志和陈小武并排站在厕所里。陈小武疑惑地说："你什么时候爱体育了？"

"自从老郝来了以后，我就爱体育了。"

"啊？"

刘大志叹气道："你是不是傻啊？现在老郝被停职，可能很快就不是我们的老师了。如果在运动会上文科班能出头，起码还能给老郝挣一些脸面啊。"

"够义气！"

"你都不懂，那你报什么名？"

"我只是觉得你说要参加5000米比赛时，一个人站在那里很可笑。"陈小武嘿嘿扭头一笑。

刘大志很认真地看了陈小武一眼，咧开了嘴。

放学后，刘大志和陈小武站在操场上比画："操场400米一圈，5000米可是13圈！"

"你怎么算的！明明12圈半，不过对你们来说也没区别，反正跑不完。"叮当嫌弃道。

刘大志蹲下来用手蒙着头："你说我怎么会说出这样的蠢话？"

陈小武："是呀，肯定是昏了头。"

刘大志欣慰地看着陈小武："幸好，还有你和我一起跑！"

叮当："哥，你不会以为两个人参加5000米就能变成接力吧，一人跑一半啊？"

刘大志瞪着叮当说："你看着我的眼睛再说一次！"

叮当笑道："当我没说。"

突然，刘大志一脸斗志昂扬地对陈小武说："不就是5000米嘛，来呀！谁怕谁！我就不信了。"陈小武一脸疑惑。

刘大志看着陈桐骑着山地车已经走远，立刻大叫一声，躺倒在操场上："我的命好苦啊！"

第二天，清晨七点，刘大志头上绑着条"必胜"的带子，在操场上慢慢地跑着，简直比走路还慢。陈小武气喘吁吁地跑在刘大志身边："你真的打算练呀？还是只想装个气势给何主任看？"

刘大志伸手将头上的带子扎紧："当然是真的！为了老郝，老子拼了！"

一群体育生飞快地超过他俩。

刘大志若有所思地说："你有没有觉得咱们跑得特费劲儿？"

陈小武点点头。

"有没有想过为什么？"

陈小武先摇头，又点头："因为我们从来没锻炼过！"

"错！因为我们的鞋太不适合跑步。"

"还有专门用来跑步的鞋？"

"有，我们得要去搞两双才行！"

一整天，除了上课，刘大志都在发呆。

放学了，叮当过来说："放学了，走不走呀？"

刘大志和陈小武抱头痛哭。

"别装了。我看，要不就算了。"

刘大志从陈小武的怀里抬起头："啊？真的？"

"你退出，我们不会看不起你。"

"我们？你和谁？"刘大志问。

"我和微笑啊。"

"不不不，绝对不行！我们是绝对不会放弃的。我们是为了老郝！"刘大志紧紧搂住想要放弃的陈小武。

"哥，现在退出，比到时候输强多了。你赢了，可能郝老师还有点儿面子。如果你输了，郝老师啥都没了，你想过没有？关键是，你根本就不会长跑!"

刘大志语气缓慢,略带疑问地说:"那就算了?"

陈小武语气肯定地说:"算了!反正你参不参加,也没人会记得。"

刘大志瞪了陈小武一眼。

叮当:"真的没关系。"

刘大志:"这可是你说的。"

叮当明白刘大志现在需要台阶:"是我劝你算了的。"

刘大志:"我可没放弃。"

叮当很认真地说:"是我一定要你放弃的。"

陈小武:"是我们逼你的!"

刘大志:"叮当,你真的是我表妹!但如果不参加,郝老师怎么办?"

叮当:"我也没想到你们这么蠢,真的以为自己跑了5000米就能留下郝老师。你还不如多考二十分呢!"

陈小武:"好了,我们都看到你尽力了,现在走吧。"

刘大志、叮当、陈小武经过自行车棚,正巧遇到微笑和陈桐在说话。刘大志假装一瘸一拐的样子,给叮当使了个眼色。叮当特意大声说:"哥,你都受伤了,就别再去比赛了。你这是荣誉受伤,我们都不会怪你的。"

刘大志对叮当投去肯定的眼色:"废话,我都这样了,我拿命跑呀!"

陈桐回头看了眼刘大志,没说话,骑着山地车走了。

微笑走过来,看着刘大志的腿,关心地说:"怎么了?没什么大问题吧?"

刘大志立刻变脸说:"还行!"

"刚才不是说不能跑了吗?千万不要逞能,不然腿跑断了没人负责。"

"没事,没事,我晚上回去用冰敷一敷,争取复原。不管怎么说,我代表的是整个班集体,集体的荣誉是在我个人利益之上的。我们一定要努力,争取让学校看到郝老师的凝聚力!"

叮当恶心得要吐了。

微笑看着刘大志一脸伪装的正气,笑着摇摇头:"大志,果然有大志。"

陈小武和刘大志唱着歌往前走，微笑和叮当在后面跟着。

夕阳下，四个人的影子被拉得长长的。

告别的时候，刘大志偷偷再次跟陈小武确认："咱明天早上不去了吧？"

"不是已经说好不去了吗？你脚都伤了。"

"嗯，我就想确认一下。"

第二天，太阳还未升起，操场上一个人都没有。

刘大志蹑手蹑脚来到操场上，按了按自己的脚，自言自语道："真没用！不然怎么办呢？死就死了吧！"

"大志，你怎么来了？"陈小武突然出现在刘大志身后。

"你吓我一跳！你怎么也来了？"

"你脚受伤了可以不跑，但我脚还没有受伤啊，我怕别人瞧不起……我打算今天来受个伤……你呢？不是说不来了吗？"

"唉，我都跟微笑发誓了……"

"你怎么把木桶也带来了？"

"我怕自己坚持不下去，就带它来刺激自己。"

"唉，跑吧跑吧。"

"木桶！跟着我们！跑啊！"刘大志在前面冲，陈小武和木桶一大一小在后面追赶着。

少年最好的地方就是：嘴里说着要放弃，心里却都憋着一口气。

即使跑道孤单、漫长……

太阳升起，刘大志气喘吁吁，陈小武也已经不行了，木桶却一点儿事都没有，围着陈小武打着转。

"你真的连狗都不如。再没用，也要跑完全程好不好？来，一起来发个毒誓！"

"不跑完，我就高中不能毕业！"陈小武喘着气说。

"不跑完，我妈就打我十顿！"

"不跑完，我们家的豆芽全部烂在水里！"

"算你狠！不跑完，微笑就会从心底鄙视我！"

木桶停了下来，扭头看着后方。背对着太阳的方向，一个人大步流星地跑过来。这个影子经过刘大志和陈小武的时候，脚步放慢了，是陈桐。

"你？你怎么也来了？"刘大志惊讶道。

"跑不动了？"陈桐脸上依然没有表情，但语气已不再冷漠，"一起吧。"

"绝对不可能！"刘大志跟了上去。

陈小武在后面惊呼道："你们等等我！"

朝阳下，三个少年和一条狗，在操场上你追我赶。

"你不冷漠，
你只是不知道自己会不会被人喜欢。"

一周之后，郝回归出现在了教室里，大家特别激动。

郝回归心里比同学们还激动。他想明白了，如果自己真的留不下来，那么剩下的两三个星期恐怕是他和大家相处的最后时间了。刘大志比自己刚来的时候懂事了，和微笑的关系也开始融洽了。陈桐还带着刘大志去医院打了针。自己也和郝铁梅聊过好几次刘大志，虽然时间短暂，但也能起到一些作用吧。以前的自己，遇到这样的情况只能是无止境地等待，而现在的自己明白了，如果还有什么事没做，那就尽力去做吧，把每一天当成最后一天，也就不用患得患失了。

七天，他从未如此思念过这群孩子。刚来的时候，郝回归还把他们当同学，现在相处久了，他们真的成为自己的学生了。更令郝回归感动的是，他听说刘大志、陈桐、陈小武为了自己，居然报名了5000米长跑。其他同学也纷纷报名了其他项目。郝回归记得17岁那年，自己和陈桐、陈小武确实参加了长跑，但那是被理科班的人激怒了，赛后还和理科班的人打了一架。

"其实你们敢参赛，文科班就已经走出了一步。尤其是5000米，能坚持跑完，文科班就胜利了。不过，输赢没那么重要。明白吗？"

刘大志想说些什么，郝回归没给他机会。

"我知道参赛的同学想证明一些什么，我很高兴看到大家为了一个目标努力团结,能做到这个就够了。"

刘大志看了眼陈桐,陈桐面无表情,难道他也这么认为?

微笑带来了新消息:"王老师说5000米长跑要放在校运动会开幕式上举行,因为是全校第一个比赛,所有体育特长生都会参加……连理科班都有三十几人报名。"

刘大志趴在桌上:"完了完了,这下惨了!陈桐,你听见没,全都报名了,他们不会都是冲着你来的吧?"

陈桐若无其事地起身去拿作业:"想赢我的人多了。"

陈小武很积极地靠过来:"你说陈桐是不是也知道这件事,想出风头所以才来参加?"

刘大志惆怅地看着陈桐的背影:"你知道我最讨厌他什么吗?"

"什么?"

"我最讨厌他从来不想出风头,却总是把风头出尽了!"

回到家,刘大志惊讶地发现妈妈居然给自己端出了一只鸡。

"妈,在路边捡到一只死鸡啦?"

郝铁梅一巴掌拍在刘大志脑门上:"你最近不是在训练吗?"

"你不是说要我别跑了吗?要我以学业为重。"

"反正你学习也不好,妈还是希望你身体好,来,多吃点儿!"

刘大志一边低头吃鸡一边抱怨道:"妈,最近跑步脚特别疼。"

"一会儿烧点儿热水泡泡脚。"

"主要是鞋硌脚,都起水疱了。"

郝铁梅假装没听见的样子:"别只顾着吃肉,再吃点儿菜。"

看郝铁梅不搭理自己,刘大志抬起头道:"妈,我想要双跑鞋。"

郝铁梅脸色一沉:"你还想要什么?"

刘大志可怜巴巴地说:"就想要一双跑鞋。"

郝铁梅没好气地说:"你长得就像双跑鞋,还要什么跑鞋。"

刘大志继续哀求道:"妈,我长得像跑鞋,我也不能穿着自己跑啊。再说我报名的那个是运动会开场项目,好多体育生都参加了!"

郝铁梅满不在乎地说:"那你肯定跑不过体育生,别浪费鞋了。"

刘大志拖长了音调喊着:"妈——"

郝铁梅不容商量地说:"不行!你能不能想点儿学习的事?!"

刘大志死皮赖脸地说:"你说我成绩不好,身体好更重要啊。妈,你给我买吧。郝老师说了,适当满足一下物质欲望可以培养出更加健全的人格。再说了,我这次报名长跑也是为了给郝老师争气。如果能拿到名次,郝老师兴许就能留下来,你又不是不知道现在他们实习老师竞争得很厉害。"

郝铁梅哼了一声:"你自己想买就是,少跟我胡说八道。"

刘大志一看郝铁梅有了松动,继续说道:"妈,你就给我买吧。我保证跑个好成绩,让郝老师能留下来。我保证以后好好学习天天向上!"

郝铁梅看着饭桌说:"还吃不吃,不吃我收了?"

"吃吃!"刘大志马上闭嘴吃饭。

郝铁梅起身添饭,走到厨房门口问了句:"要买什么样的?"

"耐克的跑鞋最适合长跑了……"

郝铁梅转身进了厨房。刘大志见占了上风,于是再度鼓起勇气道:"小武跟我一起参赛,也给小武买一双吧,妈……"

郝铁梅从厨房走出来,脸上没有任何表情。

第二天中午放学回家,刘大志进屋就看见桌上放了两个袋子,连忙扑过去。

"谢谢妈!"刘大志快速拆开包装。怎么钩上多了一道杠?刘大志连忙拆开另一双,也多了一道杠。

"妈……你买的不是耐克啊……"

"你长得就像耐克,还买什么耐克?!"

这两双不是耐克的,是回力的。

"啊?妈,我要的是耐克,不是回力……耐克的才能跑步,回力的只能走路啊。"

"你到底要不要?你不要,我就退了。"

"那你退了吧。换两双耐克鞋成吗?"

"两双耐克鞋！这个月家里还要吃饭吗？！"

"那……那就两双都退了换一双耐克鞋好了，不用给陈小武买了……"刘大志说完又后悔了，"算了，算了，就这样吧。"刘大志把两双鞋都放进了书包里。

下午，刘大志把陈小武叫到教学楼转角："看，我妈给你的。"

陈小武眼睛发光地说："哇，跑鞋！好白啊！我家从来就没给我买过这么白的鞋！"陈小武把回力鞋抱在怀里，高兴得不得了。

看陈小武那么开心，刘大志突然有点儿惭愧："穿上吧，现在我们去试试。听说跑鞋要多穿，比赛才合适。"

陈小武换上回力鞋，在操场上来回蹦跶。

"好穿，好穿，太好穿啦！果然专业的就是不一样。"跑了两圈，刘大志就拖着陈小武跑到广播室去找微笑和叮当商量对策。

刘大志有点儿焦虑地说："这已经不仅仅是一场比赛了，事关郝老师，事关文科班，事关我们的未来。"

叮当不敢相信地说："你什么时候关心过班集体荣誉？"

刘大志满不在乎地说："有羞耻心难道不对吗？"

"啧啧，本来只要跑完就不算输，现在你要想赢，性质就变了。"

微笑也发愁道："想赢没什么不对，反正是要跑，但也得尊重客观事实吧。"

陈小武也挺愁地说："要不，我们换个项目吧？"

刘大志瞪了他一眼："陈小武！你看着我的眼睛！我们不是跑步不好，我们是体育很差！你怎么不改报个卖豆芽的项目？"他站起来，把手放在胸前，"不管怎样，我们一定要争！取！胜！利！"

陈桐出现在广播室门口，表情比刘大志还要尴尬。

大家纷纷看着陈桐。

陈桐轻轻咳了两声，清了清嗓子，也清了清空气中微妙的尴尬："大志说得很对。"

刘大志的手依然放在胸口："我说什么对？"

"争取胜利。"

陈桐这么一说,大家眼中突然有了一丝惊喜。

陈桐继续说:"一共有将近五十人报名。我研究了一下,我们学校没有长跑体育生,他们只是爆发力强,能跑到底的不会超过一半。"

陈小武:"我就跑不完。"

陈桐似笑非笑地说:"跑不完不要紧,落后有落后的策略。"

刘大志一愣:"落后还有策略?"

陈桐点点头:"刚刚郝老师找过我,给我们出了落后的策略——落后的位置很重要。"

刘大志很感兴趣地说:"位置?"

微笑恍然大悟:"我知道了,郝老师真厉害!"

叮当没听懂。陈桐拿起桌上一张纸,画了起来。纸上的陈小武一直落后,慢慢落后了整整一圈,跟陈桐在同一位置。

陈桐:"郝老师说,就是这样,这样就算落后,也能帮忙。"

刘大志:"需要做什么呀?"

陈桐:"5000米关键在最后一圈,只要我们三个人把位置摆对,不让对方轻易冲刺,就还有胜算。这个术语叫作套圈。"

刘大志:"我知道了,我们会拖住郑伟他们,你来冲刺!"

陈桐抿了抿嘴唇:"差不多吧。"

"任何事情多想想,
总会找到以前注意不到的出口。"

操场上,刘大志往前跑,陈桐在他身边,陈小武远远落在后面。

陈桐一边跑一边说:"你的肺活量有点儿差,需要多练习。吸气吸气,呼——集中注意力,别把注意力放在喘气上,养成习惯。"

刘大志将注意力慢慢集中,呼吸逐渐平顺。陈桐一点儿一点儿调整刘大志的状态:"保持节奏!比赛时,他们都会跟着我,我在前面十圈把速度压下来,能不能跟上,就看你的了。"陈桐往前跑去,刘大志紧紧跟上。陈桐跑了一圈,来到气喘吁吁的陈小武身边,将他往里一推,陈小武摔倒在地。

"你干吗?"陈小武一头雾水。

陈桐伸出手拉起陈小武:"这是抢位。有人经过你身边时,你要盯紧,不能让他们抢位。如果他们绕过你跑,就要消耗更多体力。"

刘大志:"听到没有,学着点儿!"

陈小武用身体挤了一下刘大志。

陈桐:"对了!"

离运动会还有两天。

刘大志和陈桐趴在桌上研究战术。

陈桐再次强调:"5000 米是拼意志力。他们的爆发力好,但耐力不一定。而且他们后面还有比赛,只要我们一开始让他们觉得吃力,他们就会慢慢放弃。"

"真的假的?"

"我了解体育生。如果前几圈他们觉得能把对手拖垮,随随便便就能获得成绩。但如果觉得很辛苦,他们就会放弃这场比赛,保留体力参加其他项目。"

郝回归在班上做着赛前安排:"这次是你们在学校的最后一次运动会。我知道大家学习很辛苦,所以最后我们只报了 5000 米长跑这一个项目。微笑依然做旗手,参赛队员刘大志……"

"到!"刘大志突然特别紧张。

同学们哄堂大笑。

"现在不是点到。这一次,有三个同学代表全班参赛,陈桐、刘大志和陈小武。大家为他们鼓掌。"

大家热烈地鼓掌。

郝回归继续说道:"5000 米长跑非常考验人,能够坚持下来的同学都值得大家鼓励。老师知道你们非常努力,也不是对你们没信心,但是所有比赛,有第一就有最后,通过比赛学会这些,才是人生宝贵的财富。"

陈桐突然说:"郝老师,我们既然参加了,就要为第一努力。"

大家看着陈桐。陈桐从来不说这样的话,他总是悄无声息地拿着所有的第一。

"陈桐说得对,我们一定要为班级争光!"听到陈桐这样说,刘大志也大声附和。

"文科班必胜!"叮当大喊。

这个班级从未如此热血。大家都敲着桌子大喊:"必胜!必胜!必胜!"

看着大家,郝回归好感动,他想起以前的自己就是这么热血,做很多事都超有激情,而现在的自己却总说"参加了就好""不要给自己压力"之类的话。也不知从什么时候开始,自己的口头禅从"试试呗"变成"忍一忍"。

他曾经也是一名热血青年啊!

想到这个,郝回归坚定地说:"是的!我们必须拿第一。即使名次拿不了第一,气势上也要拿第一!"

班上欢呼声一片。

放学后,叮当去了微笑家。关上门,两个人有说有笑。

"过两天,我们去看电影吧。"微笑笑着说。

"《天若有情》!刘德华!"叮当激动地想去摸刘德华的海报。

"你别乱摸!弄坏了。"微笑很紧张。

"真是原版海报吗?摸一下也不行,小气!"叮当假装生气了。

"是香港带回来的呢,所以很珍贵啊。"说罢,微笑看了海报一眼。

"好好好,刘德华是你一个人的。"

"好啦,给你摸。"

突然,叮当鬼祟地笑起来:"我不摸海报,我要摸你!"

两个女孩子在床上滚成一团。王大千敲门进来,拿着个横幅递给她们,上面写着:"高三文科必胜!"

"笑笑,你看,爸爸弄得行不行!"

"我看看!王叔叔,想不到你还会做横幅。"叮当抢先说。

"谢谢爸爸!"微笑很开心。

叮当把横幅举起来，左看右看，突然忧心忡忡："要是我们不能赢呢？"

"不能赢就更要加油了！"

"那多没面子啊。"叮当叹了口气，突然想到陈桐，脸一红，"他一定会赢的。"

"陈桐呀？"微笑看出了叮当的心事。

"你看他今天一定要拿第一的神态，帅呆了。我觉得郝老师都被他镇住了！"

"其实郝老师说得没错。他们参加了，跑完了，就都值得鼓励。"

叮当抱着横幅，美滋滋地说："他肯定能拿第一。"

刘大志从水盆里抬起头，看到郝铁梅一脸严肃地站在他面前。

"妈，你站这儿一动不动要干吗，等我窒息抢救我啊？"

"你一晚上不读书，把头埋在水里，要干吗？"

"陈桐说这样可以练肺活量。"

"你怎么突然把输赢看得这么重？读书的时候你可不这样。"

"我变了啊！为了郝老师和我们班，我必须努力。"

"那你怎么一天到晚板着脸？"

"没有呀！"刘大志根本不自知。

"妈妈跟你说，你是剖宫产，呼吸道不太好。肺活量这东西，不是这么练的。"

"妈，我学习不好是不是也因为这个？"刘大志好像突然明白了什么。

"我懒得跟你说。"郝铁梅转身走了。

刘大志又把头埋在水里，过了一会儿，隐约听见妈妈在打电话："哎哟，我真是担心……什么，你们家也这样？"

陈桐的妈妈正在接郝铁梅的电话："是呀，陈桐平时也不在意输赢的，这一次不知道怎么回事。自从他去了文科班，整个人都变了。我们家老陈现在还没松口，要让陈桐回理科班。"

"理科班好。我们大志就是太笨，只能读文科。不过你们陈桐也在憋气，那我就放心一点儿了……"

"但是也挺不对劲儿的。"

"什么不对劲儿呀？"陈桐站在妈妈身后说。

陈桐的妈妈对着电话说："没事，回头再说！"

陈桐的妈妈挂上电话，转身说道："陈志军，你就少说两句。陈桐也是为了文科班的荣誉。"

陈志军板着脸道："有这个工夫为什么不花在学习上？理科班的其他学生都在为考大学冲刺。你倒好，去了文科班就是去跑步的？"

"我喜欢。"陈桐不想继续这个话题。

"你再跟我说一句！"陈志军指着陈桐的鼻子道。

陈桐的妈妈连忙制止道："跑步怎么了？考上清华是为了证明自己，跑步难道就不是了吗？"又扭头对陈桐说，"妈妈知道你也是想证明自己，但比赛重在参与。我听说这次竞争挺激烈的。"

陈桐淡淡回道："妈，比赛只有输赢。"说完，径直回到房间。

"每个人的青春都不一样，有的疯狂，有的纯粹。每个人的青春又都一样，投入去爱，投入去拼，投入去忧愁，投入去证明自己。"

运动会当天。

一桶水泼在地上，吓得陈小武大跳起来："张姐，你看你！"

菜场张姐："小武呀，你穿这么白的鞋在这儿摆摊子做什么？"

"我们今天运动会！"

小武的爸爸："他这几天跟丢了魂似的，每天做梦都在说跑步。"

张姐："运动会有什么要紧。"

小武："张姐，你不知道，我们班现在可齐心了。"

小武的爸爸："你们班都轮到你去争光了，还有什么指望，趁早回来摆摊！"

小武说了句:"爸,我先走了!"急匆匆朝外跑去。

操场旁的路上已摆满各班的椅子。

刘大志兴冲冲地赶到学校,看见早来的微笑和叮当正在发水。微笑把白T恤扎在一条牛仔裤里,特别显眼。他赶紧在一旁用力做拉伸练习。

果然,微笑朝他走了过来。

"刘大志,稍微拉拉就行了,看你都要把自己的筋拉断了。"

刘大志嘿嘿一笑。

微笑:"小武呢?看见小武没有?"

叮当:"还没来呢。"

刘大志:"这种时候他还出什么摊,急死了……"

陈桐穿着崭新的红色运动短衣、短裤走过来:"准备得怎样了?"

"哇,陈桐,你这一套好帅啊。"叮当又犯起了花痴。

刘大志一看,是挺好看的,跟他比起来,自己里面那件背心显得太寒酸了。

陈小武急匆匆跑过来。

"怎么才来?"刘大志赶忙问。

陈小武看刘大志把衬衣扣子解了:"你在干吗?"

"脱衣服啊,难不成你穿校服跑啊。"

"我里面没穿背心,能光着上身跑吗……"陈小武怯怯地问。

"你看着我的眼睛再说一次。"

"那……那我还是穿校服跑吧。"

陈桐、刘大志、陈小武站在候场区,三个人穿成了三个季节,周围投来嘲笑的目光。陈小武和刘大志脸上有掩饰不了的失落,和陈桐站在一起,他俩像是临时来凑数的。

郝回归从远处跑过来,手上拿着三套洗褪色的运动背心和短裤。

"我怕你们都没有。哦,陈桐有,那就好。跑步穿这个比较方便,大志和小武换上吧。"

两个人站在更衣室的镜子前左看右看,虽然是旧的,换上后也舒服多了。出来之后，他俩发现陈桐也把那套全新的红色运动装换了下来。

"你……你怎么也换了？"刘大志很讶异。

"我那套太显眼了，和你们穿一样，他们比较分不清楚目标。"

"有道理。果然脑子好使。"陈小武由衷地赞赏道。

"陈小武，你真是笨死了。"刘大志拍了陈小武一下，意味深长地看了陈桐一眼。蓝天白云，激昂的音乐在校园回荡。微笑伸出手，陈桐、刘大志、叮当、陈小武也跟着伸出手，五只手叠在一起。

五个人一起大喊："GO！GO！GO！"

微笑："去吧，达达尼昂！"

刘大志："你说什么？什么达达？"

陈桐笑着说："微笑说得没错，我们是三个火枪手！"

陈小武："火枪手又是什么？"

所有人都在等待王卫国手中的发令枪。

郑伟站在陈桐一旁，故意挤了陈桐一下。陈桐目光坚定，没放在心上。刘大志和陈小武则被其他人挤到后面。陈小武想往前挤，田径队一个壮汉瞪了他一眼，他不敢动了。

田径场内，文科班女生举着横幅站在陈桐的位置。Miss Yang 神情紧张地站在一旁。

叮当："Miss Yang，你说我们班谁会赢？"

"陈桐肯定得第一！"

"我也是这么想的。"

微笑和郝回归在队伍后面没那么挤的地方正对着刘大志。

"加油！"

"放心！"

"各就各位！预备！""砰"的一声，王卫国手中的枪响了。

几十个人如海浪般涌了出去，陈桐领跑。

"大志！加油！"微笑大喊着。

听到微笑的声音，刘大志下意识地朝微笑看了看。

"跑呀！"陈小武拉了刘大志一把。

激扬的进行曲飘荡在操场上方，一派青春恣意的场面。第一圈已经慢慢拉开距离，陈桐在领跑，刘大志和陈小武跑在最后。陈小武已气喘吁吁。刘大志稳住呼吸，不急不慢，保持步调。陈桐的话回响在刘大志耳边。叮当在田径场内追上刘大志："你太丢脸了，加油呀！"

刘大志没有理会。微笑跑过来，递给他一瓶水，刘大志摇摇头。

郝回归看着刘大志脸上坚毅的表情，觉得自己少年时还挺帅的。王卫国在一旁鼓励大家："5000米是耐力赛，现在不要把力气都用光了。"

陈桐又往前跑出一个身位，所有人跟着不顾一切地往前冲。

广播里的进行曲越来越高亢。过了几圈，大部分选手的速度变慢。陈桐也渐渐放慢，他刚开始跑得太快，觉得身体也开始有点儿吃不消了。刘大志拍了拍陈小武，然后开始加速。他正好落后一个圈，跑过陈桐身边时，两人交换了一下眼神。

冯美丽在一旁大喊："哇，刘大志超过陈桐了！"

叮当翻了一个白眼："他落后一圈好不好。"

郝回归的表情开始紧张起来："大志，加油！"

第八圈了。五六个田径队队员和陈桐、郑伟在第一梯队。其他选手有的已经停了下来，有的还在后面慢慢拖着。短跑特长生田大壮退出比赛，他看着旁边喘着气缓缓移动的陈小武说："算了吧，你已经落后两圈了。"陈小武不作声，继续慢慢跑。

王卫国跑过来一鞭子打在田大壮身上："怎么不坚持？！"

"王老师，我不行了，反正拿不到第一，还是把力气省着参加明天的短跑吧。"

王卫国生气道："没用的东西。"

田大壮不服气地说："他要跟我跑100米试试看？"

"算了算了！"

田大壮恨恨地看着陈桐。陈桐渐渐慢下来。郑伟的脸色也有些发白。微笑在田径场内发矿泉水。陈桐接过水瓶，从自己头上淋下去。

理科班的女生分成两拨，一拨为陈桐加油，另一拨为自己班的男生加油："理（2）班，加油！""郑伟，加油！"

相比之下，文科班所有人都在拼命喊："文科班，加油！陈桐，加油！大志，加油！陈小武，加油！"没有参加跑步的人把所有的力量用在了喊口号上，声浪一波比一波高，运动会很久没有这样的热烈场面了。

第十圈了。刘大志已开始疲惫。他记得陈桐说过："十圈前，你就跟着我就好，千万不要暴露。"微笑跑到刘大志身边："加油！"她在田径场内也跟着刘大志一起跑。微笑额头上都是汗，一脸的紧张。刘大志想哭又哭不出来，咧着嘴，只能干号。陈小武也追上了刘大志。

叮当跑过来："小武，你已经落后三圈了！"

陈小武点点头，干脆慢下来，喘着粗气，朝冲刺位慢慢走去。

最后一圈半。

郝回归带着文科班同学在田径场内跟跑，加油声此起彼伏。陈桐第一，郑伟紧跟其后，理科班另外两个男生紧咬着不放，再加上田径队的四人，第一梯队共八人。刘大志一个人在第二梯队。

微笑依然在旁边陪跑，大喊："大志，加油！"

"最后一圈半，越过半场，我就开始冲。当然，如果我能跟上的话。"刘大志记得自己的话，大喊了一句："我可以！"

陈桐看了眼郑伟，他依然咬得很死，但体力似乎快透支完了。陈小武已经到达冲刺位置。郑伟已经说不出话，他完全跟着陈桐的节奏。陈桐跑一步，他就跑一步，两个人胶着着，谁也没有办法超过谁。

文理两科的女生围着陈桐和郑伟喊破了嗓子。

陈桐的眼睛突然亮了起来。刘大志超过了他们。

"那是谁呀？""落后一圈的吧。"

红色的终点线后，王卫国盯着这几个人，问裁判："刘大志落后几圈？"裁判道："刘大志在冲刺圈。"王卫国惊呆了。

刘大志超过了陈桐。陈桐头一次艰难地笑了笑："别管我，冲！"郑伟没有意识到刘大志是在冲刺。王卫国用喇叭大声喊着："现在刘大志是第一，刘大志、陈桐、郑伟三个人在冲刺圈的前三。"郑伟一愣，他才意识到这个问题，但是陈桐丝毫没有冲刺加速的打算，而陈小武总是挡在郑伟前面，他已没有力气往前跑了。

刘大志开始朝终点跑。

陈小武紧紧压着郑伟，却被郑伟一把打翻在地。

众人大喊："王老师，有人犯规！"

王卫国大喊："郑伟，快，冲刺！"

郑伟咬着牙越过陈桐，朝刘大志冲去。

还有二十米——刘大志突然慢了下来。

"大志，冲呀！"众人心急地大喊。

刘大志、郑伟、陈桐几乎在同样的位置，目前刘大志领先。突然，刘大志瞄准位置，一个错位，他和郑伟一起摔倒在地。陈桐惊愕。刘大志倒在地上对着陈桐大喊："冲呀！"

陈桐茫然间冲过了终点。

欢呼声震天。

裁判的声音响起来："陈桐，第一！"

叮当欢喜地抱住陈桐："我就知道！我就知道！"

同学们一拥而上，抱住陈桐，接着男生们抬起陈桐往天上扔。

郑伟立刻爬起来愤恨地踢了刘大志一脚，然后一瘸一拐地走到了终点。刘大志也笑嘻嘻地爬起来，刚跑过终点，便体力不支被郝回归一把接住。

刘大志："郝老师……"

郝回归："好样的！第四！"

第二名是郑伟，第三名是一个体育生。文科班简直要炸锅了。

刘大志整个都是晕的。微笑跑到他面前，张开双臂，打算给他一个拥抱。刘大志身上全是汗，感觉不好意思，有些退缩。微笑也一愣，便拍了他一下："刘大志，不错啊。"刘大志一个劲儿地喘气和傻笑。

叮当急忙张罗道："快快快，趁刚跑完照相吧。这样最好了！"

刘大志喘着气说："小武呢？"

156

小武还在默默地跑着。

叮当跑过去说:"陈小武,陈桐已经赢了,你别跑了。"

小武嘴都白了:"我还差两圈……"

操场安静了下来,大家都默默地看着陈小武。

微笑大喊:"小武,加油!"

接着所有人一起喊:"小武,加油!"

陈小武已快昏厥,眼前全是人的幻影。他脚下好像有千斤重,已无法维持跑步的姿势,只能一步步缓慢地移动着。他的双脚再也无法支撑身体。终于陈小武倒在地上,脸贴着地。

叮当跑过去:"陈小武,你给我起来!"

陈小武睁开眼睛,视线模糊,他已看不清众人的脸,只看见不远处一条红色的线若隐若现。

郑伟坐在地上撑着身体,看着陈小武:"哥们儿,差不多行了!"

陈小武踉踉跄跄地站起来:"文科班的人一定能……跑完。"

他用尽了最后一点儿力气,整个人又将倒下。

一双手坚强有力地撑住了他,是陈桐。

"走!一起冲线!"陈桐语气坚定地说。

刘大志也奔过来,和陈桐一起架住陈小武,三个人朝终点走去。

郝回归远远地看着这一幕。有些坚持看起来挺傻的,但这不就是青春的意义吗?终点线后面,大家聚集起来为小武加油。

"你看,这是郝老师的学生!"Miss Yang 对王卫国说。

王卫国的脸上第一次没有露出嫌弃的表情。陈桐、陈小武、刘大志三个人并肩冲过终点。王卫国吹哨:"男子 5000 米比赛结束!第十八名,陈小武!"众人欢呼。陈桐、刘大志、陈小武却再也撑不住了,一屁股坐在地上。

田大壮伸手去拉刘大志和陈小武:"真有你的!"

王卫国拍了拍陈桐的肩膀,对田大壮说:"好好学着,这就是体育精神!"

微笑拿来一条毛巾给刘大志。刘大志憨笑着接过毛巾，拿在手里，不知怎么办好，是留着还是擦？

陈桐直接一把拿过来，擦了擦满头的汗："为什么不冲第一？"陈桐刚擦完，手里的毛巾又被班上别的女生一把抢走了："陈桐，我拿走了！"刘大志撇撇嘴，洒脱地说："你看，像我这样的人，就算得了第一又怎样，两天就被人忘了。你就不同，你得了第一，毛巾都变得有意义了。"

"你这样有意思吗？"远处传来了叮当的声音。

刘大志跟陈桐一起循声望去，叮当正在数落陈小武。陈小武瘫倒在地，见叮当朝自己跑过来，嘴里说了些什么，他什么都听不清，只会傻笑。叮当很生气地说："让你不要跑了，你非要跑，你那叫跑完吗？你是走完的，二十分钟前比赛就应该结束了，你让这么多人陪着你在这儿走圈有意思吗？我看你就是想出风头。也不想想看，你跑那么慢多丢人。那么多田径队的人，大家没有名次就不跑了嘛，很正常呀。你平时体育那么差，跑不完太正常不过了，为什么一定要这样？！为了出风头，浪费了全校人二十分钟！"

陈小武依然傻傻地笑着。

刘大志冲过去一把拉开叮当："你疯了吧！"

微笑在一旁喊着："叮当！"

叮当丝毫不妥协："我又没有说错，明明知道这个结果，为什么还要去跑？"

刘大志蛮横地说："你再说，信不信我跟你绝交！"

陈小武有点儿明白怎么回事了，起身拉住刘大志："你别怪她，她也没说错，是我对不起大家！"

刘大志对陈小武说："你还能再怂点儿吗！"

微笑："算了，算了，叮当也不是故意的，小武也没错。"

叮当对微笑说："干吗？我又没说错！"

刘大志："你讲不讲理！"

郝回归一看，有点儿为难，但谁都没错，不过看大家这么吵起来，感觉真有意思："好了好了，别闹了！比赛结束了，大家都辛苦了，我们去好好庆祝一下,老师给你们庆功!"

刘大志依然很生气:"我不去!你们去吧!"

陈小武拉了拉刘大志:"大志……"

刘大志一脸怒气。叮当一脸"你想怎么样"的挑衅。

郝回归一点儿都不担心,反而很羡慕他们几个,想翻脸就翻脸,还有人劝和,不像成年后的自己,要吵架都要忍很久才敢爆发,爆发之后就很难有人能劝和。

陈桐调节气氛,说了一句:"郝老师,我们去哪里庆祝?"

叮当马上转换脸色:"去吃冰激凌好不好?"

郝回归:"好呀,我请客!"

陈小武默默地低下了头。

"我配不上你,
连喜欢都感觉很吃力。"

简陋的豆芽分装台上放着一张生日卡片。在微弱的灯光下,几个手绘的粗糙的桃心格外显眼。卡片下面还有一张信纸,上面是满满的文字。

陈小武深情地看着卡片,十几秒后,站起来默默地将卡片和信收起,折好了放在口袋里,然后去豆芽棚帮忙。

"你今天累了就去休息吧。"陈石灰关心道。

小武"哦"了一声,依然清洗着豆芽。

"爸爸没想到你还能跑完5000米。下次别那么傻,省点儿力气回来搬豆芽。"

"没有下次了。"陈小武用手摸了摸口袋,里面的卡片和信纸仿佛让他的胸口隐隐作痛。

第二天,运动会还在继续,操场上热闹非凡。文科班已经没有比赛了,但大家都很投入地为每一个项目加油。自从运动会最大的项目5000米被文科班拿了冠军之后,所有人对文科班的感觉都不一样了,包括他们自己。陈小武、刘大志、微笑在一旁喝水闲聊。

刘大志伸着懒腰:"每天都开运动会就好了。"懒腰还没伸完,身上突然一阵疼痛。

微笑笑起来说:"大志,昨天的你很帅。"

"真的啊。"突然被微笑夸奖,刘大志的脸都红了。

陈小武一直没说话,终于忍不住开口道:"叮当这个礼拜天生日……"

微笑:"对噢。"

刘大志看着陈小武:"管她做什么,昨天她那样对你,我一想起来就气。她要不是我妹妹,我准揍她。"

陈小武:"我就是有点儿担心你不一定打得过她!"

刘大志站起来撸着袖子:"废话,你让她来试试。"

叮当跑了过来。

刘大志赶紧坐下,依然摆着个臭脸。

叮当假装没看到,拉着微笑说:"快快,那边跳高有个帅哥,快去看看。"

"有什么好看的?"

"都说长得像刘德华……"

微笑被叮当拽走了。刘大志看着她们的背影,跷着脚看着陈小武:"你怎么不去发掘一下有什么美女……"

一个田径队的肌肉女从旁边跑过。

"喏。"

刘大志撇撇嘴道:"小武,你到底喜欢什么样的?"

陈小武低着头笑,不作声。

刘大志本来只是一句玩笑话,但陈小武的表情让他一惊。

"你有喜欢的人了?"

"哪有。"

"你这家伙,你一撅屁股我就知道你要放什么屁。你跟我说实话,谁?"

"没有。就算有,她也看不上我呀!"陈小武很失落地说。

"你有没有志气？！"

"没有。"陈小武很诚恳地回答。

远处传来叮当若隐若现的尖叫声："好帅！"刘大志一脸的嫌弃。

突然，跳高区闹哄哄的，有人吵了起来。

陈小武"噌"一下坐起来，拔腿就往人群中跑。

"刘德华"的女朋友见叮当花痴一样大叫，带着几个人走过来让叮当闭嘴。叮当也不是吃素的，就和他们吵了起来。

几个女孩特别生气，上来就要动手。

陈小武拨开人群，挡在叮当前面，特别紧张地说："你……你们要干吗？"

"刘德华"的女朋友看了眼陈小武，冷笑一声："这是你男朋友？你有这么矮、这么黑的男朋友挺好的啊，干吗要来这边加油？"

"你……你什么意思？"陈小武知道自己被羞辱了，却又不得不硬着头皮继续说。

刘大志也不知该怎么调解女生间的矛盾。

对面的女生变本加厉道："你刚刚说我男朋友未来会成为你男朋友是吧？你再给我说一句。"

叮当特别生气，梗着脖子说："就是我说的，怎么了？"

"刘德华"的女朋友扬起手就要给叮当一巴掌，手腕却突然被抓住。

微笑紧握着她的手腕，暗暗使劲儿道："你男朋友跳高跳得好，是很帅，我们也没叫错。你不让我朋友叫，就是你的不对。她说她会成为他女朋友是她不对，但你男朋友会喜欢你这种爱动手的人？"说着，看了"刘德华"一眼，"他不分手，以后恐怕也没法跳高了。"

"你什么意思？"她不明白地问。

"他瞎了，还跳什么。"刘大志在一旁补充道。围观的人大笑。

微笑把她的手放下。女孩恼羞成怒，一脚踢过来。刘大志脸色大变，上来就要推她。只见微笑一个转身，双手把女孩的脚往她的力道方向一提，女孩整个儿摔了出去。

女孩大叫:"赶紧来扶我啊!""刘德华"尴尬地跑过来,经过叮当和微笑身边时说:"不好意思,不好意思,她性子太急。"他扶起女朋友就往别的方向走。女孩还在不停地骂。

人群散去后,叮当有些后怕,对微笑说:"幸好有你,你比这些男人强多了。"说着,白了陈小武和刘大志一眼。

"好了,你也是,吃不了亏,性子又那么急。你说你俩还看不起对方,你们兄妹就是一个性格。"

刘大志和叮当都不说话,也不愿看对方。主席台上,王卫国对着喇叭喊:"本次运动会最后一个项目——男子100米已经结束,请各班准备参加闭幕式。请各班班主任来主席台领各班的奖品和奖状。"王卫国话音刚落,郝回归就走到主席台。王卫国按掉喇叭:"领奖品挺积极呀,郝老师。"郝回归"呵呵"笑着。

田大壮负责分发:"郝老师,您班上的奖状……"

郝回归发现有三张。王卫国说:"组委会把组织奖也颁给你们班了。"郝回归打开,果然有一张写着"98年校运动会优秀组织奖 高三文科(1)班"的奖状。这个奖从来都是颁给获奖人数最多的班,怎么会轮到自己班?王卫国看出了郝回归的疑惑:"湘南五中文科多年来就没有任何存在感。这两天不管有没有你们的比赛,你们全班都在赛场上给大家加油。郝老师,这一点上我还挺佩服你的。"

郝回归有些不好意思,但又觉得很骄傲。

"对了,那个刘大志,反正成绩也不好,要不要加入田径队?"

"啊?"郝回归愣了一下。

"特长生高考可以加分的。"

"不用了。"郝回归想都没想地回答。

王卫国没想到他会这么快拒绝:"你问问学生呀!我看那小子资质不错,也机灵。"

"真的不用,王老师,谢谢你。"郝回归可不希望刘大志成为体育生,从而改变自己未来的人生。

为了庆祝运动会结束，刘大志放学后就跑进音像店，挑了一盒张学友的《饿狼传说》。郝回归也走了进来，看到那盒磁带，下意识地说："叮当快生日了吧？"

"对啊，打算给她个惊喜。啊，郝老师，你怎么知道她生日？"

郝回归尴尬地说："我就是突然想起来了。"

"她要不是我妹妹，我真的觉得她是个八婆。吃得多，话又多，还没一句好话。最花痴的就是她。你是没看见她，就差流口水了！"

一转头，叮当和微笑站在店外，叮当一脸的怒气。

刘大志慌张地说："我不是……这个意思。"

叮当拉着微笑说："我们走！"郝回归也傻了。叮当转头对刘大志说："你以为我稀罕做你妹妹吗？！"

刘大志愣在了原地。

郝回归叹气道："我知道你只是嘴欠而已。"

音像店响起音乐声："给我一杯忘情水……"

叮当在书桌前闷不吭声。

叮当的爸爸："这次爸爸去广州出差，你想要什么跟爸爸说……"

叮当还是不吭声。

"你怎么了？"叮当的爸爸走到书桌前。

"没怎么。"

叮当的妈妈一边收拾屋子一边唠叨："上次你从广州买回来的那种裙子，给我姐再带一条。我跳舞的鞋子也要换了。湘南这破地方，要什么没什么。对了，现在流行那种金项链，细细的。你看人家脖子上都挂那么粗一根，有什么好看的。你这次去呀，少喝点儿酒。听说广州现在香港货很多。"

"妈，你干脆跟着去吧。"

"你这是什么话？我不得在家里给你做饭呀。我倒是想去呀，要不是为了你，我……"

叮当一脸不高兴，转身进房，关上门说："我不用你管！反正你还不是每天打麻将。"

叮当的妈妈放开嗓门喊："你给我把门开开！"

刘大志觉得自己有点儿伤害到叮当了，有些心虚，在家里走来走去。

郝铁梅边打毛衣边嫌他碍眼："你屁股着火了啊？"

"妈，你发的那些水果要不要给小姨家送点儿去？"

"不是都被你吃完了吗？"郝铁梅反问道。

"你上次不是给小姨做了袖套吗，还没给她吧？"

"她嫌丑，算了。"郝铁梅继续打着毛衣。

刘大志没话说了。

"来，妈妈给你打件毛衣，比一比袖子。"

刘大志面无表情地走过去，毫不配合。郝铁梅比画着。沙发上的毛线球滚下去了。郝铁梅放下毛线针："你怎么魂不守舍的？你想去你小姨家就去呗。"

刘大志尴尬地说："你怎么知道我想去？"

郝铁梅叹气道："你这么傻，心里能藏住什么事……"

刘大志赶紧去捡毛线球，但手一松，最后那点儿毛线散开了。

毛线球的里面是一个纸团。

刘大志好奇地打开，是一封信："亲爱的志军，我知道人民警察是个非常危险的职业，但我却为认识这样一个你而感到光荣。让我们为社会主义事业抛洒热血和青春吧！红梅。"

郝铁梅傻了："十好几年了，这东西怎么在这儿？"

刘大志好奇地问："妈，这是小姨写的？志军是谁呀？当警察的……志军？啊，不会是陈桐的爸爸吧？"

郝铁梅一把将信纸抢过去，板着脸说："小孩子不要多事！你敢透露一个字，我撕了你的嘴！"

刘大志顿时感到事态严重。

郝铁梅转身走进卧室，把门关上，拨打电话："你赶紧过来一趟。着急。"

没过一会儿，小姨郝红梅就来了。郝铁梅把她拉进卧室。刘大志躲在门边，什么都听不见。没过一会儿，郝红梅打开门，气冲冲地往外走。刘大志偷偷瞥了瞥她，她手里似乎紧握着什么。刘大志一个人躺在房间里扳着手指头，脑补出一幅人物关系图：叮当的妈妈郝红梅和陈桐的爸爸陈志军谈过恋爱。那郝红梅跟陈桐的妈妈程晓红就是情敌？妈妈郝铁梅跟程晓红是同学，而郝铁梅跟郝红梅又是姐妹……

第 六 章

有 人 在 想 你

我们对亲近的人撒野，
是觉得他们对自己无论如何都能包容。
但是我们常常忘了告诉他们这一点。

"每个人都有秘密,有些是我们活下去的勇气,有些是我们想藏起来一辈子不愿意面对的自己。"

微笑正在收拾广播站的信件,刘大志鬼鬼祟祟地走进来。

"我有重大消息!"

"我忙着呢。"

"真的是重大消息。"

刘大志一把拿下微笑手里的信,直视着她,语速极快地说:"昨天晚上,我妈在家里打毛衣,她毛线团里绕着一封信。我看见是我小姨写给一个叫志军的警察的情书。然后我妈连夜打电话叫小姨过来。小姨来后把信拿走了。走之前,我听她们说,这个志军后来娶的人姓程。"

微笑显然没听懂:"说这么多,叮当还是生你气,找我也没用。"

刘大志神秘地说:"陈桐的爸爸是警察,叫志军,他妈妈姓程,是我妈的初中同学。"

微笑停下来,扭过头问:"你什么意思?"

刘大志猛点头。

微笑不确定地问:"那……是?"

刘大志继续猛点头。

"也就是说?"微笑已经明白了,显得很紧张,忙说,"你千万别跟其他人说这个,尤其是叮当。"

叮当推开了广播室的门。

三个人面面相觑。

"什么事情尤其是别跟我说?"叮当皱着眉头问。

刘大志看着微笑,微笑很尴尬,他又看着叮当。

"呀,没事,都过去好多年了,对现在也没什么影响。叮当,你知道你妈以前和谁谈过恋爱吗?"

微笑拦都拦不住。

郝红梅摸了一个八条:"哎呀,早知道就把八条留着了……"

下家开心地说:"跟一个。"

郝红梅悔不当初。

叮当猛地推开门,黑着脸问:"妈,饭呢?"

郝红梅抬头看了一眼:"还早呢,这么早吃什么吃!"

叮当大喊:"你怎么就知道打麻将?!"

郝红梅也黑着脸说:"怎么跟大人说话呢!"

牌友们都很尴尬:"要不,我们改天……"

"等等等等,我七小对等着自摸呢!"

"我要你打!"叮当把桌子掀翻了。

牌友们不知道该怎么办。

郝红梅脸上挂不住了,抄起旁边的扫帚就朝叮当打过去:"我打死你个臭丫头,敢跟老娘掀桌子!"

微笑正很小心地把刘德华的海报从墙上揭下来。

保姆张姨:"笑笑,你电话。"

微笑继续认真地弄着海报:"等会儿。"

"是叮当,听声音好像有点儿不对劲儿,你快去吧。"

"好,张姨,你先帮我举着,别弄坏了!"海报揭了一半,上面一半正垂下来。

电话那头传来叮当的哭泣声。

微笑对着电话说:"别哭,别哭,出什么事了?"

电话里没有声音。

"你真是急死我了,你现在在哪儿?我去找你!"

街上空无一人,昏黄的路灯将微笑的背影拉得好长。

叮当坐在花园旁边的长椅上,微笑站在她旁边。

"我妈根本就不喜欢我。我一直觉得不对劲儿——别人家的妈妈都把女儿打扮得漂漂亮亮的,只有我妈嫌我碍眼。"

"你胡说什么呢？你妈对你挺好的，而且在你身边，还有什么不满意的。"

叮当意识到自己说错话了："微笑，我不是那个意思。你知道我有多惨吗？每天都没饭吃。她只会打麻将。我妈也不给我买新衣服。我每天都在想，是不是我做错了什么？原来她根本就不喜欢我爸。我和我爸的存在都是个错误，难怪她对这个家一直那么冷漠，每天只知道买买买！"

"是因为今天大志说的话吗？他就是八卦，这都多少年前的事了，你不会为这个事跟你妈不高兴吧？"微笑赶紧劝着。

"多少年前的事也是事实！"

"也许就是个误会呢。你别想那么多。"

"我知道是真的……"没说几句，叮当就哭了起来。

"别难过了。"微笑搂住叮当，"好了，好了，你再哭明天眼睛就肿了，不好看了。"

"啊？现在肿了吗？"

"你看你，哭得像只猫。"微笑也笑了。

第二天一早，刘大志拎着书包一边走一边甩，他还不知道自己给叮当造成了多大的麻烦。

王大千的车开过，微笑从车里探出头来："大志！"

刘大志下意识地挺了挺胸："干吗？"

话音未落，微笑已从车上下来。

"爸，我跟大志一起走，你走吧！"

刘大志挤出一个笑："王叔叔拜拜！"

王大千做了个向领导致敬的手势，掉头走了。

刘大志看着微笑问："你干吗这么严肃？"

"你……知不知道昨晚叮当跟她妈妈吵架了？"

"为了那件事？"刘大志紧张起来，"完了，我死定了。"

"但叮当没说是你。"

"她没说我，她妈妈也知道是我说的呀！"

"她没提那件事，就是吵架了。"微笑补了一句。

"大姐，话说一半会吓死人的。"刘大志拍着胸脯，一阵后怕。

"我问你，你表妹生日，你送什么给她？"

"小武说要买磁带呀。"刘大志想了想。

"你呢？"

"那你送什么？"刘大志很神秘地问。

"我不告诉你。"微笑也很神秘地答。

"那我也不说。"

"……我准备把刘德华的海报送给她。"

刘大志很吃惊："不会吧，那个刘德华的香港原版海报？那不是你的命根子吗？"

微笑一脚踢过来，刘大志赶忙躲开。

"我去你们广播站，唱首歌给她，怎么样？"刘大志终于松口道。

> "你很难知道什么是正确的，但你可以觉得只要是年轻的，就都是正确的。"

本来已经"认命"的郝回归在经历了运动会之后，觉得自己不能坐以待毙了。他看到了文科班的团结，全校的人也都看到了文科班的团结。他看到了全班同学心里燃起的那团火，那是自己刚来的时候没有的。如果自己真的离开，那他们是不是会失望，好不容易建立的存在感又会消失？

更准确地说，郝回归告诉自己，他的存在是有意义的。文科班需要自己，而自己也需要他们。想明白这一点后，他决定去找何世福。如果是以前的他一定选择走一步看一步，可现在他必须自己去争取。即使失败了，他也不遗憾。就像多年前他一直对微笑说不出口的告白，就像这些年来一直鼓不起勇气的自己。他走进何世福办公室的时候，一点儿都不紧张，有的是破釜沉舟的自信。

"何主任，我想明白了。当文科班代班班主任的这段日子，我明白了没有差的学科,只有差的环境。陈桐来了文科班后,成绩并没有下降,不仅还是第一,而且每次考试都是 630 分以上。微笑也一直很好,连刘大志都有明显的进步。本来,我也觉得走一步看一步,等到最后的测评,再等学校的决定。但这次运动会让我看到了希望——文科班之所以一直被瞧不起,是因为大家没有成就感,所以也就没有存在感。我希望我可以和大家继续在一起,让他们知道自己存在的意义。何主任,我知道这段时期给你惹了很多麻烦,但是我觉得我能,而且一定能做好这个文科班的班主任。"郝回归一字一句地说完,他以为何世福会骂他不守规矩或自视过高,但何世福沉默了许久,既不认同,也没有否认。

"何主任……"郝回归试图打破僵局。

"郝老师,"何世福开口了,"我替你代班的那一周给我的震撼挺大的。你可能不知道,那一周大家对我的敌意非常大。刘大志也好,陈小武、陈桐也好,他们决定参加运动会,也让我挺惊讶。尤其是后来,你们全班跟着他们跑起来,那时我在想,什么样的老师是称职的老师?可能只有一个标准吧,就是能让这个集体焕发出希望。现在的文科班和你接手时确实不太一样了。你说得没错,最后的测评不过是走个流程罢了,能留下来的自然能留下来,要淘汰的也肯定会被淘汰。当初所有人都不看好你,你还记得我怎么说的吗?"

郝回归当然记得。

"郝老师,我是真的希望有一个人能让文科班的孩子们找到自己的价值,而这一切也需要一位真正愿意去发现他们的老师才行。"何世福说得情真意切,"别的话我就不说了。我知道你是年轻人,总有奇奇怪怪的想法,但是无论如何要记住,你是老师,要为人师表。"

郝回归知道何主任说的是什么,他也知道自己属于哪一种人,考虑得更多,才能走得更远。

"所以……"郝回归看着何世福。

"你先回吧,我去跟校办说。"

郝回归很激动,也很诧异。激动是因为这些年,他从未有过这样的感觉。参加工作后，他一直都按规矩办事，所有事情都是按照领导的意思做。而此刻，自己居然敢在领导面前大胆地说出自己的感受，一点儿都不心虚，因为他知道他所说的都是为了做一件真正有意义的事。郝回归很高兴自己居然有了改变。诧异的是他一直觉得何主任是教育制度的反面，是迂腐的代表，但是没想到他居然会站在自己的立场思考问题。想起那本"与时间对话"的日记，郝回归自顾自地笑了起来。他习惯了这里，喜欢上了这里，喜欢这群17岁的少年，喜欢跟他们待在一起的感觉。他似乎已经忘记了自己原本的那个世界。

> "如果你知道自己为了什么，
> 任何一点因自己而起的改变都值得庆祝。"

这样令人投入的日子过了一段之后，他忽然想起那本《时代周刊》的封面。怎么突然忘记了这件事？！到底是什么人给的周校工？

精神病医院里，周校工坐在郝回归对面一言不发。在这种地方，一切似乎都变得非常缓慢。郝回归环顾四周，这里根本不像治病的地方，相反，本来好好的人进来之后倒像是病人了。周校工盯着郝回归，像是思考，也像是在观察。郝回归也不着急，慢慢打开带来的零食。

周校工坐不住了，正准备伸手上来拿。

"周校工，有人跟我说我会发财，让我去……"郝回归欲言又止。

周校工脑袋微微一偏，神秘地笑了笑。

"让你去干吗？你是不是问我应不应该买股票？房子？"周校工环顾四周，医生和护士都没有留意这边。

"我应该买吗？"郝回归盯着他说。

"你想知道答案吗？"周校工脸上流露出得意的神色。

郝回归很急切地说："当然当然！"

周校工站起来，双手放在背后说："天机不可泄露啊。"

"那你说我应不应该相信他呢？"

周校工扭过头，认真地盯着郝回归，就像看穿了他的灵魂。突然，周校工抓住郝回归的肩膀："不！不能相信！绝对不要相信！不然！你就会变得和我一样！"

郝回归被抓得生疼，却又不想惊动医生。

周校工貌似失去了理智，死死地抓住他的肩膀，然后又去掐他的脖子，反复说着这几句话。

郝回归大叫。

医生和护士赶紧冲过来把他们分开。周校工依然不停地挣扎，嘴里还念叨："千万不要相信，千万不要相信，不要相信……千万不要相信。"

护士给周校工打了针镇静剂，他软软地躺在沙发上。

医生看了郝回归一眼。

"你是？"

"我是他的同事，刚分配到学校不久。学校派我来看看他有什么需要，没想到周校工情况这么糟糕。"

"平时都不错，但不能给他看电视和报纸，也不能听到任何与'未来'相关的词，否则就会像刚才那样。"

"这是什么原因？"

"你是老师，我就不跟你瞎扯了。老周总觉得自己知道未来，但又阻止不了未来，整天活在恐惧之中。很多人并不是精神病，而是想不通，所以就胡言乱语，自己吓自己，然后就崩溃了。"

见郝回归若有所思，医生又问："你知道他为什么会这样吗？"

郝回归摇摇头。

他想起自己第一次见到刘大志时，他说自己是来自未来的刘大志，刘大志一副不相信自己的样子。如果刘大志相信自己真的是来自于未来的他，他会有什么反应呢？不能理解？觉得未来黑暗，没有期待？还是会像周校工这样，彻底疯掉？郝回归不寒而栗，为自己第一次见到刘大志的失言感到后怕，幸好刘大志把这当成了一个玩笑，不然自己可能就害死刘大志了。

"医生，你知道周校工家里还有什么亲戚吗？"

"好像没有。他是在福利院长大的。"医生一边填查房情况一边回答，"对了，那天送他来的司机好像提到他有个远房亲戚，表哥什么的，去年还是前年找过他，后来就再也没听说过这个人了。"

郝回归的脑子快速地转着。

> "我们对亲近的人撒野，是觉得他们对自己无论如何都能包容。但是我们常常忘了告诉他们这一点。"

课间，生活委员拿来一沓信，叮当很快地看到寄给自己的那一封。这个笔友用的信封都是一样的，而且每封信在封口处用红色的笔画了一颗小桃心。换作往常，叮当一定特别开心。信拆开，里面掉出一张卡片。叮当捡起来，没看几眼，就生气地把卡片撕得粉碎，然后把头埋在桌子上。

微笑担心地问："怎么了？笔友来信说什么了？"

叮当抬起头，眼睛红红的："谁知道他搞什么鬼，说不会再给我写信了。"

微笑一愣："为什么？"

叮当很难过："不知道，还祝我生日快乐。"

微笑想了想："我就说了是个熟人。"

叮当的脸一下拉得很长："怎么所有不好的事都发生在我身上啊？我真是倒大霉了！"

跳高的"刘德华"正好走过窗边，朝这边看了一眼。

叮当立刻假装若无其事，轻声对微笑说："看，'刘德华'。你觉得他是在看我吗？"

微笑安慰叮当："当然了。"

叮当疑惑地问："你肯定？"

"我肯定。"微笑想都没想。

叮当突然很生气："你是不是觉得我很傻？"

微笑愣住了："没有呀！"

叮当突然严肃起来:"他明明是在看你,你干吗骗我?"

微笑一时语塞,她不知道叮当为什么突然生气:"我……"

"你就是觉得我特别傻,特别好骗!"气氛突然变得尴尬。

放学后,叮当收拾好书包,步子匆匆,头也不回地往前走。

微笑在后面快步追着喊:"叮当,别走那么快呀,等等我……"叮当并没有停下来。微笑拉住叮当:"等等,我有东西要给你。"叮当不管不顾地说:"我不要。"微笑笑着说:"你都不知道我要给你什么,干吗说不要。"

所有的气都堵在叮当胸口:"你的东西我都不要。"

"你怎么了?"

"我没事呀,我好得很。"

微笑从未见过叮当这副模样:"干吗呀?"

叮当眼睛有点儿红:"我不要你管。"

"你怎么了?有什么不开心的,你告诉我,把话说明白呀。谁欺负你了?我帮你出气……"

叮当打断了微笑的话:"微笑,我最讨厌你这样!"

"我怎么了?"

"人人都喜欢你,老师也喜欢你,你想要什么你爸就给你什么。你做出一副对我好的样子,实际上是在炫耀,你知道吗?"

"你别这样,我的就是你的,我们可以分享呀。"微笑脸上已经有些挂不住了。

"你以为你是对我好吗?'刘德华'分明就是在看你,你干吗说他是在看我?我最讨厌你这样!自以为很体贴,很会照顾人,自以为什么事都为别人着想,实际上都是为了你自己,为了你自己能心里好受些。"叮当说完之后,脸涨得通红。

微笑去拉叮当的手:"叮当,我们是最好的朋友啊。"

叮当一把将微笑的手甩掉:"谁跟你是最好的朋友。如果不是我什么都比你差,你会跟我做朋友吗?"

"我……我从来没有这么想过!"

叮当双手抱在胸前："微笑，你知道我最讨厌你什么吗？虚伪。你以为你假装得很好吗？我连喜欢刘德华的资格都没有，你家里那张海报，我连摸都不能摸。"

"你！"

叮当满不在乎地说："你不是喜欢听实话吗？我就告诉你实话，我一点儿也不喜欢刘德华，我说我喜欢他就是看你喜欢。我也是装的，你以为只有你一个人能装吗？"

"好！"微笑不再忍让，从书包里拿出精心卷好的海报，"不喜欢是吧，那就不要了！"微笑把海报打开，唰唰唰，撕得粉碎，头也不回地走了。

看着满地碎片，看着微笑离去的背影，叮当蹲下大哭。

夕阳西下，天色渐晚。

青春总是有种说不清、道不明的情愫。

郝回归宿舍内，王卫国、Miss Yang 等几个老师正在打牌。

"郝老师，听说其他实习老师都托了很多关系，最后测评可能只是一个幌子，你一定要上心啊。"

"嗯，好，我很认真地在准备最后的留岗测评了。"

"不过郝老师，最近文科班好像变样了，如果五中不留你，那就真的太说不过去了。不过听说现在有个私立高中正在招聘老师，去那儿也行。"

"郝老师为什么要去私立高中，他一定能留下来的。"Miss Yang 反驳王卫国。

"王老师也是在肯定我。"能从别人的嘴里得到认同，郝回归很开心。

录音机正在放《饿狼传说》，郝回归一边摸牌一边跟着唱。

"汹涌的爱扑着我尽力乱吻乱缠，偏偏知道爱令我无明天……"

Miss Yang 好奇地问："这是什么歌？挺好听的。"

郝回归得意地说："《饿狼传说》，张学友的。"

Miss Yang 一脸崇拜地说："没想到你还会粤语。"郝回归想都没想："前两天刚买的磁带，就练了一会儿。"Miss Yang 更崇拜了："郝老师，以你的语言天赋,跟我学英语吧。我保证你一个月后就能与外国人交流、沟通无障碍。"郝回归连忙解释道:"我读高中的时候就喜欢粤语歌,以前我学粤语歌的时候特别认真,表妹想来我家吃饭我都没理她,现在她还对这件事耿耿于怀。"

Miss Yang 笑嘻嘻地说:"你表妹还真记仇。"

郝回归不敢多说:"她那人就那样。"

王卫国讪讪地说:"你就听他吹吧,这首歌我也会唱!"说罢,跟着录音机,扭着身子大声唱:"爱会像头饿狼,嘴巴似极甜……"

Miss Yang 直皱眉头。

家里没人,没有开灯,饭锅和冰箱空空如也。叮当坐在沙发上,十分饿。她拿起电话打给刘大志,刚一接通,便急切地问:"哥,你家吃饭了吗?"

"啊……"电话那头,刘大志顿了一下,"早……早就吃完了啊!"

叮当放下电话,一脸落寞。突然,电话又响。

她赶快拿起电话筒,满心期待:"哥,我就知道……"

"叮当呀!"是爸爸的声音。

"爸爸在外面出差,惦记我的女儿,我的宝贝好不好呀?"

"我挺好的!"叮当故作坚强地说。

"爸爸在广交会看到好多巧克力,给你买了点儿!可别吃胖呀!"

"爸,你什么时候回来?"

"这两天回不去,好好听妈妈的话,回去给你一个惊喜!"

叮当正准备开口说些什么。

"好了,爸爸晚上有应酬,忙去了,再给你打电话……"

电话里发出"嘟嘟"的声音。

叮当再也忍不住了,哭了出来:"连你也忘记了我的生日……"

叮当从家里出来,四下无人,走了很远,发现一个小摊,走过去问:"有吃的吗?"

店主抬起头说:"打烊了。姑娘……这么晚还没吃饭呀?!"

叮当落寞地"哦"了一声,走了出来。店主熄了灯,一片黑暗。

不知走了多远,又遇见一家夜宵摊。外面几桌都是五大三粗的男人,吸着烟,喝着酒,大声聊天。叮当在旁边站了很久,不敢进去,但又饿得不行,忸怩地找了张桌子坐下。

老板扔过来一本菜单,叼着牙签问:"喝什么酒?"

叮当弱弱地说:"我不要酒……有面条吗?"

老板对着后厨喊:"一碗清汤面!"

叮当环顾四周,旁边几个男人正搂着女人灌酒,长相猥琐。一碗面"哐当"一声扔在叮当面前,面汤洒在她衣服上。看着老板那张五大三粗的脸,叮当想说什么,又忍住了,眼泪在眼眶里打转。

"老板,来一碗清汤面!"一个熟悉的声音。叮当抬起头,发现郝回归坐在桌子对面。郝回归打开一包纸巾,拿出一张摊开了递给叮当。叮当看着郝回归,委屈地擦了擦眼泪。

吃完饭,两个人在秋千架下散步。

"郝老师,谢谢你今天陪我吃面。"

郝回归看着前方说:"叮当,其实,老师知道你虽然每天笑呵呵的,但是你内心很敏感。"

"我也想自己好一点儿,像微笑一样,但是我什么都不如她。"

"你就是你,不用跟任何人比。"

"郝老师,我……"叮当不知该如何说。

郝回归扭头看着叮当:"我知道家里大人的事让你很苦恼,你觉得你妈妈不喜欢你,你来到这个世界就是一个错误。其实,每个人都会有这么想的时候。"

叮当尴尬地说:"大志跟你说的吗?"

郝回归安慰她:"大志其实也很自卑、很苦恼,他不也总是被他妈骂得很惨吗?他父母的关系也让他困扰。我跟他说,每个孩子来到这个世界,都有自己的使命。"

"使命？可是我什么也不会，也没什么特长，更没有什么理想。"

"叮当，你记住，其实每个人的使命都很简单，关键是你要问问自己的心，能做到吗？你知道吗，父母就是父母，不管他们是在一起，还是离婚，他们都爱着自己的孩子。"

"你说我爸妈会离婚吗？我不会每天都没饭吃吧？"

郝回归摇摇头："你父母不会离婚，他们会幸福地在一起。而你，有一天，也会看到他们相爱的证据。"

"什么相爱的证据？"

郝回归笑了笑："你就是这个证据啊。但是如果你信心不够的话，还会有别的，到时候你就知道了。"叮当点点头。

郝回归："其实，这些都是大志跟我说的。他不知道怎么安慰你。他其实很后悔那天把那封信的事说出来，但他这个人就是大嘴巴，管不住自己。"

叮当已经轻松很多了："郝老师，其实我一直知道陈志军和我妈在一起过，只是没想到我妈会主动给他写信。"

"啊？"郝回归有点儿惊讶。

叮当不好意思地说："对呀。我总觉得奇怪，按说，陈桐的妈妈跟我大姨是同学，为什么我们两家人在这么小的县城从来不走动呢？我妈什么人都抓来给我补习，但是她从来不提陈桐。我就知道有鬼。"

"想不到你还挺机灵的。"郝回归恍然大悟道。

"那当然了。"

"那你现在是不是没事了？"

"我没事呀，我本来就没事。"叮当看着天上的月亮。

"那刚才是谁边吃面边哭呀？"

"可能……是某人吧。"

"希望某人明天能有一个快乐的生日。"

"郝老师，你怎么知道明天是我生日？"叮当很惊喜地说。

"不是说是某人了吗？"

叮当咯咯直笑。

郝回归看着叮当上楼才放心回去。这么多年，郝回归还是第一次认认真真地和自己的表妹聊天。这个表妹看起来很娇气，但其实，只要给她一点点关爱，她就会十分感动。这样的人，都善良。

叮当推开房门。

"你去哪里了？"郝红梅着急地说。

叮当小声又害怕地说："我，出去吃面了……"

郝红梅一脸遗憾地说："你吃过了啊，我刚做好。妈妈刚出去给你买了生日蛋糕，要是你饿了就现在吃，要不明天也行。"

"啊？"

"吃不吃？"

"吃！"叮当突然笑了起来。

生日蛋糕上插着蜡烛。叮当闭上眼睛，满脸的幸福，满脸的笑容。

吃完蛋糕，叮当趴在卧室的书桌上，在一本厚厚的少女日记里，写下一句话："今天，我觉得我有种恋爱的感觉，我爱郝老师。"然后把日记抱在怀里，开心地笑了起来。

"道歉不是什么丢脸的事，
只是证明你对我很重要。"

以前上学的路上，叮当特别期待偶遇陈桐，今天她却想早早到教室。微笑走进来时，叮当特别不好意思，但她鼓起勇气朝微笑的方向看，希望她能朝自己的方向看看。整个上午，包括下课，微笑要么径直走出教室，要么一直在课桌上埋头写东西。叮当很失落，趁着最后一节课，她写了张满是歉意的纸条。

下课铃声刚响，叮当收拾书包准备跟微笑一起去广播站，这时郝回归站在教室门口说："叮当，你来办公室一下。"叮当心跳得很厉害，她觉得这种感觉前所未有。她一路上脸红心跳地跟着郝回归到办公室。

郝回归很关心叮当的心情。叮当很开心地说："我没事了。郝老师，你怎么这么关心我？"

虽然郝回归心里并非这么想，可嘴上却和蔼可亲地说："班主任就应该关怀每一位同学，你们也应该对所有的老师报以信任。"

"郝老师，我很信任你。"

"你也应该信任刘大志。你看昨天他心里一直有你。"郝回归开始切入正题。

"哦……"好像刘大志也不像自己以为的那么不在意自己。

"你们兄妹俩一定要互相理解，到时如果家长有什么不同意你的事情，你需要他的支持。他未来有什么烦恼，你也应该多听他说说，帮他分担，毕竟你们是兄妹啊。"郝回归苦口婆心地说。

"我挺站在他的立场的啊。"

郝回归心想："放屁。每一次我跟你说我想辞职，你就劝我大学老师这个工作特别好，根本不听我的苦衷。明知道我只是个讲师，还老跟别人介绍说我是教授。"

"还有，女孩子啊，不要太虚荣。是什么就是什么，不要夸张。"郝回归说了这么一句。

"什么？"叮当没明白郝老师怎么突然来这么一句。

"算了，没事。反正你对刘大志态度好点儿。"郝回归摆摆手，"你不是打算去找微笑吗？赶紧去吧。"

叮当直奔广播室，心里纳闷，郝老师今天怎么了，拼命让自己对刘大志好一些，现在她最想做的是要对微笑好一些。她想象了很多种与微笑和解的方式，最后还是决定主动道歉。

广播室的门开着，叮当犹豫了一下，正要鼓起勇气走进去，就听见微笑和刘大志在里面说起自己。

"昨晚叮当给我打电话，说家里没人做饭要来我家吃饭，我机智地把她拒绝了。"

"你坐在我的讲稿上了。"微笑不想听。

"你说我总不能让她看见我在练歌吧，不然下午我在广播里唱给她听就没有惊喜了啊。"

"你挡住我下午的播音稿了。"微笑冷漠地说。

"唉,你是不是那个来了?"

"滚。"

"你不是也说我在广播里给叮当唱歌很好吗?你怎么又这样了?"刘大志很困惑。

"你爱唱就唱,跟我没关系。"

"怎么就没关系了呢?你和叮当不是好朋友吗?是你鼓励我这么做的啊。"

"从今往后,叮当跟我王微笑没有任何关系,再无瓜葛。"

"你们到底怎么了?"刘大志受到了惊吓,微笑从来不会这样。

"你妹妹说,她一直看我不顺眼,喜欢刘德华也是装的。我之所以跟她做朋友,是因为我觉得她什么都不如我,我瞧不起她。听明白了?"说完,微笑又恢复了平静,"不过,已经过去了,现在没事。以后她走她的阳关道,我走我的独木桥。"

"喀,那那……"刘大志不知道该如何劝慰,"那……那我的张学友,还唱不唱啊?"

叮当把纸条攥在手里,转身下楼。

<u>"总有一两个好朋友是当对方说出某句话,你就认定他应该是自己的朋友。"</u>

接下来两天,微笑和叮当没有任何交集。

刘大志去找微笑。

"你有发现叮当想和你和好吗?"

"那她主动来道歉就好了。我看她和其他同学玩得挺开心的,也不少我一个。"

刘大志去找叮当。

"你是不是和微笑吵架了?"

"嗯。"

"那是谁的问题？"

"谁的问题不重要，反正现在她有她的朋友，我也有我的。这样蛮好的。"

走廊上，刘大志遇见郝回归："郝老师，我发现微笑和叮当吵架了。我该怎么让她们和好啊？"

"没事，她们会和好的。"郝回归一点儿都不担心。

"啊？但她们好几天互相不搭理了，从来不会这样的。"刘大志很着急。

"没事，让她俩去。叮当会消气先道歉的。"

"不能吧，她那个臭脾气。"刘大志完全不能理解郝老师为什么这么说。郝回归想起婚后的叮当和陈小武吵架，电话里听说叮当一生气把结婚证都给撕了。郝回归急得团团转，打了车连夜赶到湘南，到了叮当家推开门，人家小两口正开心着呢。从此郝回归知道了，这个叮当就是一个超级没有原则的人。一看郝老师懒得理小孩的事，刘大志又去找陈桐和陈小武。

"女人和女人吵架真可怕。本来两个人没什么事，一旦发现对方有了新朋友，事情就大了。幸好男的不这样。"刘大志感慨地说。

"要不我们分头约她俩，然后五个人一起见面。这样的话，她们也不好意思当场离开吧？大志，你去约微笑，陈桐约叮当。"陈小武出主意。

"难道不应该是陈桐约微笑，我去约叮当吗？"刘大志疑惑地问。

"叮当喜欢陈桐，你让陈桐去约，她……肯定会出来。"

"谁告诉你的？"陈桐和刘大志面面相觑。

"没有谁告诉我，我观察到的。"陈小武一副洞若观火的样子。

"咦？是不是你喜欢叮当？"刘大志一眼就把他看穿了。

"你自己喜欢微笑就不要乱猜别人！"陈小武口不择言道。

刘大志就像被点了穴，立刻勾住陈桐的脖子："我现在喜欢的是陈桐。"陈桐赶紧推开刘大志。

"陈桐，你怎么跟个大姑娘一样也脸红。"刘大志调侃道。

"陈桐，叮当交给你了，一定要约出来。"陈小武认真地说。

"哦。"陈桐也不知道为啥自己就答应了。

大家计划周六下午一起上山郊游。

陈桐负责约叮当,刘大志负责约微笑。为了给陈小武凑出半天休息时间,周六上午,陈桐和刘大志一起去菜市场给陈小武帮忙。整个豆芽摊都被清洗干净,青灰色的水泥反着光,豆芽放在上面格外新鲜。

"陈小武每天到菜市场的第一件事情就是用刷子把地面刷干净。"刘大志说。

"陈小武刷的?"陈桐惊讶地问。他第一次近距离走进菜市场。

"你们还没吃早饭吧。我给你俩去弄早饭。"陈小武朝菜市场另一头的早餐铺跑去,一路上跟各个摊主打招呼,见有些摊子忙不过来,还停下来帮人收拾。

"陈叔叔,这是我们的同学陈桐。"刘大志跟陈小武的爸爸介绍。

"这不是你们学校的第一名吗?陈局长的儿子。你来我们这种地方怎么好意思。"陈小武的爸爸很着急,害怕怠慢了陈桐。

陈桐心里也很尴尬,飞快地给豆芽装袋。中午十一点,菜市场的人多了起来,有人经过豆芽摊停下来,跟陈桐打起了招呼。陈桐也大方地说这是同学家的豆芽摊,周六过来帮忙。有了他俩的帮助,一切进展顺利,没到下午,小武家当天的豆芽就全卖完了。三个人叼着冰棍,朝约好的地点走去。

"你怎么约叮当的?"大志问陈桐。

"我就问她周六下午两点有没有时间。"

"她激动吗?"

"还行。"

"你不会跟她说我们大家一起吧?"刘大志特别紧张。

"我实在是没办法了,就说自己单独约的她。"这是陈桐第一次主动约女生。

"陈桐太棒了!这下叮当爬着都会来!"刘大志对着陈小武说。

陈小武虽然不喜欢这个形容,倒也很开心。

"那你是怎么约微笑的?"陈桐问刘大志。

"我就说我们仨约她一起聊聊天。"

"她会来吗?"

"她应该会来吧。她特意问了叮当会不会来,我说没有约她。"

三个男孩站在公交车站,等着微笑和叮当。

时间一点点临近,两个女孩一直没有出现。

两点了,没有出现。

两点半,路上依然只有三个人。

"她俩不会在路上遇见了吧?"陈小武猜测道。

"我们的运气会有那么差?不可能。叮当在梳妆打扮呢。微笑也不应该迟到啊。"刘大志有些纳闷。

一个小时后。

"怎么办?撤?"陈桐问。

"我一点儿都不想回去。"陈小武好不容易有一个下午可以逃避豆芽,他不想回去继续。

"别啊,来都来了。没有她俩我们难道死了不成,走!我带你们进山玩!"刘大志重振士气。

白云山是刘大志小时候的乐园。刘建国是医生,以前常常骑着单车带刘大志进山采药。哪里有瀑布,哪里有山洞,哪里是小径,刘大志都一清二楚。山路越来越窄,阳光透过密林打在地上,就像到了一个新世界。刘大志一边走一边跟陈桐介绍:"看到了吗?这个花是大丽菊,这个是八棱麻。那边的几个是景天三七和虎耳草。前面不远处还有红叶石楠、山茶和艾草。这山里有上百种植物,你看那个,是车前草,叶子用来治蚊子叮咬特别有效。"

"你怎么都知道?"这里的很多植物陈桐听都没听过。

"我爸是医生,小时候常带我来。"说起爸爸,刘大志开始还特别骄傲,可转念一想,现在爸妈三天两头地吵,心里很不是滋味。

"快,跟我来,有一个地方特别好,是我的秘密基地!"说着,刘大志向前一蹿,消失在山路的拐角。

陈桐和陈小武对山路没那么熟悉,跟在后面,脚步慢了许多。

转弯之后,眼前是峭壁,底下是一池深潭。

刘大志却不见了。

"大志,你在哪儿?"

"刘大志!"两个人大喊起来。

"啊啊啊!救命!救我!"刘大志的声音从峭壁下传来。

两个人探头一看,刘大志掉进了水潭里,正拼命挣扎。

陈桐的头一下就炸了。

"大志,你撑一会儿。我只会狗刨,现在爬下来。"陈桐赶紧找路下去。而陈小武衣服都没脱,一个飞身扎进潭里。他从潭里浮出来朝刘大志游过去,可是一睁开眼,刘大志不见了。

"大志!大志!你人呢?你别吓我啊!陈桐,大志去哪儿了?"陈小武的声音在发颤。

"我也没看到,你等等!"陈桐也已经爬到峭壁底下了。

陈小武扎进水里,出来,又扎进水里,又出来,急得不行。一抬头,刘大志和陈桐正站在峭壁上看着自己。陈小武开心得不行,正准备欢呼,突然明白,妈的,被骗了!

刘大志眼泪都笑出来了。

"小武,你别上来,等着!"说完刘大志在空中转了个跟斗,又跳了下去。

两个人在潭里打起了水仗。

"陈桐,你也下来。别害怕,不深。"刘大志在水里挥手。

陈桐自然没见过野外的这般景象。他一向是好学生,从未做过出格的事。可这时,他的心里突然有一个念头蠢蠢欲动。他也想感受一下,不讲输赢、不论名次、完全无拘无束的感觉到底是什么样的。脱掉外套,捏着鼻子,"扑通"一声,陈桐跳了下去。落水的那一刻,好冷、好爽,但也好开心,就好像世界被打开了一样。

从水里出来,三个人都冷得不行。

三个人坐着公交车回市区,经过电影院时,看见整面墙都是《天若有情》的海报，好多观众正从电影院出来。

"你看！"陈小武用手一指。

"什么？"陈桐、刘大志扭头，几辆车开过，什么都没有瞧见。

"微笑和叮当刚刚一起从电影院出来！"陈小武难以置信地说。

"不可能吧？"

"下车下车，回去找她们。"三个人在最近的一站下车，往回跑。远远地，叮当和微笑慢慢走过来，手牵着手。

"到底怎么回事？"刘大志满脑子问号。

"你不是不喜欢刘德华吗？"微笑假装责怪叮当。

"那是气话，其实我……"叮当欲言又止。

"其实你怎么了？"微笑问。

"没什么啦，不提了。"叮当摆摆手。

"可惜了那张刘德华的原版海报……"微笑略带惋惜地说，"不过呢，能让我们变得更好也值得了，只能牺牲一下刘先生了。"

"刚刚看电影时，你怎么会主动给我纸巾？"叮当眼睛红红的。

"你哭得太难看了。我怕你的衣服被你弄脏。"微笑也是眼红红地笑着说，"其实，看到你在前面坐着，好几次我想给你递纸巾，都放弃了。要不是看你最后哭得太惨了……"

"你真好。我再也不惹你生气了。对不起。"叮当很不好意思地说。

叮当和微笑笑了起来，一抬头，看见刘大志三个人。

街口，五个人就这么站着，互相笑着。

好像什么事都没发生过。

"吵架容易，要鼓起勇气和好才难。
有本事吵架的人，都要有敢和好的本事。"

叮当回到家，客厅里堆着大包小包。爸爸回来了。叮当的爸爸从里屋走出来，很神秘地对叮当说："对不起，爸爸特别忙，忘记你生日了，但是你看，我给你弄到了什么。"

说着，爸爸从信封里抽出一张照片。

"啊！刘德华！签名照！这是真的吗？"叮当兴奋地在客厅大叫，紧紧抱住爸爸。拥有一张亲笔签名照绝对是她做梦都会笑醒的事。她想了一下，立刻拿着照片和信封往外跑。

路上的行人纷纷侧目。叮当从来没有跑得那么快，一边笑，一边跑，手指小心又紧紧地捏着信封。

拐弯，一百米，敲门。

"微笑！微笑！你开门！"叮当兴奋地敲着门。

"怎么了？"微笑打开门，看着眼前气喘吁吁又笑得很开心的叮当。

"这个给你，是我爸爸从香港带回来的。我走了！"叮当说完转身跑了。

微笑打开信封，眼泪瞬间就出来了。除了看电影，微笑很少流露自己的情绪，可她拿着这张刘德华的签名照，眼眶立刻红了，眼泪在眼眶打转。她今天真是哭了太多次。吵架不可怕，吵得厉害也不可怕，只要大家心里还有彼此，所有的争吵都能让大家互相看到一个更真实的对方。微笑跑到街角的照片冲洗店，小心翼翼地把照片过了一道塑封，贴在客厅的墙上。叮当躺在床上，开心地看着自己对面的墙，那张被微笑撕碎又被她用透明胶一点点粘起来的刘德华在墙上正对着她笑。

第 七 章

喜 欢 你

那么放肆地喊出"我爱你",
真是青春记忆中
最美好的一个画面。

> "常常会不自觉逃避很多事,以为逃避就能解决问题。只有在第一次直面问题的那一刻才知道,只有面对,才能解决问题。"

"一年多之前,突然有个人来学校找周校工,说是他的表哥。别说,仔细看还挺像。大概过了一两个星期,这个亲戚就不见了。等大家再问周校工的时候,他也支支吾吾的。周校工本来是个特热情的人,后来慢慢地变得神经质,不爱外出,说一些奇怪的话,最后就变成现在大家看到的这样了。"送周校工去医院的司机说。

"他一直很喜欢写东西吗?"郝回归紧接着追问。

司机想了想,说:"好像那之后,他才开始喜欢上写东西,写一些诗歌、文章,到处投稿,也没人要。反正老周是毁了。"

"投稿?投到哪里?"

"不清楚。我也是看他没事就寄信什么的……"

郝回归又去学校周围的报刊亭打听周校工爱买什么杂志,并从传达室借了十几本校职工收件记录,没事儿就坐在办公室查阅。办公桌上有一张最新月考成绩单,刘大志从四十几名提升到了二十几名。郝回归刚一抬头,看到刘大志在门口来回打转。郝回归对他使了个眼色,刘大志老老实实地坐在了办公桌前。

"怎么了?怎么感觉不对头啊你。"郝回归预感不妙。

"郝老师,有件事想跟你说。我想来想去,好像也只能跟你说。因为,跟别人说,我怕别人笑话我。"

"好,你说。我绝不对任何人说。"

刘大志沉默了一会儿:"我爸妈离婚了。"

"啊?"郝回归很吃惊,他这么快就知道了?但他心里又满是欣慰,当年自己知道父母离婚都不敢跟任何人说,憋在心里,极其痛苦。上学的时候伪装开心,回家之后还要陪着父母一起演戏,那段日子想起来就觉得惨。而现在,刘大志却能把这些告诉自己,不仅是因为信任自己,也代表着他不再害怕别人异样的眼光。

他端详着眼前的刘大志，看起来好像没有想象中那么糟糕。

"你是怎么知道的？"郝回归问。

"我爸妈每天都吵架，可最近他俩突然不吵了。我想了想，自从王叔叔生日那天过后，他俩就变了，互相非常客气。我妈再也不让我催我爸回来吃饭了。我想他们一定背着我悄悄离婚了。"

郝回归低估了刘大志的敏感。他知道这一切只是时间问题，逃避没有任何意义。当年的自己整整几个月的时间都像被一记隐形重拳击倒在泥潭，用尽全身力量也无法爬起来。不能跟周围人说，不敢跟周围人说，只能强迫自己面对，过了很久，他才接受这个事实。而现在，刘大志站在自己面前，主动说出了这些。

"他们为什么要瞒着你？"

"也许是担心我？马上要高考了，不想让我受影响……"

"那你觉得这样好吗？"

"我也不知道。他俩越是平静，我越是觉得自己如果再不变好一些，就对不起他们……他们假装得也很难受吧。"

"你打算怎么办？""我该怎么办？"

两个人异口同声地说。

"不如你去问问你爸爸，听听他什么想法？"郝回归知道，无论如何，这个问题都要刘大志自己去解决。

"我爸？他不会和我聊这些的。小时候，我和爸爸走得很近，后来不知道什么原因，他跟妈妈越来越疏远，和我也一样，现在的他对我来说就像个陌生人。"

郝回归内心感慨，明明是亲人，却在心里那么疏离。

"也许他也想跟你说，但找不到机会。与其每天假装什么都没有发生，不如好好找你爸爸聊一次。"郝回归看着刘大志。

郝回归想起自己30岁那一年，和爸爸喝了一点儿酒，说起他和妈妈离婚，却还假装在一起的事情。爸爸说他知道给郝回归带来了很大的伤害，却不知道该怎么开口。他记得爸爸说的一句话："对不起啊，大志，爸爸妈妈也是第一次做爸爸妈妈，没什么经验。如果有让你觉得难过的地方，请你原谅爸爸妈妈。"

想起这些，郝回归眼眶有些湿润。他连忙站起来掩饰情绪。

刘大志想了想郝回归的话，点点头。也许，这也是一条路。

"对了，你跟陈桐关系怎样了？"郝回归又问。

"我和陈桐？嗯……没那么讨厌他了吧。"

"你也可以试着跟他聊聊天，也许会对你有所帮助。"此刻的刘大志应该不会知道，后来，陈桐成为他最好的朋友。

刘大志不明白，只能点点头："那个，郝老师，你不要告诉其他人。我不想让别人同情我。"

郝回归点点头："行，如果你想让你的朋友们知道，你就自己说。我就当什么都不知道。"刘大志走到门口，又转头说："郝老师，下周你的考试也要加油。我们所有人都不希望你走。"

"好！我加油留下来。你也加油，加油变得更好！"

虽然自己无法改变已知事件的结局，但郝回归明白，他可以改变每个人对事情的态度和看法。心态比结果更重要。

当年，自己是逗狗被狗咬，现在刘大志是为了救木桶才被狗咬。

当年，陈桐的山地车无缘无故被偷了，但现在是为了送刘大志去打针才被偷的。

当年，自己得知父母欺瞒自己离婚，深受伤害。但现在，刘大志却从另一个角度理解了父母离婚欺瞒自己的良苦用心。

"我们交换了心事，
我们成了朋友。"

上学的路上，人群熙熙攘攘。不知道如何找爸爸开口的刘大志背着书包，像背了个秤砣，也像个失去盔甲的士兵。一个熟悉的身影出现在他面前。陈桐潇洒地停下车,用脚蹬着地面:"走那么慢,还有五分钟就迟到了!上车,我带你!"

刘大志将啃剩的半个馒头咬在嘴里,被陈桐揪回了现实。

陈桐这辆新车依然没有后座。

刘大志摇摇头:"算了。"

陈桐觉得刘大志整个人不对劲儿,问:"怎么了?"

刘大志不愿意说。

陈桐指着前杠:"等你想好了再说吧。要迟到了,第一节课是赵老师的,不想被罚就赶紧坐上来。"

刘大志看看表,看看车,看看周围的人,没人注意自己。

"怎么跟个女孩子似的……"陈桐嘲笑他。刘大志硬着头皮上了车,头撞到了陈桐的下巴,下意识地缩回一点儿。

"坐稳了,走!"学校门口正在修路,路面凹凸不平。陈桐却非常熟练地绕过一个个小坑。刘大志深埋着头,一动也不敢动。

"那不是刘大志吗?变小媳妇了啊!哈哈哈!"

居然被班上的王胖子看见了,他的嘴无敌碎!

刘大志的心里五味陈杂,乱成一团。他明确了一件事,以后再也不能坐陈桐的车了。语文课上,他的心情依然低沉,一直跑神。

"怎么了?"微笑递来一张纸条。

微笑是在关心自己吗?刘大志心里暖暖的。

"没事。"刘大志回了过去,他还是不想让微笑知道。

微笑想了想,没再搭理刘大志。他心里又变得空荡荡的。

下课之后,微笑拍了拍趴在桌上的刘大志,示意他出来一下。

一路上,大家投来好奇的目光。换作平时,刘大志肯定特别得意,可今天,面对父母的离异,感觉自己像被抛弃的孤儿,什么情绪都没有。站在教学楼的天台上,刘大志不明白微笑为何突然带自己来这个地方。

"我看你这几天情绪很差,好不容易成绩有一点儿起色,不要又回去了。"哦,原来微笑在意的是这个。

"我，还好吧，有点儿心事。"刘大志强颜欢笑。他突然想到微笑的父母早已离异，她一直生活在单亲家庭。

"微笑，我想问你一个问题。"刘大志鼓起勇气说。

"好啊。"

"当初你父母离婚的时候，你难过吗？"

微笑没想到刘大志会问自己这个。刘大志也咽了一口唾沫，好像不应该问这个。微笑盯着刘大志，把刘大志盯得直害怕。

"刘大志，你父母是不是要离婚？"微笑神秘地笑起来。

"没有，没有。我只是想问问，如果父母离婚的话，别人的心情都会怎样……"刘大志说话的声音越来越小，最后连自己都听不见了。他真懊恼自己问这个问题。

"那时，我还小，所以也没什么印象了。小时候，我还会问我妈去哪儿了，周围的人就说我没有妈妈。后来长大了，我知道我妈一直生活在美国。但我也学会了不问，也从来不在我爸面前提这个。我怕我说了，他会比我更难过，毕竟我妈选择了自己的事业，放弃了我爸和我。你还记得我未来想做什么吗？我说想做国际新闻记者，其实我只是很想靠自己的努力出国，能够找到妈妈问一句，为什么当初她要抛下我和我爸。所以啊，父母离婚没什么，起码你还能见得到，可是我呢？见不到妈妈，还不能让爸爸知道我想去见妈妈。"说着，微笑又笑了起来，好像这一切对她来说都不是艰难的事，而是早已明白且要经历的人生。

"谢谢你，跟我说这些。"刘大志很感激地说。

"你要谢就谢谢郝老师吧，我们不是一帮一，一对红吗？你成绩不好，最后还是要我负责，不是吗？走吧。"微笑潇洒地摆摆手。

刘大志觉得自己比微笑幼稚好多，她的人生早已规划了未来，而自己还每天苦恼于现在。

学校门口，刘大志犹豫了两秒，走到陈桐车子旁："下来！"

"什么？"陈桐没明白。

"该我载你了！"刘大志笑着说，"总要找回些面子吧！"

"怎么跟个女孩子似的！"刘大志抢过车把，扬扬下巴。陈桐挪到了车前面。

"坐稳了！"刘大志骑上山地车，好像骑着匹汗血宝马般威风凛凛。他拼尽力气往前蹬，根本不绕石子，一路颠簸，一路猛冲，边骑边喊："看看！看看！谁坐在前座！哈哈哈，是你们喜欢又崇拜的陈桐！"

陈桐在前面指路，他的脸被夕阳照得通红，后来也干脆硬着头皮一起大喊："放学啦！"

周围有人投来又好奇、又羡慕、又欣赏的目光。

在他们身后，陈小武偷偷走到邮筒前投进去一封信。

陈桐喊着："到了！"接着跳下车。

刘大志向右一看，夕阳下，"湘南公安局"几个字泛着光。

"我犯什么错误了？带我来这儿？"

"你之前不是说想要学拳吗？"

"你听谁说的？"刘大志张大嘴问。

"郝老师那天好像提了一嘴，说你想学拳。"说罢，他带着刘大志进了训练场。偌大的场馆里只有两三个年轻警察。"以前我考试没考好，或者和家里有争执，都会来这里打两个小时拳。流了汗，使了劲儿，心情就慢慢好了起来。"

刘大志跟在陈桐身后，想说又不敢说，他怕被陈桐嘲笑，但又想起郝老师说可以多和陈桐聊聊天，还是鼓起勇气开口了。

"陈桐，你会有那种感觉吗？就是突然觉得自己无依无靠，本来属于你的东西，其实也不属于你。"刘大志刚说完，又立刻改口，"我真傻，你怎么可能会有这种……"

"当然有。"

"啊？"刘大志一脸的不相信。

陈桐拿来两张垫子。两个人坐下。

"我常觉得自己是被排斥的，家里人永远告诉我要变优秀，要考第一，考最好的理科大学,要向我姐学习。我觉得自己就像个工具,用来展览,用来陈列。没有人在意我的感受,他们帮我把决定都做完了。其实,我也羡慕你。"

"你羡慕我?算了,你不用安慰我了。"

"真的。以前我很看不惯你和陈小武这种人……"

"我们哪种人?"刘大志反问道。

"你别误会。算了,误会就误会吧。就是不爱学习,也没有目标,问你们一个问题,要么不懂,要么假幽默,也没有解决问题的想法和能力。怎么说呢?就是觉得是在浪费自己的生命做一些觉得酷但又很愚蠢的事。直到……和你们参加完比赛,才理解到另一种力量吧……哦对,陈小武也比我想的要成熟。"

"原来你是这么看我们的。"刘大志心里有些不爽,但想了想,陈桐说得一点儿都没错。

陈桐继续说:"我羡慕你自由,羡慕你可以选择自己的童年,羡慕你认识那么多植物,羡慕你和陈小武敢直接跳到水里。和你们比起来,也许有人觉得我优秀,但我觉得自己不像个活着的人,生活无聊,也没什么热情,没什么温度,每天都一样。"

"你当然有温度。你还记得,那天早上跑到我和陈小武身边,说'一起吧'的那一刻吗?真的帅爆了。后来,你把你的运动服换成和我们一样的,虽然你说是为了减少目标……对了,还有你帮我跟赵老师争执的那一次……"

"啊!"刘大志突然想起来,"所以你转文科班是因为你想自己做一次人生的决定?"

"嗯……我想看看自己是不是已经足够强大到能掌握自己的命运了。后来,你会发现你不仅要自己做选择,而且还要敢于承担后果。"

"你真厉害,我说真的。"

很多人都羡慕女孩,觉得她们好像分享一包瓜子就可以互掏心窝子了。而男人之间,好像非得要一壶酒,才能打破彼此间的尴尬,而陈桐和刘大志能这么直接谈心，真是回忆起来都觉得暖暖的。

刘大志仰着头，看着训练馆的棚顶。陈桐说得对，微笑对自己的严格，郝回归对自己的开导，叮当无助时第一个想到依靠自己，陈小武无条件地相信自己……这些都是自己存在的意义和必要。

猜出父母离异时，刘大志觉得自己好像被全世界抛弃了。跟陈桐聊完之后，却觉得自己不应该那么自私，每个人都应该有自己的生活，更何况父母顾及自己的心情还一直在隐瞒，难道这还不叫爱吗？

"我明白了！"刘大志对陈桐说。

"明白什么？"陈桐好奇道。

"嗯，到时再告诉你！谢谢你，我想明白了！"刘大志开心了起来。

"你跟郝老师聊过这些吗？"刘大志突然想起来问。

"郝老师？没有啊。"

"奇怪了，那他怎么知道，还让我来找你？"刘大志自言自语道。

"什么？"

"没事没事，那你教我打拳吧！"刘大志站起来，拍拍身上的灰。

陈桐帅气地亮相，做了个"请"的姿势。

刘大志一拱手："请！"

天色渐晚，昏黄的灯光下，叮当正看着三毛的《撒哈拉的故事》，表情十分认真。这是郝老师推荐给微笑的课外书，叮当软磨硬泡把书借了来。她一边看，一边念："第二天荷西来敲门时我正在睡午觉，因为来回提了一大桶淡水，累得很。已经五点半了。他进门就大叫：'快起来，我有东西送给你。'口气兴奋得很，手中抱着一个大盒子。我光脚跳起来，赶快去抢盒子，一面叫着：'一定是花。''沙漠里哪里变得出花来嘛！真的。'他有点失望我猜不中。我赶紧打开盒子，撕掉乱七八糟包着的废纸。哗！露出两个骷髅的眼睛来，我将这个意外的礼物用力拉出来，再一看，原来是一副骆驼的头骨，惨白的骨头很完整地合在一起，一大排牙齿正龇牙咧嘴地对着我，眼睛是两个大黑洞。"

叮当看得毛骨悚然。她很纳闷，为什么微笑说看这一段的时候觉得特别浪漫、特别感动、特别想哭？

收音机里飘出声音：

"33年一次的狮子座流星雨下周即将来临。在流星雨的夜晚，你会许下什么心愿？愿所有愿望都会实现。毕竟，下一次再遇见，要等33年。"

叮当眨巴着眼睛，看着窗外星空。

夜空中的星星慢慢拼凑出一张郝回归的脸。

> "暗恋一个人最大的好处是永远都不会失恋。"

叮当又收到笔友寄来的信。拆开一看，叮当"啊"的一声，然后捂住嘴，害怕惊动其他同学。但其他同学已然被她的叫声吸引过来。叮当压抑不住内心的喜悦，手里举着一张刘德华的签名照跟大家说："刘德华，刘德华，我的笔友寄给我的！哇，我爱刘德华！"

陈小武看叮当这么开心，低下了头。微笑笑起来："你笔友真好，说不给你写信，然后又给你这么大的惊喜。最近怎么回事，撕碎了一张刘德华的海报，全世界的刘德华突然全跑出来了。"叮当想了想，说："上次我打电话去电台，说了咱俩吵架的事，可能他听到了吧。他说他会在我看不见的角落一直挂念我。你有什么愿望？要不晚上也打一个，没准儿在这个世界的某个角落也有人会为你实现呢。"

"我不敢，万一被熟人听见怎么办？"

"熟人听见也挺好的，这样他们就会对你更好啦。"叮当很开心。

叮当把信放在桌子上，陈桐经过的时候瞥了一眼，感觉这个字似曾相识，虽然故意写得歪歪扭扭的。

体育课上，王卫国正在带全班男生拉练。陈小武依然落在最后面，不过现在，再也没人笑话他了。陈桐跑到刘大志身边，特别轻描淡写地说："小武喜欢叮当。"

刘大志差点儿栽到地上,呼吸全乱了。

"真的假的?"

"八九不离十!"

"不可能!"刘大志勉强跟上他。

"叮当有个笔友你知道吧?"

"知道呀,还送了张刘德华签名照给她。"

"就是陈小武。"

"不可能吧!陈小武每天卖豆芽,哪能搞到什么刘德华的签名照啊!"

"刘德华的签名怎么来的我不知道,但你会不知道他暗恋谁?"

陈桐奇怪刘大志竟然完全不知情。刘大志摸着头说:"他喜欢叮当,疯了吧!可能吗?不可能!"

王卫国:"陈小武,你每次都全班倒数第一!跑起来,一、二、三、四!"刘大志回头看着狼狈不堪的陈小武,再看看陈桐,自言自语道:"玩我吧?这傻小子能有这心思,还瞒过了我?"他越想越不对劲儿,趁大家在操场休息,请了假去厕所,绕道回了教室,径直走到叮当座位旁,把她的书包翻出来。信被认真地放在夹层里。刘大志偷笑,她还真把这笔友当回事。刘大志把信拿出来,看着信封上的字。陈桐说信封上的字是故意写得歪歪扭扭的,陌生人没必要这么写。

"你在找什么?"微笑的声音传来。刘大志吓得心脏病都要发作了,扭过头,看到微笑身后没人,这才松了口气。

"你干吗跟做贼似的……你就是在做贼?"

刘大志嘴巴动着,但没有发出声音,好像在讲一个巨大的国家机密:"你知不知道叮当的笔友是陈小武?"

"你哑了?"微笑完全听不懂。

刘大志站起来说:"你有没有想过,叮当的笔友就是小武?"

"哪个小武?"

"陈小武呀!"

"怎么可能?!"微笑大笑起来。

"我也是这么想的，但陈桐说，信封上的字迹是熟人的！"

"怎么可能，你看叮当对陈小武态度那么差。陈小武如果喜欢叮当，他就太傻了。"

"他难道不傻吗？"

"不可能！就算是熟人，也不可能是陈小武。"

"那是谁？"

"你们不是最好的朋友吗……怎么不直接去问他？"

"没什么。你说得对，我该直接去问他。"

放学后，刘大志和陈小武一起喂木桶。

陈小武："木桶乖，好吃吗？多吃点儿。"

刘大志看着陈小武，单刀直入地问："小武呀，叮当有个笔友，你知道吗？"

"知道呀。好厉害，还送了她一张刘德华的签名照。"陈小武神情自然。

"你觉得，这个人会是我们认识的人吗？"

"认识的人？有可能吧，你看……那个笔友也没有写回信地址，好像对她也很熟悉。"

"他也不用叮当回信，你说他是怎么想的。"

"也许是怕被拒绝吧。"

"或者是怕被人知道自己是谁。"

"你怎么开始关心叮当这个笔友了？"陈小武继续喂木桶，没有抬头。

"没什么，我也想交个笔友了。"

"这是你们养的狗吗？"陈桐走过来。

"对呀，叫木桶！"陈小武抬起头。

"叫木头，木头。"刘大志赶紧补充。

"木头？不是你自己取的名字吗，陈桐的'桐'拆开，就是木同，木桶。对吧？木桶。"木桶乖乖地叫了两声。

"陈小武，你真是……你才应该叫木桶！"刘大志简直不敢相信陈小武的智商。

陈桐假装给刘大志肚子一拳:"让你给狗起我的名字,去不去练拳?"刘大志一闪,甩个头说:"走吧!"

微笑家里,她用塑料绳编了个蓝白色的蝴蝶。叮当做了一个红桃心。

微笑:"你有没有想过,你的笔友也许是认识的人?"

叮当掩着嘴说:"也许就是那个跳高的'刘德华'。"

"你一点儿也不想知道是谁吗?"

叮当很迟疑地说:"没有地址,我想知道也没办法呀。再说了,我喜欢神秘感。但是,万一是陈小武呢。"

"啊?你知道了?"微笑大叫了一声。叮当一震:"你吓到我了!你还真以为是陈小武呀!我就举个例子。"

"你觉得没可能是陈小武?"

"刘大志都比他的可能性大一点儿好不好。陈小武那种人能做出这么浪漫的事?再说了,他又迟到又洗豆芽的,哪有时间给我写信。刘德华耶,陈小武怎么可能搞得到刘德华的签名!"

"能 够 看 到 自 己 一 点 儿 一 点 儿 变 好,
真 是 一 件 比 什 么 都 幸 福 的 事。"

为了练过肩摔,刘大志的肩没事,左脚却扭伤了。

"不好好学习!天天搞这些有的没的!跟你爸一个德行!"郝铁梅端着一碗汤走出来。

"妈,我已经够惨了。陈桐说学习之余练练拳,对身心都好。"

"陈桐练拳是为了强身健体,不是把自己搞得半身不遂!你怎么就不长脑子呢?"郝铁梅说着就用右手指来戳刘大志的脑袋。

门口响起了敲门声。

"呀,郝老师来了。今天在市场遇见了郝老师,我让他过来吃晚饭。"

"完了,被他看见我脚伤了,肯定又免不了一顿训……我怎么这么惨啊……"刘大志挣扎着想站起来。

郝回归提着水果站在门口。

"大志,赶紧去拿个抹布擦一下桌子。"郝铁梅在厨房端菜。

"没事没事,让大志先坐着,我来拿。脚不严重吧?"

"医生说大概休息一周就差不多了。"

"明天还能去上课?"

"我能不去上课吗?"刘大志心里一喜。

"你看着我的眼睛,再说一次。"郝回归瞪了他一眼。

嗯?怎么郝老师也喜欢说这句口头禅?刘大志一愣。

第二天中午,陈小武在自家豆芽棚里检查泡好的豆子。旁边放着个铁盒子,里面装着剩饭,唯一的菜是豆芽炒肉末,看着就不好吃的样子。

一个烧饼递到陈小武面前。一抬头,刘大志正嘻嘻笑着。

"给你!"

陈小武接过烧饼:"脚受伤了,你怎么过来的?"

"陈桐带我来的。"

"陈桐都成你的司机了。"

"快吃吧,废话那么多。"

"真香!"

"香吧。你吃,我帮你泡豆子。"

日光下,两个人窸窸窣窣地忙着。

"小武,我爸妈离婚了。"

"啊?"陈小武正嚼着剩下的半个烧饼,表情突然呆滞。

刘大志也停下来,笑了笑。他形容不出自己此刻的心情。

"什么时候的事?"

"快一个月了。他们怕我担心没告诉我,我明天去找我爸。"

"说什么?要吵架?"

"不啊。郝老师说最好让他们去过自己的生活,不要因为我有压力。"

"那陈桐知道吗?"

"你是第一个知道的。"

"真的啊,谢谢你信任我。"

微笑和叮当两个人趴在桌上做作业。

微笑:"上次那本三毛的书你看完了吗?"

叮当一边说一边从书包里把书拿出来:"我不看了。你怎么那么奇怪,看那么可怕的书。你知道吗,竟然有人结婚收到的礼物是骆驼的头骨,吓都吓死了。这个荷西,他怎么那么奇怪?"

微笑笑起来:"哪里可怕了?明明很浪漫呀!"

叮当做着鬼脸:"哪里浪漫?沙漠那种鬼地方,喝的水都没有——晒死了!"

微笑想了想:"我挺愿意那样去流浪的——"

"如果你去流浪,王叔叔肯定会不放心吧。不过你爸让你从小就学跆拳道,估计也是为了你放飞自我的这一天。可我妈说,不要被这些作品骗了,踏踏实实找个门当户对的,我要是结婚……最浪漫的事情就是……"

"十台婚车对吧?"

"全都得是大众的桑塔纳,不然有什么面子呀!"

"不过,郝老师挺喜欢三毛的。"

"郝老师?他也喜欢三毛?他为什么会喜欢三毛?她到底哪里好了?!"一听郝老师也喜欢三毛,叮当对三毛立刻刮目相看。

"我觉得她很性感呀!"微笑随口回答。

"性感?"叮当嘴张得大大的。

大多数十六七岁的少女并不准确地知道什么叫性感,是周身散发出的气质,是聊天表达的谈吐,还是一件宽宽大大的白衬衣,一个鲜艳欲滴的红嘴唇?对于17岁的叮当来说,性感是红嘴唇、长睫毛、画黑的眉毛、一条呢子长裙、一双高筒靴。

想了一晚，叮当径直朝学校走去。

到教室的时候，同学还不多，有人看了她一眼，没敢说话。叮当微笑一下，觉得自己的性感已经迷倒了同学，接着她就要迷倒郝老师了。她坐下来，看了窗户一眼，窗户上的自己奔放洒脱，已经不再是昨天的那个小女生了。为了给大家一个惊喜，整个早自习，她都低着头，埋着脸，大家还以为她生病了不舒服。一下早自习，刘大志就走过来，对叮当说："喂，周末下午我们去溜冰吧？听说请来了一个广东DJ。"叮当没有抬头，弯着腰在桌子下补着口红，边补边说："你都成瘾子了，每天都是人家陈桐扶你上下楼，难不成溜冰他背着你溜啊！"

刘大志很神气地说："明天我就可以拆绷带了。你到底要不要跟我们一起去？"叮当突然抬起头，那一瞬间，一张抹得通红的嘴，配合着不可名状的妩媚，对刘大志眨了眨眼睛："去！"

刘大志整个人僵直了，他找不到任何形容词来描述自己的心情，而叮当的妆容可以用三个字来形容——吓死人！

"你……你可以戳瞎我的双眼吗？"

"这叫性感，你懂个屁，难怪没有人会喜欢你，因为你根本不懂得欣赏美丽！"叮当根本不在意刘大志的意见。

上课铃声响起，叮当昂首挺胸地坐着。周围的同学都窃笑。叮当心想，这些人都没见过世面，大惊小怪的。总有一天，你们也会为了自己喜欢的人变得更美好。

微笑看见叮当，也呆住了。

郝回归走进教室。

陈桐大声喊："起立！"

叮当站起来，一张抹得通红的嘴，一头凌乱如雄狮的鬈发，胸前还挂着一大块玉坠，起码有五斤的感觉。这样的叮当立刻吸引了郝回归的注意。他也呆住了，也想戳瞎自己的双眼。

郝回归镇定下来："同学们好！"

叮当张着"血盆大口"说："老师好！"

整堂课，叮当都在搔首弄姿。郝回归完全不敢看她。好不容易熬到下课，郝回归对着天花板喊了一声："叮当，来我办公室一趟。"刘大志眼睁睁看着叮当昂扬地走向办公室，看着微笑说："你真够朋友呀，就看着她这么发神经呀。"

"你还是她哥呢，你怎么不说？"微笑哭笑不得。

"我差点儿被她吓死好不好！"

"我想说来着，不敢。"陈小武补了一句。微笑强忍住笑："郝老师不也没说吗？忍了一节课。让她去吧，不听到客观意见，人是不会成长的。"

"我小姨也不这么画，她随了谁？没道理啊，怎么突然化了这个妆？"

"陈平。"微笑无可奈何地说。

"啥？"

"三毛！"

叮当抱着《撒哈拉的故事》走进办公室，没等郝回归开口，先羞涩地表示自己已经把书看完了。

郝回归有点儿意外："你也喜欢三毛？"

叮当立刻道："我觉得她的流浪特别感人、特别浪漫，要是我有一个那样的爱人，也愿意随他去天涯海角。今生是我的初恋，今世是我的爱人！每想你一次，天上飘落一粒沙，从此形成了撒哈拉！"

"背了很久呀？"郝回归接过书，依然不敢直视她。"嗯！哪用背呀？我觉得这就是我心里的句子。"郝回归正想着要怎么委婉地提醒叮当。叮当却花痴地看着郝回归说："郝老师，你是不是觉得我很像三毛……"郝回归不知该怎么回答。叮当的眼神朝他紧逼过来，郝回归面露窘色。

"郝老师……"何世福敲门进来，看见叮当，愣住一秒，随后大怒，"谁让你化成这鬼样子，你是哪班的学生我都认不出来了！"

郝回归憋住笑，差点儿憋成内伤。整个走廊都是何世福的怒吼和叮当的哭泣声，微笑、刘大志、陈桐、陈小武差点儿笑翻。

洗手间里，叮当一遍遍地用肥皂洗脸。叮当抬头看着微笑："还有吗？何主任那个老古董根本就不懂得欣赏。我感觉，郝老师刚刚看我的眼神有一点儿……"想起郝回归的眼神,她突然笑了起来。

微笑低声说:"你不会是喜欢郝……"

叮当赶紧做一个嘘的手势:"是不是没想到我会喜欢他?"说完,她拖着微笑的手,就往水池边走。少女的心事,一牵手,什么都不说,似乎对方就能懂了。找一个安静的地方,一个没有人打扰的时间,仿佛才能配得上心里的那个小秘密。

叮当说:"不是因为他是郝老师,而是在你最低谷的时候,老天突然给你安排这么一个人,难道不是天意吗?"

"可是,他是老师啊。"

"万一这次教师测评郝老师被刷下去了,他就不是我们的老师了啊。"

"难道你希望他离开?"

"我……算了,那他还是继续做我们的老师好了。不过,等我毕业了,那他也就不是我的老师了。"

"算你还有点儿良知。但你别忘了,郝老师是有女朋友的。"

"你确定?为什么我们从没见过他的女朋友?"

微笑没想过这个问题。叮当接着说:"我觉得 Miss Yang 在追他,没准儿他就是为了拒绝 Miss Yang 编的。"

"有可能……但是,万一……"

叮当想了一下,站起来,特别有信心:"可我喜欢他和他有没有女朋友有什么关系?喜欢一个人,和这个人是谁、干什么、有没有对象没关系。喜欢一个人,干吗要想那么多。喜欢是一件很轻松的事。"

"叮当,陈桐、那个'刘德华'、你的笔友、郝老师,你到底喜欢哪个啊?换来换去,我都不知道你喜欢谁了。"

叮当倒是满不在乎:"男人说自己喜欢不同的女人,大家都觉得他有眼光、风流倜傥。为什么女人不能同时欣赏几个男的?我也要为我的小孩找个好爸爸啊。如果我看中一个就只能选那一个,只是为了满足自己,没有对比,对我的小孩也不公平。你说是吧?"说完,她推了推微笑,意思是说完我了,该你了。

"我？"微笑从未考虑过这个问题。可能是因为父母离婚太早，可能是因为爸爸太优秀，她从不觉得谈恋爱有什么好，再好的感情也敌不过现实。以至于现在的微笑从来不轻易表达自己的情感，她觉得任何能说出来的都不如做到更实在。

"哎呀，别说这个了，我也不知道。"微笑摆摆手毫不在意。

"陈桐？如果他跪下来求你和他在一起，你愿意吗？"

"他为什么会跪下来求我？"

"呀，这种游戏最好玩了，你认真想想看。"

很多人在读书的时候都和好朋友玩过这种幼稚的游戏吧？明知不可能会发生，却饶有兴致地聊上半天。微笑想了半天。"可能不会吧……陈桐就像是另一个我，什么都靠自己，好像谁跟他在一起，都很多余。"

"郝老师？算了，你不能想郝老师，他是我的。刘大志！如果我表哥跪下来求你，你会愿意吗？"叮当忍不住大笑起来。

"他下跪肯定一点儿诚意都没有。刘大志认真的样子很滑稽。"

"我看我哥现在就挺认真的，连我妈都让我向他学习。"

"他现在不叫认真，只是着急了。"微笑站起来说。

"那认真是什么？"

晚上七点，刘建国还在医院门诊加班。这时没什么病人，急诊科空空荡荡，偶尔传来一阵翻报声。刘建国发现刘大志站在门口。

"大志，你怎么来了？"

"放学了，也没什么事，就来了。"刘大志努力挤出一个笑脸。

"哦，那你坐。我要十点才能回家。"

"我不是找你回家的。"

"哦。"

说完，两个人又无话可说了。刘大志初中之后就不再缠着爸爸了，也许因为叛逆，也许因为自己不知如何与爸爸沟通，总之，两个人的关系就像两道平行线，我知道你是我爸，我知道你是我儿子，仅此而已。

刘大志几次想站起来回家,可一想到郝老师的话,又坐下了。医院里静得吓人,呼吸声都显得那么大。刘大志低着头,爸爸仍在看报,两个人就这样静静坐着。刘大志悄悄抬起头,刘建国也在偷偷看着他。两人目光对视,刘建国赶紧把目光移到报纸上。

"爸。"

"嗯。你说。"刘大志的话刚一冒头,刘建国就快速接上。刘大志一下笑了出来,刘建国也忍不住笑起来。

气氛缓和点儿了。"爸,你是不是跟妈妈已经离婚了?"

"没有啊。怎么会突然问这个?"

"爸,你看着我……别骗我。"刘大志盯着他。

"啊?"刘建国的眼神刚和刘大志碰到一起就马上挪开。

"我知道你们离婚了。妈告诉我了。"

"她怎么说的?不是说好了不能告诉你的吗?"

刘大志顿时感觉到五雷轰顶。爸爸也太好骗了,随便指一个坑,他就能跳下去。

"啊……我就知道你们真的离婚了……"刘大志的脸一下就变得很沮丧。他的脸阴郁下来,刘建国就知道自己被儿子下套了。

"大志,是这样的……怎么说呢……其实,这么长时间了……就是希望别影响到你……所以才……你知道的吧……"刘建国立刻变得语无伦次起来。刘大志见过爸爸给病人看病,什么事情看一看就知道该怎么办,特别有底气。可刚才的爸爸跟平日完全两样,他很在意自己的感受。刘大志也一下心疼起爸爸来。

"爸……其实,也没事。其实,我找你之前就想到了。我就是想跟你说,你们的压力也不用那么大。如果不是因为我,可能你们早就各自有了自己的生活。这段时间,你们没有再争吵,我就知道你们可能离婚了。"

刘建国张了几次嘴,不知道该说什么。

"爸,我都知道了,你也不用每天在家里假装。假装挺累的,你工作也很辛苦。"

刘建国苦笑了一下。

"对了，你也不用告诉妈妈我知道了，这样你在家她也不会找你碴儿，不也挺好的嘛。"刘大志像是在安慰自己，也像是在安慰爸爸，他的眼眶慢慢红了。父子俩面对面坐着，刘大志发现一直语塞的爸爸眼眶也不知何时红了起来。

"大志……"

"嗯？"

"你什么时候长这么大了？"

之后，父子俩在医院急诊室什么都没再说，又好像什么都说了。刘大志从医院走出来，特别开心，一眼就看见郝回归坐在医院院子的石凳上。

"郝老师，你怎么在这儿？"

"怎么，跟爸爸聊完了？"

"嗯！"

"怎样？"

"不知道为啥，我突然觉得我爸妈离婚挺好的。这样的话，他俩都觉得愧对我，然后就都会对我更好了。"

"你是不是有毛病？！"郝回归拍了刘大志的脑袋一下，心想：这小子！还真能想，如果当年自己也能这么换个角度思考问题，可能也没那么难过了吧。

"郝老师，谢谢你，还有谢谢你让我去找陈桐。咦，你怎么会在这里？"刘大志突然反应过来。

"我刚去找你爸，看见你在里面，我就出来了。"

"你生病了？"

"没病不能看医生吗？"

"郝老师，我还以为你今天不来了。"一个熟悉的声音朝这边喊。刘大志扭头，看见刘建国正站在门诊科大门口。郝回归拿出一盒象棋，扬了扬："你先回去吧，我跟你爸切磋一下棋艺。"

"你们什么时候……"

"上次我来看病，你爸坐诊，一来二去我们就认识啦。你爸每天值班到很晚，有时候没有病人，我就来陪他下下棋。"郝回归站起来朝刘建国走去。他心情很好，自从上完父子情的公开课后，他就找到了和爸爸交流的方式，以前不懂得珍惜，他不能让刘大志也不懂。有些事，他一直很后悔，不是后悔自己长大了才明白，而是后悔爸爸老了自己才明白他们的良苦用心。

"妈！你看！我数学考了95！"刘大志扬起手中的试卷。

"那么开心，满分是100分吗？"郝铁梅明知道满分是150分，就是为了打压一下他的气焰。

"妈！你不觉得聪明的孩子应该更有精气神吗？妈，如果能有一件名牌运动服，我肯定能考120分！"此时刘大志的嘴抹着一层蜜。

"聪明的孩子每天穿打补丁的衣服也能得第一。"

"妈！就给我买一件吧。其他同学都有，就我没有。"刘大志又开始了自己的苦情戏码。

"你怎么没有？你长得就像一件运动服。"郝铁梅靠在沙发上，一边嗑瓜子，一边看电视。

"妈，我到底是不是你亲生的啊？你怎么总是说我长得像这个，长得像那个，我难道不是像你吗？！"

"去去去，一边待着去。以后能不能许一个让妈妈觉得骄傲的愿望，比如考上个本科啊，给妈妈买套房子什么的。"

"那你先给我买一件运动服，我就答应你考本科，给你买房子……"刘大志可怜巴巴的样子，为了一件运动服，他正在出卖自己的灵魂和未来。

"这可是你说的。"郝铁梅从沙发上坐起来指着刘大志。

"我说的！我说的！你让我怎么说都行！好不好……"刘大志瞬间心花怒放，自己的妈妈对付起来实在是太容易了。

"床上放着呢。"郝铁梅继续嗑瓜子看电视。

"不会吧？"刘大志冲进卧室，床上果然放了一件运动外套。

刘大志心里吐了一口血，妈妈两句话就把自己给坑了。他穿着运动服在镜子前摆着各种潇洒的姿势。

"妈,你怎么知道我想要运动服啊?"刘大志在里屋问。

"我跟郝老师打电话了。他跟我说了。你记得啊,考本科,给妈妈买大房子……"

"知道啦!咦,妈,这衣服怎么外面是耐克,里面是彪马?"

"你不天天嚷着要名牌吗?一件衣服,两个名牌,正反都可以穿,多好啊。"郝铁梅的回答让刘大志很兴奋。

刘大志穿着衣服跑回客厅,重重地亲了郝铁梅一下。一件正反两面都可以穿的运动服俨然让他觉得自己已成为这个世界的赢家。他穿着这件外套做作业、吃晚饭,睡觉时就把衣服整整齐齐叠好放在枕头边。接下来的一整个星期,一三五,刘大志穿耐克,二四六穿彪马,周日洗了,连夜用电风扇吹干,心情好极了。

"刘大志,这件衣服是哪里买的?我让我妈也给我买一件。"课间,王胖子过来问刘大志。

"买不到了,我妈特意托人买的。"刘大志并不想和王胖子穿一样的衣服。

"为啥买不到了?"

"这你就不懂了吧。让你见见世面!"刘大志一边说一边把衣服脱下来。同学们一听,全朝这边看过来。

"你们是不是一直以为我穿了两件衣服?你看!你们的衣服只能单面穿,我的可以双面噢!我今天穿这面,明天穿另一面,后天再穿这面,大后天又换一面,哈,其实我只穿了这一件!"

"啧啧啧,哥你不说还好,这衣服真脏啊。"叮当捂着鼻子道。

"去你的。"

"那你这衣服到底是哪个牌子的?"王胖子很纳闷。

"就这两个牌子,十分难得。学着点儿,你没见过的可多了。"

陈桐本想说些什么,看见刘大志那么开心,想了想,也闭嘴了。

"我一直以为被一个人喜欢要很优秀，其实一个人足够热烈，也能点燃另一个人。"

周末午后，天空晴朗，滚轴溜冰场门前的银杏已是一树金黄。

很多人都在这棵树下等人。刘大志穿着郝铁梅给他买的运动服，一会儿扣着，一会儿披着，还是觉得太热了，就绑在腰间。他手里拿着大家的票，耳朵里塞着耳塞，听着张国荣的歌。陈桐最先到。刘大志让他赶紧进去抢合适的鞋码。每次稍微一晚，有些鞋码就被抢没了。微笑和叮当一起到的。看到刘大志，叮当问道："对了，你今天叫了郝老师吗？"刘大志匆忙回了一句："他去找 Miss Yang 和卫国老师去了。"然后让她们赶紧进去，自己等陈小武。

到了约好的时间，陈小武还没到。溜冰场里响起了全新的迪斯科音乐，欢叫声此起彼伏。场外银杏树下，陈小武不急不慢地来了。刘大志直接把票扔到他脸上："你又迟到！里面人满为患！进去肯定没有合适的鞋了！我和你的下午全被你给毁了！"陈小武慢悠悠地捡起票，瞥了眼刘大志："放心吧，我已经算好了。我俩的鞋都是 38 码的，一般男孩都是 40 码，女孩脚再大也是 37 码，他们家五双 38 码的鞋，如果不是咱俩来，他一双都租不出去！"

刘大志气冲冲地进了溜冰场，到了柜台，五双崭新的 38 码溜冰鞋果然整整齐齐地排列在鞋架上，其他的鞋全没了。

"我说了吧。老板，要两双 38 码。"陈小武把票给老板。

下周三就是教师留岗的最后测评。宿舍里，郝回归拿着全班座次表把每个座位的名字都背得非常熟悉，把每个家长的职业背得熟悉，把每个学生最好的科目和最差的科目也背得非常熟悉，然后对王卫国和 Miss Yang 说："你们问吧。"

王卫国陪着 Miss Yang 在帮郝回归做最后的资格测验。虽然郝回归心里很清楚这只是走个形式，但是他还是想要把这件事做好，不是为了测评，而是真的想要记住每一个人，记住每一件事。

正在倒滑的刘大志一个反跳，啪地撞到墙上，再跳，啪地又倒在地上。

"大志，你倒滑方法不对，这样很难转弯，只能滑直线啊。"陈桐滑了过来。

"我……"

"我来教你。来，把手给我，你往后滑，我来推你。"说着，陈桐抓住刘大志的手，"原地两脚平行站立，两臂侧举，上体稍前倾，做小幅度向后葫芦滑行。"

"什么是……"

"葫芦滑行就是这样。"陈桐耐心地向刘大志解释。有人听见陈桐在教学，也纷纷围过来学习。刘大志好尴尬，他本想学会倒滑、反跳，在微笑面前出出风头，没想到成了陈桐的教学对象。溜冰场的音乐又换了，主持人让所有人以陈桐为队首排起长龙。微笑和陈桐二人双手相对，陈桐带着一队人往前走，微笑往后退，慢慢地，微笑身后也多了一些倒滑技巧更好的人。大家开始花式溜冰。

陈小武终于"噌"地滑到刘大志身边。

"你不是要跟微笑炫技的吗？"

"炫个鬼啊，分分钟骨灰都会被吹走。你是不是眼瞎？"刘大志很冷漠地说。陈小武看着陈桐和微笑带着一群人滑得起劲儿："他们滑得可真好。"

刘大志点点头。

"对了，你跟你爸聊了吗？"

"聊了。他们离婚了，但是蛮好的。又不是说非得黏在一起才是爱，远远地，也可以是啊。"

叮当溜到陈小武身边："你会滑吗？"

陈小武一看见叮当，一个没站稳，左脚往左，右脚往右，生生劈了个一字马坐在地上。陈桐和微笑经过，连忙停下来。叮当想拉陈小武，没拉动。刘大志搭了把手："没想到你韧带这么好！"

"你们先滑……我休息一下。"陈小武尴尬地站起来,扶着栏杆,慢慢地走到场外坐下。

叮当滑到旁边,想脱外套。

"我帮你拿吧。"

叮当把外套扔给陈小武。

她看着微笑倒着滑,羡慕地说:"我也想学。"

"要不,我带你吧?"

"你会?"

"我脱了溜冰鞋扶你,保证你不会摔跤!"

"太好了!"

陈小武拿着叮当的衣服就往寄存处跑,忘了自己还穿着鞋,"啪嗒"又摔了一跤。刘大志不好意思让陈桐再教,于是开始自己摸索。一个人飞快地滑过来,刘大志一闪,失去平衡。眼看才康复的脚踝又要扭伤了,他痛苦地闭上眼睛。突然,有人扶了自己一把,原来是微笑。

微笑担心地问:"没事吧?"

刘大志立刻装作特别不会滑的样子,跟跟跄跄。微笑一直扶着他。本来刘大志还想在微笑面前表现自己的技巧,没想到被陈桐和微笑无情碾压,那就干脆装白痴好了。角落里,陈小武小心翼翼地扶着叮当练倒滑,他已经换下了溜冰鞋。

"哎哟!"叮当跟跟跄跄。

"慢点儿,慢点儿!"

"我有感觉了!"叮当一激动,又差点儿滑倒。

全场音乐突然停了下来。

"今天是我们溜冰场开业一周年庆典,我们准备了一些礼物给大家。"

大家都停下来看着 DJ 台。主持人举起舞台上的一个巨大毛绒熊。这种毛绒熊听说在香港特别流行,大家都只在杂志上看到过。女孩们都在尖叫。微笑难得激动地说:"这个毛绒熊!我有一个小号的!从小抱它睡觉。原来还有这么大的。"

叮当大喊:"我想要!"

主持人宣布规则:"想得到这只熊的朋友请上台!如果能穿着溜冰鞋跟我一起跳完一支兔子舞,最后一个没摔倒的人,就能得到它!"

全场欢呼。一开始几乎没人敢上去。兔子舞不仅难跳,更重要的是极其难看。女孩们都在怂恿自己的男朋友上台。陈小武看着自己脚上根本就没穿溜冰鞋。

主持人:"怎么大家看来不是很积极呀?!"

微笑看着陈桐说:"快快快,全场你技术最高!"

陈桐为难地说:"啊……我跳舞很难看……"

话音未落,刘大志大喊一声:"我来!"说着,把绑在腰间的衣服解下来,穿在身上,滑了过去。刘大志一上台,大家陆陆续续开始上台。

刘大志根本不会跳什么舞,他只是想帮微笑把这个大毛绒熊赢回来。

音乐响起,刘大志跟着主持人的动作开始跳起来。刘大志平衡感很差,本来技术就很一般,第一个动作就差点儿摔倒,他手一撑,没有倒下。几个朋友有些尴尬。对于刘大志来说,他一点儿也不在意动作好看不好看,反正是为了微笑。虽然他跳得非常滑稽,但十分努力。其他人纷纷摔倒,他每次都能勉强硬撑住,脸上表情十分丰富。十几个人,八个人,五个人,三个人,主持人带头给剩下的人鼓掌。

叮当看着舞台上的刘大志直笑:"哈哈哈,笑死我了,他怎么那么逗。"

微笑一开始也在笑,慢慢地却觉得很感动。

陈桐对微笑说:"我发现大志真是个奇怪的人,平时要他干点儿自己的事,他都很犹豫,一旦换成别人的事,却很拼命。"

刘大志抱着那个熊下来,人已快虚脱了。叮当超开心地扑上去:"哇,我的熊!"刘大志吃力地绕过叮当,把熊交到微笑手上:"给你,长大了就要大熊。"

叮当抱怨道:"凭什么不给我?!"

"下次!下次赢了给你!"

"要看你跳那么难看的舞,我宁愿不要熊!"

微笑笑着递给叮当:"给你嘛,我们轮着抱!"

叮当撇嘴道:"算了,只有你喜欢抱东西睡——我才不要!"

微笑笑了笑,抱着大熊走在最前面拍照片、喝可乐、吃冰激凌。五个人有说有笑。这个无所事事的下午似乎毫无意义。可一旦过去几年、十几年、几十年,那个无所事事的下午就会突然变得格外有意义。过了这一小段不为什么的日子,就再也难有不为什么的相见了。

路的正前方聚集了很多人,大家都仰着头看上面。

循着目光,五楼楼顶,一个人站在栏杆旁边。

"有人要跳楼!"刘大志这么一喊,其他人吓了一跳。

底下群众叽叽喳喳,警车已经停在四周。有些围观者看了很久,唯恐天下不乱,对着楼顶喊:"你快跳呀!"微笑特别生气,扒开人群,走过去对喊叫者说:"你怎么这样!换作你家人,你也这么说?"那人恶狠狠地瞪了微笑一眼,没理会,继续大声喊着:"快跳啊,等很久了。"

微笑把熊往刘大志手上一放,一把拽住那人衣领。刘大志一边抱着熊,一边赶紧把他们分开。他从未见过微笑如此动怒,居然主动教训别人。

"呸,一个小丫头片子也要多管闲事。要不是你同学在,小心老子揍你。"那人边说边离开了。

"算了算了,他已经屁了。别生气了。"刘大志连忙安慰,把大熊递到她手上。

轻生者在楼顶大哭:"从来就没有人爱我……"

依然有围观群众吆喝:"你活该呀……"

轻生者大哭:"老婆和孩子都跟人跑了,我……我一个人留在这世上还有什么意思……"

围观群众:"说那么多废话做什么,跳呀!"

微笑再次上前推这些怂恿者。几个人围着微笑嘲笑:"他是你的谁啊?你老公吗?我们就是喜欢喊,你怎么着啊?"

对方人多,微笑握紧拳头,被气得发抖,眼看就要揍人了。

轻生者依然在大哭:"做人这么痛苦,我真后悔……真后悔来到这世上！"

"谁在乎你呀！你倒是跳呀！"

几个人看着楼上，又看着七嘴八舌的群众，不知该怎么办。轻生者已经走到最边缘，绝望地看着楼下，身后一群保安和警察不敢靠近。

轻生者最后一次大喊："我不甘心！为什么这个世界上没有人爱我？！"

楼下的人："切！"

"我！爱！你！"

刘大志突然仰起头，双手放在嘴边，对着楼上大喊。围观群众惊呆了，纷纷看着他。过了几秒，"哄"的一声，周围几个人狂笑起来，觉得楼上有个神经病，楼下又来了个神经病。

刘大志继续大喊："我爱你！我！爱！你！"

刘大志仰着脖子，青筋暴起，满脸通红。

微笑看着刘大志，觉得有些尴尬。

"我也爱你！"陈桐用手围住嘴巴，也开始朝楼上大喊。

陈小武和叮当对视一眼，也加入到呐喊的队伍。四个小伙伴一起朝楼上大喊。微笑突然觉得好像一切都不一样了。看着楼上的人，听着身边的话，微笑迟疑了一会儿，把大熊往地上一放，也双手放在嘴边，先是轻声喊了一句，然后就不管不顾地对着楼上大喊："我也爱你！"

四周都安静了，只有这五个好朋友站在一起，不顾任何人的眼光，对着楼上大喊："我爱你！""我们爱你！""我们都爱你！"

轻生者听到楼下传来此起彼伏的"我爱你"，不知所措，过了一会儿，突然蹲下，大哭起来。趁着他走神，警察赶紧把他抱住从楼顶边缘解救下来。看着轻生者被救，五个人超开心，眼里都是泪光。围观群众也开始鼓掌，掌声越来越响。几个人喊得声嘶力竭，蹲在路边大口喘气，谁都说不上话来，却又特别开心。

"陈桐，你为什么也敢这么喊？"刘大志问。

"我看你一个人在那儿喊，挺可笑的。"陈桐耸耸肩。

自己真的那么可笑吗？为什么当时自己报名参加5000米比赛时，陈小武也这么说？但刘大志心里很暖，嗯，陈桐和陈小武真是自己的好朋友。以前，刘大志会觉得好朋友就是要一起逃课、抄作业，现在他觉得好朋友就是敢陪着你一起丢脸。而微笑，她觉得自己整个人好像有了一种奇怪的变化，但说不上来是什么。

"没有妈妈的人生""缺失母爱的人生"，微笑讨厌这几个字。她不喜欢听别人说，自己也不会说。今天之前，她一直认为"过得好，不让周围的人担心，就是'我爱你'的表现"。而经历了刚才的事，微笑的脸微微发烫，她居然说出了从来就不会说的几个字。那么放肆地喊出"我爱你"，真是青春记忆中最美好的一个画面。

微笑回到家，保姆张姨在厨房做饭，爸爸在客厅看电视。微笑像往常一样进了自己的房间，然后又走出来，对着看电视的爸爸说："爸，谢谢你。"王大千一惊，不知道发生了什么事，女儿为什么突然要谢谢自己。

说完，微笑进了自己的卧室，把门关上，一个人偷偷笑了起来。

第 八 章

爱 如 流 星

你微微地笑着,不同我说什么。
而我觉得,为了这个,
我已等待了很久很久。

> "虽然我一个人会害怕，但只要我发现原来你和我一样，我就立刻不怕了。"

"微笑，你出来一下。"课间，郑伟出现在文科班门口。

"你想干吗？懂不懂礼貌？"刘大志来到门口。

"跟你有关系吗？"郑伟并不把刘大志放在眼里。

"哟，还想追微笑？"刘大志看到了郑伟手上的信封。

"你连追的勇气都没有吧！"郑伟轻蔑地笑了笑。

"有人说过你有口臭吗？"刘大志扇了扇鼻子前面的空气。

教室里的同学一下笑了起来。郑伟大怒，一把拽住刘大志的衣领，把他提了起来。刘大志直接用膝盖向前一顶，郑伟"啊"的一声手一松，后退了两步。

刘大志心里"噌"的一股怒气上来："对我不敬就算了，居然敢如此对待我最心爱的衣服。这比我的尊严还要宝贵啊！"

两人小宇宙爆发，一场恶战在所难免。

十分不凑巧，此时上课铃响了。

"刘大志，想打架是吗？要打，放学后教学楼后面。"

"Who 怕 who！放学楼后见。"

"大志，真要跟郑伟打架啊？"陈小武有点儿着急。

"现在不打就是认输！"刘大志信心十足，自己跟陈桐学拳可不是玩一玩而已。放学后的教学楼后面，文理班的同学默默分成两队观战。没人喊开始，两人把书包往地上一放，刘大志直接冲了上去。郑伟抬起一只手，摁住刘大志的脸。文科班的同学都闭上了眼睛。刘大志一着急，开始打野拳，拳打脚踢，手脚并用，噼里啪啦一阵打，虽没有打中要害，却也弄得郑伟披头散发有些尴尬。郑伟另起一拳，直砸在刘大志左脸，刘大志的脑袋"嗡"一下就蒙了。郑伟再飞起一脚，重重踢在刘大志的大腿上。刘大志踉跄几步，摔倒在地。陈小武见状，要去帮忙。陈桐一把拉住他："让他们打，打完就没事了。"

刘大志发现鼻子湿湿的，一抹，鼻血出来了。郑伟又一拳过来。刘大志仗着身形矮小，转身一闪，抓住郑伟的胳膊，顺势借力，一个潇洒的过肩摔。"哇！"众人惊呼。郑伟已摔倒在地。但郑伟太重，刘大志也差点儿坐在地上。

郑伟爬起来，又直接上手去抓。刘大志抓住时机，又一个过肩摔将郑伟摔倒。刘大志向陈桐扬了扬眉头。陈桐却暗说糟糕。郑伟见刘大志总盯着自己的手臂，只会用一招，便直接用腿去踢刘大志，根本不给他机会。刘大志冒着被踢中的风险，直接上手去攻郑伟上半身，被踢了七八脚，才抓到一次机会。刘大志心里盘算得很清楚，虽然自己一直处于下风，但每次只要把郑伟过肩摔，他就在心里给自己加上十分，他觉得微笑一定会给自己加二十分。为了不影响形象，刘大志对郑伟说等等，然后把衣服脱下来翻了个面。两人又打了二十几分钟。刘大志浑身是伤，但他也把郑伟过肩摔了四五次。两人坐在地上，气喘吁吁。

"打完了？打完了就各回各家吧。"陈桐走过来，一手拉刘大志，一手拉起郑伟。

郑伟站起来仍然不服气："刘大志，别得意忘形。你知道你就是个笑话吗？正面耐克，反面彪马，一冒牌货还每天穿、来回穿，丢死人了，笑话。"

理科班的人笑成一团。

"你懂个屁啊，死四眼田鸡！"刘大志很气愤。

陈桐："郑伟，架也打了，说这个有意思吗？"

"我说陈桐，你现在怎么这么虚伪了？难道你不知道他这衣服是冒牌货？到底是你有意思，还是我有意思？"

刘大志看着陈桐。陈桐不说话，拉着刘大志就走。刘大志一把将陈桐的手甩开，捡起地上的书包，朝另一个方向走了。看到陈桐的表情，刘大志知道郑伟说的是对的。众目睽睽之下，不仅自己出丑，还给朋友们丢了人。陈桐也很尴尬，为了不影响刘大志的心情，自己也就没跟他提这事。

"刘大志！你给我站住！郑伟！你也给我站住！"

一个熟悉的声音传来。郝回归正朝这边走过来。看到郝回归，所有人都呆住了，不由自主地往后退了几步。刘大志不情愿地停下来，低着头，转过身，看到郝回归，也呆住了。

郝回归潇洒地走过来，穿了一件和刘大志一模一样的衣服。

"你们俩写一篇检讨，不少于 1500 字，明天我要看到。不交的，操场跑 20 圈。还有，"郝回归回过头对其他人说，"下次再有这种事，你们这些看热闹的，每个人都给我跑 20 圈！"

"郝老师，你、你怎么有这件衣服？"刘大志待着没动。

"好看啊。只许你穿，我不能穿吗？"

"但……这件衣服是冒牌的。"刘大志很尴尬。

"这你就不懂了。在中国香港、日本这种地方，虽然这不是正牌，但这是潮流。身上牌子越多越潮流，懂不懂？"

"啥？潮流？"刘大志似懂非懂。

郝回归哪懂什么潮流，他只是发现刘大志穿了这件正反两面的运动服，想起自己曾经被同学讽刺的情形，很长一段时间抬不起头来。他甚至还跑回家，把衣服扔在地上对妈妈大吼大叫，觉得她为了省钱让自己丢脸了。直到自己考大学差几分，妈妈二话不说拿出 2 万元的积蓄，郝回归才明白妈妈的苦心。自己也穿一件，这样刘大志就不会觉得丢脸了。毕竟嘛，一个人丢脸是丢脸，两个人一起丢脸就变成无所畏惧了。陈桐和微笑听郝老师这么说，都笑了起来，虽然他们也不知道郝老师说的是不是真的，但是他们觉得郝老师愿意这么说就是对的。

微笑问叮当："你觉得郝老师到底是个怎样的人？"叮当立刻花痴地说："郝老师多帅啊！同样的衣服，我哥穿就被讽刺，郝老师一穿，大家就闭嘴了。这样的男人真是有扭转乾坤的能力，好想嫁给他啊！"

微笑疑惑地说："我是觉得怎么好像每次有事情，他都能及时出现解决呢？"

叮当立刻回答："这才是缘分啊！你看，马上狮子座流星雨就来了，33 年一次，为什么偏偏在我有喜欢的人的时候出现了？这就是缘分，说明老天爷要让我表白了！"

微笑很惊讶:"你不会是要……"

"嘘!别说。"

回到家,刘大志站在镜子前,左右端详着双面运动服,觉得就是挺帅的,一点儿都不 low!妈妈买菜正好回来,刘大志没头没脑地冲着妈妈说了一句:"妈,你好潮噢!"

陈小武 7 岁的弟弟吃力地尝试给豆芽换水。陈小武赶紧过去帮忙。电台里又传来了熟悉的声音:"主持人你好!明天就有流星雨了,你说我跟自己喜欢的人告白会不会实现啊?"

"能不能实现不重要,重要的是在这个特殊的日子你敢表达自己的心声。如果成功了,你就抓住了 33 年一次的告白时刻。失败了也没关系,起码你不用再等 33 年了啊。"

这个声音很熟悉。陈小武坐在收音机旁边,心情很沉重。他也很想向自己喜欢的人告白。陈小武很难过,他看了一眼还在给豆芽换水的弟弟,又看了看四周,再联想到自己,这样的我,真的有资格去喜欢一个人吗?

"对着流星雨许愿真的管用吗?
还是一个说出愿望的理由啊?"

第二天一大早,郝回归进了教室。大家都很安静地看着他。郝回归觉得很奇怪,今天是什么日子吗?

冯美丽站起来说:"郝老师,今天下午是你最后测评的日子。希望你能发挥出最好的水平,希望我们明天还能见到你。"

"现在是在给我开追悼会吗?一个比一个严肃。石头,你也这么严肃,难得啊!我留下来对你有什么好处?"班上发出一阵轻微笑声。石头有点儿尴尬,摸着后脑勺说:"有好处。还没人那么骂过我。"

同学们大笑。

石头的脸红了:"有什么好笑的。本来就是啊。"

陈小武也站起来:"郝老师,我也喜欢你骂我。"

225

同学们笑得更厉害了。郝回归忍不住跟着笑了起来。刘大志清了清嗓子，说："郝老师，你好好加油，今晚流星雨，我们会为你许愿的。"

"刘大志，你知道今晚的流星雨是哪个星座的吗？"

"啊……还分星座啊？"

"你那么没有文化，流星雨不仅不会实现你的愿望，我还会被你害死的，你还是别许了。"郝回归让刘大志坐下，"大家的心意我知道，我会加油的，希望你们也是。"说着，郝回归拿出课本开始上课。

下课后，王胖子戳了戳叮当。

"今晚流星雨，听说告白很灵的。"

"你不会想要跟谁告白吧？"叮当觉得王胖子最近怪怪的。

"叮当，你觉得我最近哪里不同吗？"王胖子对叮当笑了笑。

"停！打住！咱俩没有任何可能！你就当我什么都没问过。"叮当不喜欢胖子，更不喜欢王胖子这样的胖子。

"不是不是，我不是喜欢你，但是你觉得我现在有没有多一些竞争力？"

"你，好像，你最近好像憔悴了一些？"叮当不确定地说。

"我这哪里是憔悴，是瘦了好多啊，你看看。"王胖子站起来，果然瘦了一大圈。

"你怎么搞的？"叮当有点儿惊讶。

"我已经连着一个月没怎么吃东西了，只喝水，实在饿了就吃半个水果。减了三十多斤。"王胖子颇有成就感。

"为什么突然减肥？难不成……是为了谁？"

"唉，不能说。但是你知道那种感觉吗？只要每天见到这个人，哪怕很饿，也觉得倍有精神。"

叮当想起自己对郝回归的感觉，立刻觉得王胖子和自己是同一个世界的人。对叮当来说，33年一次的狮子座流星雨偏偏在她有了喜欢的人的时候出现，这就是缘分，她觉得这是老天爷要让她表白。

上课铃响起，王胖子笑眯眯地回到座位。叮当仔细观察王胖子，他真的和以前有很大的不同，以前的他听见上课铃就垮着脸，但现在居然笑眯眯的。

看来，爱真的能改变一个人。

Miss Yang 穿着特别合身的套装走进教室："Hello, everyone."

"Hello, Miss Yang！"王胖子的声音格外响亮。

叮当打了一个寒战，莫非……

Miss Yang 提问："谁能用英文介绍一下下流星雨时我们都可以做些什么？"

王胖子立刻把手举起来。Miss Yang 指指王胖子："王庞，很积极啊，你来说说。"王胖子"噌"一下站起来，但没有立刻说话，沉默了一会儿。叮当以为他在思考，但没想到，他沉默了一会儿之后，整个人站在那开始摇晃摇晃，然后，突然就朝一边倒了下去。陈桐立刻从座位上出来，去扶王胖子，却还是没来得及。王胖子就像一座被定点爆破的大厦，瞬间倒下。大家和 Miss Yang 都吓得不行，班上为数不多的男同学立刻围过来，手忙脚乱，不知道怎么把他扶起来。此时的王胖子依然有一百八十多斤，就像一座山。大家怎么都使不上力。班上有女同学吓哭了。Miss Yang 踩着高跟鞋风一样跑出教室，跑到走廊，一眼看见操场上正带体育生训练的王卫国。Miss Yang 也顾不上旁边教室正在上课，扯着嗓子大喊："卫国，你快来，你快来！"

王卫国突然听到 Miss Yang 在喊自己，觉得是在做梦，这分明是女主人公呼唤男主人公的那种嗓音与急迫。王卫国扭头，看见 Miss Yang 正站在三楼走廊向自己狂挥手，他不知道发生了什么事，撒腿就往三楼跑。几个体育生也不知所措，只好跟着他跑。

陈桐他们依然没办法挪动王胖子，几个人满头大汗。王卫国走过来，观察了一下，摆摆手，让大家让开，然后蹲下，把手往王胖子的脖子和小腿处一伸，先掂量了一下王胖子的分量，然后用力一个起势，用公主抱的姿势把他整个人抱了起来。

全班哗然。

"哇，王老师好厉害。"

"他真的是省举重比赛的亚军……"

Miss Yang 激动得不得了:"快快快,卫国,我们把他送到医院去。我先去打电话叫救护车。"Miss Yang 又跑了出去,遇见闻讯而来的郝回归。

"怎么了?"

"王庞晕倒了,卫国正准备把他抱下楼。我去叫车,你帮我管管其他同学。"Miss Yang 把高跟鞋脱了,拎着鞋跟在王卫国身后下了楼。王胖子很快被送到医院。站在医院走廊上,Miss Yang 特别狼狈,一手叉着腰,一直喘着气。想到王卫国冲进教室,一伸手就能把所有人都弄不动的王胖子抱起来,她特别感激:"卫国,如果没有你,今天我肯定会被吓死。"王卫国有点儿羞涩,眼神瞟向别的地方:"你放心,只要有我在,不会让你吓死。"

王胖子因减肥而晕倒这件事像是时间汪洋中的一朵浪花,飞出浪头,便倏地消失了。青春期里,每个人都做过一些傻事。这样或那样的小浪花丝毫不会影响潮水的方向,每一朵只是当时想要不一样,想证明存在感。王胖子喜欢英语老师而减肥晕倒,在日后的高中同学聚会上并不算最轰动的事。班上的谢秋花和李大满早恋,为了证明他们是真爱,两个人用 502 胶水把手指粘在了一起;郭胜利迟到,不敢在传达室写自己的名字,硬着头皮写了张学友;陈小武带了西瓜,分成两半,全班在晚自习传着吃,一人一口……

现在想起来,这些事真的挺傻,但傻并不代表不好,人生也只有那时,遇见那样的一群人,才能干得出这些事吧。17 岁时也并非都是烦心事,只是自己忘记了而已。从教师留岗测评的教室出来,郝回归表现得非常自信,只是结果要第二天才公布,他多少还是有点不安。放学后,何世福约他一起和教育局领导吃晚饭,同去的还有 Miss Yang。

郝回归问了一句:"什么事?"

何世福说:"去了就知道了,是件好事。因为还有别的学校的老师,所以我们一定要表现得好一些。"

郝回归向来很讨厌和领导吃饭,看着其他同事从头到尾拍领导的马屁,觉得纯粹是浪费自己的时间。何世福一看郝回归犹豫,开玩笑地说:"郝老师,不要以为自己是正式老师了就能我行我素,晚上吃饭也是工作,知道吗?"Miss Yang 比郝回归懂事,何主任一说晚上吃饭,她就接了句:"能跟主任一起吃晚饭这是哪里来的好事。"

郝回归瞪了她一眼。等何世福一走,Miss Yang 就跟郝回归摊底:"郝老师,你啊,跟个小孩一样。你得改一改你的性格了。"我?小孩?他最讨厌别人给自己的评价就是像小孩。微笑说刘大志像小孩,Miss Yang 说自己像小孩,我都36岁了!Miss Yang 一看郝回归脸色不好了,就笑着解释:"郝老师,你看啊,如果你不想去,那就第一时间拒绝,无论别人怎么说都别去。我最讨厌那种心里不想去,全表现在脸上,但最终还是会权衡利弊妥协的人。你、我、何主任都知道你最后肯定会去,又何必摆出一副不开心的表情,让大家都不舒服呢?既然主任叫我去,我肯定是不能不去,那干脆就爽快些。"

郝回归语塞:"为什么我肯定会去?"

"郝老师,你真的是不了解自己。虽然你是个很有想法的老师,但你也是一个永远想照顾所有人情绪的人啊。"

"是吗?那即使我最后还是会去,也总比假装很开心要好吧?"

"反正你自己都不开心了,那你为什么还要让我们不开心?一个人能很爽快地决定某件事,才能很爽快地拒绝某件事。如果你每次都半推半就,大家只会觉得你是那种半推半就就能说服的人,你的决定一点儿都不重要。"Miss Yang 朝他笑笑,拎着包出了办公室。

郝回归站在原地,Miss Yang 说得一点儿都没有错,自己真的就是这种半推半就的性格。总想考虑每个人的感受,却一直在忽略自己。这种半推半就,让自己一步一步走到了今天,看似自己每一步都是做了衡量的最正确的决定,但其实全都是退而求其次的结果。

"走啊,何主任等着呢。"Miss Yang 又探头进来。

"哦。"

刘大志他们匆匆回到家扒了口饭,又回到学校集合。他把大家带到广播站的楼顶露台。这里少有人来,算是他一个人看风景的秘密基地。刘大志带着大家上楼,手里拿着一根铁丝。露台的锁年久失修,被雨水淋锈。刘大志蹲在通往露台的门边,用铁丝掏了半天,但锁没有一点儿动静。

"哥,你到底打不打得开?流星雨已经结束了!"叮当坐在楼道里热得满头大汗。

"等等,等等,让我的铁丝熟悉一下这把锁。"刘大志继续掏。

"你走开,看我的。"陈小武把刘大志赶到一边,蹲下来,用耳朵仔细听,调拨,"吧嗒"一声锁开了。陈小武一脸得意。

推开门,凉爽的风吹过来,露台零星散落着几把椅子,空旷的地面上长了几株野草,地面倒也很干净。站在露台上,视野开阔,没有任何遮挡物,满眼星空。刘大志让大家待在露台,自己站在门外把门又关了,刚才自己的技术有点儿丢脸,必须再试一试。大家把带来的好吃的正准备一一放在地上,陈小武拿出一条七彩床单:"等等,放在这上面。"

陈桐:"小武,看不出来你这么细心呢。"

叮当看了眼床单:"好恶心。洗了没有,是不是用过的啊?"

微笑笑着说:"我看挺干净的,而且床单嘛,本来就是用来坐的。小武,我们弄脏了没关系吧?"陈小武连忙摆手:"没关系没关系,我特意洗好的……"

叮当依然一脸嫌弃。

大家开始把书包里带的吃的一一拿出来。

"帮我开开门,我认输啦!这个锁我打不开了!"刘大志在门外喊。陈桐跑过去开门,转了两下门把手,根本转不动。他蹲下来观察了一会儿,对刘大志说:"这个门锁坏了,只能从你那边开,我让小武过来教你。"

"啊,万一我打不开呢?我是不是看不到流星雨了啊……"

叮当、微笑和陈桐三个人继续聊天,陈小武则蹲在门边教刘大志怎么开锁。刘大志着急,明明说好了一起看流星雨,怎么变成微笑和陈桐聊天了?陈小武也着急,明明说好了一起看流星雨,怎么变成叮当和陈桐聊天了?

到了吃饭的地点,郝回归才知道何世福带他们来是为了争取教育局即将分配的一笔教育基金，每个学校都有，但金额不同。教育局约了几个学校的骨干私下碰头，打算聊一聊就直接分配了。这是最后一个争取份额的机会，一同晚餐的除了教育局李主任，还有其他几个学校的校长和主任。刚落座，大家有些拘谨，一个私立学校的杨校长看见何世福三人，特别高兴："久仰大名，久仰大名。湘南五中最厉害的主任、现在最受器重的班主任，还有从国外留学回来建设家乡的女老师，三位老师，我敬你们一杯。"

何世福正愁不知道怎么跟大家介绍郝回归和 Miss Yang，这个杨校长这么一介绍，何世福脸上全是光彩。他一贯看不上私立中学的老师，此刻对杨校长却颇有好感。郝回归坐在桌前，看着场上各派内功切磋，一句话都插不上。有些人靠动作，有些人用眼神，有些人嘴角扬一扬就绵音入耳，说的是教育基金私下沟通会，完全是场斗法大会。何世福不停用眼神暗示他和 Miss Yang 今晚一定要让李主任对湘南五中刮目相看。杨校长则一直在开怀大笑，好像只有他毫不在意这个基金，就像真的来吃饭的一样。虽然郝回归是第一次和杨校长见面，可他却隐约觉得这个杨校长似曾相识。李主任对谁都微微一笑，每个人都觉得李主任对自己格外欣赏。郝回归又观察了一会儿。他发现，在场每个人的话都没有结尾，因为永远都有人在别人的话说到中间时拦腰打断，不顾情面地硬插入自己的话题。只有李主任一直很投入地听每个人说着，还微微点头表示认同。

突然，Miss Yang 站了起来，所有人热闹的表演被她打断。她举起杯子说："好事都发生在今天，能和李主任一起共进晚餐，还能见到几十年难遇一次的流星雨，我敬李主任一杯。您随意，我干了。"其他人一看，都特别懊恼，全忙着介绍自己学校，竟然忘记第一个给李主任敬酒。何世福满意地点点头，感觉 Miss Yang 已经为湘南五中又多争取到了 10% 的经费。李主任依然是微微一笑，说声"谢谢"，然后端起杯子。所有人都看着李主任喝多少。Miss Yang 把自己杯子里的白酒一口气先干为敬，李主任轻轻抿了一口。何主任的心一下就掉到了地上，这就是不给面子啊！其他学校一看都窃喜，这一回合湘南五中并没有占着便宜。Miss Yang 刚把杯子放下，其他学校的人也开始敬酒，现场恢复嘈杂。

听到 Miss Yang 说晚上是几十年一遇的狮子座流星雨，郝回归突然想起多年前自己带着大家看流星雨，然后出事了……他突然开始担心起来。

"郝老师，来，上次你的课黄局长听完之后回来大肆宣传，说你的课上得好，上得呱呱叫，我敬你一个。"教育局的李主任给郝回归敬酒。

在场的都知道那堂课被揭发出作假，郝回归只能硬着头皮举起酒杯继续喝。何世福看出郝回归的尴尬，也看出他可能是想走，脸部的表情各种暗示，坚决不让郝回归离席，眼看就要成功征服李主任了，绝不能在这个关头撤退。

"各位，我听说 Miss Yang 唱英文歌很好听，一会儿吃完饭我们一块去唱卡拉 OK 吧。"李主任提议。

"求之不得，而且我们听说李主任你的歌才唱得好呢！"大家纷纷附和。Miss Yang 走过来悄悄说："郝老师，一块去吧。我都没听过你唱歌，随便唱几首再走。莫非你也在等流星雨？"Miss Yang 看了看表，"还早呢，不到九点，早许的愿也不灵啦。"李主任好像对每家学校的态度都一样。郝回归也没看出他对湘南五中有何不同。只是 Miss Yang 让他刮目相看，在这样的场合，每一句话都不让人难堪，说得恰到好处。郝回归真心佩服 Miss Yang。如果说别人都是在应酬，只有她一个人是真的把这儿当成了交朋友的场合。好像在她看来，既然来了，那就尽兴，自己得要开心。在 Miss Yang 的感染下，李主任也渐渐一杯一杯下肚，脸色红润起来，开始跟 Miss Yang 学英语。

杨校长不知什么时候坐到了何世福旁边，两个人特别热络地聊着天。何世福一边听一边很开心地点头。突然，郝回归一拍自己的脑门，他想起为什么感觉杨校长似曾相识了。郝回归想起来了，自己毕业后的第二年，何主任带着一大批老师去了杨校长的私立学校，导致很多学生跟着转学，湘南五中此后的高考升学率也一落千丈，原来是李主任这次的邀约促成了何世福的跳槽。郝回归脑子里飞速转着，这件事和自己关系大吗？自己到底要不要出手干涉一下，也许起不到作用，但没准儿也能改变一些什么。但他看见杨校长和何世福说得非常热切，没法打断，然后又转念一想：反正也是一两年后再发生的事,其实和自己早就没什么关系了。也对,和自己无关的事情坚决不碰。所以无论何主任带走了多少老师多少学生,其实与自己的人生并没有多大的瓜葛。再说了,自己在这个年代还能待多久也不清楚,他们要挖人就挖人吧,反正和自己确实没啥关系。何主任还在说着什么。郝回归直接举杯迎了上去:"谢谢杨校长,先干为敬。"何世福一愣,这郝回归什么时候变得这么豪爽了?郝回归觉得 Miss Yang 说得对,既然来了就尽兴,和自己无关的事就放弃,没有人能把每件事都办好,但每个人总可以自己彻底决定一件事。反正何主任带着老师跳槽这件事对自己产生不了任何影响,他只知道何主任跳槽之后被周围的家长和老师骂翻了,说他见钱眼开,不配做一名人民教师,不顾学生的前途……这是何世福自己做的决定,所以他也应该为自己的决定负责。

露台上,刘大志终于把锁打开了,灰溜溜地坐到陈桐旁边。
"一会儿那么多流星,到底要对着哪颗许愿啊?"
"你看准哪颗就对着哪颗许愿。"
"如果很多人都看准了同一颗,流星那么小,怎么顾得过来那么多愿望?"
"肯定顾得过来。"
"别担心,你看寺庙里就那么几个菩萨,每天那么多人许愿拜佛,他们怎么顾得过来?晚上回去,他们自己会分配这些愿望的嘛。"

其实在人生的某个时间之后,就再也找不到人跟你那么认真地说这些无聊的话了。一个人若能找到几个这种"说屁话"的朋友,应该算是一件幸福的事吧。

"如果我们的愿望真的实现了,怎么还愿啊?流星都烧没了。"
"每个愿望被实现的人,死了之后都会变成流星,帮其他的人实现愿望。"
"哇,真的啊,死了都那么美。"
"所以……一会儿天上来的流星雨全是死人啊?"

"陈小武！你给我闭嘴！不说话会死啊！"叮当十分气愤。

陈桐和刘大志忍不住笑了起来。叮当是真的很生气，好不容易做好了对郝老师告白的准备，心情瞬间就被陈小武搅了。

"啊！流星雨来了！"刘大志往天上一指。

大家抬起头，纷纷闭上眼睛，开始许愿。这个场景，一辈子都忘不了。一整张天幕出现了丝丝闪亮的轨迹，先是五六道，然后十几颗流星同时出现，那小半边天空也开始被照亮了。

"好美啊！"五个少年都叫了起来。

刘大志闭着眼大喊一声："不要忘记先帮郝老师许个愿，希望他能顺利留下来。"

许完第一个愿，刘大志偷偷睁开眼睛，走到微笑身边，把耳朵靠近微笑嘴边。

"哥！你要干吗？"叮当看着刘大志。

微笑被吓得睁开眼睛，眼前突然有个硕大的脑袋，二话不说抓起来就是个过肩摔。瞬间，刘大志天旋地转，眼前全是星星，根本就不用看天上的流星雨了。

"刘大志，你要干吗？"微笑警惕道。

"我……我只是想听听你许的什么愿。"刘大志痛得站不起来。

"我许的愿跟你没关系！你再这样，小心我把你给许死。"微笑扬起手臂，假装要再揍他一顿。刘大志连忙用胳膊挡住自己的脸。

"啊，好大一颗！"

几个人立刻不理刘大志了。刘大志躺在地上，看着星空，成群结队的流星划过。他也连忙闭上眼睛，双手放在胸口。"流星啊，别人都是站着许愿，你们只能看见他们的脸。而我是躺着许愿，你们可以完全看清楚我整个人。我想变得更优秀，我想我喜欢的女孩……"刘大志偷偷睁开眼，瞄了一下微笑，继续许愿，"我想微笑也对我有好感，我希望考上一个好大学，希望你能记住我——唯一一个躺着向你许愿的湘南五中高三（1）班的刘大志！"

陈小武也双手合十，学叮当的样子，闭上眼睛，开始许愿："各位流星啊,请帮我一个忙吧。我身边有个女孩,心里很喜欢另外一个人,她正在向你们许愿。你们如果听到我许的愿,能不能让她的愿望失灵啊。我愿意每天都感谢你们。我死了之后,也愿意成为流星,为更多的孩子带去希望。谢谢你们,各位流星。"

许完愿,叮当笑了。

陈小武也笑了。

叮当觉得自己许的愿肯定会成功。

陈小武也觉得自己许的愿会成功。

"啪嗒!"一阵风吹来,被木头挡着的门又关上了。

空气瞬间安静。大家彼此看了一眼,刘大志大叫着朝门口奔去。他用力转了几下把手,又踹了门两脚,一点儿动静都没有。

三个男孩站在门前捣鼓,做着无意义的努力。

微笑说:"回不去了,今晚要露宿了呢。"

叮当说:"我还从没有露宿过呢,应该蛮有意思的吧。"

半小时后,两个女孩站在露台大喊:"救命啊救命啊,帮帮我们啊。"

"完了完了,回不去了。我爸妈肯定会打死我。"

"我爸妈也是。"

"我爸妈才可怕。"

流星雨结束了,月色越来越沉,温度越来越低,两个女孩瑟瑟发抖。男孩们都把自己单薄的外套脱下给女孩,却依然不管用。陈小武想了想,把自己带的七彩床单拿起来,拍了拍灰,但又不好意思主动拿给叮当。

"快点儿给我们,快冷死了!"叮当不由分说地把床单抢了过去。

微笑偷偷笑起来:"那你们呢?都穿短袖,怎么办?"

"没事,你忘记了,我们可是长跑健将。"

刘大志三人围着露台跑起来。

"今天晚上,我们不会被冻死在露台上吧?"叮当带着哭腔说。

"别瞎说,过了十二点,父母肯定会来找我们的。"

外面温度已经很低,呵出的气立刻成了白雾。

"啪啪啪！"有人在外面使劲儿拍打铁门。五个冻得瑟瑟发抖、本已绝望的少年，一下子全部冲到门边上。

"你们都在吗？"

"郝老师，是你吗？！"叮当大叫。

"是我是我，你们别着急，我来给你们开门。"

"天哪！我许的愿望实现了。"叮当看着微笑，特别激动。

"刘大志，把你的铁丝从门缝底下递出来给我。"郝回归在门外说。刘大志不知道郝回归怎么知道自己有铁丝，也顾不上那么多，把铁丝递了出去。"郝老师，你会开锁？这个锁有个特点，它在……"刘大志还没说完，"啪"的一声门开了。

郝回归气喘吁吁地站在门外，看着发抖的五个人。虽然白天才见过，可现在每个人都是劫后余生般的惊喜，连微笑和陈桐都朝郝回归扑过来。一群人抱在一起。

"郝老师，你怎么知道我们被困了？"叮当问道。

"什么事情我不知道。你们有帮我许愿吗？"

"许了许了，你今天测评怎样啊？"刘大志突然想起来。

"嗯，学校通知我了，我正式成为你们的班主任了！"

"啊！我们许的愿灵验了！"刘大志超级开心，冲上来就又给了郝回归一个拥抱。其他人也开心得不得了，一群人在一起搂搂抱抱，不像师生，像朋友。大家的命运冥冥之中被牵扯到了一起的感觉真好。因为做到了一些事，自己被自己鼓励，自己为自己感动，自己为自己骄傲，原来是这样一种感觉。

"郝老师，你真好。"叮当还是盯着郝回归。

郝回归看了眼微笑："微笑，你们赶紧走吧。"

微笑会意，立刻拖着叮当下楼。叮当下了几级台阶，突然站住，转回身去，踮着脚在郝回归耳边说："郝老师，我喜欢你。"

"郝老师，我喜欢你！"

"郝老师，我喜欢你！"

这七个字就像山谷回声，荡漾在郝回归耳边。

叮当一看郝回归脸红了，又悄悄地说："郝老师，你可以考虑怎么回复我，我不会给你压力的。"说完，叮当笑了笑，转身下楼，跟其他人一起走了，留下银铃般的笑声。

陈小武和微笑一看叮当喜悦的表情，都猜到了些什么。

"走吧。"叮当欢快地往前走。微笑跟在后面，说不上来的心情，想问又不想问。陈小武很失落地走在最后，手放在裤子口袋里，捏着一封没有送出去的信，像捏着自己的一颗心，难受、纠结，想扔了却鼓不起勇气，继续捏在手里，心里却一直隐隐作痛。

"谢谢你表扬我，
我会记得一辈子。"

十分钟之前，那群少年冷到冰点。此刻，换成了郝回归冷到冰点。

他有预感叮当会说出一些过分的话，但当叮当真的对自己告白之后，郝回归仍然很吃惊。他能理解任何事，但完全没有想到自己回到1998年，事情会发展到叮当对自己告白——这是一个怎样的逻辑和情感发展。郝回归的脑子变成一座沉睡万年突然爆发的活火山，岩浆汩汩往外冒，每一股胡思乱想都灼心烧肺。

郝回归回想事情的发展。为了帮刘大志解开叮当对他长达十几年的心结，自己在叮当最低落的时候劝慰了她。在叮当看来，自己最无助的时刻，一个非血缘异性的关怀，显得格外温暖。郝回归比"跳高的'刘德华'"更现实，更有男人味。郝回归比陈桐更亲近，更触手可及。叮当在心里进行了多番对比之后，觉得郝回归才是值得自己托付的那个人。

郝回归的肠子都悔青了。他不停地骂自己：谁说过去发生的遗憾就必须弥补呢？反正过了十几年，大家也都没有绝交，也没有谁因为这样的误解而死翘翘，那不就让它继续得了。郝回归往自己脸上"啪啪"扇了几下，让你自作多情！让你自讨没趣！让你自以为是！现在好了吧！他的脸火辣辣的，是疼痛，是自责，是羞愧，是各种狼狈不堪。尤其是当郝回归想起叮当最后那句话"郝老师，你可以考虑怎么回复我，我不会给你压力的"。

郝回归特别焦虑，回宿舍的路上走得跟风一样飞快。怎么办呢？郝回归了解叮当的性格。如果自己不直接回复她，她一定会用各种手段告白、示爱，弄得满城风雨。直接拒绝？可是他都能想到他俩之间的对话。

晚上十二点，有人在郝回归的宿舍外敲门。

"谁？"

"郝老师，是我……"

陈小武为什么这个时候来找我？

打开门，陈小武耷拉着脑袋站在门口，身边还站着一个人——他的爸爸陈石灰。郝回归连忙请他俩进屋。灯光下，陈小武的脸上有一个十分明显的红巴掌印。陈石灰很少来学校，平时在菜市场为人也拘谨，但此刻看起来特别生气。他不相信陈小武被反锁在楼上，两个人吵了起来，一定要到郝回归这儿对质。

"小武爸爸，今天晚上我们学校天文小组确实组织了观测流星雨的活动，有一部分同学被反锁在了楼顶。陈小武没有撒谎。"

陈小武微微抬起头，眼神里流露出一丝感激。但陈石灰好像压根儿就不在意陈小武是不是撒谎，他好像早就想来学校一趟了。

"郝老师，我这个孩子没有什么脑子，读下去也学不到东西，每次考试都是最后一名，待在学校脸都丢完了。有这个时间，我打算把孩子带回去，也能多帮家里卖些豆芽。"

陈小武毫不惊讶地低下头，他早知道会有这一天。郝回归也一早就知道会有这么一天，但他不希望陈小武走得这么窝囊。

"小武爸爸，别看陈小武现在成绩倒数，他在朋友眼里可是很可靠的。我们在学校除了考试之外，更重要的是学会做人。有些人成绩不好，整天想着去干点儿坏事证明自己，还有些人成绩不好，觉得自己哪儿哪儿都不好。但陈小武不是，他虽然成绩不太好，但做别的事都很有干劲儿，人缘也好，他不是那种会让人丢脸的孩子。"

陈小武从没听郝回归说过这些。郝老师不是一直都不太喜欢自己吗？陈石灰也一愣，那么多年来，每次面对老师，老师要么从头到尾把陈小武批一顿，要么就是连正眼都不会瞧自己一眼。听郝回归这么一说，陈石灰一时也不知道该说什么。陈小武忍不住抬起头又看了一眼郝回归，鼻子酸酸的。

在每个人的成长过程中，印象最深刻的应该都是老师在家长面前表扬自己吧，无论是对的，还是夸大的，好像老师这么说了，自己就真的要变成那样才行，哪怕拼了命也想要去做到，不想让老师失望，不想让信任自己的人失望。

"那……老师，你看，陈小武待在学校还有意义吗？"陈石灰半天挤出了这句话。"小武爸爸，现在离高中毕业还有大半年，你就让小武把毕业证拿到吧。他以后肯定会有出息的，而且比你们想象中还有出息。"郝回归说完这句话，看着低头不语的小武。虽然用钱来衡量一个人是否成功过于片面，但就眼前这个邋遢孩子，怎么就能在十几年之后赚到那么多钱呢？虽然大家都用"暴发户"去讽刺一个人有钱没品位，但在这个社会，一个人不偷、不抢、不做违法的事，家里也没有背景，单凭自己努力，一步一步地，最后改造和承包下湘南整个菜市场，就是一种最难得的脚踏实地。

窗外明月挂空，青云无迹，安静的校园飘荡着各种虫鸣声。

一个被周围所有人都瞧不起的人要成功该有多难，首先他要突破自己，要不惧怕陌生人的眼光，最难的是不被周围那些熟悉的眼光、固定的评判所影响，铁了心去保护心里那一点儿小小的火苗。他需要在生命的河流中逆流而上，需要为内心那股勇气遮风挡雨，需要藏着一颗死不放弃的决心不被世人随时点评，然后一跃而出。这一路的奔波与坎坷，光靠运气不行，光靠人帮助不行，它是人生最高难度的杂技，需要在一根钢丝上穿过崇山峻岭、冬暖夏凉、薄雾晨光，如此才能到达彼岸。能做到的人又有多少呢？

郝回归很想问陈小武此刻的心情，却又不敢惊扰他心中正在刮起的那股飓风。陈小武低着头一直在吸鼻子。可能是因为被郝回归表扬了，可能是觉得自己实在是太不争气了，可能是觉得爸爸太辛苦……总之，所有的情绪一股脑儿上了头，鼻涕也出来了。郝回归立刻对陈小武说："你啊，还不好好认认真真读书，把高中的课程学好，拿到毕业证，不然以后卖豆芽连算账都算不对。"

"是的是的，郝老师你说得对。我就是觉得这个孩子在学校学不到东西，就希望自己带着他学一点儿东西。"

"要不，小武爸爸，你再给陈小武一段时间，看看他的表现。起码等高中会考考完再说。"

> "拒绝一个人最好的方式是让对方死心，
> 而不是找借口。"

第二天中午下课，郝回归把叮当叫进办公室。他特意把门敞着，可转念一想，又把门带上了。叮当看在眼里，很感动。

郝回归的表情很严肃："叮当，我不想跟你说老师和学生的身份……"

叮当笑起来了："我就知道你不会在意这个！"

"等等等等，我还没说完。我想说的是……其实我有女朋友。你看，这是她的照片。"

叮当瞟了一眼："哦，我知道，之前刘大志说过。"

"所以我不能接受你。你是个好孩子。"

"你们关系好吗？"叮当满不在乎地问。

"好啊……当然好，我们在热恋期。"

"热恋期？为什么你从不给她打电话，也不写信？"

"啊？"

"郝老师，我问过传达室的大爷，你来学校后从未收到过信，也没有跟人打过长途电话。你不会被人骗了还不知道吧？她心里根本就没有你。"

"你……你调查我？"郝回归语塞。

"你看，你根本就没有女朋友对吧？郝老师，你到底害怕什么？你告诉我，我们可以一起解决。"

郝回归感觉浑身被速冻，然后被一个晴天霹雳劈得粉碎。叮当真的很可怕，她绝不会打没有准备的仗。郝回归此刻才认识到，叮当和陈小武，表面上都毫无城府，心里真是比谁都清楚，难怪能做成大事。他俩得在一起，自己绝不能破坏一桩好婚姻。

"郝老师，请问你还有什么想说的吗？"叮当双手背在身后。

"那个……你让我好好想想，我明天找你。"

"那好，我等你。"说罢，叮当转身离开了。

郝回归很懊恼，刚才就应该一上来就说"我不喜欢你"，什么"我有女朋友""你还是学生"之类的都是借口，怕伤害对方。难道自己没有女朋友，叮当不是学生，自己就会接受她了？很多人总用善良做幌子把事情搞得更糟糕。

郝回归坐在办公桌前焦头烂额，他脑子转了好几圈，能帮自己解决这个问题的人恐怕只有郝铁梅了。郝回归站起来，他知道郝铁梅一定有能力把这一切神不知鬼不觉地扼杀在摇篮里，并且谁都不会尴尬。

郝回归立刻打电话到刘大志家，接电话的果然是郝铁梅。

"郝老师，你放心，"对付这样的事，郝铁梅一向理智而自信，"这件事我帮你搞定。你放心，我绝不会让叮当知道是你告诉我的。这个鬼丫头，不好好学习，连老师都不放过！"

重要的时刻，还是妈妈靠得住。

"郝老师！"郝铁梅在电话那头叫了他一声。

"嗯？大志妈妈，怎么了？"

"郝老师，我突然想起来，不是我说你啊，你那么大的人了，又能干，又优秀，还是单身，叮当喜欢你也是正常。这样吧，你答应我，等我把这件事解决了，就帮你介绍几个女孩。人都特好，都是大学毕业生，家里条件也不错。你别怕，也别紧张，就当认识几个新朋友。"

这世上，所有的"突然想起来"，都是"一直放在心底"。郝铁梅明显已经想了很久，她只是等到了一个郝回归自投罗网的机会而已。

电话这头的郝回归被郝铁梅的语气完全封印住了，这种语气他太熟了。

研究生还没毕业,郝铁梅就一直旁敲侧击要他谈女朋友。后来当上大学老师之后,郝铁梅隔三岔五就操心郝回归的单身问题。好不容易从2017年的世界中逃到1998年,没想到在这个世界里,郝铁梅依然在为他的终身大事操心。妈妈对儿子的爱,真是能超越地域、穿越时空。他觉得如果再不跟郝铁梅交底,她第二天绝对会开始给他安排相亲。

"大志妈妈,谢谢你,其实、其实我一直有喜欢的女孩……"这是郝回归第一次跟妈妈主动说起这些,还真是有点儿不好意思。

"啊?什么意思?你有喜欢的女孩?你们在没在一起?"

郝回归想起微笑手上的那个戒指,心里一沉,但是依然说:"我不知道她现在是不是跟别人在一起,但是我知道她前些年一直是单身。"

和自己妈妈说这些还真是不好意思。没想到郝铁梅听完之后,立刻说:"郝老师,我跟你说,如果你喜欢一个人,就一定要主动一点儿。如果你连主动都不敢,你肯定是不够喜欢这个人。"郝回归第一次听郝铁梅说这种话,感觉像是电视台卖假药的老专家。"你看啊,你喜欢一个人,又不敢告白,是不是怕被拒绝?"郝铁梅循循善诱。

"嗯。"

"你怕被拒绝,是不是怕没有面子?不知道以后怎么和对方做朋友?"

"嗯……"

"所以啊,你在意自己的面子大于你在意对方喜不喜欢你。所以你根本不够喜欢对方。"

郝回归被郝铁梅瞬间绕蒙圈了。我妈居然是个爱情高手,以前真是小看她了。自己不够喜欢微笑吗?当然不是。郝回归立刻回答:"也不是,我倒不怕没面子,我是怕被拒绝之后不能再和她做朋友了。"

"我真是不懂你们年轻人。明明喜欢一个人,就是要和这个人一起生活。如果这个人不愿意和你一起生活,那你为什么还要和这个人做朋友?每次看到她,心中满是涟漪,这不是给自己添堵吗?"也对,郝回归居然觉得郝铁梅说的有那么一点儿道理。

"郝老师,我跟你说,你别看我跟大志的爸爸现在关系非常一般……"

郝铁梅主动提到了刘建国。郝回归心想：你们的感情很糟糕，都糟糕到已经离婚了，现在还硬说关系非常一般。

郝铁梅接着说："当年下乡当知青时，很多女孩喜欢大志他爸，觉得他工作努力，又老实，长得也帅，我一看好像真是这样。所有的女孩当中只有我一个人找了一天在下班路上把他堵着，就直接问要不要交往。我可是做好了准备，不交往就翻脸，再也不要联系了。他爸半推半就就同意了，后来我们处得行，就结婚了。所以说，每个人的幸福都要靠自己争取。如果当年不是我主动，大志的爸爸永远都不会跟我在一起吧。"郝铁梅说到以前的爱情史，特别自豪。

不知怎的，郝回归从电话里听郝铁梅说起这些，居然很感动。他从来就没有听妈妈说过这些，也不知道父母是怎么认识的。他一直以为父母感情不好，觉得他俩在一起就是一个错误，没有想到居然是妈妈主动追求的爸爸。想到这儿，郝回归觉得莫名地开心，他知道原来妈妈是喜欢爸爸的，爸爸是被妈妈主动追求的，原来他俩不是为了生育才结的婚。

"你在想什么呢？我是不是说太多了？"郝铁梅听电话那头没声音了。郝回归揉揉眼睛，笑着说："没有没有，比起大志妈妈，我真是差得太多了。我以前怎么就没有想过呢？总觉得鼓不起勇气，原来还是因为没想明白呢。"

"你放心，叮当的事情我帮你解决，绝对不出卖你。你自己也要加油，喜欢的人就跟喜欢的东西一样，看中了就要买，你一定要相信自己的眼光。你喜欢的东西，肯定是好东西，别人也一定会喜欢。你货比三家，肯定就被人买走了。"郝铁梅真的是金句大王。郝回归第一次佩服妈妈。挂了电话，郝回归开开心心地往宿舍走，不仅解决了一个难题，同时还解决了自己很多年的困惑。

微笑站在郝回归的宿舍门口，捧着要还的书。

"郝老师，我估计你在外面转悠，所以就等了你一会儿。"微笑笑着说。

"怎么样，这几本书哪本最好？"郝回归和微笑说话似乎不再觉得紧张了。

"我喜欢《飞鸟集》,里面的好多句子都喜欢。世界以痛吻我,要我报之以歌。"

"只有经历过地狱般的磨砺,才能练就创造天堂的力量。只有流过血的手指,才能弹出世间的绝响。"郝回归也诵出自己喜欢的一句。

"对对对,还有,我们把世界看错了,反说它欺骗我们。"

郝回归一直觉得和女孩子聊诗是一件特别酸的事,但当他和微笑真的在走廊上聊起来的时候,一切都那么美好。没有下午茶,没有交响乐,没有漂亮的装饰品,也没有舒服的沙发,空空的走廊,比什么都好。

你微微地笑着,不同我说什么话。
而我觉得,为了这个,我已等待了很久很久。

这句诗,仿佛就是为了微笑而写。

"郝老师,你知道吗,我觉得泰戈尔的诗句美好,人也美好,他明明和妻子没有太多的感情,但时时刻刻地照顾着她,爱着她,从不背叛。"

"因为他为妻子做出了牺牲吗?"

"能为另一半做出牺牲的人就没那么自私吧。"

"其实,你想过没有,一个人活着的意义,究竟是为了别人活着证明自己不自私,还是为了自己活着寻找真正的价值?"

微笑蹙着眉头思考郝回归的话。

郝回归突然问:"微笑,你是不是很想见你妈妈一面?"

微笑一惊:"谁告诉你的?刘大志吗?"

郝回归摇摇头:"你比大多数的同龄人都要成熟。但和你聊天当中,感觉你一定有很多想不明白的问题想问你妈妈。上次我和你爸聊天,他说你特别懂事,从来不提妈妈的事。其实你也不用给自己太大的压力,有什么话就表达出来,你爸一定能理解的。"

微笑没想到郝老师会说这个。她立刻继续之前的话题:"听说泰戈尔后来喜欢上一个寡妇,但他的好朋友也喜欢她,所以他以好朋友的名义写了首诗给寡妇。他用自己的影响力更改了当时的法律，允许寡妇再嫁。只可惜他把自己喜欢的女人让给了自己的好朋友。郝老师，如果你遇上喜欢的人，而你的好朋友也喜欢她，你会怎么办？"

郝回归心里好像被电了一下。他走到微笑身后，不想让她看到自己的表情："如果是我，我还是会喜欢，但我可能不会告诉对方，直到我觉得时机到了的那一天。"

"什么时候才算时机到了呢？"

"就是两个人都感觉得到彼此的感情吧。"

想到自己这些年对微笑的感情，所谓的时机真的到过吗？还是到过，但是被自己错过了？如果自己早一些问这个问题，是不是一切都不一样了呢？郝回归沉默了一会儿，反问一句："你们女生，是不是觉得陈桐这类型的男孩比刘大志这样的更有吸引力？"

虽然不明白郝老师为什么突然问这个问题，但微笑还是回答："应该是吧。陈桐比较符合女生的审美，但是刘大志……"她回想着这段时间发生的事，"刘大志是那种可以看到他的改变，可以从他身上感受到很多东西的人。他很真实。"

夕阳已缓缓离开微笑的脸，阴影开始遮蔽校园，郝回归和微笑就站在走廊上这么聊着，他希望自己和微笑能这么一直聊到地老天荒。他想，如果自己哪天突然离开了这里，该怎么办？

第九章

人生总有许多奇妙

人生总是奇妙的,

一旦你努力去做一件事,

如果结果不是你想象的那样,

那么老天一定会给你一个更好的结果。

"知道未来的结果，人生便不再有期待，只有死一般的等待。"

郝回归站在周校工的宿舍四下环顾。

宿舍已被重新粉刷，一些完好的杂志和书本整齐地堆在墙角。他从里面把所有的《科幻世界》都翻了出来。周校工从3月开始订阅《科幻世界》，难道这和那个未来的人有关？郝回归翻开其中一本，看了起来。一则广告引起了他的注意——第五届科幻故事征文大赛。征文的截止日期是10月，11月公布获奖名单以及刊登优秀作品。11月的杂志并没有到。他觉得周校工一定给这个征文大赛投稿了，于是抄下了编辑部的电话。

郝回归把门带上准备离开。突然，他踩到了一件东西。宿舍门口的地上放着一个大信封。刚来的时候还没有，怎么突然出现在地上？郝回归弯腰捡起，仔细看了看，是《科幻世界》寄来的杂志。

看看周围，一个人都没有。郝回归拆开信封，正是11月这一期，翻开目录，第三页便是获奖作品名单。他快速扫了一眼作者姓名，十篇获奖作品中有两位姓周的。

周曙光和周建民。

获奖的文章分别是《消失的23个小时》和《遇见未来的自己》。

郝回归脊背发凉，他几乎能肯定，《遇见未来的自己》的作者周建民就是周校工的名字，而文章里的内容一定就是他那段不为人知的经历。他把杂志卷起来，揣在外套里，匆忙回到宿舍。

《遇见未来的自己》

周建民

"10年之后我会怎样？在哪里？干什么？是否变得有钱？是否过上了想要的生活？……"相信绝大多数人都在心底想象过自己未来的模样。但也只是偶尔想想而已，未来毕竟太虚幻、太缥缈。

我是个孤儿，从小在福利院长大，习惯了一个人的生活，从来不会对谁有任何念想。可是有一天，我在打扫卫生时，捡到一个写着"与时间对话"的海蓝色的日记本。本来想还给失主，但整本日记里没有任何信息，只有扉页上印着三个问题：

想象一下，10年之后你是一个怎样的人？

如果10年后的自己突然出现在你的面前，你想问他什么？

你会利用他改变自己现在的命运吗？

每个问题后面都用括号标注了"请回答，你敢吗？"的字样。

起初，我觉得这很幼稚。可是，也许是那天太无聊，或是太累了想放松，我竟坐了下来，把回答写在了横线上。

…………

不知道为什么，之后的每天凌晨，我都忍不住要翻开这本日记，看看自己写上的回答，想象10年后的自己。一个星期过去了，有一天，有人在传达室找我，说是我的远房亲戚。

我是个孤儿，哪有什么亲戚？虽然我们的身材、面容和装扮都有差别，但当我见到那个人的瞬间，我便本能地意识到，他就是10年后的我。那是一种奇怪而强烈的直觉，恐怕只有一个人遇到另一个自己的时候才会有。

我不害怕，也不质疑。

我长时间一个人待着，想象过更多更离谱的场景。我问他我的未来，以及那些可供利用的未来信息，根本没考虑过后果。他告诉我未来要经受的灾难，告诉我未来做什么最挣钱，告诉我某个领导会坐牢，哪个同事会死。他告诉我周围所有人的未来。我特意把他说的那些会出事的日子在日历上一一圈出来。

他说，我可以利用这些信息，成为这个世界上最强大的人。本来我们都有些担心，如果改变了现在的我，会影响到未来的我吗？这点我和他都不知道。但能知道的是，无论这个世界的我如何改变，都不会影响到这个世界的他。比如，我在手腕上划一道伤口，他的手腕却没有任何异样。

因为他的出现，我以为我会成为这个世界的先知，通晓一切，强大无比。

但是我错了。

当他离开后,我才发现,我的生活已经完全被打乱,我的神经一点儿一点儿地崩溃。

我根本无法继续生活。

现在,我刚吃了镇静剂,抓住仅有的一点儿理智,拼命写下这个故事。从知道未来的那一刻开始,我每天都提心吊胆,害怕那些日子的到来;我想去拯救每一个认识的人,害怕自己眼睁睁地看着他们失去什么。憧憬、希望、刺激、等待、害怕、紧张、内疚……我的每一个感官都被已知的未来放大。我睡不着,平静不了,永远醒着,等待着每一件事情的发生,等待每一个结果的揭晓。

我写下这个故事,只是想说:我错了。

我想告诉每一个读到这篇文章的读者:千万不要试图去了解自己的未来,否则你会失去整个人生。

最后,我还想说:不是每个人都有机会遇见未来的自己,但是未来的世界会流行算命、星座、塔罗牌。

当所有人都沉迷于预知未来,人生注定走向崩盘。

文章底下有杂志社编辑的评语:"该文章采用自述式写作,原稿两万字,虽被删节,但字里行间依然使读者身临其境……组委会一致认为,本文为本届科幻故事征文大赛的金奖作品。"

讽刺,真是天大的讽刺。郝回归合上杂志。

周校工用最后的理智给所有人提的醒,却被认为是虚构创作。

为什么只有我们相信的、见过的、经历过的才叫真实?

为什么那些超过我们预想的、别人身上的都叫"传说"或"科幻"?

一个人只愿意相信普通的世界,所以这个人就一直普通。

一个人愿意相信所有可能,所以这个人不平凡。

郝回归第一次正视自己所处的环境。这不是梦,这就是事实。

郝回归也留意到一句话：

如果改变了现在的我，会影响到未来的我吗？这点我和他都不知道。但能知道的是，无论这个世界的我如何改变，都不会影响到这个世界的他。比如，我在手腕上划一道伤口，他的手腕却没有任何异样。

这就意味着在这个世界里，无论刘大志发生怎样的事情，对郝回归都没有影响，但回去之后，生活会不会改变却不得而知。但万一自己在这个世界做错了一件事，也许就会改变自己回去之后的生活。如果他引导错了一个人，也许在十几年之后的世界里，这个人的命运也会彻底地被改变。

郝回归脑子里闪过这段时间他干预的很多事，突然觉得害怕。

他改变不了曾经发生过的事情的结果，但能改变每个人面对未来的态度。但这种态度却直接决定了每个人未来的生活。人生就是那么好笑。刚来的时候，什么事都想插手，反正和自己无关，等到发现自己要对一切负责时，反而害怕了。郝回归终于知道自己和周校工能够穿越到这个世界的原因——那本日记。那本日记现在并没有出现在刘大志的生活中。也许……当它出现的时候，自己就可以穿越回去了。

他把杂志社的联系方式记下来，立刻跑去了传达室。

"如果总是因为害怕失去而不敢改变，那么永远都不会得到。"

"各位听众，下周六就是《将爱情进行到底》剧组的湘南演唱会了！我们的节目已经送出四张门票！广告之后，赶紧拨打我们的热线电话，最后一张门票等你来抢！"

陈小武正在给豆芽换水，听到这个消息，立刻放下手中的活，急匆匆跑到街口的小卖铺。

"又给电台打电话？"店主问陈小武。

陈小武点点头。

"算了,你哪次打通过?"

陈小武很焦虑。叮当最近老在哼《将爱情进行到底》的主题曲,如果他能为叮当搞到一张门票,他能想象到叮当会有多开心。

忙线。

忙线。

忙线。

每次拨到最后一个号码,陈小武都在嘴里祈祷一次。

"如果这一次电话接通,我宁愿再泡十桶豆芽!"

"十桶够吗?起码要一百桶啊!"老板哈哈大笑。

"一百桶就一百桶!"

听筒中传出了电台的广告声。

"谢哥,你能不能把你的收音机关掉,声音太大了,听筒里全是广告声。"

"你听筒里有广告和我的收音机有什么关系?我这声音再大也进不到你电话里啊。"谢哥大声应道。

广告结束,听筒里传来陌生的声音:"您好,您是我们今天的最后一名幸运听众,一会儿我们会把您接进直播间,您直接跟主持人对话就好。"

"我?"陈小武还没反应过来,就听见话筒里说:"恭喜最后一位听众,请问你得到这张门票是自己去,还是送人呢?"一秒之后,谢哥的收音机传出了相同的话。

陈小武没敢说话,表情特别紧张,他觉得好像是自己,但又不敢肯定。

"喂,你好。"

"你、你好……是我吗?"陈小武跟所有不相信自己被接通的听众一样。

"对!恭喜你!就是你!请问你打算怎么处理这张票?"

"真是我啊?"陈小武还是不敢相信,"打了大半年,第一次打通。"

"功夫不负有心人!请问你打算怎么处理这张票呢?"主持人似乎有点儿不耐烦。

"我……我想送给我喜欢的女孩。"陈小武在店老板面前很不好意思地说。

"你把这张票送给自己喜欢的人？你自己不去？"

"可是你们只有一张票啊，我当然要给自己喜欢的人啦。"

"如果我告诉你，我们能送你两张呢？"

"啊？两张？"陈小武呆住了。你给我两张也没用啊，叮当要是知道跟我一起去，她才不会去呢。

"我不需要两张！我只要一张！"陈小武非常快速地拒绝。

主持人呆住了，这种听众真是百年难遇。

"啊，为什么呢？"

"不为什么啊！一张才更珍贵啊！"他也不明白自己说了什么。

"哦……真的是很奇特的听众呢，那好的，那我们就送你一张吧，谢谢你拨打电话。导播同事会跟你联系的。"

陈小武激动万分！他真的成功了！

《将爱情进行到底》是1998年超红的偶像剧，每播出一集，第二天学校里所有人都在讨论。它的剧组一般只去大城市宣传，但这次居然会来湘南。消息传出，整个湘南都沸腾起来。这样的活动，有钱都买不到票。

第二天，陈小武来到学校，大家全在讨论周末的演唱会，听说谁有票，大家都羡慕得要死。陈小武心里特别得意，他感觉自己有了一种特权，哪怕这种特权是打电话中奖得的。

微笑开心地走了进来。

叮当见状，走过去问："是不是有什么好事？"

"你猜？"

"啊？你不会弄到了周末的……"

"嘘！刚好这场见面会的电视台导演是我爸的朋友，给了我五张票，让我带朋友坐前几排。因为要直播，找一些自己人比较好控制。"

"天哪，五张！"几分钟之前，叮当还在羡慕别人有一张后排票，几分钟之后自己竟已是 VIP。

"那……你打算叫谁去啊？"

"不就是你、我、大志、陈桐、小武喽？"微笑一笑。

"你不叫郝老师啊？"

"郝老师？他会对这感兴趣吗？"微笑很尴尬，自从知道叮当向郝老师告白了，她就觉得大家待在一起很不自在。"那，我也问问吧……"微笑不忍叮当失望。当微笑问郝回归去不去的时候，勾起了郝回归的很多回忆。郝回归拿着门票，若有所思地对微笑说："当时你可能觉得它只是一部偶像剧，可过了好多年你才发现那是你的青春。就像很多人，你当时可能觉得他只是个过客，过了很多年你才发现其实他是你的唯一。"

"想不到郝老师居然把一部偶像剧说得如此清新脱俗。"

郝回归指着门票上的几个人："你看，这个女孩叫徐静蕾。"

"我最喜欢的就是她。你看，就是跟她学的。"微笑把头侧过来，上面用手绢绑着一个马尾。

"这女孩一看就不仅仅是个演员，她以后可能会做导演，很有才气。"郝回归告诉微笑。

"这个男主角叫李亚鹏，听说他正在和徐静蕾谈恋爱，我们都很喜欢他。"微笑说。

"嗯，他俩一看就走不到一起。李亚鹏这个样子可能会和歌手结婚，不过看起来也蛮容易离婚就是了。"

"郝老师，看不出来，你还会算命。"

"很多事都是注定的，不用算。"

郝回归很想告诉微笑，这部剧之后，他再也没看到一部真正的、能影响那么多人的青春爱情偶像剧。每个拥有共同时代回忆的人都是幸运的，歌曲、电视剧、服装、游戏、书籍，或是其他。

我们在不同的地方，干着同样一件事，那种回忆极其美好。

从郝回归办公室回来，微笑有点儿犯难了，这么算起来，还少了一张票。

"我去问问陈小武，他去，我再问陈桐，如果也去，那就我不去了。"这个时候的刘大志必须表现出一点儿舍己为人的精神,才能让微笑觉得自己是个真正的男子汉。

陈小武刚好走进教室,刘大志招招手让他过来。

"周末不是有个演唱会吗?"刘大志特别神秘地说。

"糟了……刘大志不会是知道我有演唱会的门票了吧?这个可是给叮当的啊。不行,绝对不能承认,打死也不能承认!不做兄弟也不能承认!"陈小武心里默默念着。

"你想去看吗?"刘大志问。

"嗯?"陈小武心想,原来不是问我要票,太好了!

陈小武猛摇头,一颗硕大的脑袋从来没有摇得如此迅速过。像装两把蒲扇在他耳朵上,这种速度都能让陈小武飞起来。

"你不去就不去,干吗一副要和我们划清界限的样子?"刘大志无法理解陈小武的反应。

"叮当,我有事想跟你说,你出来一下。"陈小武朝刘大志笑了笑,然后把叮当叫出教室。

"你是不是想去看这个周末的演唱会?"陈小武特别嘚瑟,脸得意地微微扬起,感觉摆好了姿势等着叮当来亲吻自己。

叮当瞟了陈小武一眼,说:"是啊。"

"那你怎么去呢?"陈小武一脸嘚瑟。

"微笑有五张 VIP 的票,刚好你不去,所以就郝老师、微笑、我、大志和陈桐去喽。"

"啊?"陈小武下巴都要掉到地上了,整个人就像被雷劈过一样,里外都焦透了。

"怎么了?你不是不去吗?为什么问这个?"叮当不解道。

所有的努力、所有的付出、所有的希望,都被自己的嘚瑟给弄没了!早知道这样,就应该一上来就说自己有票给叮当留着!这样的话,不管叮当要不要,好歹算是自己的心意,可是现在再说自己有票,就是自掘坟墓。

陈小武把一切都咽了下去,耷拉着脑袋回了教室。放学后,陈小武磨蹭了一会儿,跟在微笑他们后面,突然把票往地上一扔,然后立刻捡起,匆匆忙忙追上微笑他们,开心地说:"你们看,这是什么?"他手里拿着一张演唱会的门票。

"陈小武,你怎么有票?"

"我刚刚捡到的!我们可以一起去看啦!"陈小武脸不红、心不跳地说。

"不会吧?是不是我们掉的?"刘大志一把将票抢过去,看了一眼。

"还真是别人掉的。哇,你的票座位好好啊。微笑,我们是第三排,陈小武是第一排呢!"

几个人一听,纷纷围上来。第一排那该离舞台多近啊,都能很清楚地看见明星们的脸了!陈小武突然腰杆又挺直了,说:"叮当,如果你需要的话,我们换一下,你坐第一排!"刘大志接着说:"嘿,我就说嘛,怎么可能比我们的好,陈小武捡到的这张票是二楼的第一排。哈哈哈!"

所有人大笑。陈小武脸憋得通红,尴尬得要死。叮当连忙摇手表示不跟陈小武换票。二楼,还不如坐到场外去得了。

"每个人心里都应该留着一点儿小小的光,万一哪天燃了呢?"

演唱会当天,大家在外场集合。叮当的脸上乌云密布。

"你大姨怎么知道?难道大志知道这件事了?"微笑很纳闷。

"我把自己喜欢郝老师的事写到日记上了,可能她在我家的时候,看到的吧……"叮当猜测道。

"那怎么办?"

"我总不能让大姨跑到学校去找郝老师麻烦。虽然我觉得郝老师可能也喜欢我,但我不能毁掉他的前途。我答应大姨了,绝对不再想这件事。你知道我大姨什么事都能做出来。"叮当觉得很遗憾,但她觉得自己为爱做出了牺牲。

"难过吗?"

"难过。可能爱情的道路上,这些都是必经的挫折吧。"

"不过大姨也说了，因为我年龄小，所以接触的世界和人都不够多，刚好一个男老师出现在我的世界里，就容易崇拜，容易动心。大姨说不是因为老师太好，而是因为我们见识太少。只有等我们真的走出去，不再因为盲目崇拜而喜欢，而是因为相互合适而珍惜，可能才是真正的爱。我觉得大姨说得也对，喜欢老师不仅显得自己见识太少，也会给老师带来非常不好的影响。"叮当好像一夜之间长大了很多。

少女情怀总是诗，把一切不如意诗化，也是好的选择。

"走吧，我们开开心心地看演唱会去吧。"叮当见郝回归远远地走过来，拉着微笑迎了上去，眼神里再无倾慕，而是自豪。她觉得自己为爱情做出了牺牲，做出了忍让。

陈小武一个人坐在二楼第一排，睁大了眼睛也只能看到叮当那蚂蚁般大小的后脑勺。导演看见微笑，走过来打招呼："一会儿我们有互动环节，大家一定要热闹一点儿哦。这样我们电视直播的画面会更好看。微笑，拜托你们啦！"

"喂，微笑，你看。"叮当推推微笑。

顺着叮当眼神的方向，微笑看到一个高高帅帅酷似金城武的男孩坐在那边。

"怎么了？"

"好帅，好像金城武。"

叮当确实可以随时从悲恸中走出来，也可以随时让自己沉浸在开心的情绪里。

"好了好了，演唱会快开始了。"

灯光暗了，主持人走出来简短地介绍之后，主创团队上场。

导演出来，全场尖叫！

主题曲演唱者出来，全场尖叫！

女二号出来，全场尖叫！

男二号出来，更是尖叫！

徐静蕾和李亚鹏出来，全场 high 翻了。

郝回归对这场演唱会记忆犹新。每首歌全场都能大合唱，唱到动情处，女孩们都在抹眼泪。过了那么多年，欢呼声、音乐声、心里的激动，一点儿都不曾改变。主创们在舞台上说："谢谢大家喜欢这部剧。我们这些人也是因为这部剧才认识，成为好朋友的，希望不管过去多少年，我们还能是你们今天看到的这样。"听到这句话，郝回归笑了起来，心里特别暖。他看了看身边的陈桐、刘大志，他们都十分投入。如果能一直这样，该有多好。刘大志本来觉得，这种演唱会就是凑个热闹，到了现场才知道，原来演唱会最重要的不是听歌，而是去感受别人的感受，这样自己就会有更不一样的感受。

互动环节，主持人走上台："大家在自己的座位底下是不是发现了纸飞机和铅笔？现在，大家可以把自己的愿望写在纸飞机上，写好后，我喊三二一，大家都朝舞台上扔。被我们捡到的纸飞机，主创就能满足你的愿望噢。"

一瞬间，空中全是密密麻麻的飞机，特别浪漫。

"大志，你写了什么？"微笑问。

"嘿，乱写了一点儿东西。"刘大志耸耸肩。

刘大志看着自己的飞机飞啊飞，飞啊飞，朝主持人飞了过去，直直打在主持人的脸上。全场哄堂大笑。主持人也尴尬地笑了笑，扶了扶眼镜说："我们来看看，到底什么样的愿望，那么着急想被看见。"

微笑和叮当也特别为这个纸飞机的主人感到激动。

刘大志的脸已经开始变色。

主持人开始念："主持人你好！和她认识的时候，我5岁，正被街道上的小朋友欺负。当时，她站出来帮我打架，我特别感动……"

微笑觉得有些不对。

"她是短发，我以为她是男孩，后来发现她是女孩，从小练跆拳道。"

叮当扭过头看着微笑。

"后来我就一直关注她，小学、初中，现在高中，她成了我的同桌。"

陈桐也转过头看着刘大志，而他整个人已经缩到了座位底下。

"我想为她点一首电视剧的主题曲《遥望》，表达我的心声。如果能看到我的飞机，我很希望大家都一起唱，我也把这首歌献给她。"

五个人的脸色全变了，各有各的心思。全场响起了雷鸣般的掌声。主持人也有些感动:"请这位同学站起来,让我们看看是谁。"

刘大志不敢动。

主持人继续说:"我们来看看这个纸飞机的编号,一楼三排7号!"

一张脸出现在了舞台的大屏幕上,刘大志的脑袋"嗡"一下,空白了。

郝回归的脑袋也"嗡"一下,同样空白。

"这位男同学,恭喜你,你的愿望一会儿大家会帮你实现,你的女主角呢?"镜头转向叮当,叮当连忙摇头;再一转,微笑的脸已出现在屏幕上。

这之后的事,刘大志完全不记得了。一散场,微笑背起书包冲了出去。其他几个人看见,立刻追了上去。

"你们先回去吧,我送微笑回家。"郝回归不知道该怎么解决。

他追上微笑:"微笑,你不要太生刘大志的气,虽然他……"

"郝老师,我没生他的气,我先走了。"微笑直接打断他的话。

郝回归站在原地。

微笑也不知道自己怎么了。她摸摸自己的脸颊,还在发烫。

叮当曾说:"虽然有些男孩我不喜欢,但我还是喜欢他们喜欢我。"可是,微笑不觉得被刘大志喜欢是件好事,但自己讨厌刘大志吗?好像也并不。那自己究竟应该生气,还是应该怎样?每天朝夕相处的好朋友突然说喜欢你,而且从5岁开始就一直在关注着你,这期间的心情,包括今天要鼓起的勇气,该有多大?微笑不会去想周围人的看法,只是突然面对了一个从未想过的问题,不知道如何面对。

"微笑,睡了吗?要不要喝杯牛奶?"微笑的爸爸在外敲门问。

微笑平静地打开门,接过牛奶,一口气把牛奶喝完,然后关上门,靠在门上,突然"扑哧"一声笑了出来。

<u>"比起优秀,我更想做一个真实的人。"</u>

"郝老师!你们班的两个学生做的好事!电视台求爱!湘南五中的文科

班可出名了啊!"周校长大骂。何主任陪着郝回归挨骂。

"校长……刘大志就是想免费点首歌,然后编了个故事……你说得太严重了。"郝回归硬着头皮解释。

"郝回归,你们班刘大志真的要彻底管教管教了,逃课打电动,又在电视直播时求爱,实在太过分了!再这么下去,我看他的书也不要再读了!"

"校长,那个,其实大志平时还是很努力的,他的成绩提高得也很快……"何世福帮着郝回归说。

"很快能有多快?能考上重点本科?考不上重点,别跟我谈成绩。你们出去吧,每天那么多破事还不够烦的。"

走出校长室,何世福欲言又止,犹豫了一下,问道:"郝老师,你觉得湘南五中到底怎么样?"

"还不错吧。老师都挺好的,学生也努力。何主任你管理得也很好,今年文科班应该会有几个人考上重点吧。"

"嗯。"何世福点点头。

"怎么了?"

"你想过去别的高中当老师吗?更大的空间、更高的工资,也许那里还会完全尊重老师的教育方法。"

郝回归不敢相信自己的耳朵。难道上一次教育局李主任的聚会上,何主任已经与那位杨校长达成一致啦?在他的记忆中,何世福确实带着大批老师跳槽,这让湘南五中此后5年默默无闻。不过,这件事不应发生在今年啊!

"郝老师?"

"啊?这也太突然了。"

"是啊,我也觉得是不是下个学期再考虑,但我发现好像现在校领导对很多事的态度和我想象的不太一样,而对方随时欢迎咱们。"

"如果有学校尊重老师的教育理念,自然最好不过,但现在面临高考,所以……"郝回归只好先稳住何主任。

"郝老师,你考虑考虑,考虑好了可以随时来找我。"

郝回归希望一切都按原来的时间发展,最好能拖过这一届毕业生。万一何主任走了,其他老师、学生跟着转校,闹得人心惶惶,很多人的命运都将改写。

演唱会告白的事在学校传开了。

"刘大志,没想到,挺行的啊。就你,敢跟微笑表白?笑死我了。"郑伟哈哈大笑。

"伟哥,我还敢跟你表白呢,要不要感受一下?"刘大志嬉皮笑脸。他本想躲着众人的目光,可转念一想,喜欢一个人有错吗?说出来有错吗?

"滚你的,刘大志我告诉你,也许对你来说做任何事都没底线,但你不要忘记了微笑是文科班的尖子,你离她的人生太远了,别以为自己做了什么了不得的事。如果你真喜欢她,请你不要把她拉到和你一样的层次。"郑伟很鄙视刘大志。陈小武听了,十分不爽,立刻便要上去和郑伟动手,被刘大志一把扯住。他拽着陈小武往教室走,一路迎着各色目光。进教室之后,也不知他是对陈小武说,还是对自己说:"郑伟说的是对的。"

整个上午,刘大志和微笑没有互动。大家也都等着看热闹。

微笑并没有什么异常,似乎整件事就没发生过。可是,她越是无所谓,刘大志越是觉得有压力。他好几次想跟微笑道歉,却又不知道从哪里说起,张了几次嘴,发出一个"那个……"然后就说不出话来了。

微笑递给他一张纸条,上面写着:"变聋哑人了?"

捏着纸条,刘大志觉得自己这个祸闯大了。

放学、回家、上学,一切如常。

周二中午,照例没有广播,但广播却开了,传出一个熟悉的声音。

"大家好,我是高三文科班的刘大志,我想跟我们班的微笑同学道歉,也想跟所有人道歉。我撒谎了,我在电视直播上说自己喜欢微笑,其实这只是我随便编造的故事,我只是想让剧组的主创唱一首电视剧的主题曲而已。为了这个目的,我编造了一个假故事,给微笑带来困扰。我对不起她,对不起大家,希望大家不要再以讹传讹。我说完了。"

众人惊呆了。刘大志到底想干什么？叮当和微笑正走进校园，也站住了。郝回归立刻往广播室冲去，赶到的时候，刘大志正从广播室门上的窗户里爬出来。

"刘大志！"郝回归异常愤怒。刘大志吓得差点儿从窗户上摔下来。

"你是不是疯了？！"

"郝老师，怎么了？"

"你知道你刚刚做了什么吗？"

"我在跟微笑道歉啊。我不希望别人把我和她扯到一起。"

"你知道你这样做会给你带来多大的影响吗？上次已经被校长口头警告！现在又偷偷爬进广播室，你还想不想继续读书了？！"

"我没想过你会说这个……我觉得现在大家指指点点，给微笑带来了很大影响。郑伟说得对，我不应该为自己的私心把微笑拉到和我一样的层次……这件事因我而起，我必须自己去解决……如果真要受罚，那也是应该的。"刘大志低着头，说出心声。

"郝老师，如果是你，你会怎么做？"

是啊，如果是自己，会怎么做？我是把头埋进沙子里，等这件事完全不被人记得，再假装什么事都没有发生；还是会像刘大志一样，不想让微笑受到任何委屈。

郝回归想了想，说："算了，先回教室，走一步看一步吧。"

刘大志有些意外，刚刚郝老师还在生气，怎么突然就变了？

这一次，郝回归觉得刘大志是对的。他不仅觉得刘大志做对了，而且觉得这是他在刘大志身上学到的最好的事。17岁的自己能做出来，为什么到了36岁，什么都做不出来了？刘大志走进教室。所有人看着他。他耸耸肩，走到自己的座位，不敢看微笑。过了一会儿，微笑递过来一张纸条，上面写着："你真是我见过的最幼稚的人。"他不知道这是赞美还是讽刺，只好把纸条认真叠起，和上一张纸条一起放进书包最里层，然后继续听课。校方责令刘大志在下一次升旗仪式时在全校师生面前做检讨，认真反省，并记大过，留校察看。

周校长把何世福叫到办公室。

"何主任,当初我就说,学校不能建什么广播站,天天播歌,现在还在广播里告白!搞那么多鬼名堂!"何世福低头听着。

"下周!下周你就把广播站给我停掉!"

"周校长……"

"没什么好商量的,告诉微笑,别做广播站了!岂有此理!"

在告诉微笑之前,郝回归先把刘大志叫到办公室。

"刘大志,我要告诉你一件事,但你先冷静。"

"啊?我又怎么了?"

"广播站因为你的道歉被校长关了。"

"啊?"刘大志的脑子一下空白。他太清楚广播站是微笑一直以来的梦想,曾经在班会上,微笑也说过,未来想做一名记者。为了这个广播站,她付出了很多努力。然而他却把这一切毁了。

"郝老师……我……"刘大志张着嘴,眼神放空,半天说不出一句话,"我也没想到会这样。"

"是不是完蛋了?"刘大志可怜巴巴地看着郝回归。两个人面对面,久久没有说话。他俩都很清楚,如果微笑失去了广播站,刘大志和她绝对连朋友都做不成。这个世界上很多事不是你觉得好就好了,你觉得对得起自己的良心就算是好办法了。如果一件事的结果不能让绝大部分的人满意,那么处理这件事的办法就是自私的。

"郝老师,你千万不要放弃我,我也不知道自己最近怎么了,总是想做好事,却总是变成坏事。"

郝回归拍拍刘大志的肩膀:"好了,没事,我们一起来解决问题吧。你先回去,我想办法。"

十分钟之后,郝回归从教室把微笑叫出来。刘大志特别紧张。

微笑满腹疑惑。郝回归问道:"你还记得校园电视新闻比赛的事吗?"

"记得啊,电视台举办的比赛,每个学校组织老师带队,学生参加。电视台会和获得一等奖的学校联合开办校园电视台,设备都由他们来赞助。"

"那你有兴趣参加吗?"

"我?当然想,但我们学校你也知道,一直以理科活动为主,从来不支持文科学生参加这种比赛。"

"如果你想,老师支持你。"郝回归很认真地说。

"可是……"

"没问题。我来带队,你组织人参加。我看刘大志、陈桐他们就行。你没兴趣?"

"不是。我在想,如果参加会耽误大家的学习时间。"

"你放心,这个我来搞定。"

"而且,如果参加的话,可能就没有时间继续做广播站了……"微笑很迟疑地说。

"微笑,做广播站只是为了学习经验。你已经做了这么久,需要尝试一点儿新的挑战。"

微笑想想也对,如果真的能够尝试一些新的事物,也能让自己学到更多。

"广播站不做的事情,回头我跟主任说,你现在回去把刘大志他们几个叫来办公室。放学之后,大家一起分工。"

刘大志等着微笑回来扇自己耳光,等着微笑换座位,等着微笑把自己打入冷宫。可是,微笑竟一脸笑意,脸上甚至洋溢着从未有过的开心。微笑确实开心,郝回归对这个大赛的热情超过了她的想象,她一直以为学校对这个比赛不感兴趣。

"天哪,郝老师是给微笑下药了吗?太不正常了。"刘大志心里想着。

"微……微笑,广播站还做吗?"刘大志仍有些紧张。

"郝老师跟你说了?原来你知道了啊。广播站不做了。"微笑终于对自己开口了。刘大志松了一口气。

"那你……为什么还那么开心?"

"嗯?我很开心吗?我哪里很开心?对了,郝老师叫你们几个去一趟,千万要记住,跟我没关系,主要还是看你们自己的兴趣!"说着,微笑忍不住笑了出来。

办公室里,郝回归把前因后果说了一遍。刘大志一听,崇拜得恨不得当场就给郝回归跪下来。其他几人一听刘大志又闯了祸,脸上都流露出一副"你最好离我们远一点儿"的嫌弃表情。

郝回归看着大家。

"反正我不考大学,我干什么都行,只要你们觉得我行。"陈小武先表态。

"以我的成绩也考不上重点,随便考个学校,到时候嫁个好老公就行。我参加。"叮当接着说。

"该看的书早就看完了,我就等着高考了,我也可以参加。"

刘大志第一次觉得陈桐嘚瑟的样子很帅。

> "虽然我知道我们现在走的路不是你想去的地方,但能和你一起走,我去哪儿都可以。"

郝回归不知道自己这么做的结果会是什么。他不懂新闻,也不了解记者这个职业,当带队老师的胸有成竹也是装的。

放学后,几个人留在教室里。

"没想到大家都很有新闻理想嘛,我们的黄金之队成立了!我们的目标就是做出最棒的校园新闻!"郝回归觉得此刻的自己就像幼儿园的大班老师,"接下来,我们要确定一个好的选题,然后大家各司其职。陈桐会用家用摄像机,你来拍摄。微笑写稿、采访和出镜。小武和大志负责外联。叮当你来统筹。我来带队。大家还有什么意见?"

"绝对没问题,保证圆满完成任务!"刘大志像打了鸡血一般。

"行,那大家晚上都想想,我们应该拍什么样的新闻。明天继续开会,各自报一下选题。"

回家的路上,陈小武非常不理解地问:"你怎么那么激动?你懂什么叫新闻吗？"

"虽然不懂，但我知道如果不努力拿个第一名，微笑就要跟我绝交了。"刘大志低声说。

郝回归坐在办公室，拿出一张白纸，把脑子里能记住的还没有在1998年发生的新闻大事件全都用简单的代号写了下来。什么三聚氰胺，什么苏丹红，什么松江上漂死猪。他写了又划掉，如果真带着大家把这些选题给做出来，最后肯定是吃不了兜着走。

第二天放学后，大家各自报选题。

刘大志拿出笔记本，上面写着他搜集到的选题：本市再现离婚潮，错版人民币升值潜力大，克隆技术的前景猜想。

"哥，我们要参加的是校园新闻大赛，要和学生有关系，你这都是什么啊！"叮当一脸不屑。

"啊？其实我的这个也可以啊，比如离婚潮对学生族群的影响，比如学生收集错版人民币变富豪，学生立志成为克隆技术专家……"

"行了行了，你闭嘴。"郝回归转头问微笑，"微笑，你有什么方向？"

"我昨晚想了想，一方面要关注学生群体本身，另一方面还得囊括本市各个学校，不能孤立地关注一个标本。比如关注学生群体的早恋现象？"微笑说。

"早恋？你怎么拍？暗恋算吗？"刘大志很惊异。

"还有别的吗？"

"或者学校暴力？老师体罚学生？"

"嗯，这几个选题都还可以。陈桐，你呢？"

"我想了一下，现在教委不允许学校占用学生太多时间，增加太多功课，也反对补课，我们可以调查各个学校的补课现象。"

"这个好！做起来肯定特别带劲儿！"刘大志最恨补课。

"大家的选题都不错，但都存在一个问题。其实大家都知道校园里存在着早恋、体罚、补课的现象，如果我们做的话，只是让大家更深入地了解。如果我们真要不一样的话，可能要做一些大家不知道的事。通过我们的调查，让大家认知一个新的世界。"

"啊，郝老师，还有这种新闻？"大家都很好奇。

郝回归故作沉思道："陈小武，我问你，你家豆芽分几种？"

陈小武很不好意思，特别扭捏地说："郝老师，这是什么意思啊？"

刘大志见陈小武不好意思，抢着说："我知道。他家豆芽分两种：一种泡了药水的，卖给餐馆；一种没泡药水的，卖给熟客。"

陈小武瞪了刘大志一眼。

"小武，你家居然还卖泡了药水的豆芽？"叮当很惊讶地问。

"哎呀，其实也不是。我们卖不泡药水的，但不好看。泡了药水的，又大又白，很多餐馆都用那种豆芽。"陈小武连忙解释。

"那我问你，菜场有很多菜，晚上卖不完，一般怎么处理？或者有一些被人挑选之后的次品菜，会怎么处理？"郝回归接着问。

"有一些收入比较低的顾客会来买，还有一些单位因为便宜也会来采购。"陈小武回答。

"你们想过没有，这些单位里有没有学校食堂？"

大家沉默了一会儿，然后一起发出"不会吧！"的惊叹。

"难道我们食堂用的蔬菜可能都是剩下的？"陈小武从未想过这个，他回想了一下，"郝老师，你这么一说我倒想起来了，好像隔壁的蔡姐就曾经把一些废肉卖给过学校食堂……"

"对，我就是这意思。要不调查一下学生食堂的进货渠道？"

微笑一下兴奋了起来，觉得自己能做一些对社会有意义的事情。

"郝老师，你怎么想到这个的？"微笑问。

"啊？做新闻嘛……就是要关注生活中的每一个细节，只有时时刻刻去问为什么，生活才会不停地给你各种令你惊讶的答案啊。"郝回归不可能告诉她"这是我 2015 年的时候在电视上看到的……"

"那我们就做这个吧？大家觉得怎么样？"微笑询问大家的意见。

"特别好！小武可以去市场调查，看看有哪些学校会进劣质菜品。我可以去别的学校食堂调查什么菜受欢迎、什么菜大家不喜欢、什么菜贵、什么菜便宜。万一刚好跟小武的调查重合就太棒了！"刘大志抢先发言。

"嗯！"微笑点点头，"这个规划方向是对的。我也可以从侧面了解一下学生食堂是如何经营的，是学校的老师负责，还是承包给了个人？包括学生食堂的卫生情况。如果陈桐能潜入学校的食堂看看菜品就最好不过了。"微笑非常迅速地进行了分工。刘大志觉得微笑的脑子真的很好使。

"那我干吗？"叮当问。

"你陪小武去菜市场取证吧，不然小武一个人太显眼。"刘大志建议道。

"啊？我不要和陈小武一组，我对菜一点儿研究都没有，都是我妈买的。"

"没关系，叮当，你跟着我就行。"陈小武丝毫没有感觉到叮当对自己的嫌弃。

"叮当，你长得很像有钱人家的女儿，很多时候小武不方便问的，你可以问，说你爸管学校食堂，看看对方有没有什么猫腻的东西可以卖给你。"

郝回归看着他们，觉得一切都很有意思。每个人的青春中印象最深的事莫过于和一群伙伴完成同一目标。郝回归自然也怀念那段日子，没想到过了那么多年，又要和这些人一起完成一件事。

叮当一想到自己要做"卧底"，变得很兴奋："那我是不是要穿得很好看才能去菜市场啊？这样别人才会觉得我是富家小姐啊。"

"你不用穿得很好看，你现在就很好看了。"刘大志说。

"那好吧，看在你夸我的面子上，我就跟陈小武一起吧。"叮当应允下来。陈小武笑得合不拢嘴。

等到开始调查，刘大志才发现，原来做这件事还蛮困难的，不是一句话说完那么简单的。有些学校进门需要检查学生证，他就去借学生证；有些学校需要穿校服才能进，他又先去借校服；有些学校需要在传达室登记才能进，他就只能翻墙进去。

以前，有些事觉得麻烦，他往往就不做了。可现在，他却觉得只要是麻烦就都能解决。以前他特别讨厌事情不遂人愿，现在却等着意外发生。只有把问题一个一个地解决了，才能离自己想要的东西越来越近。

调查虽然折腾,但真的发现了好多问题。有些学校的米饭特别好吃,有的却一点儿米香味都没有。同样的菜,有些学校放油,有些学校放水。有些学校由老师自己承包,有些学校则外包给了某领导的亲戚。有的学校的教师橱窗和学生橱窗的菜不一样,哪怕一样的菜,菜品也不同。有些学校的炒肉,上面还连着毛皮,一看就是蔡姐割掉不要的废肉。越是调查,刘大志越觉得心慌,没想到学校食堂有这么多内幕。

他从一面墙翻出来,没站稳,四仰八叉摔到地上,可是他居然一点儿都不觉得疼。刘大志顺势躺在地上,想着这段时间发生的事。他从来不知道自己能跑完5000米,也不知道自己原来会学习。很多事他以前根本不会懂,也不会理解。自己究竟是因为郝老师才变成现在这样,还是自己本就是这样,只是自己从未相信过自己?

刘大志写了很长的调查总结,交给大家。

有些学校食堂是外包的,比如二十二中包给了副校长的亲戚,时间5年。

有些菜看起来很黑很黏,有些菜味道特别重,因为很多菜卖不完就冷冻,冷冻了味道不好,就要加很多的盐、味精、辣椒酱之类的,把味道盖住。

有些蔬菜很难看,很大可能是菜市场被挑剩下的菜。

学校和学校间的米饭味道不一样,难吃的饭很有可能是用劣质大米铺一层,反复蒸,然后再搅和开,继续蒸。看起来量就很大。

很多肉难以下咽。陈小武说有些是死猪肉,是瘦肉和皮之间的"串串肉"。

十六中食堂的蔬菜就往盆子里一放,过一道水,根本谈不上清洗。脏,而且有土。

三十七中上个月发生了几起学生食物中毒事件,因为食堂的食物是过期的……

"这些人真是……"微笑想了半天,没有找到合适的词,她的脸气得通红,"太缺德了!枪毙一百遍都不够!"

微笑拿起粉笔,唰唰唰地在黑板上迅速写了个调查流程,每个字都写得很用力。在刘大志心里,微笑一直是个很懂得控制情绪的人,而现在,微笑真的生气了,这种生气是因为认真,是因为热爱。刘大志有点儿羡慕,什么时候自己也能有一个爱好,也能为这个爱好而开心、生气?

"如果可以的话,你们最好再调查一下学生食堂的利益链,利益是怎么分配的。要知道现在食堂之所以会出现问题,都是为了挣钱,要么就是学校靠学生食堂挣钱,要么就是承包食堂的人靠省材料挣钱,关键是这种钱是不能挣的。"郝回归插了一句话。

大家很专注地拿出本子记录。大家本来只是打算帮帮微笑,没想到现在真的在做一件很重要的事,每个人都有了一种责任感。

"现在大志把学校食堂的漏洞和菜品的供应链找到了,那相关部门我们要怎么才能采访到?"

"我爸有个机关小册子,上面有政府各部门领导的电话和名字,我可以抄出来。"

"我和叮当配合得也不错。有些学校专门挑剩菜,昨天还有商贩要把过期的鸡蛋卖给叮当,说可以做茶叶蛋卖给学生。这样的鸡蛋批发更便宜,还能卖得更贵。但我们要换一个菜市场,那里太多人认识我。"陈小武也很激动,原来自己每天做的事居然能做出这么厉害的新闻。

"我的天……"茶叶蛋是刘大志的最爱。

"非常好。但这些都是负面内容,我们最好再调查一两家有标准、做得好的食堂,进行对比,不要给学生和家长们造成无端的恐慌。"郝回归很清楚,只做负面新闻,有失公允。

放学后,陈桐戴着帽子,偷偷坐在学校食堂的角落,盯着食堂工作区的状况。打算趁人不注意,进入工作区,躲进仓库,等工作人员下班就可以拍食堂内部的卫生状况和菜品了。

"喂,做卧底应该带上我啊。"刘大志不动声色,悄悄坐到陈桐身边。

"你怎么来了?"

"我看这有个人高高大大、阳阳光光，却鬼鬼祟祟，一猜就是你。"

"我……哪里鬼鬼祟祟？"

"你本来就高，还戴个帽子，不就是告诉别人——快看我，我准备做些不法的勾当！"

陈桐想了想，把帽子摘下，放进书包。

"一起呗，打个照应，工具都准备好了。"刘大志眉头一扬，掏出一根铁丝。

看到这根铁丝，陈桐笑了起来。

"那次是因为生锈，这一次我真的可以。"

"嘘，走！"陈桐立刻站起来，扯了下刘大志的衣角。

有工作人员从工作间把蒸好的大锅饭抬了出来，门开着。两人立刻走进去，左转直走再左转，一阵腐臭传来，两人捂住鼻子。仓库里，灯光昏暗，各种菜都堆在一起，散发着恶臭。还来不及观察，就有食堂师傅提着篮子走过来拿东西。陈桐立刻拽着刘大志往暗处蹲下。这地方陈桐之前踩过点，但只能容纳一人，两个人挤在这里，屏住呼吸，面对面，特别拘谨。

食堂师傅左摸摸，西摸摸，从这边走到那边。

"你呼吸声怎么这么重？"刘大志小声地问。

"啊？"

"我说你呼吸的声音太重，要不要我约我爸给你看看，可能呼吸道有问题。"

"氧气被你分走一半，缺氧了。"

两个人蹲了快一个小时，从呼吸到出汗，再到身高，陈桐到底一米八四还是一米八五，聊了个遍。终于有人过来拉闸，关门，远远地传来食堂大门的关门声。陈桐赶紧站起来，大口呼吸，腿完全麻了。他拿出手电筒，打开，随意扫射了一下。所有的菜密密麻麻堆在架上，有蔬菜，有腌好的肉。两人一点儿一点儿走过去，发出恶臭的原来是鸡蛋架，有些蛋已经碎了，没人清理。陈桐拿起一个鸡蛋照了照，摇了摇，里面的蛋黄似乎已经散了。

"大志，你帮我拿手电筒，我来拍。"

从一堆菜到一缸漂着灰的油,一并拍下来。

"啊呀,太麻烦了。"刘大志走到墙边,"啪"地把灯全打开了。

整个仓库一目了然,如垃圾场一般。

"打手电筒怪麻烦的,这多方便。"刘大志扬扬下巴,却发现陈桐的脸色已变,"这样不行。"

"哥,你把整个食堂的电源都打开了!"

刘大志开的是总闸,仓库、工作间、食堂里的所有灯同时亮起。

从校园里看,食堂似乎又营业了。

"快跑!马上就会有人来。"陈桐把摄像机收好,就去开门,拉了两下没打开。刘大志还准备掏出铁丝。陈桐指着货架一旁的墙上的窗户:"来不及了!爬上去!"两人慌手慌脚地把几袋大米、面粉挪了过来。外面已响起保安的声音。

"踩着我的背先上。"陈桐蹲下来。

"那你呢?"

"我比你高,能直接翻上去。"

当保安进来时,两人已翻出了学校的外墙。刘大志不敢久留,赶紧从草丛里往大路上跑,陈桐却有点儿慢。

"你没事吧?"

"没事。我就是看看他们是不是追上来了。"

到了大道的路灯下,刘大志很紧张:"糟了,你脸上流血了,赶紧去医院。"

"不用不用。"陈桐用手一摸,可能是磕到了窗棂,他直接擦掉脸上的血,用手指稍微感受一下眉头的伤,一道小口子,并不严重。

"没事,明天就愈合了,不用去医院了。"陈桐挥挥手。

"不行,必须得去。上来。"刘大志走到陈桐面前,蹲了下来。

"干什么?"

"我背你……"

"滚!我是男人。"

"上次我练拳扭伤的时候,你也背过我啊。"刘大志没管陈桐,依然背对着陈桐蹲了下来。

陈桐走上去,踢了一脚,把刘大志踢翻:"说了不用,我腿又没断,只是脸上擦伤。"

"不行不行。"刘大志非得搀扶着陈桐往医院走。陈桐几近被刘大志劫持去了医院。

微笑这边也有进展。

她拿到各个部门负责人的名字和电话号码之后,直接在单位大门口围堵采访,一边拿着校园新闻大赛组委会的介绍信,一边让受了点儿伤的陈桐来帮自己架好机器,被访人只能硬着头皮半推半就接受了采访。

刘大志看着微笑他们拍回来的采访,很着急地说:"这个应该不行吧?他们怎么每一个人都'嗯嗯嗯啊啊啊'的,教育局的领导都是哑巴吗?"

微笑点点头:"嗯,我一开始也觉得这样不行,但是你不觉得他们都装哑巴,不回答问题,反而表明了一种态度吗?这种推卸责任的态度,其实比正面回应更有说服力。"

"对,让他们哑一辈子得了!"刘大志恍然大悟。有时候沉默比表态更能代表一个人的态度。

> "凡是没有经历挫折,就不算真正努力过,只能算是顺流而下。凡是经历挫折,还能存在,挺立的样子就是努力后的风骨。"

麻烦很快就来了。

有人给陈志军打电话,投诉陈桐对自己进行了拍摄。工程单位的领导也给王大千打了电话,说绝不能把自己的采访剪辑成节目。

几个人坐在教室,愁眉苦脸。

"我有一个朋友,做广告销售的。"郝回归这样开头。

"郝老师,你怎么有那么多朋友?"刘大志垂头丧气。

"你别废话!要不要听!"一截粉笔头直接飞向刘大志的脑门。

所有人哈哈大笑,沉闷的环境有了一点点活力。

"我朋友说,做广告销售,在成功找到客户之前,都要经过拒绝。客户不拒绝你,你就不可能开单……"

"我懂了!"刘大志抢先说。

"懂什么?"

"千万不要做广告销售,注定会失败。"

"刘大志,你过来。"微笑瞪着他。刘大志笑着跑到教室后面:"我懂我懂,不遭遇挫折,这新闻就没什么意义了。遭遇困难,就说明我们开始触犯到别人的利益了。"

陈桐点点头:"虽然我爸跟我说了,但有种他就打死我。"

微笑也站起来:"我回去跟我爸谈判,他必须支持我!不然我跟他绝交!"以前,微笑觉得做新闻只要敢于表达就行,这才刚刚迈出半步,就体会到了做新闻的艰难。

"要不,我们换一个选题?"刘大志不想微笑太为难,"找一个不需要和周围人打交道的怎么样?"

"不行,这条新闻不是为我做的,是我们一起努力的结果,不能因为我而放弃。"

"没关系的,微笑。这条新闻就是为你做的。"刘大志继续说。

"大志,虽然我真的非常感谢你,但是我更希望大家在做这件事的时候,知道这件事的意义,不是为了我,而是我们真的很想改变一些什么。如果你想安慰我,我知道了。但如果你真的觉得做这条新闻只是为了帮我,那你接下来不用再帮我了。"

刘大志目瞪口呆。陈桐赶紧把他拉出教室:"我知道你是不希望微笑有压力,但现在微笑需要的是鼓励,是把眼前的事解决,而不是帮她另外再找一条路。这么干,她当然会生气了。"

刘大志想想也对，自己这段时间已经克服了遇见困难就掉头的毛病，但对于微笑，他又产生了惯性的思维。

回家之后，微笑坐立不安，她不知道怎么跟爸爸聊这件事。

晚饭时，王大千再一次提起校园新闻大赛。微笑问："爸，你昨天不是说有人给你打电话问我采访的事吗？他们是不是说不能用采访他们的片段？"

"嗯。"

"但是这条新闻真的很重要，你知道现在很多学校的食堂……"

"微笑，不用跟爸爸说，爸爸不想听这个。"王大千放下筷子。

微笑一下僵在那儿。王大千接着说："你干好自己的事就好，不用跟爸爸说，我只是随便问问。"

"那你问我……不是希望我不播吗？"

"你还是不够了解爸爸。我走到今天，绝不是靠关系。不就是采访嘛，答得好是他们的本事；答得不好，是他们自己能力不够。"

微笑完全没有想到爸爸会这样说，她担心的问题原来完全是多余的。她特别兴奋地跑过去重重地抱了抱爸爸。

"你上高一后就再也没抱过爸爸啦。"王大千有点儿不好意思。

经过近一个月的采集和拍摄，一条十分钟的新闻终于交到了组委会。一开始大家特别激动，每天都在等电视台的回复。可是，一连两个星期都没有消息，又过了几天，大家都有种石沉大海的感觉。再后来，大家已经不怎么提这件事，害怕希望越大失望越大。

一天晚上八点，和往常一样，微笑在家吃饭，突然电话响起，是叮当急促且颤抖的声音："快快快，快看新闻，我们的、我们的那个新闻，在播出。我的天，你穿那条天蓝色的裙子实在太好看了。你快看啊！"

"真的？"微笑立刻把电话挂了，朝电视机飞奔过去，调到新闻频道，已经播到自己采访教育局领导的画面。领导很尴尬，面对微笑连珠炮似的提问，一个都答不上来。爸爸和张姨一边看一边感叹："现在学生食堂太过分了。微笑你们这条新闻做得太好了。我们真为你骄傲！"刘大志在家也对着郝铁梅说："妈，这条线索是我挖到的，厉害吧？"

"怎么挖到的？"

"我像卧底一样潜伏进其他学校，暗中调查了很久，我爱上这个工作了！"

"你想做记者？"

"不，想做一个卧底！"

"啪！"刘大志的脑门挨了一巴掌。新闻还没结束，微笑家的电话已急促地响起。王大千接电话，那边立刻劈头盖脸一顿骂："王大千，你是怎么答应我的？你不是说尽最大努力让你女儿不用我的采访吗？你个王八蛋！"

王大千也不恼，一直道歉："主任，我是说我会尽最大努力，但我跟我女儿关系一直不好，她已经两个星期没理过我了，我现在自身难保啊。主任，我明天就登门给您道歉。"

电话刚挂，又立刻响起，又是来骂人的。

"爸，谢谢你。"

"不就是道歉嘛，你爸最不怕的就是道歉了。既然道歉能解决问题，那就别怕自己犯错误。你使劲儿犯，我使劲儿道。"

第二天一早，路上的同学看见微笑纷纷打招呼，也纷纷给微笑看自己带的饭盒，很多妈妈一大早就起来做饭，死活不让自家孩子再吃食堂的饭菜。郝回归正在教室等着，一看见微笑就说："新闻昨晚播出了，效果非常好。听何主任说，今天一大早教育局领导就组织开会，把分管学生食堂的主任痛批了一顿，让各学校彻查呢。分管的主任估计会被降职。"

刘大志和陈桐走进教室。刘大志高兴地说："昨天微笑帅炸了，我们是不是铁定得奖了啊？"

"还早，这只是优秀作品的展示，不过应该八九不离十。"

这条新闻不仅引发了全市学生食堂的整顿，相关部门领导被撤，所有进货渠道被重新规定，有专门部门监督，严禁学生食堂转包给私人。电视台也对此次整改进行了跟踪报道。学校的老师也纷纷预祝郝回归拿奖。叮当也不忘提醒微笑:"你千万要记得噢,当了台长,一定要选我在校电视台主持个点歌节目。"

这段时间,不仅有新闻媒体来采访,微笑他们也会被邀请跟同学们分享经验。大家都跟小明星似的,不过他们最期待的还是下周一的表彰大会,这决定着他们能不能开创校园电视台。

周一,刘大志等人在学校上课,郝回归一个人参加表彰大会。

放学后,众人留在教室。郝回归从外面回来,面露难色。

几个人似乎都察觉到了什么。

"郝老师,是不是……我们没有获奖?"陈桐问道。

郝回归点点头,又摇摇头,想了想:"组委会主席找到我,跟我说,由于新闻造成了不良影响,所以取消了评奖资格。我们与大赛的要求不一致。"

几个人听了,有些失落,但又纷纷看着微笑,最难过的应该是她吧。见众人看自己,微笑反而笑了起来:"其实,我早就想过万一没有得奖怎么办。但我觉得那天新闻播出的时候,我就已经心满意足了,更何况我们真的改变了好多事。这段时间,我才真正理解什么叫理想,不是为了获得什么而去努力,而是因为你的努力可以改变一些什么。我做新闻不是为了获奖,而是为了让更多人能对得起自己的良心。而且,当有很多人开始找陈桐的爸爸,找我爸爸的时候,我在想为什么新闻那么难做,今天我才明白很多事情正是因为难做,所以才要继续做。大家开心一点儿,我真的没什么,而且大家都在帮我,真的很感谢你们。再说了,做不了电视台,我还可以继续做广播站啊。"听见最后一句话,大家才发现,兜兜转转一大圈,又回到了原点。

"微笑,我要跟你承认错误,我一直没有告诉你。"刘大志不想再隐瞒了。

"嗯?"

"上次我闯进广播站之后,校长决定把广播站停了。我们都瞒着你,为了不让你难过,郝老师才想出这个方法,希望能得奖,开设校园电视台,但是没想到我们被取消资格了。广播站做不了了,都是我的错。你说大家在帮你,其实大家是在帮我,我们骗了你。"

微笑看了看刘大志，又看了看郝回归。

郝回归对她点点头。微笑咬着下嘴唇想了想："没事，做不了就不做吧。反正我以前做广播站也是为了学习经验。现在自己要学的还有很多，不一定非要在广播站里学。我要考北京广播学院的新闻专业，还有很多东西需要准备。没事的，你也不用太自责。如果不是你让广播站停了，可能我们永远都没有机会来做这件事，也不会知道我们能做成这件事，对吧？"

"真的？"刘大志不敢相信地问。

"你过来，跪下。"微笑看着他。

"啊？"

"我都说了没事了，你非要问，那你就在这儿跪一晚吧。我就原谅你。"

"不是不是！"刘大志连忙解释。其他人都笑了起来。

郝回归在一旁看着，心里长舒了一口气。虽然没有拿奖，但这不就是自己最终的目的吗？让微笑和刘大志和解。

"走走走，老师请你们吃冰激凌！"

"好啊好啊。"大家立刻把刚才的不快抛之脑后。

少年就是好，容易开心，也容易忘怀。但凡走了心，一切都有意义。又过了一周，电视台打来电话，市教育台要做一档采访高考状元的节目，大家觉得微笑在学生食堂的采访中表现很好，希望邀请她做节目主持人。在电视上看到微笑采访历年高考状元的样子，郝回归不禁感叹："人生总是奇妙的，一旦你努力去做一件事，如果结果不是你想象的那样，那么老天一定会给你一个更好的结果。"

第 十 章

青 春 的 秘 密

青春里有很多秘密，
但父母的秘密才是真正
困扰我们的啊！

> "谢谢你，让我看到一个真实的你，
> 让我感受到一个真实的自己。"

"郝老师，有电话找。"Miss Yang 在走廊上小声叫着郝回归。

上课期间，谁会打电话给我？拿起话筒，是郝铁梅的声音，有些急促："郝老师，大志外公的身体一直有点儿不好，刚医院来电话让我赶紧过去。今晚我可能不会回家，麻烦你照顾一下大志。"

接到电话，郝回归立刻想起来，17岁那年外公病危，妈妈没有告诉自己，最后连外公最后一面都没见到。小时候，外公一直带着他玩，带他认字、爬山，给他零花钱，后来外婆离开了，家里人本想把外公接到湘南，但外公更喜欢待在乡下，待在外婆生前常在的地方。

这时，外公的病情已经恶化。郝回归当然希望刘大志能见外公最后一面，但他不知道怎么开口，他总不能跟郝铁梅说外公已经快不行了吧。郝回归立刻做了个决定，他让 Miss Yang 照顾刘大志去吃晚饭，自己立刻去客运站坐车去外公家。

外公家离湘南三百公里。坐着大巴，郝回归很仔细地看着眼前熟悉的风景，一条隧道、连绵不绝的高山、时隐时现的河流，他永远都忘不掉这些。他一直埋怨妈妈为什么没有让自己见外公最后一面，听说外公走之前，一直在念叨自己的名字。从此，每次去给外公上坟，郝回归总要陪外公说很多话，怕外公走了就不记得他了。

想着想着，郝回归已然满脸是泪。透过重症监护病房门上的小玻璃，郝回归看见郝铁梅正坐在里面握着外公的手。外公的鼻子插着氧气管，手上打着吊瓶。外公似乎在跟郝铁梅费力地说着什么。郝铁梅凑过去，耳朵贴在外公嘴边，不停地点头。

郝铁梅起身，朝门边走来，想必是要找护士。郝回归立刻转身躲到相反的拐角处。郝铁梅出来，在医护办公室门口跟护士沟通了一会儿，然后跟着护士下了楼。郝回归溜进病房。房间里消毒水的味道十分浓，但郝回归闻得到外公的味道，这味道无论过多久他都记得很清楚。外公已经瘦得不行，躺在那儿特别可怜。郝回归站在床边，看着外公，好像一下回到童年。他不禁伸出手去摸外公的脸，然后又摸摸外公的耳垂。小时候郝回归最喜欢摸的就是外公的耳垂，又厚又大。外公老说自己是弥勒佛，大耳垂能保佑郝回归平平安安。

此时，弥勒佛的耳垂已瘪了、小了、干枯了，一如外公的脸。

外公好像醒了，微微睁开眼睛，看见病床前有个人，很费劲儿地张开嘴，小声问道："你是谁？"郝回归紧紧握住外公的手，眼泪"唰"地就流了下来。他身子前倾，贴在外公的耳边，轻轻地说："外公，我是大志，我是大志。"

外公拼命地抬了抬眼睛，脸上浮现一丝笑意："大志啊，大志你来了啊，外公好想你，长这么大了啊。"

郝回归紧紧握住外公的手，把头埋在外公的被子上，不敢发出太大的声音，拼命吸了几口被子上的味道。

"大志啊，不要哭，你一定要好好的，外公是弥勒佛，不管在哪里，都会看着你的啊。"外公很使劲儿地说完这句话，感觉松了一口气。突然，心电图开始变快，病房急救铃响了起来。郝回归握着外公的手，舍不得放开。他知道，一旦放开，就永远见不到外公了，可他又不得不放开。郝回归噙着泪花，后退两步，在病床前跪了下来，重重磕了三个响头。

一个为17岁没有送别外公的郝回归。

一个为今天没有到场的刘大志。

一个为自己。

起身，郝回归用袖子抹了抹眼泪，走出病房，远远地坐在走廊另一头的椅子上。郝铁梅和护士跑回来。医护人员推着仪器冲进病房。郝回归仿佛还能听见外公心脏急促跳动的声音。心电图的频率慢慢变慢，变慢，变慢，终于成了一声长长的"嘀"，那"嘀"声好长好长，好久好久。

郝回归坐在病房外远远的长椅上。

郝铁梅坐在外公病床旁的凳子上。

郝铁梅根本就没有想到父亲会这么快离开，一点儿征兆都没有。她把父亲的手缓缓放在床边，帮他整理着头发和衣服，然后深深地呼吸，站了起来，告诉医生和护士可以开始处理后事了。

接下来的几个小时，郝铁梅一直忙前忙后。郝回归在角落里看到了很多亲戚，看到了很多家人的同事。郝铁梅很自然地问好、鞠躬、拥抱，感谢每一位来医院的人。郝回归远远看着，觉得心疼。以前他还责怪妈妈没有告诉自己外公病危，却未曾想过自己失去的是外公，而妈妈失去的却是自己的爸爸。四五个小时过去了，该来的都来了，该走的也走了。郝铁梅走到病房外的长椅边，慢慢弯下身子低着头，靠了上去。全身像是卸下了一个重担，也像被抽走了一根筋骨。

低着头的郝铁梅看见一双脚突然出现在自己面前，强撑着准备继续谢谢来的人时，一抬头，突然发现眼前站着的是刘建国。他站在郝铁梅的面前，一脸焦急，一看就是刚刚赶到。

"你怎么来了？"郝铁梅愣了半天，挤出一句话。

"你怎么不告诉我？"刘建国反问。郝铁梅不知道怎么回答，也许认为自己和刘建国离婚了，所以这些事情都没有办法再开口。

没等郝铁梅回答，刘建国轻轻地说："这是咱爸啊……"

一直坚强的郝铁梅听到这句话，眼泪就跟开了闸似的，突然大哭起来。此时站在刘建国面前的郝铁梅就像个小女孩一样无助、失落、难过、孤独，各种情绪交织着。整个走廊上回荡着的都是郝铁梅的哭声。刘建国伸出双手，紧紧搂住郝铁梅，拍着她的后背。

"别哭了，我来了，我来了。"

听着妈妈的哭声，郝回归坐在远远的长椅上也忍不住又哭了。

他一直以为的坚强妈妈，其实并不坚强。她只是不想被人看到她的难过，不想让人觉出她的慌张。她总是给人一副胸有成竹的样子，什么事都想得很明白，其实她也有她的脆弱。

也许，一个女人的脆弱就是你能理解她为什么要坚强。

郝回归一直以为爸妈的关系很差很差，今天他才明白——原来爸爸依然是家里的顶梁柱，原来看起来厉害的妈妈在爸爸面前就是一个小女孩。

刘建国等郝铁梅的情绪缓和下来后，一个人跑上跑下处理外公的后事。郝回归看着爸爸把所有的事情处理好，然后和妈妈坐在了一起。妈妈靠着爸爸的肩头沉沉地睡着了。

郝回归靠在最晚一班回湘南的大巴座椅上，心情一言难尽。他突然觉得自己的名字可能不是妈妈乱起的，"回归"，他很感激这一次的回归，让他看到和感受到太多太多的东西。

这些东西是任何财富都无法换来的，这就是财富。

"我知道你爱我，我也知道你太爱我，所以很多话都堵在心口不知如何说。"

陈程恋爱了，而且直接带老公回了家，说待两周就直接结婚。老公是法国人。这种事在湘南小城一下子传遍了。

陈桐带着刘大志等人飞奔回家，来见见自己的法国姐夫。法国姐夫高高大大，浓眉大眼，很像电影里的飞行员。当警察的陈志军平日里高大威武，跟法国女婿站在一起，只到他肩头。

"陈桐，你爸怎么了？"刘大志问。他已察觉到整个屋子里尴尬的气氛。陈志军的脸一直垮着。亲戚朋友来了一家又一家，但他的表情毫无变化。

"我爸也是今天才知道这件事。"

"啊？你爸妈之前没见过外国女婿？"众人吃惊道。

"嗯。我姐说没必要见，无论父母见了喜欢或不喜欢，她都要嫁，所以不如不见，直接回家结婚就好。"陈桐说起来，语气倒有几分骄傲。"陈程姐好厉害，我要是不给我妈看男朋友，她肯定打死我。"叮当十分崇拜。"难怪……"微笑若有所思。

一会儿工夫，陈志军已走出去抽了好几支烟。

刘大志等人看了一眼外国人，也赶紧离开。

"我觉得你家有麻烦了……"刘大志忧心忡忡。

"挺好的啊，这下我爸妈的心思就不会都花在我身上了。"

陈桐自己决定学文科，而陈程自己则决定下半辈子和谁在一起。

无论陈志军反应如何，婚礼还是要办的。陈程出嫁，伴娘是微笑、叮当，伴郎是陈桐、刘大志。陈小武见他们四个穿得漂亮，忍不住摸了一把叮当的伴娘裙裙摆。叮当"啪"一下打掉陈小武的手："可别弄脏了，等我结婚的时候还要留着穿呢。"

"你结婚穿的是婚纱，穿这个干吗？"陈小武笑嘻嘻地说。

"我结婚想穿啥穿啥，穿盔甲也不用你管。别给弄脏了！"

穿西服的陈桐帅得不行，像是港台新出道的小天王。刘大志穿上衬衣，打上领结，各种不习惯。陈程看了之后，倒是夸了他。

微笑换上了粉红色伴娘裙。四个人站在陈程面前。

"来，大家靠近点儿，我给你们拍张照。"陈程拿着照相机。本来，照片顺序是刘大志、陈桐、微笑、叮当。刘大志非得找个机会和陈桐换了位置。刘大志心里暗示自己这是他和微笑的婚礼，陈桐是伴郎，叮当是伴娘。陈志军还没到，陈桐的妈妈特别着急："你爸说马上到，马上到，马上要开场了，还没到。陈桐，赶紧去找找你爸。"

陈桐刚跑到大厅，就看见爸爸从酒店洗手间里出来，神色匆忙。

"爸，都等着你呢，怎么还不换衣服？"

"哦哦哦，好。"陈桐的爸爸整个人都不在状态。自从姐姐把姐夫带回来之后，爸爸的情绪就一直不高涨，也很不自然。

陈桐跟爸爸说："爸，今天是姐姐的大喜之日，有什么不开心的等过了今天再说。不然姐姐会很难过的，觉得我们都不祝福她。"

陈桐的爸爸依旧一副灵魂出窍的样子，点点头，看不出任何喜悦。一切就绪，司仪上场。法国姐夫十分紧张，满头是汗，回过头用生硬的中文对陈桐和刘大志说："我都忘记了一会儿我要说什么。"

"姐夫，想到什么就说什么，说得不好，我姐也会嫁给你的。"

"对，姐夫，第一次结婚都这样，以后就不会了。"刘大志接着陈桐的话说。

灯光暗了，陈志军牵着陈程的手走在前面，离姐夫越来越近。

真是一种奇怪的感觉，这么嘈杂的环境，这么多人，一下子全部安静下来，看着一颗心靠近另一颗心。刘大志的心也在扑通扑通跳。灯光下，站在陈程后面的微笑是那么安静、那么甜美。

全场的目光都聚集在陈志军身上。他还没开口讲话，很多人便开始感动得嘤嘤地哭。不得不说，婚礼最感人的环节就是爸爸把女儿交出去的那一刻。

叮当哭着对微笑说："我也好想结婚，看看我爸爸会说什么。"

微笑眼眶也红了，拍拍叮当："我也是。"

刘大志也泪眼婆娑："我也好想结婚了。小武，你怎么也哭了？你能跟谁结婚啊？"

陈小武擦了擦眼泪："我不想结婚，我在想如果我女儿结婚，我会对她说些什么。"

刘大志哽咽着说："都没人跟你结婚，谁给生女儿啊……"

"嘘，听陈桐爸爸说什么。"

每个人都想听听陈志军要说什么。陈志军把陈程的手往新郎手上轻轻一放，停了停，然后一挥手说："好了，大家今天，吃好喝好。"话音未落，他转身下了台。

全场尴尬，所有人都愣在那儿。司仪立刻提议："为新娘、新郎的幸福鼓掌！"每个人都使出了全身力气鼓掌，生怕其他人看见自己的尴尬；法国姐夫不明所以，喜气洋洋；陈程努力挤出笑脸，跟老公拥抱；刘大志瞟了瞟陈桐，发现他的脸色从没有这么难看过。

从台上下来，陈程提着婚纱冲进休息间，关着门，谁都不见。

隔着门，陈桐等人听见了里面的哭声。

陈桐理解姐姐的难过。从小他们姐弟都被爸爸严格管理，任何事情都按照计划的标准，他俩也不负众望，一直很优秀，让父母都很满意。尤其是姐姐陈程，读了大学，去了香港，一个女孩终于有了自己的家庭，其间经历的事情太多太多，姐姐就是想听听爸爸今天说些什么，说什么都行，心里话就行。那么多年了，姐姐和爸爸的沟通就很少，错过了婚礼，可能他们再也没有机会坐下来让彼此看到最真实的自己。但他也能猜到为什么爸爸那么生气，自己理转文还在和家里怄气，这下姐姐直接带回老公加入战局，好像一夜之间姐弟俩都不听爸爸的话了。所有的矛盾积累在一起，也难怪爸爸会失态。

陈桐的妈妈急匆匆从宴会厅出来，对陈桐说："快让你姐换衣服，要给客人敬酒了。你爸也不见了，他的事我们回头再说，所有人都在等我们呢。"陈桐让服务员拿钥匙把休息间的门打开，看到妆都哭花了的陈程。

女人再优秀，终究也是女人。

刘大志、陈小武他们坐一桌，正在开心地聊天。突然陈小武的爸爸出现在了宴会厅的门口，目光四处搜索着陈小武。

"你爸！"刘大志一惊。

陈小武顺着刘大志指的方向看，爸爸穿着菜场卖菜的服装，怒气冲冲地站在宴会厅的门口。糟了，自己忘记出摊的时间了。他跟爸爸说今天陈桐的姐姐结婚，自己去去就回，然后一热闹就忘了时间。

陈小武赶紧跑到门口，跟爸爸道歉。刘大志一看大事不好，赶紧找郝回归求助。大家都望着门口，陈小武很尴尬。

"陈小武，你怎么跟我说的？"

"爸，对不起，我错了。"

"我也不跟你多说了。我交学费让你读书是让你来这种地方吃饭的吗？上次你们老师表扬你，说你有进步，我看一点儿用都没有。你明天就给我退学！"

"陈叔叔，你也来了。"刘大志跟在郝回归背后，给陈小武使眼色。

"啊，老师，你好。这小子每天骗人，今天说二十分钟就回，两个小时了都不回来。"然后又冲陈小武说，"你不好好做事，你一辈子都不可能在这样的地方请客。"郝回归心想，可能陈石灰老骂陈小武一辈子不可能在大酒店请客，所以他女儿的百日宴才要请一百桌，也许只是为了争口气吧。"老师，我回去也想了想，高中毕业证对他也没什么用。最近家里人手是真不够，几百斤黄豆都在家里放着搞都搞不赢。"陈石灰也很实在，无论老师怎么表扬自己的儿子,家里的豆子卖不完才是最大的事。

"小武爸爸,要不这样,反正你让小武回去也是卖豆芽,不如给陈小武一个机会,让他帮家里先处理100斤黄豆怎样?"

不仅陈小武的爸爸一惊,陈小武也一惊。

"啊?"郝老师什么意思?陈石灰也不明白老师在说什么,陈小武怎么可能帮家里把100斤黄豆卖出去?郝回归一看陈小武的爸爸犹豫,就立刻对陈小武说:"家里现在有困难,你帮家里卖100斤黄豆出去。"

"郝老师,你知不知道100斤黄豆可以发多少豆芽啊……"陈小武觉得郝老师太不懂行了。

"1斤黄豆可以发12斤豆芽,100斤黄豆可以发1200斤豆芽。你别给我放增大剂啊,我的意思就是你帮家里卖1200斤豆芽,听明白了吗?"

郝回归心想,我跟你是这辈子最好的兄弟,过去十几年都没少帮你家卖过豆芽,难道我还不清楚100斤黄豆能发多少豆芽?

"郝老师,看不出来,你对我们这个行业也这么了解啊。"陈小武的爸爸十分佩服。

陈小武呆住了,这郝老师懂我不懂的,也懂我懂的,还懂我想隐藏着的……陈小武对郝老师的感情从害怕,到畏惧,到感激,再到此刻的敬畏。

"那……那我怎么弄?我弄不了啊,那么多。"陈小武一下恐慌起来,自己怎么能卖出那么多?

"你不是帮刘大志请了个假妈妈来学校吗?现在轮到刘大志帮你了啊。"郝回归瞪了陈小武一眼。刘大志在后面偷笑,陈小武很尴尬。陈石灰一听自己的儿子还做过那么荒唐的事,扬起手就要给陈小武一个巴掌。郝回归连忙拽住陈石灰的手臂:"没事没事,小武爸爸,你就等着小武帮你处理掉100斤黄豆吧。"

那边,陈志军说完一句话就下台了。陈程很难过。陈桐心里也憋得慌,他决定找爸爸当面对质到底有什么不满意的。干脆一家人把话说清楚,也总比这样不明不白要好。陈桐楼上楼下跑了个遍,都没看到爸爸的身影。他想了想,跑进洗手间,也没有人,准备离开的时候,听见洗手间最里面传来压低了的抽泣声。陈桐觉得声音很熟，贴着门，仔细听，然后敲了敲门："爸，是你吗？"

陈志军走了出来，眼睛红红的。

"爸，你怎么了？"陈桐第一次看见爸爸如此模样。

看见爸爸手上拿着一小沓纸，陈桐伸手去拿，把纸打开，三页信纸上写满了密密麻麻的字。

程儿：

从来没想过会用这样的方式跟你说话。爸爸怕在现场说不出来，所以写在纸上。请你见谅。

…………

你一定觉得自从你带男朋友回来后，我的状态就很奇怪，我也觉得自己的态度很奇怪，但就是改不过来。

不怕你笑，从你出生的那一天开始，我就担心着这一天的到来。这一天，终于还是来了。我应该跟你说些什么呢？我想，有些话我还是先说给自己听吧。

我的女儿是世界上最优秀的女孩，爸爸觉得没有人可以配得上你。你小时候问我，你是不是世界上最漂亮的女孩，我怕你骄傲，跟你说，女孩子最重要的不是外在。但其实，爸爸想跟你说，你就是最漂亮的。

爸爸后悔。

后悔没有让你多穿几次裙子。

后悔让你剪短发。

后悔六一节给你少买了一个冰激凌。

爸爸后悔让你考重点大学。

其实你考不上，一直留在爸爸身边该有多好。

爸爸后悔这些年工作占用了太多的时间，没有更多的时间陪陪你。

逢年过节，你赶不回来，爸爸在电话里跟你说让你好好照顾自己，那是爸爸最后悔的。

后悔为什么不跟你说哪怕路上辛苦你也要回来。

后悔为什么要告诉你我们都很好。

其实你离开家的每一天，我们都很想你，却不得不说服自己这是你成长的路。

我想说谢谢你啊，给爸爸留下那么多美好的回忆。你还记得吗？当爸爸第一次出警受伤的时候，你妈妈和桐桐哭得稀里哗啦，只有你忍住眼泪拿着绷带要帮爸爸包扎。那时起，爸爸就知道，你一定是一个坚强的姑娘。

…………

所以这些年，你从来不跟家里抱怨自己有多苦，你也不说自己学习有多累，甚至你说你要结婚，不让我们见你的男朋友，你说无论我和妈妈喜欢不喜欢，你都喜欢，反对不反对，你都要嫁。你决定去做一件事，就会投入去做，你决意去爱一个人，就会毫无保留地去爱。

…………

无论如何，我希望你会一直做一个纯粹的女孩，去追逐你想要的，不用害怕受伤。你站在那里，就有力量。你笑起来，任何困难都无须言谈。我会一直爱你，就像你从来不曾嫁人一样。

爸爸

眼泪在陈桐眼眶里打转，原来爸爸并不是生气姐姐私订终身，而是害怕失去姐姐。他把信折好，放在口袋里，深吸一口气，笑着对爸爸说："爸，写得不错。要不要帮你润色一下？"

"臭小子，你学了文科了不起吗？"

陈桐一时没有反应过来。陈志军拍拍他的肩膀："走吧，陪爸爸去给大家敬酒。"

陈桐点点头，跟在后面。一件天大的事好像就这么过去了。

婚宴大厅里，王大千正兴高采烈地跟郝铁梅说着他准备承包的政府项目，许多住这一区的人挤在一边旁听。其他人聊天的聊天，喝酒的喝酒。宴会持续了四个多小时才结束。现场只剩下陈桐一家和刘大志等人。陈桐喝了一点儿酒,开心地跑上已经被拆了的舞台,对着台下说:"欢迎新郎、新娘、伴娘、伴郎以及新娘的父母。"

陈程有些不明白。

"有请我的爸爸陈志军!"陈桐接着说。

陈志军脸红红地走上舞台,清了清嗓子,打开信纸开始念起来。

如果时间会开花,那么这一刻是春季。

如果时间有温度,那么这一刻是夏季。

如果时间沉甸甸,那么这一刻便是秋季。

如果时间有颜色,那么此刻的冬季便是幸福的纯白色。

"我们总错把喜欢当成爱,殊不知爱的复杂让我们没有资格随便说喜欢。"

叮当推开家里的门,客厅一片漆黑。

"今天怎么样?"声音自阳台传来,郝红梅站在月光下抽着烟。

"什么怎么样?反正你不愿意去。"

"这个陈程真是被她爸妈宠坏了。"

"我觉得他们挺幸福啊。两个人真心相爱,为什么要在意别人的眼光?"

"你懂什么叫爱?互相喜欢就叫爱了?"郝红梅把烟掐灭。

"就像你一样?"叮当反问。

"你什么意思?"

"就像你和爸爸。"

"我和你爸怎么了?"郝红梅脸色一变。

"你不是在利用爸爸吗?他愿意养家,又能挣钱。一个月二十天在外面,你也觉得无所谓。"

"你!"

"你喜欢陈桐的爸爸,却嫁给我爸。嫁给我爸之后,还对陈志军念念不忘……"

"啪!"叮当脸上挨了一记耳光。

"你给我闭嘴!"

叮当捂着脸,带着生辣的疼痛,默默走进卧室。

门里门外,一片寂静,一片漆黑。

"最热血的事不是有多冲动,而是你的冲动并不是为了自己。"

教室里。

"郝老师要我先帮家里处理掉100斤黄豆。"

"妈呀,100斤?这怎么弄啊?"

"你觉得呢?"

"我怎么知道?"刘大志想了想,心生一计,扭过头看着陈桐,"陈桐,你有多少存款,认购20斤吧。你姐结了婚,生孩子要母乳,要喝黄豆炖猪脚汤。你20斤,我10斤,微笑10斤,叮当10斤,这就50斤了!"

"生孩子要十个月,我现在要不要先为我姐准备一头猪啊?"陈桐十分无奈地说。

广播里传来微笑的声音:"非常感谢获全省作文大赛一等奖的叶欢同学的分享。如果你有什么有趣的经验愿意分享给同学们,可以来广播站进行分享。今天的午间节目就到这里,放学后见。"

陈桐指着广播:"去找微笑吧,她跟校长提了申请,广播站会做到期末,正好可以让她邀请小武去分享自己的经验。"

"采访我做什么?我只会卖豆芽!"陈小武吓出一头汗。

"没错,就是去说你卖豆芽的经验。"

"我说什么?我什么都不会啊。"

"对噢,跟你玩那么多年,我都会发豆芽了。我们可以鼓励大家买了黄豆自己在家发,简单又健康,自己吃自己发的多有意思,不会发的,你就在广播里教。"刘大志开足了脑力。

"陈桐、大志，你们真好。"陈小武憋了半天，只憋出这一句。

"那接下来我们干吗？"

"周五你去做广播，我们卖黄豆！"刘大志斗志昂扬地说。

周五下课，刘大志立刻借了桌椅，拉上准备好的横幅："亲口吃掉自己发的豆芽，你想尝尝吗？"陈小武看见，感觉太残忍，赶紧用毛笔另写了几个字："五天，吃上自己发的豆芽，你准备好了吗？"

来来往往都是看热闹的人，真正买的没几个。

黄豆一斤一袋，附泡发说明书。远远地，陈桐骑着山地车过来，把书包往椅子上一放，直接走到桌子前拿起一袋黄豆，交了一份钱；同时，教学楼里传来微笑的宣传广播。有了他俩的加入，看笑话的少了，大家都围了上来。很多同学担心自己发不出豆芽，东问西问。刘大志大手一挥："这样！大家听好了，如果你担心自己发不出来，可以交钱写上自己的名字，我们帮你发，五天之后自有豆芽送上。"这么一说，同学们纷纷打消了担心，开始交钱登记。刘大志特别得意地对陈小武和陈桐扬扬下巴。陈小武看着拥挤的人群，充满了担心。

不到一小时，100斤黄豆就卖光了。

陈小武看着记录本，本来开心的脸又耷拉了下来，露出苦笑："大志、陈桐，需要帮忙发的黄豆有75斤！"

"75斤？"刘大志抢过本子，看了一眼，瘫倒在椅子上。75斤黄豆能发出900斤豆芽，每天要换两次水，一个教室都装不下。

"完了，收不了场了，怎么办？同学肯定会说我们很没有信誉。我们是不是要把钱退给大家啊？"陈小武很着急。

"别急，我有办法！去找郝老师，他肯定有办法！"

"叮当呢？"刘大志这才发现，今天居然没有人讽刺自己。

"我以为她不愿意来，都没好意思问。"陈小武小心翼翼地说。

"不对啊，她答应得好好的，说回家取点儿东西立刻就来。不管了，我先去找郝老师，你俩去找找合适的场地吧。"

何世福正在郝回归宿舍劝他转校。

"主任，我一定认真考虑，过两天回复您。"

何主任拍着郝回归的肩膀："郝老师，不要忘了我是如何一路支持你的啊。"何世福前脚刚走，刘大志就来了。

"你们打算怎么办？"郝回归问。

"只能退钱给大家吧。"

"你觉得大家为什么要买你们的黄豆？"

"吃自家种的，感觉不一样啊。"

"所以，只要是黄豆，只要能吃，都会不太一样吧。"

"黄豆只能出豆芽啊，还能干吗？"

"你早上喝的是什么？"

"豆浆啊。"

"还有呢？"

"啊！"刘大志明白了。

"如果我们能把1斤黄豆变成豆浆、豆腐，那就比单独发豆芽有趣多了。"

"去吧，别再找场地了。陈小武一定知道怎么办这件事。"

陈小武自然知道，不仅知道哪里可以磨豆浆，还知道怎么做豆腐。之后几天，陈小武连轴转，除了上学，其他时间一个人待在豆腐坊。刘大志和陈桐轮流送饭接应。75斤黄豆分别变成豆芽、豆浆、豆腐，轮番被带到学校。同学一个比一个惊喜，连之前那些看笑话的同学都流露出了一些羡慕。刘大志在思考，为什么陈桐能想到找微笑求助？为什么郝老师能想到换一个角度思考问题，而自己却想不到呢？

这是不是就是人和人的不同？他发现，总有人在慢慢改变世界，而自己那么多年只会随着别人定的规则生活，错了就错了，被拒绝就被拒绝，完不成就完不成，好像自己就没有一个叫作"改变世界""挑战规则"的开关，也并非扮演思考者的角色。这恐怕就是自己一直以来都不优秀的原因。

"大志，谢谢你噢。"陈小武递了一瓶可乐给刘大志，"为什么我们常常在一起，但是你却会想得和我不一样？"

"啊？"刘大志一惊。

"我觉得自己好像很愚蠢。你们都很厉害。陈桐能想到找微笑，你能想到帮别人节约时间，郝老师能想到做各种豆制品。我觉得自己好像一点儿用都没有，只会埋着头做傻事，只会发豆芽。"

被陈小武夸了，刘大志有一点儿开心。

但一想到陈小武和自己一样在惆怅同一件事，他又失落了，原来自己和陈小武的水准一样啊！

"但是呢！"陈小武突然又振作起来，"我以前卖豆芽时就觉得，反正那些客人都是我爸的，跟我没关系。但这一次，当我把东西卖给同学时，我才理解为什么陈桐要我去做广播，为什么你让我在校门口卖黄豆，为什么郝老师让我们把黄豆变成豆浆、豆腐。这世界永远都有解决问题的方法，就看我们想不想解决，对不对？"

"陈小武，你怎么了？你发烧开窍了？"刘大志摸摸陈小武的额头。

"我是真这么想的，我很想变得像你们一样，知道自己在干吗。"

或许，每个人都会这样，在很长很长一段时间内，根本不会明白别人所说的"动脑子"是什么意思。可是，当你突然觉得想要变得不一样时，这个世界就开始浮现出一些或明或暗的规则，一一对比，才知道自己到底差了多少。这种人开始会出现一些特质，比如说敬畏，开始敬畏任何自己做不到的事情、比不过的人。这种敬畏不是自卑，而是开始学会尊重。刘大志又有了一点儿开心，觉得自己和陈小武也像黄豆一样，开始有了发芽的迹象。

> "你以为的就真的是你以为的吗？
> 多少人一直活在'以为'当中。"

"我爸被抓了。"叮当肿着哭红的双眼对大家说。

"什么时候的事？"

"就是大家帮小武卖黄豆的那天，他去香港谈生意，然后就失去了联系，说是被警察带走了。当时我不知道发生了什么事,不敢和大家说,后来警察局来电话说我爸涉嫌走私,要被遣返深圳。"

"什么时候送回来?"

"我不知道,他们没说。"叮当一边说一边哭,"我妈托了好多朋友,现在都没消息。"

"小姨爹真的走私吗?"刘大志不敢相信。他小时候电视看多了,总感觉"走私"和"枪毙"是同义词。

"我们也不知道,他一直在外面做生意,做什么我也不知道。"

"好像深圳公安局有我爸的战友,我放学就去找我爸。"陈桐突然想起来。

刘大志和微笑对看一眼,神情尴尬。

"怎么了?"陈桐问。

两人把陈桐单独叫出来。

"陈桐,有件事要提前告诉你,又怕影响你的心情。"刘大志怕自己的表达会出错,"哦,微笑,要不你说吧。"

微笑也有点儿不好开口。

"你爸和叮当的妈妈谈过恋爱,在很早很早之前,后来你爸和你妈在一起,生下了你。"刘大志一股脑地把事情跟陈桐说了。

"我还以为有什么了不得的事情呢。"陈桐并没有很惊讶,"我爸那么帅气,喜欢他多正常。"

"听说是我们的外婆不同意,然后叮当的妈妈把你爸给甩了,你爸才和你妈在一起的。"刘大志补充道。

"大志,说这个有什么意义?"微笑阻止刘大志。

"我总要把我知道的信息说完啊,万一陈桐觉得无所谓去找了他爸,但是他爸曾被叮当的妈妈伤害过,那多尴尬。"

"也是。如果真的发生过那样的事情……"微笑回答。

三个人陷入思考。

屋子里,陈小武还在安慰叮当。

"叮当，别哭了。你爸肯定不愿意看到你这么担心。"

"你不明白，我爸只有我了，我妈根本不在意他。说了你也不懂。我爸回不来，我就去香港找他，哪怕不读书，卖房子，我也要陪着他。"叮当一直哭。

"如果你去香港，我也去。"陈小武说。

"你去干吗？"叮当止住哭声，抬起头。

"我……我们都去陪你，你一个人太危险。"

"不行，大家都要高考，肯定不行……"叮当又哭了起来。

陈小武很想说自己可以不高考，但他也知道，这根本不是重点。

三个人从外面进来。刘大志清了清嗓子，对叮当说："我们商量好了，陈桐单独找他爸爸会很尴尬，最好的办法是你和陈桐一起去。等陈桐说到一半，你就哭，陈爸爸心一软没准儿就同意了。"

"万一他不愿意呢？"

"你忘记陈程姐结婚了？陈爸爸心特软，女孩子一哭，准得心软。"

叮当看看陈桐。陈桐点点头。陈小武却没有听懂，为啥陈桐的爸爸会不同意？

"唉，说了你也不懂。"

"你们老这样，每次都不说，又说我不懂，不说我就更不懂了。"

"行了行了，慢慢你就懂了。"刘大志敷衍着。

"那我们放学就去吧，我带你。"陈桐说。

放学后，叮当坐在陈桐山地车的前杠上，一起去公安局。

"如果哭也没有用怎么办？"叮当很害怕。

"放心吧，我一定会想办法的，别担心。到了，我们上楼。"

陈志军的办公室在公安局大楼五层的走廊尽头。

"张姐，我爸在吗？"陈桐问局长秘书张姐。

"在。不过他正在见客人，半小时了，估计也快结束了，你们等等。"

陈桐和叮当在走廊上等着。叮当坐立不安，多一分钟，便觉得爸爸会多遭一分罪。

五分钟、十分钟、二十分钟，客人还没出来。

　　陈桐跟叮当说："算了，直接进去，等不了了。"说完，两人就往办公室走。陈桐正准备进去，透过虚掩的门往里一看，却僵住了。叮当不知发生了什么，陈桐让出位置，让她自己看。

　　叮当一看，也愣住了。

　　门缝里，郝红梅坐在沙发上，满脸是泪。陈志军给她递纸巾，说："红梅，放心，我一定会帮忙，一定把他转送回来，你放心。"

　　叮当捂住嘴，眼泪"唰唰"地流。

　　"志军，对不起，以前是我对不起你，我一直没说出口，希望你能原谅我。当时我年轻，不知道如何面对家里的压力，真的对不起。希望我的错误不要影响到你对叮当她爸的判断。"

　　"红梅，你放心，我一定尽力。"

　　突然，郝红梅跪了下来："志军，谢谢你，真的谢谢你。是我不好，请你原谅我。我不敢想象如果没了他我该怎么办，叮当该怎么办，这个家该怎么办！"

　　叮当不敢哭出声，立刻转身跑下楼，她再也忍不住了。她根本就没想到，妈妈有一天会为了救爸爸放下自尊。陈桐在后面追她。

　　公安局大楼的楼下，叮当哭得很厉害。她心里百感交集，内疚、自责，也有幸福和感动。真正的爱，就是为了对方可以放下尊严，可以改变自己。

　　叮当一边哭，一边说："谢谢你们。"

　　陈桐感慨了一句："如果当年我爸和你妈能这么敞开聊天，恐怕现在就没有你，也没有我和我姐了。"叮当边哭边笑，特别狼狈。

　　叮当的爸爸在陈志军的相助下被接回了深圳。而陈小武没有等到陪叮当一起去深圳，还是退学了。当陈小武再来找郝回归时，他并不惊讶。他知道陈小武迟早会退学的，只是没想到会这么快。这一次并不是陈石灰逼他退学，而是菜市场收保护费的流氓打伤了陈石灰，导致他中度脑震荡需要静养。家里还有弟弟和妹妹，单靠妈妈，没法扛起这个家，最后陈小武自己决定退学。

"你想清楚了吗？"郝回归问。

"嗯。"

"没有读完高中，可能未来对你而言，会一直处于一种自卑感里。即使未来你成功了，你还是会觉得自己低人一等，然后用其他外在的东西去证明自己。"

郝回归对陈小武说的这些不是担心，他看见的陈小武就是这样——高中退学之后，长时间自卑，不愿意再和自己有过多的接触，只在郝回归考上大学时，他才出来和大家聚会喝了几杯酒，看起来生活的压力很大。后来把整个菜市场承包了，生活条件变好，他才慢慢和大家恢复联系，但每次见面都使劲儿在用钱证明自己很厉害。而真正的好朋友待在一起根本不用努力证明自己很厉害啊。

陈小武很认真地点点头，说："郝老师，你放心，不会的。其实我很感谢你，上两次我爸让我退学，你都帮我拦住了。那时我完全没有做好准备，不知道自己能做什么。如果那时我退学了，可能我这辈子都抬不起头来。你让我留下，帮我卖了 100 斤黄豆。在那个过程中，我想了很多，也明白了很多。我知道我能做什么，无论是郝老师你、大志、陈桐，还是微笑、叮当，都让我知道我能变得更好。我知道未来还有好多事等着我做，虽然很辛苦，但我知道了方向。"

"我相信你，你也要记得，有任何需要都可以来找我们。"郝回归很想用录音设备把这段话录下来，录给 36 岁的陈小武听，让 36 岁的陈小武看看 17 岁的他是多么懂事啊！如果 36 岁的他也像现在这样的话，自己怎么可能和他吵起来，怎么可能和他打一架。

陈小武感动地点点头。

"去跟你的朋友们告别吧，记得，无论在哪里，你们都要在各自的地盘生根开花。"

听说陈小武退学，大家决定出来吃夜肖欢送他，陈桐也难得出来了。大家围坐在一起。陈小武虽然看得很开，气氛却依然沉重。对十七八岁的孩子来说，退学是一件大事。毕业之所以感伤，是因为离别。退学更是。一个人的离开，那种孤独，谁都不愿去想。陈小武给大家各倒了一杯啤酒，众人面面相觑，不知该说些什么。

"你们干吗啊，我只是退学，又没死。"陈小武招呼大家干杯。

"你死了还省事，烧了就没了。你没死，天天卖豆芽，万一豆芽养不活你呢？卖不出去呢？还得找我们……"

"大志，你关心是关心，但……"微笑不想让陈小武难堪。

"其实大志说的也是我担心的。你们放心，我一定不会一辈子卖豆芽，也绝不会拖大家后腿。干杯啦！"陈小武哈哈大笑，先干为敬，"从明天开始，我就不用早起上早自习了，哈哈哈！"

叮当鄙视地看了他一眼："但你要三点钟起床准备豆芽啊。"

大家大笑起来，尴尬的气氛一扫而空。

"好了，好了，我们敬陈小武一杯，他是我们当中第一个养家糊口的人，希望陈小武早日成为'豆芽王'。"微笑举起杯子。

"微笑，还是你最好。"陈小武喝光了手上的整杯酒。

"喝那么快干吗？咱们还是高中生，一口一口喝。"叮当白了他一眼。

"我、我不是因为开心嘛，所以就想喝。"

"小武，咱俩干一杯。"刘大志满上第二杯，两人又一饮而尽。话不够填满未来的缝隙，就往里面灌酒。后来谁也没有谈未来，未来太遥远，未来也太现实，好像和小武谈也不合适。大家低头吃菜、喝汤，汤在夜色中很容易就从热气腾腾变得如湖水一样没有波澜。

"你们还记得吗，郝老师上公开课的时候？"陈小武自顾自地笑了起来。

"那天你说得实在太好了。"

"这几天，我早上三点就起来。天气真的就跟当时瞎掰的一样冷，我给十几桶的豆芽换水，换完之后，腰真的都快没知觉了。后来搬桶、搬豆芽……重！但我感觉不到它很重，而是感觉到一种压力，沉甸甸的，感觉如果自己不扛起来，家就摔到地上了。"陈小武的脸有点儿红红的。

"我妈特别害怕我扛不住，就在旁边随时想帮我。我都够矮了，我妈比我还矮那么多，她能帮到什么啊，万一我一失手，还把她给砸了。所以我就只能咬牙，我都能听见自己牙齿'咯嘣咯嘣'的声音，真的。这些年，我爸他怎么过来的……太累了，我爸真的太累了……"说着说着，陈小武的状态从刚开始的洒脱变成难受。

微笑双手抱着一杯热茶看着陈小武。陈桐拍拍他的肩，叮当也愣愣地看着他。刘大志第一次看见这样的陈小武，反而笑了起来。

"哭什么哭，多好啊，起码你父母一起拼搏，我都搞不清我父母的关系。哎，来，再干一个。"两人又喝了一杯。

"大志，你说你不能理解你爸妈的关系，什么意思？"微笑问。

"啊？我说啥了？"

"大姨和大姨爹他俩怎么了？"叮当也搅和进来。

刘大志看着陈桐，又看看陈小武。

"算了。他俩离婚了，为了我的高考，现在还假装住一块。我可跟你们说啊，尤其是你，叮当，绝不能跟任何人提起！不然我自焚给你看！"

"啊？离婚了？"叮当很吃惊地说。

"闭嘴，别说了。你再提，我就说你爸走私了啊。"

"你爸才走私！我爸是被陷害的！不信，你问陈桐。"

"问陈桐干吗，觉得你俩亲上加亲了？嘿嘿。"

"亲上加亲？"陈小武一愣。

"你还不知道啊？陈桐的爸爸以前和叮当的妈妈谈过恋爱。"

"刘大志，你够了，别喝了，我们走，明天还要上课。"陈桐不由分说，直接背起刘大志就走。

青春里有很多秘密，但父母的秘密才是真正困扰我们的啊！

第十一章

推开世界的门

人只怕生锈,一旦关上与外界的门,
锁一生锈,别人走不进去,
自己也走不出来了。

"虽然我不能陪你再走同一条路,但我保证会在自己的路上认真走下去,让你回头的时候,不至于担心我。"

陈小武办理退学的时候,大家正在上课。

刘大志一个转头,陈小武正从走廊经过。刘大志一直盯着他,陈小武却并没有往教室看,直直走了过去。看来陈小武并没有真正做好告别的准备。都说毕业难过,现在比毕业还要难过。毕业是大家都掉头走,而现在,只有陈小武一个人走了。

下了课,刘大志冲出教室。陈小武果然在养木桶的废楼里。

"办完了?"

"完了。"刘大志顺势坐在陈小武旁边。

"你可要祝福我,我终于摆脱倒数第一了,再也不用提心吊胆抄作业了。"

刘大志侧过身,拍拍陈小武的肩:"嗯,祝福你。"

"我走了,木桶就交给你了,每天喂两次。放学没人陪你走,你就找陈桐,他人还不错。以后记得来看我,我怕没时间找你们。"

"能不能别像交代后事一样,要不再去班上看看?"

陈小武想了一会儿,两人走向教室。退学并不丢脸,他是要养活全家的人。嘈杂的教室静了下来。陈小武有点儿尴尬,自己本就不属于那种人缘很好的学生,就算自己突然消失,也不会有太多人发现。

石头率先说话:"陈小武,可以啊,比我们还先走。"

陈小武和石头的关系一般,唯一的共同点是成绩差,有种没谈过心的惺惺相惜。预备铃响起,仿佛在催促陈小武赶紧离开。陈小武想了想,走上讲台,给全班同学鞠了一躬。他想起好多事,想起自己一次又一次迟到,想起自己被罚站,想起每次被老师叫到名字时的紧张,想起跑5000米时全班同学给自己的掌声,想起自己提着豆芽、豆腐、豆浆进教室,同学们的欣喜和热情。

告别了,我的青春。

告别了，我的同学。

陈小武面带微笑，向后门走去，经过刘大志时，停了下来，打开书包，递给他一支钢笔："这是我用去年的压岁钱买的，我全身上下最值钱的东西。收下它，让我们在各自的地盘上生根开花。"

刘大志不想把气氛搞得太沉重，接过钢笔说："谢谢你的遗物啊，带着你的遗愿好好生活。还有别的遗言要交代吗？"他依旧不知如何面对告别。

"你还记得你以前问过我喜欢谁吗？"陈小武突然搂住刘大志的脖子，贴着他的耳朵，"我喜欢叮当。嘿嘿！"陈小武说完，看着刘大志，感觉自己舒了一口气。

果然是叮当，这个陈小武！得到确认的刘大志心里那个翻江倒海。陈小武是不是瞎了？！但刘大志此刻必须假装平静，毕竟得到了陈小武的信任。而他还要做出对等的回应。刘大志搂住陈小武的脖子，悄悄对陈小武说："其实我发觉自己有点儿喜欢微笑。"

"这是秘密吗？这个世界除了你和微笑不知道之外，所有人都知道了。"陈小武指着全班同学道。刘大志赶紧把他的手拍下来。刘大志再度轻声对陈小武说："我是说，我在演唱会上说的是真的，其实我一直喜欢微笑。"刘大志看着陈小武咧开嘴笑，感觉互相知道了彼此喜欢的人，交换了这种秘密，大家就从好朋友变成真兄弟了。

其实少年幼稚起来，真没女孩们什么事。

<u>"尽了力，</u>
<u>才有资格看戏。"</u>

Miss Yang 在郝回归宿舍门口，神情凝重。

"郝老师，你不跟何主任一起去私立高中？"

郝回归一下没反应过来。

"我看到转校的名单中没有你，但何主任说你也会一起去的。"

"你也要走？有多少人？"

"从高一到高三,一共二十位老师,一些成绩好的学生也会一起过去。郝老师,这真的是个好机会。"

"这不会影响学生升学吗?"

"只要老师还在,市里就能保证升学率。剩下的事,上头不管。"

"Miss Yang,你能不走吗?"郝回归脱口而出。

"其实,我也不想走,但对方答应,只要现在过去的学生能考上大学,每个人都有一笔奖金,而且从现在到高考食宿全免。后来我想,只要是真的愿意读书的孩子,在哪儿都一样,而且那边的条件更好。"Miss Yang也很为难。

何主任要带老师和一些学生转校的事情很快传遍了学校,从上到下都惴惴不安。家长们也坐不住了,纷纷打听谁会走。理科班第一名郑伟便是转校生中的一位,除了他,理科重点班还要转走三十三位。文科班也有十七位要转走。一时间,湘南五中的学校领导、郝回归、其他老师、学生、学生家长都乱作一团。

郝回归先去找何主任,想试试看能不能把他留下。他已经完全猜到了结局——何主任把郝回归羞辱了一顿,让他觉得留在湘南五中就是耽误自己的青春。郝回归问何主任:"主任,难道你不觉得这么一离开,这种动荡对这一届的高考生有特别大的伤害吗?"何主任摇摇头:"郝老师,我也没有办法。你也看到了,如果今年不走,明年还是有新的高考生,而且对方学校无论是老师的待遇、对老师的尊重,还是对好学生的渴求都比这边高。作为湘南年轻教师中优秀的一员,我还是很希望你能够在更好的地方任教。"

现在郝回归要面对提出疑惑的学生。

"郝老师,听说Miss Yang不再教我们了,那我们的英文谁来教?"

"郝老师,我妈让我转学,因为那边的老师更好……"

"郝老师,你也知道我家有一些压力,那边说成绩好的同学可以免食宿费,所以我也想转学……"

每天都有家长闻讯而来:"郝老师,你会走吗?"

"郝老师,我家小孩的数学成绩很重要,所以我们打算跟数学老师一起走。"

"郝老师,如果我们留下来,湘南五中会减免什么费用或者奖励奖学金吗?"

好在第一名陈桐没有要转学的意思,让郝回归松了一口气。反倒是何主任劝王大千让微笑转去新的学校。王大千也来找郝回归说了自己的担忧,说自己认识何主任很多年了,何主任向他保证帮助微笑考上一个重点本科。郝回归被气得只差没说:"王叔叔,咱俩认识30年了,我刚上小学你就认识我了!"但他不能说,也找不到更好的理由说服王大千,只说让他先想一想。

如果微笑真转学走了,她还会去美国吗?如果现在微笑就走,跟大家的关系肯定越来越淡,去了美国也不会再和大家联系。刚开始郝回归被各种信息风暴卷来卷去,弄得狼狈不堪,面对各种纷扰,他就像处于风暴中心,后来渐渐冷静下来。他试着厘清整件事。他回到这个世界,最重要的事情是帮助刘大志一群人改变,让他们变得更好。事实上,在这个过程中,他发现自己也在改变以前的观念。

陈小武脱离小团队之前,心里已经很明白自己要做什么了。可对于微笑来说,她和刘大志的关系从演唱会闹僵,一起做新闻时走得更近了,但郝回归并不知道此刻微笑心里是如何想的。如果在他回来的这段时期,没有让微笑和刘大志的关系有质的飞跃,自己回来就算是失败。

所以必须留住微笑。郝回归决定给王大千写一封信。信的内容不是保证让微笑考上重点大学,而是因为郝回归知道接下来王大千的项目会出巨大的问题,他无法提醒王大千,只能这么写道:

微笑爸爸,接下来政府的拆迁项目势必会占用你未来几年所有的时间,所以这一年对于微笑来说很重要。如果微笑转学的话,首先她要适应新的环境,其次还要面对你更少在家的局面。湘南五中是她熟悉的环境,包括很多朋友。以微笑的成绩,正常发挥考上重点本科没有任何问题,更何况陈桐还在重点班,他们也能相互帮助。从全局考虑,作为微笑现在的班主任,我还是不希望微笑的生活同时会发生多种改变。

郝回归写清楚工程的重要性,这样的话,王大千才能真正理解郝回归的苦心。而王大千未来一定会把事业重点投入到拆迁工程上。郝回归相信王大千看到这封信一定会表示认同。郝回归把信封好,又拿起了班上其他十几位要转学的学生的名单——语文课代表冯美丽,来自县城的顾大海,文章写得很好、数学很差的苏欣,英语口语在市里拿过第一名的邢嘉芸——邢嘉芸在英语上非常有天赋,可是家里父母靠种地生活,她的愿望就是能考上大学,靠自己的能力去一个说英文的国家旅行……郝回归想到他们,每一个人都活生生地浮现在眼前。郝回归当然也知道,这样一别,就不知道未来他们的人生是否还有交集,多少人都是因为一个选择、一个转身,就成了诀别,就成了最后一次相见。

放下名单,郝回归叹了口气。

周一放学后,文科班把要转学的学生和家长召集起来开了最后一次家长会。气氛凝重,但每个人都无能为力。有同学在座位上轻轻抽泣。郝回归也很难受。交代完一切,郝回归看着大家,从这里走出去,就很难再相见了。他从文件夹里拿出了一沓信,这是昨晚他给每个要转学的学生写的。郝回归走到他们面前递给每个人,然后同时说:"去了那边也要继续加油。"

拿到信的同学很吃惊,率先打开信的是冯美丽。

信里写道:

美丽,第一次看到你,是何主任把我带到文科班时。

他在问你为什么不参加高考总动员,你很认真地跟他说学习的重要性。那一刻我就觉得,你是一个特别认真的女孩。无论对错,你都愿意把最真实的自己呈现在别人面前。

经过这些天的接触,你勤奋、努力,想让自己变得更优秀,这一切老师都看在眼里。本来老师以为我们还有更多的时间可以相处,可以相互改变,现在看来恐怕难了,所以老师对你有几点希望:

1. 不要给自己太大的压力，不要告诉自己一定要考上北大。学习应该是一件让人开心的事情，考上北大也应该是一件让人开心的事情，如果你做不到开心，很多事情就会成为你人生巨大的负担。

....

2. 所有的功课当中，你的政治成绩是最弱的，你完全可以像学习历史一样学政治。你的历史成绩之所以好，是因为有兴趣，是因为古人在代替你思考。学习政治也一样，加入自己的思考，理解了一切，成绩自然也就上去了。

....

郝回归

冯美丽看到一半，尤其是看到郝老师让自己不要给自己太大的压力时，眼泪大滴大滴地落下来，打在信纸上。冯美丽的妈妈不知道发生了什么，把信纸抢过去看，看到老师对自己女儿的各种交代，也被打动了。

十七位学生和他们的家长没有立刻告别，站在座位上看着郝回归写给他们的最后一封信。

时间好慢，教室里开始有了啜泣声。郝回归深深地呼吸一口气，看着窗外。

天上飘着云，慢慢地会合又分离，就像人和人的关系。

尽情地告别就像拿着一台相机，"咔嚓"一声，留下最好的回忆。他回过头看着眼前的一切，明知道要告别，却满满都是幸福感，不留遗憾可能是幸福的另一个名字吧，他想。冯妈妈先离开教室，冯美丽擦干眼泪，双手抱着所有的课本和习题集跟着妈妈走出去，郝回归在心里说：再见啦，希望我们一切都能越来越好。冯美丽走了几步跟妈妈说："妈，我可以不转学吗？"冯妈妈回头看女儿。冯美丽想哭又不敢哭，眼眶里都是泪水。冯妈妈许久没说话，点了点头。

冯美丽破涕为笑，背着书包，双手又抱着满满的课本和习题集回到了自己的座位上。郝回归很疑惑地看着她。冯美丽低下头,忍住不哭,然后仰起头吸吸鼻子,不让眼泪流下来。她把书本重新归类放在书桌上,然后对郝回归说:"郝老师,明天见。"

一直忍着的郝回归因为这三个字,"唰"的一下,眼泪出来了。他立刻转过身,面对着黑板,不想让其他人看到自己的失态。然后他陆续听见背后有学生说:"郝老师,明天见。"有的声音很小,有的带着哽咽,还有家长这么说。郝回归没有回头,只是扬起了自己的右手,表示知道了。郝回归从未想过自己会被这些学生打动,他不是一个主动去关心其他人的人,也不会主动去跟人生没有太多交集的人打交道,而昨晚他给十七位同学写了信,不是因为想要挽留,而是因为想要珍惜。而他们大多数人居然因为自己的这封告别信而留了下来。

原来,很多事情当你彻底放弃、重新面对的时候,才有可能是新的转机和开始。这不是一个复杂的道理,但直到今天,郝回归才真正懂得。

"虽然我们是对手,但如果没有你,
我也失去了一半的意义。"

郑伟走的时候,特意来找陈桐。陈桐不在,郑伟想了想,想托微笑带个话,刚好也能跟微笑正式告个别。

郑伟在微笑面前有点儿尴尬:"有些话本来想当面跟陈桐说,看来没有这个机会了。我真把他当朋友的,打心底佩服他。我很努力做到的事,他很轻松就能做到。因为他,我才有了一个目标。对我来说,陈桐就是这样的存在吧。我要转校了,我一定会考上清华,你也要加油噢。"郑伟推了推眼镜框。

微笑也很感动,点点头,说自己一定会转告给陈桐。

接着,郑伟笑着说:"本来很早写了封信给你,想告白,但是被刘大志那浑蛋给搅黄了。那封信我还留着,希望未来有机会能够给你。"

微笑也笑了,理科班的男孩其实还挺可爱的。

"希望你们到了那边也继续加油。理科学霸走了,我们文科今年要出头了。"

"好，再见。"

"再见。"

"哦，对了。"准备下楼的郑伟又返回来，站在教室门口，对正在做题的刘大志喊了一句，"喂，听说你最近成绩不错，功夫也有长进，希望能和你在大学里打一架，我考的是清华噢。"

刘大志抬起头，看着曾经很讨厌的郑伟，也笑了起来，重重点了两下头。看着郑伟转身离开，他心里竟也涌起一股莫名的失落，明明不是很熟的朋友，为什么也会有这种感觉？

很多同学来跟 Miss Yang 告别，众人哭作一团。

突然，王卫国闯进办公室。

"杨老师，你要转校？怎么不告诉我？"王卫国上来直接就问。

"我……"Miss Yang 不知如何回答。

"你走了，我怎么办？"一向木讷的王卫国说。

Miss Yang 也怔住了，她没想到王卫国会问得这么直接。

"我、我没有想过这个。"Miss Yang 很尴尬。

"杨老师，留下来！为了我！我要和你在一起！"

王卫国竟单膝下跪。

原本充满离别和压抑氛围的办公室一下子变得很有戏剧性。这是什么情况？所有人都呆了，Miss Yang 更是惊慌得不知如何是好。她的人生规划里并没有这样的场景。她欣赏的男人要潇洒、风趣，王卫国不过是一个愚蠢的举重冠军，一个四肢发达、木讷而不解风情的体育老师，一只手能举起一个胖子又能怎样？

我可不能把自己的人生交给这么一个体育老师。

然后 Miss Yang 开口道："好的。"

Miss Yang 本想让他站起来，不想自己那么尴尬，没想到脱口而出的竟是这两个字。什么？别说她自己和周围的人惊呆了，这两个字一出口，王卫国也惊呆了。

王卫国盯着 Miss Yang。Miss Yang 脸"唰"地红了。难道是因为他能让自己有安全感？还是因为他一直在照顾着自己？王卫国喜欢吃醋，喜欢没事就来找自己，每次大家聚会都拿他开玩笑，自己能准确地说出关于王卫国的所有细节，难道自己心里早就有了他？

Miss Yang 抚住自己的额头："Oh, my God！"王卫国站起来，又兴奋又用力地把 Miss Yang 搂住，一把抱起来。

"你们的杨老师不走了，不走了！"

办公室瞬间响起一片掌声，看着眼前这一秒就转变的剧情，看着这之前自己还有些瞧不起的体育老师，此刻却回归十分佩服他们，佩服他们能心系一处，在最关键的时候表达自己内心最真实的声音。

不少同学太开心，反而哭得更厉害，纷纷跟他俩抱在一起。在这个时候，一位高一学妹来找微笑，让她去一趟周校长办公室。

"我？"微笑想，这个时候找自己，估计也不是什么好事。

周校长先是表扬了微笑没有转校的高度觉悟，然后为要关停广播站的事表示歉意。他问一句，微笑答一句，东扯西扯了半天，最后才问道："微笑，听说你爸爸接了一个政府的拆迁工程是吧？听说对待不同的拆迁户有不同的政策？你问下你爸，像我们这样的级别，有什么更优待的政策吗？"绕了老半天，原来是这件事。

"周校长，要不我跟我爸说一下，让他过来找您？"

"啊，不麻烦，要不你帮我约一下，我过去找他也行。"

"好。那校长还有别的事吗？"

"没了，你约好了记得告诉我啊。"

有时，微笑真的感觉这个世界复杂到令人讨厌，尤其是跟成年人打交道，他们完全知道自己的嘴脸，却觉得自己装得天衣无缝。校长室外，刘大志跑过来，一边跑，一边开心地说："微笑，你知道吗？我们是邻居了。"

房子，又是房子。

微笑不想理他。刘大志却继续说道："等我们成了邻居，就可以每天去你家吃饭了。"

微笑停下来说:"你真的那么喜欢吃饭?"

"啊?"

微笑看了他一眼,直接走回教室。

> "我总觉得自己的命运是由别人操纵的,
> 但自己也能改变别人对自己的态度。"

转校的事告一段落,文科班并没有伤筋动骨。学校对郝回归大加赞赏,许诺再过几年,何世福的位子就是他的。

原来升职是这种感觉。郝回归不在意何世福的位子,他在意的是这种感觉。原来,只要把事情做好,不捅娄子,对学生们好,自然有人看得见。大家重新忙着准备高考。刘大志偶尔跟郝铁梅特意去看陈小武。每次陈小武看到他们都会热情地问好,问学校的近况。可慢慢地,刘大志觉得好像他和陈小武之间起了一点儿小变化,也说不上什么具体的事,大概就是没聊几句,陈小武就忙着掐豆芽尾、换水、跟客人说话。他也不是故意把刘大志晾在一边,但刘大志就是觉得陈小武好像变了。他觉得可能也是自己太敏感。

这一天,刘大志叫上大家一起去看陈小武,看看是不是自己真的敏感。远远地,陈小武的豆芽摊没什么客人,他正低着头在看什么。等大家一走近,听到那一声"小武",他就像触电了一样,立刻把手里的书塞到桌子底下,站起来对着大家笑:"你们来了。"

几个人就站在豆芽摊旁边聊天,先聊学校,然后聊菜场,好像大家都在刻意地找话题。没聊几句,陈小武果然开始忙起来,一会儿换换水,一会儿搬搬豆芽,一边工作一边聊天。大家互相看一眼,感觉好像已经影响了他的工作,只好和他告别,说下次再来。

陈小武走到摊子外面送大家,直到大家拐过街角。

刘大志偷偷返回来,趴在墙根偷偷看陈小武。陈小武朝这边看了看,重新坐回摊子里,不再忙碌,发了一会儿呆,也不知在想什么,又从桌子底下拿起一本书。刘大志想起陈小武离开时说的那句"我走了,你不要难过"。

他确实难过，难过自己还有一群朋友，而陈小武却变成一个人。他能想象陈小武的孤独，陈小武之前是一个看到书的封面就能失忆的人，现在他却看起了自己曾经最不喜欢的东西。可是刘大志又无能为力，好朋友处于低谷，任何安慰都好像是炫耀，只能靠他自己走出来。或许这是每个人都要经历的时刻，只不过陈小武先经历了。刘大志经过文具店的时候，想了一会儿，进去买了一个崭新的笔记本。叮当笑他是不是又要从头再来。之后几天，刘大志把旧笔记本上做的笔记从头到尾特别认真地抄在新的笔记本上。这些公式、这些题目，陈小武可能都不懂，但刘大志希望陈小武依然能在这本笔记上找到当初和大家在一起时的感觉，不为他真能学会什么，只为他明白，大家并没有扔下他。

就在刘大志要把笔记全部抄好的时候，陈桐告诉刘大志，陈小武斗殴，进了派出所。

"肯定是搞错了！肯定是有人故意找碴儿，他绝对不可能主动打架，他还有爸爸妈妈弟弟妹妹呢！"刘大志完全不相信。

"你还记得他爸被打伤吧。那群人又去收保护费，小武带着十几个摊主拒交，双方起了冲突但不严重，只弄坏了一些公物。"

"那现在怎么办？你一定要把他给弄出来啊。"

"放学后，我们先去派出所，先把他弄出来，免得他家里担心。"

"要不跟郝老师请个假，现在就去，拖得越久越不好，毕竟他爸的身体刚刚好。"

"那也行，我去取车，你去跟郝老师请假。"

刘大志焦急地站在派出所外面，陈桐已经进去十几分钟了。陈小武终于出来了，脸上还有瘀青，看到刘大志，表情很尴尬。胖警察对陈小武说："看在你是陈桐同学的分上，今天就先这样。一个学生，不好好读书，学人打架，下次再敢闹事，你可要小心了。"

陈桐走出来对胖警察道了声谢。陈小武从台阶上下来。刘大志迎上去："没事吧。牛逼啊，居然能团结大家一起对抗恶势力了啊。"陈小武自嘲地笑了笑，想说什么，却又觉得不应该把这些龌龊的事告诉大家，这是自己的生活,和他们无关。

"要感谢陈桐,如果不是他,你还得在里面待好一阵呢。"

陈小武转过头对陈桐说:"谢谢你啊。"

"打了一架,事情解决了吗?"陈桐问。

"他们近期应该不敢再来了。"

"那也好,给他们一点儿教训,不是谁都能一直被欺负的。"

"嗯。"

"你怎么了?好像很不开心?"

"没事……"

回菜市场的路上,刘大志一直在问前因后果,陈小武也是问一句答一句。陈桐觉得可能是因为自己,让陈小武有些话没法跟刘大志说,于是主动说:"大志,你陪小武吧。我还有些事要先回学校,你们聊。"

"你先走了,我怎么回学校?"

"没事,我把你交给小武,好好聊。"陈桐笑了笑,"小武,照顾好大志啊。大志,放学后我帮你把书包送回家,你就不用去学校了。"陈桐用力踩了一脚踏板,瞬间走远。刘大志有点儿莫名其妙,不过他也管不了那么多,就问陈小武:"你到底怎么了?磨磨叽叽跟个娘儿们似的。"

"我饿了,去吃点儿东西?"小武说。

"好啊。你是老板你请客。"

果然,陈桐一走,陈小武的话匣子也打开了。

在路边摊,陈小武说起整件事。收保护费的不过十来人,整个菜市场好几百个摊主却都交了管理费和保护费。他们常来骚扰,警察也不管。陈小武团结了一条街的摊主拒交,跟他们谈判。陈小武一直忍着怒气讲道理,但对方早已吃透了菜场摊主多一事不如少一事的心理,威胁其他人。果然,有几位摊主慢慢动摇,说要不少给点儿,交了算了。陈小武坚决不同意,对方先动手,他才反击的。

"那之后怎么办?你不怕报复?"刘大志给小武倒了一杯啤酒。

"这么躲着确实不是办法,我打算主动点儿。"陈小武很认真地说。

"怎么主动?"

"我打算去找菜场所有摊主,跟他们一个一个谈,大家必须团结,我们那么多人为什么要怕他们,全都不交,难道他们还能把我们怎么着?"

"妈呀,小武哥现在这么猛呢?胆真肥!"

"别讽刺我了。你说,是不是像我们这样的人就活该被人欺负?他们欺负我爸,欺负其他摊主,现在又欺负我。如果没有人反抗,他们的儿子是不是还会欺负我的儿子?是不是就是因为我们没权没势,就会被人从心里瞧不起?"

"可能吧……觉得你们好欺负,没背景,也不敢惹事,怕担不起责任。"刘大志也不知自己为啥要这么说,这不是火上浇油吗?可他又觉得自己应该这么说,有时,安慰和欺骗差不多,说的人和听的人都明白。他突然想起什么,转过身,把衣服撩起来,一个笔记本插在皮带里,贴着背,湿淋淋的全是汗。

"都湿了!我发誓这是一本新的笔记本!我都忘记这回事了!"

"这是?"

"这是给你的,还剩一点儿没抄完,反正你也看不懂。"

陈小武打开笔记本,里面写满了整整齐齐的公式:"你给我的?"

"嗯。给你的。"

陈小武从第一页翻起,一页一页看着。读书的时候,一个都看不懂,现在更是,可他这一次却特别认真地在看,一页一页,直到最后。

"是不是很感动?以后孤独的时候,没事看看这个,就会觉得我们还在你身边了。"

陈小武把笔记本放在一边,什么都没说,自己又干了一杯。

"反正你也知道我们的心意,关键是你,一定要强大起来,不要退缩。"

"我发誓,就算没文化,只要心是善良的,就不应该被欺负!我必须让他们看看,卖菜的也能成事。"

"你成事了,养我。"

"好!养你!"

"你还要养我爸妈!"

"我养你全家!"

"等我娶了微笑,你也要一起养!"

"行!"

"万一我有了小孩……"

"好好好,都一起,好不好?"

这种打屁的对话被刘大志和陈小武翻来覆去地聊着,饶有兴致。

路边摊老板娘看着他俩,问正在炒菜的老板:"你当年也是这么骗我的,现在每天跟你摆摊,我好苦啊。"

老板"呵呵"笑了起来。本打算随便吃点儿东西,刘大志和陈小武就这么一直坐到晚上九点。两个人聊什么呢?两个 17 岁的少年,第一次装成大人模样聊起未来。从你想怎样聊到我想怎样,聊到怎样才能把豆芽卖得更好,而不是永远重复每一天。聊到刘大志人生的无限可能,聊到万一刘大志真的考上了大学怎么办。

找到合适的人聊人生真是件有趣的事。

"我弟读小学了,他现在能帮我送豆芽,我就让他帮我跑腿,每天都能多卖十几个人,我打算以后增加送豆芽的项目。"陈小武说起未来信心满满。

"真好。干一杯!"

"你别喝了,你可还是学生,喝可乐吧。我是湘南菜市场豆芽大王,我喝啤酒。老板!拿一听可乐。"

借着酒劲儿,陈小武说了他在电台里听到叮当的声音,怎样给她写信不留地址,怎样想告白,但是错过机会。刘大志说:"要不要兄弟帮你?我来搞定我妹。"陈小武连忙摆手:"千万别,求你了,别别别别。你也知道叮当有多讨厌你,她讨厌我都没讨厌你多,你千万不要开口任何事,不然我一辈子的幸福就会被你毁了。"

"你怎么还那么清醒啊?没劲儿,继续干!"刘大志一杯一杯喝着可乐,陈小武一杯一杯喝着啤酒。

"木桶还好吗?"

"好得很,每天早晚喂两次,一直在长大,聪明得很。别人叫都躲着,我们一去就跑出来！"

"我也很想它啊！"陈小武有些醉意。

借着酒意，刘大志问："欸，为什么每次我们找你，都感觉你在躲我们啊？"陈小武看着远远的路灯，笑了笑，说："觉得自己没那么好，没什么脸跟你们见面，还老耽误你们的时间。"

"唉，你想太多了。"

"以前就是想得太少。"

两个人继续聊，好像永远都没有结尾，原来人生有那么多可以聊的东西。他俩聊到郝老师，都觉得人生遇见了这么一个人真是幸运。从一开始不停地惩罚自己，到一次又一次站在自己的身后，明明不长的时间，却感觉发生了好多事，而每一次都有他的存在和陪伴。

"我以后一定要成为一个厉害的人，不让郝老师失望！"陈小武说。

"那我未来要成为像郝老师那样的人。"刘大志突然笑起来。

接着两个人聊未来，聊父母，聊自己，聊抄作业，聊郝回归，聊运动会，聊木桶，聊到那双回力洗干净了放在陈小武的柜子里，聊到陈小武偷偷打电话搞到一张演唱会的票，聊到刘大志演唱会告白。聊着聊着，陈小武哭了起来。

刘大志握着陈小武两边胳膊："你没事吧？"

陈小武一把推开他，红着眼，有点儿喝多了，一边哭，一边断断续续地说："刘大志，咱俩小学开始就是好朋友，你说你的任何事，我是不是第一个响应你的，一起打游戏，一起卖啤酒瓶，一起卖破烂，我以为我走了你会特别难过、特别孤独，但是我没有想到我才走两天，你就跟那个什么陈桐混那么熟！他跟你收过啤酒瓶吗？他知道我们在哪里抄作业吗？你们关系好当然好，但是他那么快就超过了我，你说，你是不是从来就没把我当成过好朋友！"

刘大志听傻了，陈小武是在吃陈桐的醋吗？

刘大志特别想笑，但听着听着，也觉得感动，原来在陈小武心里自己那么重要。他一把搂住陈小武："不会的，不会的，你永远第一。"

谁说只有女孩才会吃醋？男孩子吃起醋来，那真是吓人。

以前，刘大志和陈小武待在一起，只会打发时间，而现在，因为郝回归的出现，他们更多的是彼此鼓励，他们知道彼此会走什么样的路，也会给予更多理解。有时，当你说某个人变了，也许不是他变了，而是你们的关系本就没有到真正了解彼此的内心而已。

刘大志的17岁，生活的风浪一波又一波，每扛住一波，都能欣赏到这一刻潮退的静谧，等待下一个浪头的冲击。如果说父母离婚和陈小武退学只是他青春海洋中的一朵浪花，那王大千即将面临的困境则是他生命中的一场海啸。

"还记得我们曾经一起做的事情吗？虽然时光再也回不去了，但我们做的事情还能再做一次。"

王大千的工程正在有条不紊地进行，中间也发生过居民抗议、建筑工人受伤等一系列问题，最后都得到了妥善的解决。每天微笑来上学，郝回归都会暗自观察她的表情。如果开心的话，那就意味着她爸的工程还没出事；如果不对劲儿的话，那可能就是发生了一些什么。

一连很多天，微笑没有任何异样。郝回归回忆了很多次，没道理啊，如果真的按以前的时间来算，现在应该已经出事了。但郝回归也知道因为自己的存在，总会在不经意的地方改变一些事情的发展速度，就像何主任跳槽一样，提早了大半年。难不成，王大千的工程也会推迟出事？

郝回归在办公室正这么想着，微笑突然推开门，一脸严肃和紧张。他已经做好准备，但还是很紧张，他为自己能帮到微笑而觉得自豪，但也担心微笑会控制不住情绪，万一扑倒在自己身上哭怎么办。

郝回归重重地咽了一口唾沫，展示自己男人魅力的时刻终于来了。他一定会让微笑知道，这个世界上除了她爸，他也值得依靠。

"郝老师，怎么办？"

"没事，不要紧张，什么事郝老师都见过，只要你相信我，我一定会认认认真真帮助你。人生没有过不了的坎，人生没有过不去的事，只要有信心，就一定会有好结果。"

微笑突然不说话了，郝老师怎么了？为什么要说那么多？

"微笑，你说。老师刚刚激动了。"

"郝老师，是这样，湘南每年都要举办高中元旦文艺会演，每个学校都要出节目。今年我主持，周校长说今年节目由文科班来出，但我们从来没参加过，怎么办？"

啥？

自己酝酿了那么久的感情，居然等到这件事！郝回归高三时曾参加了这次文艺会演，这一次会演对于郝回归来说简直是噩梦。当年文科班没有任何人愿意参加文艺会演，最后决定全班二十个男生一起参加，表演的节目是小虎队的舞蹈串烧。二十个男生苦练一个月之后，终于要上台表演了，最后发现文艺会演的舞台不够大，根本就站不下二十人，最后的结果就是让个矮的同学不上台了。可怜郝回归苦练了一个月，最后连上台的机会都被剥夺了，只能跟着音乐在后台跳。那个节目很受欢迎，下来之后，女生的尖叫声让郝回归特别懊恼！凭什么因为自己身高不高，就不让自己上台！再想起这件事，他依然耿耿于怀。他决定指定三个人跳，发挥出他们最大的魅力，于是对微笑说："行，不用焦虑，你去找陈桐和大志，让他们再找一个男同学，三个人跳小虎队的《青苹果乐园》，肯定受欢迎。"

"他们会跳舞？"

"没问题的。"

"我怕他们学不会。"

"他们肯定学得会！"

微笑想了想画面，如果真的学会了，应该还挺好。临走时，郝回归叫住她："家里还好吧？"

"挺好的啊。"

"你爸最近很忙吧？"

"嗯？"

"他心情好不好啊?"

"蛮好的啊。"

"这样啊……"

"郝老师,你不会也是想要了解拆迁户的福利吧?"微笑最近非常讨厌别人跟她聊她爸,绕100个圈,最后都想要住新房子。

"啊,不不不,我没那个兴趣。"郝回归连忙摇手,"你快去吧,凑成小虎队三个人就行了。"

陈桐和刘大志都傻了。刘大志一想陈桐一米八的个子,那么硬的身板,就笑了起来;陈桐和微笑一想刘大志跳兔子舞的滑稽样子,也忍不住笑了。

"不行不行,我们肯定不行,郝老师简直是开玩笑。"陈桐不敢相信地说。

"看起来,他是认真的。"微笑顺手从旁边桌上拿过一本杂志,里面就有小虎队的大幅照片。刘大志一想到自己会很帅气地站在舞台上,不由得兴奋了起来。

"搞,搞,搞!"刘大志打了鸡血一般,"但是需要三个人,另一个是谁?"本来文科班的男生就少,又转走了几个,三个人把所有男同学讨论了一遍,觉得都不行。

"要不……"微笑说,"小武?"

"我觉得挺好的!陈桐你觉得呢?"刘大志说。

陈桐当然也赞成。如果能让陈小武加入,他肯定很开心,大家又能在一起,他就不会觉得那么孤独,可是刘大志又担心,退了学的陈小武还有没有参加的资格。

"这不是比赛,他本来就是我们班的同学。"微笑打消了刘大志的顾虑。

菜市场打烊,陈小武正在收摊,微笑和刘大志出现了。

"小武,有件事需要你帮助。"刘大志先开口。

"啊?"

"我知道这对你来说有些为难,但对我们所有人来说也是。"

"我有预感,不会是好事。"

"确实不是什么好事。"刘大志一张赖皮的脸。

"别打嘴仗了。小武，文科班要选送一个节目参加高中元旦文艺会演，郝老师让你和大志还有陈桐一起表演小虎队的舞蹈。"微笑说。

"跳舞？你让我跳楼还差不多。"

"你看，我就说了吧，他肯定不敢。"

"大志，你还说我，只要你一跳，所有人的风头就会被你抢光，跳那么难看，居然有胆量参加？何况我已经退学了，每天要弄豆芽，没有时间啊。"

"没事没事，我和陈桐商量好了，每天等你收摊后再来练习。"

"找别人吧，我真的没时间，大哥。"

刘大志心想糟了，陈小武一定还在吃醋。

"是不是因为陈桐？你放心，你在我这里永远是第一。"刘大志靠近陈小武，指了指自己心脏。

"哎呀，那天我喝醉了，你别当真。陈桐人特好，他一直帮我呢，我是真没时间。"

"你很久没有看到叮当了吧？她可是现场观众噢，我们练好的话，没准儿她会觉得你挺帅的。"

"别瞎说。"陈小武有点儿慌张。

"微笑，你告诉他，看见男孩跳舞跳得好，女孩是什么感觉。"

"怎么说呢？舞台是会给人加分的，如果一个男孩在舞台上很投入，你就会觉得这人和你之前看到的不一样，还记得上次刘大志帮我赢的大熊玩偶吗？跳得那么滑稽，可我居然觉得还蛮帅的。"

刘大志一听，耳根都红了，这可是微笑的真心话？

"那你们也别放学后再来我这儿了，多麻烦，我想想看什么时间合适吧。"

"你这是答应了啊！那我等你消息，我们先去准备舞蹈动作了！"刘大志伸出手要和陈小武击掌，陈小武没有理他，他尴尬地把手抚在额头上。每一年的高中元旦文艺会演是湘南市中学生最重视的活动，因为每个学校拿出的都是自己最拿手的节目，都是专业水准。今年湘南五中理科班受转校风波影响极深，只好把这种活动放在文科班。听说今年陈桐要跳舞，学校的女生都格外兴奋，但一听说还有刘大志和陈小武，大家瞬间就泄了气。刘大志表面上虽然笑嘻嘻的，心里多少也有些迟疑，他跟微笑讨论道："你说如果陈桐自己表演跆拳道的话是不是也很帅？小虎队这个舞我们都弄了一星期，连动作都不连贯。"

"郝老师的意思是想送一个集体节目，展现一下文科班的活力。"其实，微笑也很忐忑，她也不太懂郝老师的意思，那么重要的会演，宁愿缺席，也不要被人笑话啊。一连几天的放学后，几个人把教室桌子都往前挪，空出一块地，特别生硬地练习。每天练一个多小时，可什么都练不成，没什么进展。三个人特别泄气。

"陈小武还没加入，我们就失败了。"刘大志说着拍拍屁股，又站起来比画两下，脚没站稳，又把自己绊倒了。叮当在教室后门，看着一筹莫展的几人："就知道你们不行，这事还得靠我。"叮当把音乐打开，跳了起来，每个动作都很果断，连起来怎么看都好看。刘大志不得不承认叮当这个舞好帅，一个女孩都能跳那么帅，换成自己还得了？

"快快快，叮当，快教哥哥。你想对我干啥都行。"

"闭嘴。"叮当白了他一眼。

练了两个小时，众人满头大汗。刘大志却丝毫不累，一直在练。

"大志，休息一下，小心肌肉劳损。"陈桐招呼他。

"我就是太没天赋，跟你比起来我很拖后腿，我要再练。"

微笑看在眼里，觉得陈桐说得没错，刘大志就是认准了方向能死拼的人。不仅死拼，他还打算逼死叮当。当晚，他回家便收拾换洗衣物，跑到叮当家去住了。不得不说，刘大志真的毫无舞蹈天赋。叮当在一旁，根本懒得讽刺他。以刘大志的难看程度，不需要外界讽刺，他自己很快就会放弃。

"我是不是跳得很难看？"

"你刚刚在跳舞？我一直以为你在打太极呢！"

刘大志尖叫一声，往沙发上一躺。怎么办？难道自己失去了一个变成苏有朋的机会？

"哥，还有一个办法。"

"快说！"刘大志立刻跳了起来。

"换舞蹈，这首歌太难了，他们还有一首歌，叫《爱》。"

"那还不是一回事！这个跳不好，换一个不也一样。"

叮当摆摆食指："不，这个歌不是舞，几乎全是手语。我看你天天打格斗游戏，手也挺灵活的，换这个吧。"

"还有这个？"

"来，我教你，肯定和其他节目完全不一样！"叮当越想越兴奋，其他学校肯定也有很多人跳舞，如果自己能让三个男孩学会全套手语，那该有多帅！她一跃而起，把磁带换成小虎队的《爱》，音乐一起，跟着就比画起来。不用腿只用手，果然是刘大志的长项，不到两个小时，他就记住了全套动作。刘大志深深沉浸在"说声我爱你"的手语动作里，他觉得自己实在太帅了。如果自己对微笑做这个动作，她一定会眩晕在自己的怀里吧。叮当困了，刘大志在客厅继续练。刘大志指着镜子里的自己说："你！真是为舞蹈而生！"完全忘记了刚开始自己打太极时的艰辛。

第二天一整天，刘大志感觉整个身体都不听使唤一样，手不停地抖啊抖啊。课间也一个人偷偷地跑到操场的角落去练习，一切的准备都是为了放学后让所有人对自己刮目相看。郝回归站在办公室看着每节课下课都在操场上狂练的刘大志，17岁的自己能为一件事那么拼，现在的自己却不知何时丢掉了这腔热血。17岁的自己为了得到周围人的认可，不停地努力，而现在的自己为了得到别人的认可，只能伪装自己。郝回归一直觉得是17岁的自己出了问题，了解刘大志越久，越发觉并不是刘大志有问题，而是现在的自己有问题。如果刘大志知道未来的自己是这样的话，一定会非常失望吧。

虽然郝回归一直在用自己的方式改变和帮助刘大志，让刘大志有更多机会去发觉更真实的自己，但他心里很清楚，每当刘大志表现了一个更真实的自己后，郝回归也重新跟着找回了自己。现在的郝回归已经不觉得刘大志笨了，他超爱刘大志，就像爱自己的儿子一样。一曲《爱》作罢，刘大志满头大汗，陈桐、微笑和叮当都看呆了。跳完之后正准备嘚瑟一番的刘大志一看到大家如此的表情，一愣。他以为会有人讽刺自己，所以做好了嘚瑟的准备，可一看到大家都真心觉得他很棒的时候，刘大志突然变得很不好意思，脸上没有得意，没有炫耀，反而流露出了一种从未有过的害羞。"那个……我们就跳这个好不好？不是特别难，我这种人一学就会……"眼神还不敢看大家。"行啊，大志，有模有样的，我觉得你一个人就能撑住场子了。"陈桐完全没想到刘大志这么拼。"不不不，这就是三个人一起的，不然就失去了意义。那我现在教你吧？等咱俩学会，小武也方便学。"郝回归走进教室了解节目准备的情况时，刘大志正在给陈桐拆解手部动作。2010 年，解散很多年的小虎队在春节联欢晚会上重聚，当三个人一起跳起手语舞蹈动作时，郝回归就蹲在电视机前泪流满面，那都是妥妥的青春啊！郝回归很开心，他让刘大志和最好的朋友，在这样的一个晚会上跳出青春的印记，这对于刘大志来说是一件多美好的事情啊！

<u>"是告别都沉重，</u>
<u>还是好的告别会轻松一些？"</u>

陈小武退学之后，刘大志负责给木桶带吃的。每天从早饭里省一个馒头和一个鸡蛋，晚上放学后再去肥姐那儿要一些吃剩的肉骨头拌米饭。虽然上午刘大志总饿得肚子咕咕叫，但他看见木桶长得很快就很开心。木桶很聪明，一听见刘大志的脚步声，就会从废弃教学楼里摇着尾巴飞快地跑出来，嘴里发出"呜呜"的欢快声。

"木桶，长得好快噢。乖，过来让我摸摸你的肚子。"刘大志伸出手。木桶就靠在刘大志的腿边，翻了个身子，肚皮朝上任刘大志摸。

"过几天，你的小武爸爸也过来看你喽，赶紧长大一点儿，等你小武爸爸发财了，就把你接回家了。"木桶继续"呜呜呜"地回应，就好像听懂了刘大志在说什么。"还有，你是不是偷偷跑到学校停车场，在轮胎上撒尿了？如果你再这么做，小心我把你当狗肉火锅炖了啊！听到没？"刘大志双手捧起木桶的脸，很严肃地对它说。刘大志已经两三次听学校保安说看到木桶在轿车的轮胎上撒尿，可能是长大了，就想要扩大自己的地盘吧。木桶一脸无辜地看着他。"你只能待在这里，晓得吧？以后等你大了，你想去哪里都可以，现在不行噢。"刘大志拍拍木桶的脸。

突然，木桶警觉起来，朝着刘大志来的方向"汪汪"叫了起来。刘大志扭头，看到叮当跑过来："哥，小武到了，郝老师让你去排练。"

刘大志跑了两步，又折回去，把木桶抱起来，用校服包着，悄悄地说："木桶，带你去看舞蹈排练哈，你要乖，不要叫噢。"

刘大志抱着木桶经过停车场的时候，后勤处管理科的宋科长正在保卫科破口大骂："你们连条狗都看不住，你看！又撒了一泡尿在我的轮胎上！"刘大志和叮当听见，都捂住嘴偷偷地笑，用身体挡住他们的视线，抱着木桶快速往教室跑。

刘大志有点儿担心木桶，就问："叮当，如果我把木桶带回家养，你觉得我妈会同意吗？"

"大姨连你都不想养了，你觉得她还想养狗吗？"

"呃，万一她喜欢狗胜于喜欢我呢？"

"那你试试呗。"

练完舞，回到家，刘大志试图跟郝铁梅说一下养狗的事情。郝铁梅果然说："现在家里的条件，我只能养一条狗，你看是你还是它。"刘大志很尴尬地说："妈，不养就不养嘛，说话怎么那么难听。""狗还会看家，你呢？整天瞎跑！"

刘大志给陈小武家街口的小卖铺打电话。店主喊了一嗓子，过了一会儿小武过来接电话："咋了？那么急。"

"你家能养木桶吗？木桶最近老在停车场撒尿，我怕保安抓它呢。"

"我回去跟我爸说一下，应该可以，反正我已经退学了，我来照顾。"

"那明天老时间见？"

"好的。我中午收完摊，下午出摊前去。"

一大早，刘大志照常拿着鸡蛋和馒头去喂木桶。废弃教室的门关得好好的，刘大志把门推开，木桶并没有扑上来，教室里也没有木桶的踪影。刘大志心里一沉，看了看教室，木桶不可能从前后门跑出去，只有可能从椅子跳上桌子，然后从桌子跳上窗台，从一扇破窗子钻出去。他一想，糟糕，木桶不会又跑去停车场了吧？万一被抓到怎么办？刘大志撒腿就往停车场跑，远远地看见围了几个保安。

刘大志扒开人群，看见木桶躺在地上一动不动。

"木桶！木桶！"刘大志把手里的东西一扔，就过去抱木桶。

保安在旁边说："最近宋科长的车不是总被狗尿嘛，所以她就放了一些毒饵在轮胎旁边，估计狗是昨晚吃了毒饵死了。可惜了，如果没有吃毒饵，这狗还能拿回去吃，肉挺嫩的。"

听到这句话，刘大志眼珠通红恶狠狠地瞪了保安一眼。保安剩下的话咽了回去。刘大志抱着木桶的尸体，连温热都没有了，都冰冷僵硬了。也许木桶是昨晚吃了毒饵，然后躺在这里，慢慢地停止了呼吸。旁边的人还在叽叽喳喳地讨论，刘大志心里就像突然被挖空了一块。他都不知道自己是怎么把木桶的尸体抱到学校的后山，放在平时自己喂它的地方。刘大志看着木桶，感觉它随时都会醒来，还会摇着尾巴，发出"呜呜"的声音。他怎么都想不到，只是为了不让狗撒尿到轮胎上，居然有人用毒饵去毒死一条小狗。刘大志不相信这个事实，一边轻轻地摸着木桶，一边轻轻呼唤它的名字："木桶木桶，你醒来一下。"喊着喊着，刘大志什么都不想说了。

上课铃响了，刘大志把木桶轻轻地放在了一棵大树下，找了两张报纸轻轻地盖着，他希望自己一会儿再来的时候，木桶又活过来了。

刘大志擦擦眼泪，往教室跑去。整堂课，刘大志都在放空。他很自责，认为木桶的死跟自己的大意有关，既然昨天都知道保安在找狗，为什么自己不直接带回家呢？即使被妈妈骂，也只是被骂一晚而已，木桶就不会吃毒饵了。他也很恨宋科长，只是轮胎被小狗尿了，就要下毒饵，这样的人太恶毒了。

微笑看刘大志很难过，问刘大志怎么了。刘大志怕自己说出来会哭，就写了张纸条递给微笑："木桶死了，被人下毒饵毒死了。"

看到纸条，微笑呆了。

"为什么？"纸条上问。

刘大志没有再回答，把头埋在课桌上。刚见到木桶的时候，它还是只被遗弃的小奶狗，它跟着他们跑 5000 米，每天陪着他们聊天、闲逛，一天一天长大，它是陈小武退学之后再三叮嘱刘大志要照顾好的一条生命。刘大志接受不了这个事实，也不知道如何跟陈小武交代。昨晚才通了电话让陈小武今天把木桶带回去……

微笑又递来一张纸条："你也不要太自责了，小武肯定能理解，木桶如果没有遇见你们，可能早就走了，最起码这几个月你们也给了它家的感觉。"

当陈小武到学校时，刘大志直接把他领到大树下。陈小武还很疑惑，按道理木桶会活蹦乱跳来迎接自己。大志把报纸揭开，还没说话，眼眶红了。刘大志把前因后果告诉陈小武，陈小武什么都没说。刘大志以为陈小武会责怪他，以为陈小武肯定会很生气，但陈小武把木桶搂在怀里，特别认真地摸了摸，说："你看，像不像睡着了？我说了把它带回去，还是要把它带回去。我怕随便埋了它，它还是会孤独。"说着，用报纸轻轻将木桶包起来，抱在手上。

"你不难过吗？"

"难过，当然很难过，但难过也没有用。你问我气愤那些把我爸打伤的人吗？气愤，但对他们无可奈何。我明白了，只有自己强大起来，才能保护自己珍惜的一切。"陈小武看着怀里的木桶，很平静地说。

刘大志觉得陈小武的改变是以天来计算的，每一次见面，他都比前一天更坚韧、更明白自己的目标。而他明显地感觉到这种变化是对自身认识上的。虽然陈小武这么说了，但刘大志心里还是沉甸甸的，此后的几天即使排练得热火朝天也兴奋不起来。郝回归看在眼里，明白是怎么回事，所有的告别都需要时间去平复，更何况是每天见面，一点点看着它渐渐长大的木桶。这给了郝回归另一个提醒，如果有一天自己离开了，刘大志他们会怎么办？这个问题不能想，一思考就觉得头疼。

第二天上学。

学校停车场挤满了人，大家都在看热闹，后勤处管理科宋科长那辆黑色桑塔纳被泼满了黄色油漆，像个马戏团的小丑，格外扎眼。宋科长气得跳脚，大发雷霆，责令保卫科必须找到泼油漆的人，抓到是学生就立刻开除。一整天，一下课就有整班的同学过来对桑塔纳进行围观，很多同学暗地叫好，大家早就看不惯宋科长了，为了开车方便，制定了一条不允许学生在校园内骑自行车，只能推自行车的规定。打着改进校服的幌子，两年都已经换三次校服了。所有人敢怒不敢言，这下看到宋科长的车遭殃了，一个个特别解恨。刘大志跟着大家一起围观，表情平静，心里却觉得特别爽。

"你别被发现就行。"微笑瞟了刘大志一眼。

微笑为什么会说是我？

"我们三个人发现不算，你别被人发现就行。"叮当补充了一句。陈桐看着那辆桑塔纳，偷偷笑起来。刘大志一头雾水，为什么他们三个人会认定是自己干的？离开停车场，刘大志不甘心地问："你们为什么说是我干的？！你们不要诬陷人好吗？"

微笑直接揪住刘大志的耳朵："刘大志，你的智商是不是有问题？如果不是你干的，你早就放鞭炮为作案的人鼓掌了，你怎么会那么冷静？你就是怕被人看出来。你真的……太傻了。"微笑很无奈。

"呀呀呀，你放手你放手，是我是我，就是我泼的……但他们不如你们了解我，我很小心的。"刘大志连忙承认，果然逃不过他们几个的法眼。

"但听说保卫科的人昨天晚上有看到穿校服的学生提着油漆桶进了学校，他们很容易就能查出来是你啊。"

"那就查吧，如果真的查出来是我，我就认了。谁让她下药把木桶毒死呢？我也是被逼的。"

"你不知道宋科长那个人，如果她知道是你弄的，非得把你开除了不可。你上次硬闯广播站已经被记过一次了，如果再犯错，你就要被退学了。"微笑很严肃地说。

"大志，要不还是去找一下郝老师吧，直接承认，那天那么多人看到了你把木桶抱走，不然到时真的找到了你，再解释都来不及了。"陈桐也很担心。

"如果真被退学，大不了就和陈小武一样，我们两兄弟一起去卖豆芽！

现在小武也挺好的。"刘大志还沉浸在对木桶的复仇中，停了一会儿，又说，"那就等她来找我吧，反正我不承认就是了，他们又没有人证。"陈桐和微笑对视了一眼，他们知道刘大志犯倔了，也就没再说什么。

过了一周，也没有人来找刘大志，但他已经做好了被调查的准备。又过了几天，刘大志听说学校已经找到嫌疑人了，也已经对嫌疑人做了处分，整件事情就算是水落石出了。刘大志很诧异，明明这件事情是自己做的，为什么学校还找到了别的嫌疑人，如果还惩罚了，那个人岂不是被冤枉的吗？本来不打算承认这件事的刘大志想了半天之后，决定去找郝回归承认这件事，他不能让本来没有做这件事情的人被冤枉。当他去办公室找郝回归的时候，郝回归一点儿也不讶异，似乎早有预料。

刘大志问："我需不需要给宋科长道歉？"

郝回归说："不用了。"

刘大志又问："听说他们找到了另外的人，但这件事情是我做的。"

郝回归点点头："我知道。"

"啊？他们没有怀疑过我？"

"他们怀疑的就是你，也准备让你退学了。"

"什么意思？"

同样的事在19年前发生过，郝回归也是最后才知道事情真相的，就跟今天的刘大志一样。

郝回归说："宋科长认为一定是你干的，要给你记第二次过，相当于直接开除。这事陈桐知道了，他直接去了校长室，跟周校长承认是他干的。他跟周校长说狗是他养的。因为宋科长把狗毒死了，所以他很气，一气之下泼了油漆，做了错事。所有人都不相信是陈桐干的，但陈桐坚持说就是他一时冲动犯下的错。"

因为陈桐主动承认了错误，加上他爸的关系，又是年级第一，所以周校长把这件事压了下来，但是取消了他评选省级三好学生的资格，相当于陈桐高考可以加的20分没了。刘大志呆住了，当年郝回归知道真相的时候也是这样的。此刻想起来，郝回归觉得陈桐真是为自己付出了很多，自己知道这件事情的时候已经过了好久，他也曾对陈桐认真表示过感谢。可自己却在丫丫百日宴上对陈桐公务员的做派挑三拣四，如果不是取消了他高考的加分，也许陈桐能考上一个更好的大学，也许不会过上今天这样的生活……

重新看一切，郝回归好惭愧，他觉得自己太自私了，很多事情都站在自己的角度去思考。陈桐做了一件拯救自己人生的事情，而他却因为陈桐的官腔觉得厌烦。郝回归恨不得立刻就对36岁的陈桐说："对不起，我以后绝对为你做牛做马。"而现在他只能对刘大志说："大志啊，你一定要记住，也许有一天，你们都长大了，如果好朋友之间产生了什么矛盾，你要时刻记住陈桐为你做的这些，不然就太自私了。"

"知道了……"刘大志默默地退了出去。他想起自己问陈小武，难过吗？陈小武说难过，但是需要自己更强大。陈桐什么也没说，直接就帮自己把责任给顶了。因为他知道，如果自己再被处分，连书都没法读了。刘大志前几天还在自鸣得意，觉得自己干了一件特别酷的事情。到了现在，才明白，自己才是这个世界上最傻的人。就像郝老师说的一样，有多少人，为了一时爽，不考虑后果，然后为此埋了半辈子的单。打架容易，泼油漆容易，出气容易，但要彻底解决一件事情却不容易。刘大志头一次觉得自己幼稚，很幼稚，觉得自己给周围的人带来了巨大的麻烦。就像在演唱会上跟微笑告白一样，就像自己闯进广播室又给微笑道歉那样。有些人总是希望别人好，于是打着为了别人好的幌子处事，其实到头来只是因为自己这样会觉得舒服，都是为了自己的感受而已。而自己，好像就是一个这样的人——只顾自己，不考虑别人。即使感觉是考虑了别人，也是为了自己。

刘大志从未觉得自己这么失败过。每个人的人生当中都有过这样的时刻吧？突然一下全盘否定自己，觉得自己做人失败，处事失败，没有成功过，也找不到自我，前途渺茫，一切灰暗，好像做什么都是错的，好像身边的任何人都比自己优秀。而这时，看起来是最差的时候，其实也是最好的时候。因为只有这时，你才听得到外界的声音，才能意识到自己的错误。人不怕优秀，人只怕生锈，一旦关上与外界的门，锁一生锈，别人走不进去，自己也走不出来了。

郝回归在走廊上看着操场上一个人待着的刘大志，内心五味杂陈。木桶是刘大志养了四个月的一条狗。为了木桶，刘大志不顾一切，没有考虑任何后果，最后搭上了陈桐。而自己呢，一个活生生的人，这几个月几乎与刘大志他们朝夕相处，他在想，自己终究是要回到36岁的生活中，如果有一天自己消失的话，大志他们会怎么办？狗走了，尚且如此。人走了，又该怎么办？

自己能毫不留情地走掉吗？就像烧了一张白纸？走的那一天，他会跟周围重要的人告别，说自己要走了吗？他能告诉所有人，他来自19年之后吗？答案他知道。他知道周校工的下场。如果自己真的说出这些，刘大志根本就不会相信。他不能为了一己私欲，而置其他人于不顾。不能为了自己心里不内疚而和盘托出一切的真相。当意识到这个问题，郝回归知道留给自己的时间不多了。

"任何事情尽心去做，
在人短暂的一辈子里总会派上用场的。"

陈桐代替刘大志接受处分这件事，让陈小武觉得陈桐和自己想象中的不太一样。他之前觉得陈桐明知道自己优秀，却假装一切都不在意，很虚伪。而现在才知道，陈桐是真的不在意。陈桐心里是澄澈的，虽然话不多，但是能见底。陈小武决定自己也尽力。

三个人的舞终于有模有样了。

"你们真像小虎队啊，一个帅高，一个虎头虎脑，一个很普通。"叮当在一旁鼓掌。

"你说谁普通了？为什么要说陈小武？"刘大志为陈小武打抱不平。

"我是说你！"叮当回道。

"对了，小武，最后你那一跪，利落一点儿，现在太软，要特别潇洒才行！"叮当边说边纠正。

"啪！"陈小武立刻跪下。

"比上次好了很多，要快，要一气呵成！"

"啪!"陈小武站起来又跪下。

"对对对,就是这感觉,好帅。"

陈小武很不好意思地摸摸头。

郝回归拿着几瓶可乐进来,看着大家嘻嘻哈哈闹成一团。他知道这样的日子不多了,过一天少一天,他喜欢这样的感觉。也许只努力了三十天,却能一直回忆三十年。这就是为什么很多老朋友喜欢聚在一起,可以聊未来,但更多的是聊从前。

元旦文艺会演前一天,郝回归对刘大志扬扬下巴,说:"走,我们去逛街。"

"就我们俩?"

"嗯。"郝回归径直往前走,刘大志忙不迭地跟在后面。

走着走着,郝回归从钱包里掏出500元。

"拿着,给你的。"

"给我?"

"你不是老缺钱吗?"

"可是……"

"可是什么?你不是常常在想如果谁能给你10块钱,你宁愿给他磕头吗?"

"你怎么知道?"

"我当然知道。"

"郝老师……"

"嗯?"

"你是不是喜欢我?"刘大志举着500元在郝回归面前扬起来。

郝回归被想象中的对话吓到,立刻清醒过来,赶紧把500元又放进钱包。刘大志看见郝回归把钱从钱包里拿出来傻笑,然后又着急放回去。

"郝老师,我们逛街做什么?"

"你想吃什么?"

"啊?"

"你想吃什么?"

"我,我都可以啊。"

"炒板栗?"

"行啊。"

郝回归立刻买了2斤炒板栗,边走边吃。

"郝老师,明天那个舞,晚上要不要再练一下。小武最近疯了,早上练,中午练,晚上也练。"

"想吃糖葫芦吗?"

"啊?"

"老板,来两串糖葫芦。"郝回归拿过两串糖葫芦。

刘大志吃了一口,继续问:"郝老师,你觉得呢?"

"好啊,那就晚上练。脆皮冰棍,吃不吃?来两根。"

一路吃过去,两个人坐在百货大楼外的凳子上。

"大志。"

"嗯。"

"如果未来你的人生过得不好,你会失望吗?"

"比如什么不好?"

"比如你做的工作不是你自己喜欢的。"

"那为什么还要做?"刘大志反问。

"因为周围人都觉得那份工作很好,都劝你应该继续做下去。"

"这样啊。什么工作听起来那么奇特?"

"大学老师。"

"大学老师?!大学老师好啊!大学老师很有文化的样子啊!"

郝回归一脸黑线,刘大志也觉得大学老师好,那自己为什么那么讨厌这个工作?

"这个工作工资不高,每天上课,也升不了职,感觉就是在浪费生命……"

"嘿嘿,这不是我妈骂我爸的话吗?我妈老说我爸工资不高,每天加班,升不了职,还把工资给病人去垫医药费。但我爸还是喜欢这个工作,因为他觉得他能帮助到别人。"刘大志看着广场上放风筝的人。

"郝老师你喜欢现在的工作吗?"刘大志突然扭过头问郝回归。

"我?喜欢啊。"这句话说出口的时候,郝回归也愣了一下。为什么自己讨厌大学老师的工作,却喜欢高中老师的工作呢?按道理来说不应该啊。他想起这段时间的种种,他大概明白自己的心情了,有些工作只是工作,但有些工作能让你找到奉献自己价值的机会。不是工作的问题,而是自己是否投入的问题。郝回归看了刘大志一眼,这个孩子,未来一定要过得比自己好才行。自己如果能回到36岁,一定要过得好才行,不然真的对不起17岁的刘大志啊。

湘南高中元旦文艺会演在市民广场举行,内场一票难求,外场早早就有学生来排队。广场上,每个人都拿着一张节目单,用荧光笔画出自己喜欢的人。王大千派了两辆车把大家送到现场。郝回归带大家去休息室,穿过人山人海。好多女孩看见陈桐,都在叽叽喳喳地说:"那不是五中的陈桐吗?好帅啊。他居然跳小虎队的舞蹈,天哪!"走了几步,又听见别的女生窃窃私语:"那个穿毛衣的是五中的语文老师吧?""对对对,听说特别帅,还跟学生打游戏呢!"刘大志立刻转过头去,跟那群女生说:"对对对,就是跟我打的,把我赢了。"一看刘大志,女孩们纷纷闭嘴,扭头谈论别的事。

刘大志心里有些失落。

"咦?你是不是那个?"突然有女同学指着刘大志大喊了一声。

刘大志心花怒放,点点头,还是有人知道我的嘛!

"你是在演唱会上跟人表白的那个吧?校花接受你了吗?"众人大笑起来。

"陈小武怎么又迟到了?"刘大志赶忙看看表,在后台到处转。各所学校的节目都在做最后排练,精彩异常,看得刘大志都傻了。

时间一点点过去,还有一个小时,陈小武依然没有出现。

"要不,我和叮当、司机去找小武,郝老师你在这边准备?"微笑很着急。

"微笑,你要主持,你别去了。我去,我去找陈小武好了。"

叮当刚跑到场外,看见一个小男孩正哭着跟保安说着什么,多看两眼,发现是陈小武的弟弟。

叮当赶紧过去蹲下来安慰他:"我是你哥哥的同学,你哥哥呢?"弟弟一边哭一边说,大概把事情说清楚了,陈小武特别想把舞蹈练好,每天都在练。陈小武觉得自己最后跪那一下不够利落,所以一直练习,然后突然痛得起不来了,被送到医院,发现膝盖已经骨裂。叮当一听特别内疚,觉得陈小武都是听了自己的才这样。她让陈小武的弟弟先回去,然后赶紧跑回去告诉大家这个消息。刘大志和陈桐正焦虑地等着陈小武,看见叮当一脸忧愁地出现在面前,就知道完了。

"怎么办?这个舞蹈是小虎队的,总不能两个人跳吧。"刘大志很沮丧,觉得这段时间所有的付出都白费了。

"要不就咱俩跳,可以吗?"陈桐问刘大志,也是在问大家。

郝回归没有说话,大概是在想解决的办法。

事已至此,没有别的办法了,只能硬着来了。

"这样吧,我来顶陈小武的位置。"

"啊?!"

现场所有人都惊到了,郝老师跳?

这舞蹈大家练了快一个月,而且是手语!怎么说代替就代替?

"郝老师,你会跳这个舞蹈?"刘大志一副"都这个时候了,你别骗我们"的表情。所有人都看着郝回归。郝回归心里一阵酸爽,这个舞蹈19年前就应该跳了,现在居然派上用场了。

"我都看你们排练那么多次了,看都看会了好吗?"

大家不相信,虽然微笑很信任郝回归,但还是很疑惑地问:"郝老师,你确定?要不你们试一试吧?"

"湘南五中的节目,候场了啊!"

"来不及了!来不及了!郝老师,你赶紧先去换衣服,穿小武的吧?"叮当赶紧翻出陈小武的衣服递给郝回归。

郝回归穿上陈小武的牛仔衣,整个小一号,穿在身上紧紧的,好好笑。

微笑"扑哧"一下笑出来,然后赶紧伸出拇指:"嗯,郝老师,身材不错不错。"

舞台上,尖叫声此起彼伏,郝回归跟着刘大志、陈桐在拥挤的后台快速走了一遍动作。刘大志和陈桐担心地看着郝回归。郝回归也开始有点儿紧张了。

"你俩紧张吗?"

"有点儿。"

"放开了跳,一定会成功的。"

"加油!"

"下面这个节目是由湘南五中带来的小虎队舞蹈《爱》,表演者:陈桐、刘大志,以及他们的老师郝回归。"

这种组合前所未有,哪有老师跟学生一起跳舞的?微笑报完幕,场下响起了雷鸣般的掌声,排山倒海般的。一切都安静了,刘大志走上台,灯光刺眼,眼前只能感觉到密密麻麻的全是人,却看不清楚。陈桐站在自己的左边,很镇定。郝老师站在自己的右边,看着自己点了点头。刚刚经过微笑的时候,微笑对自己说了一声:"加油。"

这种场景又回来了。郝回归想起 19 年前的那场晚会,自己站在后台看台上的人。19 年后,自己终于站在台上了,和 17 岁的自己。这种感觉,真是棒极了。

音乐响起,开始了。

舞台下尖叫声此起彼伏,站在中间的刘大志略微紧张,他瞟了一眼郝老师,郝老师特别投入地跟着节奏跳着。三个人换位的时候,刘大志又看了一眼站在中间的陈桐,陈桐也很投入,每个动作都在和观众互动,刘大志的紧张一下就没了,对啊,自己就是最帅的。

在参加元旦文艺会演之前,刘大志总是不敢登上正式的舞台,他觉得登上舞台的人都很喜欢出风头,可当他真正投入地站上舞台之后,他才体会到不一样的感觉。自己以前不敢上台是怕别人不会喜欢自己,怕自己的表现没有人会在意。舞台是个奇怪的东西,它能让自己格外有信心,也能让大家对自己格外宽容,他进场时看见那些为别人尖叫的女孩都在很用力为自己打着拍子,刘大志笑了,他也不知道自己在笑什么,总之他觉得自己在这个过程中好像完全变了一个人。

"向天空大声的呼唤说声我爱你,向那流浪的白云说声我想你,让那天空听得见,让那白云看得见,谁也擦不掉我们许下的诺言。想带你一起看大海说声我爱你,给你最亮的星星说声我想你,听听大海的誓言,看看执着的蓝天,让我们自由自在的恋爱……"

此刻,刘大志只听得见心脏"怦怦"的跳动声,眼前大家都在热烈鼓掌,叮当脸涨得通红,在底下很大声地喊他们的名字,但他一个字也听不清。他看了看郝老师,郝老师对他竖起大拇指;他看看陈桐,陈桐咧开嘴对他笑。

结束后回到后台,每个人都咕嘟咕嘟喝完一整瓶水。

整个人都是蒙的。

叮当尖叫着跑进来:"帅爆啦!大家都好喜欢你们啊!哥、郝老师、陈桐,你们太酷了。我都激动死了。"

微笑也从台上下来:"大家都好喜欢。"

"真的啊?"刘大志明知故问似的问微笑。

"干脆你们三个人组一个组合吧,肯定受欢迎。"

"我和陈桐组可以。要是郝老师在,等我们30岁正值巅峰,郝老师都快50岁了,不行不行。"刘大志连忙摆手。

"等一会儿结束,我们去看小武吧,也不知道他怎么样了。"

"正有此意。可怜的小武,错过了一个在叮当面前展示自己的机会呢。"刘大志嘻嘻地笑。

叮当很尴尬地说:"我都已经够内疚了,哥你别提了。"

微笑:"大志不是那个意思。"

"那他什么意思?"

陈桐也加入进来:"反正不是你以为的那个意思。"

"啊?"只有叮当一个人蒙在鼓里。

第十二章

不见不散

世界上最遥远的距离不是
我不能说我爱你,
而是想你痛彻心扉却只能深埋心底。

"虽然我不是真正地了解你，
但是我已经记住了你给我的感觉。"

周五晚上电台读信时间，叮当早早就躲在房间打开收音机。

主持人说完简短的开场之后，开始读信。

"这是一封来自听众小灰灰的信，他说：'我有个朋友，挺帅，也挺能玩。好多人喜欢他，但他娶了现在的老婆，大家都很不理解，怎么他就突然收心了呢？后来朋友说，他们认识后，朋友告诉了这个女孩自己的凄惨身世，这个女孩为我这朋友哭了一整晚，然后我这朋友就认定这个女孩了。'小灰灰说，他也好希望自己能遇见一个那么善良、有同情心的女孩。嗯，不光是希望你能遇见一个善良的女孩，也希望所有人都能遇见善良的另一半，能感受到自己的感受，能站在自己的立场思考，和这个人在一起就觉得有安全感，希望大家都能幸福。"

"好，我们下一封信来自一位老朋友——三毛的爱。"

叮当一听念到了自己的信，赶紧抱着收音机钻进被窝。

上周她给电台写了一封信，说了和笔友认识之后发生的事，笔友对自己的帮助和开导。在经历了和朋友绝交、被老师开导、告白失败、误会妈妈之后，她很想和自己这个笔友见一面，跟他说说自己的故事。笔友说如果想要见面，就写信给电台，他一定能听到的。自己想了很久，鼓起勇气写了这封信，她很想知道这个人是谁，在信的末尾她加了一句：不见不散。

这边病房里，刘大志正在陪陈小武，也听着电台。听到叮当的信，刘大志一个激灵："这不是叮当吗？天哪，她想要和你见面？"

陈小武不好意思地点点头。

"但，那个字不像你写的啊？"

"我故意写成那样的，怕被你们看出来。"

"那你从哪里搞到的刘德华签名照？"

陈小武很尴尬，想了想对刘大志说："我跟你说了，可别跟别人说，不然我会完蛋的。"

"我发誓我绝对不说!"

"那是假的,我买了张刘德华的照片,自己练习刘德华的签名,练了两个星期。可千万别说出去啊。"

"你居然干这种事,你太无耻了,哈哈!"

"你之前不是让我模仿你妈的签名在试卷上签字吗?我觉得自己有这个天赋,就想让她开心一下。"

刘大志仰天长叹:"我早就应该知道是你的啊。不过,叮当要见面,你要和她见吗?"

"我跟她约好了,如果她想见面的话,就写信给电台,我一定听得到。我会给她写信约时间和地点的。"

"但是,万一……"

"万一叮当很失望怎么办?万一她根本就不喜欢我怎么办?"

陈小武接着说:"其实我也想过,有些人是被外表吸引,进而去了解一个人。还有一些人是被内心吸引,然后才接受一个人的外表。我做不了前者,只好努力做后者,如果这也不行,那就是我不适合。但起码,在这段时间,叮当快乐了很多。"

"陈小武,你卖豆芽太吃亏了!你真该去做情感导师!你看你,写信表面是交笔友,其实是谈感情,这是暗度陈仓。模仿刘德华的签名是瞒天过海,不正面告白,只在后方安慰,就是围魏救赵。而且自己不主动告白,等着叮当主动来约你,是以逸待劳、守株待兔。你又受伤了,叮当正在内疚,你这就是趁火打劫。陈小武你太可怕了!"刘大志这么一分析,觉得以前真是错看了陈小武,他真是扮猪吃老虎。

"小武,咱们可是说好了,如果以后真的发财了,可千万不要忘记兄弟我。你要养我养微笑养我爸妈养我孩子!"刘大志觉得他真是人不可貌相。

"唉,你别嘲笑我了。我现在就是个残疾人,要不是爸爸身体恢复了一些,我们家过了今天都没有明天。叮当看不上我的。我真的只是想尽力而为,平等地和她交个朋友,没有你想的那么复杂。"说着,陈小武有一丝落寞。

"其实我也知道，我和她见面那天就是整件事画上句号的一天。我希望我们能一直做笔友，但是对她不公平，毕竟她在明我在暗。"

"后来我终于明白，不想失去一件东西，比能得到一件东西更难。"

刘大志的桌子里莫名其妙收到了好多贺卡，皆是低年级学妹所写。"大志哥哥，你好帅，我能和你交朋友吗？""大志，看了你的舞蹈，我成了你的粉丝，祝你新年快乐。""志，以前我从未发现学校还有你这样的男孩，我向你道歉，我关注你太晚了，希望这是我们相识的开始。"

刘大志把贺卡手忙脚乱地收起。

原来被关注的体验是这样的。他偷偷走到陈桐座位边："你有没有收到什么卡片吗？"

"没有。"

"不可能！我都收到好多。"刘大志的脸上竟然有一丝欣喜。

"是吗？那不挺好吗？"

"这是什么？"刘大志从陈桐桌子里拿出一大把明信片。

"你喜欢就拿去吧。"

"都是写给你的啊！我怎么拿！明明那么多。"刘大志有点儿失落。陈桐果然是陈桐。

刘大志捧着明信片念了起来。"太恶心了！怎么那么恶心？"

"我从来不看，没什么感觉。"

刘大志拖来一张凳子，坐在陈桐面前："我问你一个问题，你有没有喜欢的女孩？"

"没有。"

"不可能。你太不把我当兄弟了。"

"确实没有把你当兄弟。"

"亏我还把你当好朋友。"

"我代表我感谢你。"

"你真没有喜欢的女孩?你看着我的眼睛!"

陈桐看着刘大志,面无表情。一秒、两秒、三秒,刘大志被陈桐看毛了,推了陈桐一把。

"你太无聊了。"刘大志回到自己座位上。

陈桐怎么可能没有喜欢的人呢?

大家关系越是好,郝回归越是想确认自己离开的日子。他跟省会杂志社打了电话,那个编辑已经出差回来,说可以寄一份手稿复印件。郝回归等不及,约好周六去取。他知道手稿里一定会有答案,但他又害怕知道答案。

郝回归回到办公室,桌上也多出了很多贺卡。他随便翻了翻,被其中一张吸引。卡片上写着:"第一次见到郝老师就有心动的感觉,但因为是老师,所以一直告诉自己不能这样,后来听了郝老师的很多课,包括郝老师对自己单独说的一番话,再到临时顶替陈小武上台跳舞,我决定要表达自己的心声,不能再压抑。周五放学之后,学校后山的樱花树下,不见不散。"

学校后山的樱花树下是学校情侣最常去的表白地。

本来,郝回归绝对不会赴约,甚至不会看完这种信。但他读完了,而且很认真。他知道这张贺卡是谁写的。微笑的字他一眼就能认出来。郝回归心跳加速,他没想到微笑居然要跟自己表白。

这下闯大祸了。郝回归心情十分纠结。他当然喜欢微笑,但他绝不能让微笑喜欢自己,她必须在心里留一个位置给刘大志。郝回归是当没看到,冷静处理这次告白,还是应该赴约?可赴约又能说什么?拒绝,还是表达心迹?或者直接跟微笑坦白所有的一切?

郝回归决定去,他必须阻止微笑喜欢自己,这件事不能逃避。郝回归朝墙上的镜子笑了一下,他为自己感到骄傲,微笑终于喜欢上了自己。但他立刻又收回了笑容,心里另一个声音提醒他态度要端正,要时刻记住刘大志才是自己的未来。

"三毛的爱,听到了你给电台写的信,你说我给你写信的这段时间是你最有安全感的日子,其实我也是,和你通信的这些日子我过得最踏实。其实最近我家里发生了很多事,人生可能也要面临重大的选择,只有在给你写信的时候我才感觉到自己的存在,也是你让我感觉到了希望,每次写完信就在期待你的回信,现在真的很期待和你见面。其实我很害怕和你见面,怕见了之后我不是你想象中的样子,最后连说再见的可能都没有。不过这次不见以后可能也没有机会了吧,见面之前先谢谢你这些日子的陪伴,这周六下午三点,人民公园门口右边第二个凉亭见。你说的,不见不散。"

叮当收到笔友的信,一个人躲在座位上反复读了很多遍。她被打动了,只是不明白为什么笔友会如此悲观。如果还有机会,叮当想对他说:如果你觉得不见面能够让我们彼此心存挂念,觉得踏实,也不是非见面不可。是啊,妈妈从小告诉她一定要找一个门当户对、家庭条件好的,叮当眼里也一直都是那些在人群里发着光的男生。可是,爸爸并不符合妈妈的择偶标准,但妈妈却能为爸爸改变那么多,那才是真正的爱啊!很多女孩觉得 Miss Yang 是自己想要成为的那种人,可她最后也选择了王卫国。一眼看中只是好感,两个人是否能走到一起,持续走下去,更重要的是看两颗心的齿轮是不是合拍。

叮当把信收好,她实在想象不到对方究竟长得多难看才会如此悲观。

郝回归拿着微笑写给自己的卡片,一遍一遍地读,里面每一句话似乎都饱含深意,她把每个字都记得很清楚。也许微笑如今向自己表白并不是她的错,确实,自己给了她太多的与众不同。他必须为这个结果道歉,因为他没有把握好尺度。好了,要去赴约了。郝回归有种奔赴战场的壮烈,要亲口拒绝自己暗恋女孩的告白,杀死 17 岁的微笑对自己的好感。他走到一半,又折回宿舍,换了件高领毛衣和大衣,照照镜子,觉得自己很不错。越是靠近约定的地点,郝回归越是紧张。自 5 岁认识微笑之后,将近 31 年的时间里,他一直在练习如何跟微笑告白,幻想了无数种告白的场景和后果,但唯独没有设想过有一天微笑居然会跟自己告白。难道拒绝才是唯一的出路?郝回归心里一直做着斗争,也许这是自己和微笑唯一的机会,以前没有可能,以后也绝对不可能。哪怕就是在两个人交错的时空里,哪怕相爱一个月、一周,哪怕一天,郝回归心里也是幸福的啊!可是他要考虑的不仅仅是时间,更重要的是自己——那个 17 岁的刘大志。

远远地，一件粉红色棉袄在光秃秃的樱花树下甚是打眼。郝回归想了想，走了过去。走得越近，心跳声越大，全世界似乎只剩下心跳声和"沙沙沙"的脚步声。第一句话应该说什么呢？也许，无论怎样开口都是错的。他开始觉得自己来赴约就是个错误，极大的错误。有些事不一定要去面对和解决，放在心里，默默地感觉就很好了。脑子里响起一个声音："快回去吧，留住这段美好，保存起来，就像小王子对于玫瑰的爱一样，放在玻璃罩里，任何细菌都不能进来！"对，没错，就是那种！郝回归说服了自己，他决定临阵脱逃。穿粉红色棉袄的人正仰起头看着后山，大概是在酝酿情绪，投入情感，并没有注意到郝回归。

郝回归下定了决心，立刻转身，缩着脖子，低着脑袋，拔腿就朝学校大门方向跑。

"郝老师！你为什么要跑？"微笑的声音传来。

郝回归立刻石化，就像被狙击步枪爆了头，脑浆和灵魂四射飘散，双腿发软。

"我……我……"他转过头。

穿粉红色棉袄的人居然还在樱花树下，看着远山。是错觉？郝回归自嘲地笑了，然后继续跑。

"郝老师！你怎么了？"微笑的声音又响起。

不对，不可能是幻觉，多清晰的声音。郝回归抬起头，微笑直立立地站在自己的正前方，穿着白棉袄。

郝回归糊涂了。微笑在我前方，那樱花树下穿粉红色棉袄的又是谁？

"郝老师，你来了。"穿粉红色棉袄的转过身，与郝回归目光相对。

冯美丽！可明信片明明是微笑的字迹啊！郝回归管不了那么多，他要赶紧用最快的方式逃离。冯美丽还没有开口，郝回归就劈头盖脸教训道："冯美丽，你不转学是为了考大学，不是给老师写信的！今天是你给我写，所以我来了，目的就是告诉你不能写！明白吗？你现在还在想这些，你的未来怎么办？你的大学怎么办？你对得起老师的良苦用心吗？对得起你妈妈对你的

———
343
———

理解和支持吗？对得起自己这些年的努力吗？"

冯美丽的脸一下就红了，眼眶里立刻噙满了泪水。

郝回归连珠炮似的把局势控制住，然后立刻和颜悦色道："好了，就这样吧，就当一切没有发生过。我走了，你也赶紧回去吧。"郝回归扬扬手，让冯美丽回家。

微笑站在自己前方，没动。

"你来干吗？"郝回归还没整明白这是一出什么闹剧。

"冯美丽让我陪她过来。我怕你不来她会伤心，所以就来了。但我没有想到，郝老师你居然来了⋯⋯"微笑的语气让郝回归听不明白自己来微笑到底是开心还是失望。

"我来是因为要看看到底是哪个学生在这么重要的时候还做这种事。"郝回归很严肃。

"哦。知道了。"微笑吐吐舌头。

"快回家吧，以后别做这种事了。"郝回归心跳渐渐恢复，在心里长舒一口气，最坏的结果并没有发生。经过微笑的时候，郝回归突然想起什么："以后不要帮同学抄贺卡，会让人误会的。"

"啊，你看出来是我帮冯美丽抄的啊？那个，她觉得自己的字不好看。"微笑有点儿尴尬。

"你的字我认识。"郝回归甩下这句话，朝宿舍走去，"你欠我一张真正的新年贺卡。"

"好的，郝老师再见！"

郝回归的心情既像一块石头落地，又像失去了一大块心脏。

叮当早早就到了人民公园门口右手边第二个凉亭，先是坐着等，然后靠在柱子上等。看看时间，还有二十分钟。她突然闪过一个念头，不如远远地躲着，看看笔友是谁，再决定自己是不是要出现。她也知道这么想很不好，但她突然开始害怕万一真的出现不好的情况，起码两个人不用那么尴尬。想着，叮当便躲在凉亭旁边的一排小卖部后面，偷偷地看着凉亭。

三点快到了，叮当很紧张，她看见一个老头慢慢走了过来，坐在凉亭里，心都碎了。她不停告诉自己不能这么想，这个笔友心地特别善良，自己也不能太势利，哪怕就是这位老爷爷，做个普通朋友也没什么不可以，起码这老头看起来很和蔼可亲。老头坐了几分钟，站起来走了。原来不是他，叮当心里松了一口气。又来了两个社会青年，戴着墨镜，抽着烟，蹲在凉亭的凳子上。叮当很害怕，不可能是这样的人吧，纸上写得人模人样的，现实中居然这么没有素质。如果和没有素质的人在一起，是不是只要对方对自己好就行了啊？叮当闭上眼睛，努力地想了想，其实没有素质可以纠正，但明明说好是两个人单独见面，多带一个朋友就不讲信用了。叮当觉得如果是这两个社会青年的话，自己死都不会出去的。叮当睁开眼，那两个社会青年也不见了……

时间一点点过去，三点，三点十分，三点十五分，难道第一次见面对方就迟到了？还是说对方也跟自己一样，躲在暗处观察？叮当这么一想，警觉起来。她就像个女特工一样，贴在墙角，小心翼翼，不露身影，观察其他地方的布局，看看是不是在某个地方也有一个和自己一样的人，也在偷偷地观察着自己。

公园本来人就少，当发觉整个广场只有两三个人的时候，叮当觉得自己就像个神经病，一个人在演谍战剧。看样子，笔友不会来了，叮当的心情说不出来，像是舒了口气，也像是有点儿遗憾，但没有结果也未必不是一个好结果。

三点二十分，她打算离开了。也就是这时，她远远地看见一个人影朝第二个凉亭走过去，非常缓慢。叮当有些看不清楚，特别仔细地盯着。人影慢慢近了，她看出来了是一个人，拄着拐杖，一点点朝第二个凉亭走过去。叮当突然蒙了，她继续盯着看，好像整个世界都静止了。

拄拐杖的人是陈小武。

陈小武吃力地一步又一步朝凉亭走去。他的伤还没有好，因为叮当要见面，他从医院逃出来，谁都没有告诉，拄着拐杖走了一个小时，但还是迟到了。陈小武满头是汗，上了台阶，环顾了四周，并没有人。他把拐杖放在石凳上，坐了下来，用袖子擦擦汗，深深呼吸了几口气，实在是太累了。这时叮当才醒悟过来，为什么那封信上要写那么多的"如果"，她也才醒悟过来为什么这个笔友似乎对自己的生活和心情了如指掌。陈小武就一直像个隐形人一样默默地看着自己，自己在运动会上批评他、嫌弃他，多数时候觉得他就是一个跟班、随从，一个可有可无的对象。他退学，她没有表示更多的慰问；他爸爸被打伤，她也没有过多地关心。反而是自己遇到了那么多事情，陈小武面上什么都没说，却把所有的关怀都写在了信里。

为什么这个人是陈小武呢？叮当心里产生了被欺骗的感觉。她觉得自己被耍了，觉得自己受了委屈。她一直以为自己的笔友高高的、帅帅的、阳光的、青春的，不是陈小武这样矮矮的、土土的，拄着拐杖走几公里满头大汗的。她希望自己的笔友有自己的事业，而不是每天卖豆芽；她还希望自己的笔友成绩好，像陈桐那样，能考上一个好的大学，自己跟他在一起也会变得更努力，更有安全感。

无论笔友是怎样的，但绝对不是陈小武这样的，一点儿都不一样。这么想着，叮当特别难过，是失望，是遗憾，是愿望落空，也是失去了一个希望的方向。她开始躲在小卖部后面哭，止也止不住。她讨厌陈小武，讨厌陈小武赢得了自己的好感。她讨厌陈小武假装是个品学兼优的人给自己写信。她讨厌陈小武把这个秘密隐藏了那么久。她也讨厌陈小武那么关心自己，知道自己每一点儿心情的起伏，知道什么样的话会让自己开心。

叮当哭得特别难受。陈小武毁掉了她对于未来所有美好的想象。她喜欢的是跳高的"刘德华"，是郝回归，是陈桐那样的人，虽然她告诉自己之前的想法都是错的，但就算是错的，也绝对不是陈小武这样的人啊。

陈小武的一件白T恤穿得都泛黄了，一只脚是球鞋，一只脚是拖鞋，刘海因为流汗而分叉，坐在凉亭里休息，驼着背，根本就不像是个人生会胜利的人，也不像是个同龄人。短短失学的日子，让他已经没有了青春的洋溢，这根本就不是我的笔友！叮当"呜呜"地哭，就好像要把所有的委屈一次性哭出来。

陈小武在凉亭坐了十分钟，拿着拐杖站了起来，又想了想，坐下，从身上拿出一张纸和一支笔，写了起来。他草草写了几十个字，把纸叠好，放在凉亭显眼的茶几上，艰难地挪到台阶下捡了一块石头，压着纸条，怕它被风刮走。

做好这一切,陈小武朝自己来的方向离开。

远远地,等陈小武走远了,叮当看着他的背影也哭累了,再走到凉亭里,看到了放在茶几上的那张纸。叮当打开,上面写着:

对不起,叮当,我迟到了,我是陈小武。虽然我们不能在现实中成为好朋友,但我一点儿也不后悔。你曾经那么相信我。谢谢你。

很多年以后,叮当回忆起这一切,她说:虽然这个人和我无数次幻想中出现的那个人不一样,甚至有着天上地下的差别,但是比起得到一个新的朋友,我更不想失去这个老朋友。

叮当看着纸条,依然在抽泣,往事一幕一幕重新放映了一遍,然后她冲下台阶朝陈小武离开的方向狂奔。她明白了这种感情,她害怕失去陈小武,也害怕失去这种感觉,她不要这种感觉只停留在信纸上,她要让这一切成为自己的生活,成为自己可以摸得到、看得到的真情实感。这么多年,只有陈小武一个人让她觉得有安全感,这种感觉是喜欢吗?叮当不知道,她只知道她不想失去陈小武这个朋友。陈小武拄着拐杖,默默地朝医院的方向走着。没有人注意这个拄着拐杖的年轻人,他的表情并不痛苦,也没觉得自己失去了什么,反而有了一丝轻松,也许本来这些就不该是自己得到的吧。

"陈小武!陈小武!你给我站住!"叮当在后面一边跑,一边大喊。

陈小武没有听见,继续往前慢慢地走着,他看着这个城市,感觉陌生,就像第一次看见那样。

"陈小武,你给我站住!站住啊!"叮当带着哭腔,她害怕如果陈小武不停下来,她就永远失去了这个人。她头一次觉得心里有痛的感觉。

陈小武好像听到了什么,是不是有人在叫自己。他停下来,想了半天,觉得应该不太可能。叮当又大喊了一声:"陈小武!是我!"

陈小武听清楚了,是有人叫自己,而且声音很熟悉,是叮当!他背对着叮当,不敢相信叮当会来追自己,也不敢相信这一切是真的,但是声音就是那么真实,陈小武呆呆地站着,不知道回过头会面对什么。陈小武下定决心扭过头,叮当就站在十几米之外,两个人面对面站着,中间有路人穿过。

叮当看见陈小武停下来,自己也停了下来。陈小武看着叮当。叮当追得筋疲力尽,正大口喘气。两个人就这么站着,相互看着,然后叮当高高地举起右手,带着哭腔对陈小武说:"你的纸条……忘拿了。"

陈小武从来没有哭过,被爸爸打没有哭,爸爸被打伤没哭,退学没哭,跟人打架没哭,骨裂没哭,他也不知道为什么会因为"你的纸条……忘拿了"而哭。叮当一看陈小武哭了,她也忍不住了。两个人面对面默默流着眼泪,来往的行人诧异地看着他们。

"当我知道被你喜欢,
就开始有了面对这个世界的勇气。"

微笑正在文具店选新年贺卡。很多人喜欢一次性买很多张,送给很多人,以此交换更多的明信片,有种收获的感受。但微笑每年就买几张,只送给最重要的朋友。微笑先选了四张,分别送给叮当、刘大志、陈桐和陈小武,然后想起了什么,打算继续挑一张不太一样的。

微笑一边挑,一边想那天郝老师跟自己说的那些话。

"你的字我认识。"

微笑脸上突然有种后知后觉的发烫,她看了看四周,并没有人看着自己。她赶紧选了一张中国的山水画贺卡,看了一眼,上面写着"思往事,惜流芳,易成伤。拟歌先敛,欲笑还颦,最断人肠"。都要付钱了,又觉得这句词不妥,换了一张"两岸猿声啼不住,轻舟已过万重山"。

微笑现在才想明白,莫非郝老师是因为那是自己写的贺卡,所以才赴约的?他赴约并不是为了教育冯美丽,而是为了教育我?还是……微笑不敢再往深处想。回到家,院子里很多街坊邻居等着领回他们签的协议,已经有很多人从自己的房子里搬出去住进了政府临时腾出来的小楼里,所有人都热火朝天，很有干劲儿，看见微笑回来，大家脸上都笑开了花。王大千看着墙上刘德华的照片对微笑说："微笑，等以后搬了新家，换张照片吧。"

"刘德华别的照片吗？"微笑欣喜地问。

"不是，换张爸爸的照片吧。"王大千坏坏地笑。

"不行，你没刘德华好看。"

"微笑，你可别这么说，你爸年轻的时候可比刘德华好看多了，现在是太忙于工作了。"隔壁来签协议的张阿姨说。

"等哪天我爸又重新比刘德华好看了，我就贴他的照片吧。"微笑笑着对王大千说。

"这可是你说的，从今天起，爸爸决定要开始减肥喽。"

"爸，你在我心上，刘德华只是在墙上。"

王大千大笑。

微笑进了卧室，躲在房子里开始写明信片。她把给其他几个小伙伴的写好之后，轮到郝回归写，却不知道该使用什么语气，是老师和学生呢？还是像朋友？微笑纠结了老半天，她想起和郝回归一起聊泰戈尔那天，郝回归和她背了同样的一首诗，《世界上最遥远的距离》。她把这首诗抄在了贺卡上，写完之后，觉得写得特别工整，可看来看去，又觉得好像哪里不对。这是一首情诗，为什么自己要抄写一首情诗给郝老师呢？微笑觉得有些不妥，又在最后加了一句："谢谢你，郝老师，让我认识到了那么美的诗句和那么伟大的诗人。希望今后还能学习到更多的东西。"

写完这句之后，微笑觉得挺好的。

第二天一早，教室里，刘大志从抽屉里又翻出了十几张贺卡，他一张一张地翻着有点儿沮丧。多是多，但是没有一张是自己想收到的。

微笑走进教室，刚把书包放下。

"咦，你今年还送贺卡吗？"刘大志问。

"干吗？"明明是一件很温暖的事情，被刘大志一问就显得特别俗气。

"我就是看你会不会送给我，我一会儿也要去买贺卡，看看要回给谁。"刘大志只是想知道微笑会不会送给自己。

"那你不用算我的那份了,我不会送给你。"微笑断了刘大志的念想。

"哦……这样子。"刘大志自讨没趣。

他看见微笑把书包打开,从里面拿出了几张叠在一起的明信片,上面还写着字。最上面那张写着:"亲爱的郝老师,有一首诗你还记得吗?《世界上最遥远的距离》……"

刘大志突然产生了好奇,直接伸手把最上面那张明信片抢了过来:"啧啧啧,亲爱的郝老师……"刘大志迅速看了几行,这不是情诗吗?微笑一把将写给郝老师的明信片抢了回去。

"这不是给你的。"

气氛突然尴尬,刘大志脑子里全都是微笑写给郝回归的情诗,他没有读过泰戈尔的诗,现在满脑子都是微笑对郝回归说"世界上最遥远的距离就是我在你面前,你却不知道我爱你……"这……到底是怎么一回事?

"啪!"微笑换了另外一张扔到刘大志的桌上,"喏,这张才是给你的。"

刘大志赶紧拿起微笑给自己的明信片,多少挽回了急速坠入深渊的绝望。微笑给自己的贺卡上写着:"刘大志同学,自从我们成为同桌之后,你的学习成绩稳步上升,这充分说明了和我同桌的重要性和必要性。希望你在新的一年,继续向我看齐,成为一个真正优秀的人。微笑。"

"哈?"刘大志脸上在微笑,心里早哭了出来。

他很想问为什么微笑会给郝老师写情诗,而对自己这么冷漠。

难道微笑和郝老师的关系超越了老师和学生的关系?刘大志努力回忆大家在一起的时刻,他俩在泳池里相遇,郝老师安排自己和微笑坐,郝老师还去微笑家吃饭,陪王大千喝酒,微笑还找他一起商量元旦文艺会演的节目,他还借书给微笑看……哪个老师会找那么多的机会跟女学生互动?刘大志这么一想,心里就清楚多了:原来郝回归是一个人面兽心的老师,他借着老师的身份,暗暗地接近微笑,获得微笑的好感,从而和微笑产生感情。

刘大志想着郝回归找自己谈了那么多次心,自己甚至还告诉了郝回归自己喜欢微笑,可是这个老师不仅不在意学生的尊严,甚至还要进一步地践踏。原来郝回归接近自己,只是为了假装和自己称兄道弟,用这样的方式接近微笑。

想到这里，刘大志毛骨悚然，他没有想到自己如此信任的老师是这样的一个人。一整天，刘大志都在观察郝回归和微笑的互动。微笑对郝回归表面上是学生对老师，但他俩站的距离，比自己和微笑说话站的距离要近很多。他俩对话都带着笑，但对话内容完全不好笑，所以他们一定是笑一件外人不知道的事情。微笑并没有当着众人的面把明信片给郝回归，可见她一定是要私下会面的时候给。

刘大志感觉整个世界都黑了，他一方面觉得郝回归人面兽心，另一方面好恨自己为什么要偷看微笑的明信片。

他试探性地问陈桐："你觉得郝老师是一个怎样的人呢？"

陈桐说："很好啊，凡事都为大家考虑。"

"那万一他人面兽心，表面人模人样，其实一肚子脏水呢？"

"你是说何世福吗？"

"不是不是，我是看新闻说有些学校越是伪装得厉害的老师，越是喜欢对女学生下毒手，我就随便举个例子。"

"你是怀疑郝老师，还是担心谁？"陈桐问。

"你是担心微笑吧，她能被下毒手？你都快被她弄死了。"陈桐笑了笑，没再理刘大志。刘大志宁愿相信是郝回归欺骗了微笑，也不愿意相信他俩是两情相悦。他跑到厕所的洗手池洗了把脸，他必须冷静冷静。他不知道自己为什么生气，微笑并不属于自己，那郝回归和自己就处于同一起跑线，就像郑伟一样。可自己对郑伟追求微笑一点儿都不生气，但为什么自己对郝回归就那么生气呢？仅仅是因为他是老师吗？

刘大志想了一会儿，得出一个很不想承认的理由：虽然郝回归是老师，但无论从任何方面他一直都在照顾自己，像兄长，像老师，像父辈，在刘大志的角度，郝回归是自己的兄长，微笑是自己喜欢的女孩，本来这两个人都属于自己，可一旦郝回归和微笑在一起，他觉得自己同时失去了两个对自己来说最重要的人。说背叛是自己的错觉，但说被抛弃可能才是他最难过的地方。从世界上最幸福的人，变成一无所有的人，刘大志难过得要死。他也没有和陈桐一起回家,一个人慢慢地在街上走着,突然想起妈妈跟他说下课早点儿回家,家里没有煤气了。刘大志赶紧往家里跑,一推开门,正准备问煤气罐在哪儿,就看见郝回归坐在客厅和妈妈聊天。

刘大志呆了。

"放学都一个小时了,你又去哪里混了?要不是郝老师,我看你今晚吃什么!"

"哦。"原来郝回归帮家里把煤气罐灌满后给扛回来了。刘大志看了一眼郝回归,什么都没说就进屋了。

郝回归觉得刘大志哪里不对劲儿。文艺会演之后,刘大志一下就成为大家欣赏和喜欢的人,他应该每天都开开心心的才对,可为何他看自己的眼神如此幽怨……

"郝老师,你先坐着啊,要不要唱会儿歌?我先做菜,你就随便吃吃,你一个人待在宿舍挺无聊的,以后常来。"郝铁梅超级热情。

里屋的刘大志听见妈妈这么说,一肚子火。郝回归一出现,生命中最重要的两个女人全变成他的了,郝老师郝老师,真是白吃白喝的白痴老师!

刘大志在纸上"唰唰唰"地写"我讨厌郝回归",一遍又一遍。

不解气!又用笔在郝回归三个字上画叉叉!

突然耳边响起一个声音:"我怎么你了?"

刘大志被吓得一扭头,郝回归硕大的脸疑惑地看着自己。刘大志的幼稚被暴露得一览无余,他慌乱又羞愧地把写了郝回归名字的纸撕下来,揉成团扔进垃圾桶,好像这一切做完,郝回归就会忘记刚才发生的一样。

"说吧。"郝回归看着刘大志。

刘大志看着郝回归。这是他第一次那么仔细地看郝回归,因为这个人的出现,自己的生活发生了翻天覆地的变化,自己就好像进入了一个骗局,所有的一切都在他的掌握之中,而自己也变得越来越没有力量。他说的好像都是对的,他预言的好像也都是对的,因为他的存在,自己做着好多顺理成章的事情,也正是因为这样,刘大志发现自己被裹挟了。而一切的罪魁祸首就是郝回归!

"郝老师，你是不是喜欢微笑？"刘大志终于说出了憋在自己心里的这个问题。郝回归突然愣住了，他没有想到刘大志居然会这么问自己。这个问题很难回答，无从解释，郝回归半天没说话，冒出一句："喜欢你妹啊。"

"我妹？你喜欢叮当？"刘大志震惊。

"不是！'你妹'的意思就是指空穴来风。"

刘大志也管不了那么多："那你是不是喜欢微笑？"

郝回归硬着头皮反问："你问的什么？我怎么会喜欢微笑？"

"那她为什么给你写情诗？为什么和你关系那么近？你和班上其他女同学都不是这样的。我跟你说过我喜欢微笑，因为我把你当朋友，不是当老师，但是你却没有告诉我，你也喜欢她！"刘大志连珠炮似的说了一堆话。完了，自己总不能骗刘大志说不喜欢微笑吧，而且他的观察没错，自己就是跟微笑走得更近，但自己做这一切都是为了刘大志啊。

郝回归知道如果此刻不给他一个真正的回复，刘大志心里一定会产生巨大的阴影和障碍，可他如果要解释刘大志的所有疑惑，就只能告诉他全部的真相，不然说了一个谎，就要用无数个谎去圆，万一露馅，他和刘大志再也不可能成为朋友了。自己能跟刘大志说这些真相吗？他反复考虑过这个问题，无论是此刻要解释，还是未来要告别，真相才是所有事情发生的来龙去脉。可周校工有前车之鉴，现在的人根本就不可能理解未来的事情。刘大志盯着郝回归，感觉两个人已经撕破脸了，如果郝回归不能说出一个真正能说服刘大志的理由，刘大志一定会从心底彻彻底底拒绝郝回归。

"刘大志，好，接下来我要跟你说的话，你一定要听仔细了，而且不能对任何人说，只能你自己心里知道。我敢保证，接下来我说的话会让你惊讶，或者不相信，但是你一定要相信我，不然我们所有的努力都白费了。你明白我的意思吗？"郝回归很严肃。刘大志并非情绪上的失控，而是他想不明白为什么事情会变成这样，如果给自己一个完全信服的理由，他也能想通，现在最关键的就是自己想不通——很多人也跟刘大志一样，不是接受不了很多事，而是想不通很多事。

"那你说。"刘大志一脸严肃。

郝回归看着刘大志一字一句地说。

"微笑喜欢你。"

"啊？什么？别开玩笑了！"刘大志的脑子因为这句"微笑喜欢你"突然就短路了。

"相信我，微笑喜欢你。"

郝回归看着刘大志突然凝固、立马痴呆的表情，在心里松了一口气，他觉得自己瞎掰的这个理由绝对是世界一流，不这么说的话，指不定自己会说出什么让刘大志发疯的理由。刘大志目瞪口呆，他万万没有想到郝回归居然会告诉自己这样一个秘密。

"微笑喜欢我？微笑真的喜欢我？"刘大志把对郝回归所有的质疑全都抛之脑后，这个才是他真正在意的。

"郝老师，你说的是真的？"

"我什么时候骗过你？"郝回归表情很严肃。

"她为什么会喜欢我？！"

"你很热血，想把每一件决定了的事情都做好，越来越像个男人，打扮打扮也挺帅的，以后会更帅。最重要的是，你很想让自己变得更好。"

郝回归又补充了一句："但你一定要记住，既然微笑喜欢你，你就不用再怀疑这一点，尽量做一个值得被喜欢的人，也千万不要去问她，女孩子嘛，都是害羞的。"

"嗯。"刘大志掩饰不住内心的喜悦，猛点头。

刘大志没有想到自己暗恋了这么多年的微笑，原来心里是喜欢自己的，但为什么自己从来就没有感觉到呢？刘大志拼命回想，微笑希望他的成绩更好，微笑强迫他听课，微笑在自己告白后假装什么都没发生过，微笑还把自己带回她家吃饭，认识她爸爸，这一切好像真的是她喜欢自己的征兆啊，怎么之前一点儿都没有感觉到呢？

"行了，别瞎想了，吃饭吧。"郝回归看了一眼刘大志桌上的纸说。刘大志赶紧把纸收起来放进抽屉，很不好意思。

第 十 三 章

朋 友 别 哭

有人幸福,有人失落,
有人想靠自己的成绩闯出一条路,
有人要去陌生的环境,
有人做着离去的准备……

> "很多事我早已知道结局,
> 我所做的一切只是为了确认而已。"

周末一大早,郝回归来到省会取周校工的手稿复印件。

他知道真相即将大白,但心里却总有一个声音在劝自己不要知道这个真相,或者慢一点儿知道。从省会车站换乘公交车,到杂志社只需十分钟,但郝回归选择步行。天上下着小雨,像某种征兆。

郝回归终于还是走进了传达室。

"请问您是?"

"您好,我之前和编辑约好,来取一位作者的手稿复印件。"

"您就是郝老师吧。您好,我是周建民的编辑,我姓范。"范编辑戴着一副黑框眼镜,头发整理得服服帖帖的。

郝回归没想到编辑会专门等着自己。

范编辑请郝回归坐下,倒了一杯茶。

"郝老师,接到您的电话后,我就想着必须和您见上一面。手稿我已复印好,可以给您一份……"范编辑欲言又止,"实不相瞒,这篇文章在我们杂志社内部引起了很大争议。在评选过程中,很多编辑觉得这篇文章文笔太差,逻辑混乱,但它很真实,就像真的一样。我当时就想,这篇文章的作者没准儿是个精神分裂症患者。"

听完这番话,郝回归心里很难受,在周围人眼里,周校工确实是个疯子。就好像此刻的自己,如果把所有真相说出来,无论是说给谁听,别人也一定觉得自己是个疯子。

"郝老师,我想问一下,现实中周校工到底是个什么样的人?"

郝回归没有直接回答问题:"范老师,我和您一样,对周校工充满好奇。如果要问我的意见,这个世界太大,任何事都可能发生在任何人身上,不相信的人认为是科幻,相信的人认为是事实。"

范编辑点点头表示认同,追问道:"那现在周校工的情况是否如他文章里写的一样?他是真的有精神病吗?"

"我不知道是因为他已经有了初步的精神症状再写的文章，还是写了文章之后出现的症状，但无论如何，文章里的内容都已经开始困扰他了。"郝回归诚恳地回答。

"其实，虽然这篇文章是虚构的，但我相信文章里的情节。"范编辑停顿了一会儿，"我小时候，一个冬天的晚上在公园湖上玩，突然冰面裂开，我掉了进去。就在濒死之时，突然有个人把我救上岸，等我缓过神来，那人已经不见了。这件事我记了很多年，直到有一天，我在镜子里看到现在的自己，我才发现，记忆中救我的人好像就是镜子中的那个人。你有没有过这样的经历，某个时刻，突然会出现一个人帮助你，告诉你某个道理，然后消失在人海中。"

听范编辑说完，郝回归心里多少有了一些安慰。"我相信您的说法，我也觉得有些人的人生之所以转折，是因为受到一些突然的外来帮助。我也曾这么想过，这也是我为什么要来取周校工的手稿复印件。"

"这是他的手稿复印件。如果您在看文章的过程中有任何新想法，请务必告诉我。"范编辑从包里拿出一沓周校工的手稿复印件。

"谢谢，那我先告辞了。"郝回归站起来，外面的雨越下越大，他用塑料袋把复印件包好，放在大衣内侧走了出去。他找了一家人少的小店，要了一碗面，坐在角落，把复印件拿了出来。

手稿中，有些话被重复了好几十次，比如"为什么他会告诉我这些"。整篇手稿当中也常常使用感叹号。郝回归心想难怪范编辑会怀疑它并不是一篇虚构类文章。郝回归细细阅读，从略微混乱的叙述中，他明白了周校工的全部经历：从小在福利院长大的周校工突然遇见自称是远房亲戚的表哥，这位表哥就是未来的周校工。表哥并没有考虑此刻的周校工对事情的接受程度，把未来所有的事以及自己的身份都一一透露。周校工无法理解，而且即使预言准确，他也无法改变事情的结局。

整篇文章逻辑很乱，郝回归努力厘清了几个要点。

1. 自己回到 1998 年是因为那本刘大志写给未来的自己的日记。
2. 未来的周校工看到了现在周校工的日记，所以消失了。

3. 日记在未来出现，未来的人就能回到过去；在过去出现，未来的人就要回到未来。

4. 自己不能跟刘大志提任何有关未来的一切，他肯定接受不了。

5. 当刘大志开始给未来的自己写信时，就意味着自己离回去不远了。

郝回归收起手稿。周校工之所以走到今天，表面看起来是无法承受那么多对未来的预知，实质是对已知未来的无能为力。但即使改变不了眼前的世界，我们也能通过努力对之后的人生负责啊！即使自己无法改变17岁的刘大志的人生，但是当他开始改变刘大志对很多事情的态度之后，18岁、19岁、20岁之后的刘大志是不是就能变得不一样？甚至哪怕刘大志从17岁到36岁，依然过着和郝回归一样的失败人生，那没有人知道的37岁的郝回归，是不是就能变得更强一些？我们改变不了我们已知的现在，为什么不能为未知的未来负责呢？

郝回归突然顿悟，看起来，未来的周校工把如今的周校工给毁了，但实际上是现在的周校工并没有为之后的自己负责。他完全已被当下击垮，他根本懒得为自己的40岁、50岁、60岁的人生负责。如果自己能改变17岁的刘大志自然是好的，但就算改变不了，那自己也应该为自己的37岁负责。

后悔了，才想改变过去；强大了，才敢对未来负责。

郝回归要立刻去见周校工，他相信周校工一定能明白自己的想法，他也相信自己一定能帮周校工走出困局。

"该发生的总会发生，但我们可以换一种态度去对待，结果在我们内心的映射可能就会不一样吧？"

微笑家出事了。

"谢主任不见了。"秘书小张突然推开王大千办公室的门，慌张地说。

"什么意思？"

"谢主任的电话关机，他的老婆和儿子几个月前出国也没回来。我们刚刚已经报案，谢主任可能携款逃跑了！"

"怎么可能？谢友良跑了？"王大千整个人呆住了，怎么可能？昨晚他还和谢主任一起喝酒，聊接下来的规划。

陈志军也来了电话，没等王大千开口，他就说："老王，应该听说了吧，谢友良跑了，账户里 6000 多万元的资金全部转移到了国外。他家人也早都移民到了美国，其他亲戚我们联系上了，他们都不知情。看来谢友良早有准备。我们需要你一会儿来局里配合一下调查，我安排车来接你。"

王大千赶紧说："好好好，一定配合。你也不用派车来接我，我现在就过去。"

如果谢友良真的逃了，王大千借来先垫付的那 1000 多万元也就全打了水漂。如果政府拨款被骗，要么追回拨款，要么等调查结案后政府才有可能继续拨款。在这期间，整个工程相当于瘫痪了。现在该拆的房子拆了，该搬的搬了，所有人都等着新房完工，抓不到谢友良，王大千这辈子可能就到头了。王大千交代秘书不要走漏消息，工地继续，不要影响大家的情绪，自己急忙赶到公安局。出入境管理处证实，谢友良已飞往澳洲，整件事证据确凿。王大千无法想象那些殷殷期盼的老街坊，更无法想象整个家之后的状况。这一次，他不仅搭上了家里所有的资金，还向几个信得过的老朋友凑了好几百万元。

公安局外，小张迎了上来。王大千知道消息已经瞒不住了。

"微笑知道了吗？"

"还不清楚，已经有人成群结队找到工地办公室去了。"

"我现在回家一趟。工地绝不能停工，任何人问就说正常进行。如果有人问是不是谢友良逃跑了，你就说有政府在，相信政府。"

"好。"

安置房小区里全乱套了。

郝铁梅赶紧请假回家，还没进安置房小区，就遇见了几群人都要去工地。

"妈，这是怎么了？"刚放学的刘大志也不知道发生了什么。

郝铁梅不知道事态有多严重，让刘大志先回家待着。

"谢友良跑了，我们绝对不能再让王大千跑了，不然我们下半辈子就完了！"有人喊道。

"当初我就说了不要相信什么回迁房，你看，现在是不是出事了！"两口子在人群里吵了起来，各种吵闹交杂着。

刘大志找了个大叔问了情况，还没听完，拔腿就往微笑家跑。

王大千赶回家时，院子门口已经聚集了很多群众。一看到王大千，一时不知该愤怒还是质问，所有人突然安静了。

"王老板，听说谢友良卷款跑了，回迁工程是不是出问题了？"

王大千双手举起往下压，示意大家安静："不瞒大家，我也是刚刚才知道。大家请放心，这是个大工程，不是离开一个人就停工的项目，要相信政府，也要相信我王大千。你们想想，政府没有拨款之前，我就把项目做了，就算我倾家荡产，也要保证这个项目继续进行。请大家先回去，也请转告给其他人，工程不会停。大家请放心，我会给大家一个满意的答复。"

人群渐渐散去。王大千打开门进了院子。他把家里的房产证、存款、车本一一翻出来，看看能凑齐多少钱，起码还能再缓一缓，绝对不能让工地停工，一停工这个事情就变大了。

微笑从外面跑了进来，看见爸爸的样子，就明白原来这一切都是真的。

"爸……"微笑有点儿哽咽。

"我在，我在。傻孩子，哭什么！过来。"王大千走过去搂住微笑，拍拍她的背，"不用担心，都会过去的，不是什么大事，你爸肯定解决得了，但可能要辛苦你一段时间。"

"爸，我怎样都可以的。你不用考虑我，我都这么大了。"

"微笑，在吗？"门口传来刘大志的声音。

王大千打开门。刘大志很着急，看见微笑的爸爸："我……我来看看微笑。"

"你俩聊。叔叔没事，不用担心。"

刘大志走进去。微笑正在发呆，看见他立刻站起来。

"我来看看你。"

"嗯。"

两人沉默了一会儿。微笑打破僵局:"对不起,让你们从老房子搬了出来,可能一时换不成新房子了。"

"嘿,我不是来问这个的,王叔叔不也是希望大家住得更好吗?何况王叔叔也是受害者,我们不过是换到了小一点儿的新房子,你们家垫了不少钱吧?"

"谢谢阿姨和你。"

"没什么。"刘大志的脸红了,他又想起郝回归跟自己说的话,他一定要让微笑没有喜欢错人,但他也不知道自己能帮什么忙。

"现在还差多少钱?我妈那应该还存了一些。"

微笑摇摇头:"前后大概还有五六千万元的缺口吧,如果停工的话,就彻底没有希望了;如果继续开工,最起码也要1000多万元。"

1000多万元?刘大志咽了一大口唾沫。在他的概念里,钱只要上了六位数,10万和100万,100万和1000万,1000万和1个亿都差不多。反正自己挣一辈子都挣不到。

"那接下来打算怎么办?"

"可能我们要提早做邻居了,我们也要搬到安置房去住。"

"嗯,有什么需要帮忙的叫我们就好。"自从刘大志被郝回归告知微笑其实喜欢自己之后,他觉得自己肩上的担子似乎重了一些。

"过 去 无 法 改 变,
未 来 才 更 为 迷 人 。"

会客室里,郝回归和周校工面对面坐着,周校工的状态很稳定。

"周校工,我相信你说的一切,也相信你对未来的判断是真的。"郝回归开门见山地说。

"你为什么会相信我?"周校工笑了笑。

郝回归决定和盘托出。

"我也遇到了这样一个人,他告诉我的所有事都发生了,但所有的事都没有办法改变,我一度非常失落。但现在我明白了,其实所有预言都是观察。"

"你是什么意思?"

"我是说我们认为的预言其实不是预言,绝大多数事的发生都有先兆,就看你能不能观察到。预言者,更准确地说,应该叫观察者。平日仔细观察生活的暗流,自然就知道潮水的走向与涌动。"

"所以郝老师,你的意思是别人跟我说的那些我改变不了的结果,其实不是命运的摆弄,而是每个人的性格使然?"

"对,周校工,你终于能明白我的意思了。"

突然,周校工哈哈大笑起来:"我才不会相信你这套荒谬的理论,一个人的命运早就注定了,老天让你过得好就好,让你差就差,它随时都可能让你进入绝境,或者升往天堂。我们都是被命运玩弄于股掌之上的道具而已。"

郝回归还想继续解释,周校工却站了起来:"我不想再跟你聊天了。你不要以为说能理解我,就能把我的话给套出来,让我告诉你未来发生了什么。我不会上当。你们所有人都想利用我的预测,为你们自己谋利!"周校工又进入到一种被害妄想症的情绪中。

探视的时间到了,郝回归十分挫败。离开前,周校工饶有兴致地看着郝回归笑了一下。郝回归不知道周校工究竟是真傻,还是装傻。他最后跟周校工说:"虽然我说的你不信,但不管你知道多少的未来,都不重要,你不仅要花时间在你知道的人生上,也要为你所不知道的人生负责。也许你现在知道的东西很多,但是你不知道的东西更多,那才是你真正该去的地方。"

人之所以活得糟糕,百般不顺,并不是某个选择出了问题,而是一个人每天的状态注定了他最终可选择的范围,而一个人的性格注定了他在关键时刻会做出怎样的选择。

郝回归把心里所想的表达出来,这些话不仅是对周校工说的,也是对自己说的。他要对刘大志负责,更要对未来的自己负责。

"有些挂在嘴上只是因为喜欢，
有些放在心里，才是因为爱。"

微笑像往常一样上学放学，她已能感受到周围人对她态度的变化。周校长找了微笑几次，除了着急就是埋怨。郝回归看在眼里，不知如何安慰。每每同学讨论这件事时，刘大志就用眼神示意叮当去陪微笑，自己则让那群同学闭嘴。

"刘大志，你家不是一样被坑了吗？你是她家女婿吗？你以为她家真穷啊？穷了就会看得上你？拉倒吧，听说谢友良逃跑前分给她家不少钱，他们勾结在一起，受害的都是穷人。"

刘大志好几次控制不住要跟他们打上一架，都被陈桐拦了下来。

过了几天，放学后，微笑对刘大志说："你们放学后有时间吗？帮我搬个家。我爸把院子卖了，我们也要搬到安置房。"

"没问题！我叫上陈小武。"刘大志应允下来。微笑家的安置房只有不到四十平方米，很多东西没法带走，一并留给新的房主。

"微笑，刘德华的照片怎么办？"王大千问。

"我来，我自己弄。"微笑赶紧跑过来，小心翼翼地从照片的边角慢慢揭开。王大千略感欣慰。微笑4岁开始学跆拳道，拿到黑带那天，微笑说："在黑暗中，虽然眼睛看不见，但是一定要保持感觉，只有这样，才知道如何出招去应付那些眼睛看不见的进攻。"此刻的微笑依然对自己喜爱的东西保持着热情与尊重，王大千站在后面，很骄傲。郝回归也在思考怎样才能跟王大千聊一聊。他怕说多了引起怀疑，说少了又不能改变什么。

王大千拿着凑来的500万元还给当初借给他钱的三位朋友。朋友们完全没想到王大千在这个关头还能来还钱。这三人都是王大千的战友，退伍后回各自家乡做起了生意。三人一合计，对王大千说："大千，说实话，当初借你钱确实是因为有钱挣。我们现在把钱拿回来，道义上没问题，但你就再也翻不了身了。听哥几个的，这钱你拿着，真有钱了再还，能造一栋是一栋，起码是个希望。你王大千是条汉子。我们不缺钱，那些街坊需要希望。"

听完战友的一番话,王大千本就满是血丝的双眼更红了。

"行,我听你们的,继续开工。有朝一日,我一定会把钱还上。"王大千来不及跟战友们吃饭,立刻又赶回了湘南。

所有人最怕的就是工地停工。人一散,再聚起来就没那么容易。

王大千赶回湘南,宣布工地照常运转。郝回归坐不住了,立刻来找王大千。他必须告诉王大千这个钱只能还,不能投,不然就是一场悲剧,所有的钱都会打水漂,有去无回。郝回归赶到工地时,王大千正给所有工人加油打气,看见郝回归,不禁一愣。郝回归跟着王大千到了办公室,进去之后把门关上。

"微笑爸爸,我也不是外人,有些话我想说,希望你真的能考虑考虑。"

"郝老师有什么想跟我说的?"

"微笑爸爸,你想过没有,如果这个钱投进去,对结果根本没影响怎么办?这个钱就白投了啊。"

王大千看着郝回归,没有说话。

"这个钱不投,顶多背负街坊一时的不理解,但最终他们会明白的,你也是受害者。这个钱一旦投了,无非只是延缓大家的不安情绪,最终依然还是会崩塌的。到那时,无论是你还是微笑,都会受牵连,欠的就不只是情,还有债。"

王大千沉默了一会儿,递给郝回归一支烟,郝回归没有拒绝。一支烟抽完,王大千长叹了一口气,说:"我又何尝不知道这个钱是打水漂,可是我还有选择的余地吗?当所有人都信任你的时候,你只能把自己逼到没有退路。趁自己还能拼尽全力的时候拼一下,所有人毫无保留地相信你,你要做的也只能是毫无保留。我现在做的是问心无愧,如果今天我没尽全力挽救,我一辈子都会良心不安。"

原来王大千从一开始就知道结果。

"对了,回归,刚好你在,我有件事想跟你商量。我和微笑她妈妈很早就离婚了,这些年微笑很懂事,一直不在我面前提她妈妈。但我也知道,她想出国工作,一定也是想去见一见妈妈,但又怕我伤心。现在家里状况不太好,她也承受了不应该属于她的压力,所以我跟她妈妈联系了,想把微笑送到美国,让她和她妈妈住,生活也会更好一些。"

终于还是等到这一天了。

"微笑爸爸,这看起来是个不错的决定。有跟微笑提过吗?"

"还没有。我想征求一下你的意见,打算晚上跟她商量。谢谢郝老师,希望我俩还有机会好好喝一顿。"

"当然会有,事情肯定能解决,你放心吧。"郝回归嘴上说着,心里却难受得很。

"谢谢你,回归。你愿意来跟我说这些,我很开心。"

从工地回到家,已经是凌晨两点。王大千轻轻打开新家的门,门口堆了很多未拆包的东西。微笑睡在只能放一张床的卧室。王大千拧开一盏旧台灯,房子里虽然挤挤的、乱乱的,却也洒满了静谧的微光。客厅的墙上贴着一张照片,王大千走近仔细一看,不是刘德华的,而是自己的一张生活照,上面还有一行小字:"爸爸,你比刘德华更帅,我爱你。"

王大千悄悄走了出去,一个人蹲在走廊上捂住嘴哭,害怕吵醒微笑。

第二天一早,王大千把出国的决定告诉微笑。微笑没有任何表情,只是淡淡地问了一句:"还有多久?"

"三个月吧,在高考之前就走。"

"行,我知道了。我上学去了。"

微笑把自己要离开的消息告诉了几个伙伴。叮当哭了一整天。

"哭哭哭,哭什么哭?你到底是舍不得她,还是羡慕人家去美国啊?"刘大志烦透了。

"当然是舍不得。我最好的朋友要去美国生活,美国那么远,可能几年都见不到一次。有些人每天见一次,感情越来越好。我们是每见一次,就离分开越来越近,你知道这是什么感觉吗?"叮当继续哭。

刘大志硬着头皮说:"去美国很好啊,能看到不一样的世界,你的英文又很好,刚好派上用场,以后我去美国……"

"算了,哥,你不可能会去美国。"叮当哭着说。

微笑忍不住笑了起来:"你俩这都要吵。"

刘大志也很想像叮当那样,哭一哭就能表达自己的情感,但他不能,他必须做点儿什么。微笑知道郝回归同意自己出国后有点儿惊讶:"你也觉得我爸让我出去读书是正确的?"

"我觉得对你是有好处的。如果刘大志要出国,我觉得就没意义了。"两人笑了起来。

"我从没想过要出国,也没做好准备。"

"但我相信你一定能很快适应。"

"我爸是不是觉得我现在是个累赘?"

"当然不是,你想多了。你爸跟我聊的时候,聊到你从小学跆拳道,聊到你的性格,他觉得趁你还年轻,考一个美国大学见见世面也挺好的。如果哪一天你想回来就回来。可能他怕再晚一点儿,家里一分钱都拿不出来了吧。"

郝回归此刻考虑的事和刘大志的一样。

"微笑,离开之前,你还有什么特别想做的事吗?"

微笑想了半天,笑了起来。

"怎么?想到了?"

"是啊,一直在想这件事,爸爸答应我好久了,一直都没有实现,我怕说出来,郝老师会觉得很好笑。"

"不会啊,你说。"

"我们是南方小城,我只在电视里看过雪,我爸老早就答应过带我去看一场雪,但从来就没实现过。我很想在走之前看一场雪。不过听说美国倒是会下雪。"

"美国的雪没意思,有意思的雪一定要和有意思的人一起看。"

"也是,我看电视上一群人打雪仗,很有意思。"

"这样,下一次月考结束,我带你们去松城看雪,那里已经下了几场雪。"

"真的?你可不要骗我。"

"说到做到。"

"谢谢郝老师！"微笑笑得很开心。

<u>"当我所做的一切都是为了你，我以为是你绑架了我，其实是我绑架了你。"</u>

王大千把剩下的钱都投入工程，自己每天跑公安局和政府，一方面打听谢友良的消息，另一方面想知道上头会怎么处理这件事。分管案件的副局长让王大千不用每天跑公安局，也说现在政府正在给上级打报告，尽快解决。王大千知道，这"尽快"等于没有期限，但也没办法，只好叹口气离开。副局长突然叫住他："老王，我听说你还在扛，能缓就缓缓，上头肯定能帮你解决，只是需要时间，你也不用绷那么紧。"

"没事，谁让这是我承接的工程呢。能扛一天是一天，真扛不动了，还要你们来帮我收场。"

"一句话。"副局长拍拍王大千的肩膀。

整件事就像乌云一样笼罩在安置房一百来户家庭和微笑家头上。以前安置房热热闹闹，说说笑笑，大家也互相串串门，聊聊天。现在大家的走动明显少了，尤其是上了年纪的人，没事就叹个气，生怕别人听不到自己的失望，就好像谁显得越可怜，谁就越能得到他人的关爱。好在郝铁梅是明事理的人，每次听见有人叹气，就会直接说："别叹气了，本来马上就转运了，被你一叹又没了。"

刘大志问妈妈："如果新房子建不成，我们一直住这里吗？"

"反正你爸住医院，你马上就要读大学，我一个人住也挺好。"

"妈，没事，等我读了大学，挣钱给你买大房子。"

"行行行，赶紧学习去，郝老师说了，接下来这段时间最关键，别看你现在考到了前二十名，你们文科班成绩差你也知道，不进前十，一样没用。"

第二天，刘大志、陈桐、叮当和陈小武约了吃大排档。

大家要讨论的主题是：微笑要走了，大家能为她做些什么？

陈小武和叮当坐在一起，两个人都特别不好意思。陈桐看了刘大志一眼，意思是："你看，我早说了。"刘大志看了陈小武一眼，意思是："行了，别装了，假装陌生呢？"叮当则看了刘大志一眼，意思是："我觉得我和陈小武可以先处处，你千万不要告诉我妈。"大家彼此互看了一眼，信息交流完毕，开始讨论微笑的事。

"叮当，微笑最喜欢的是什么？"

"刘德华？"

"哎，亲笔签名的海报和照片都有了啊。"

"对了，她特别想去看一场刘德华的演唱会！"

"在哪里？"

"深圳。"

"什么时候？"

"真的真的，刚好在她离开前半个月！"

"需要多少钱啊？路费、住宿费、演唱会门票，都特别贵吧？"

"我们以前算过，一个人的话怎么也需要800元吧。"

"算了，就当我没说。"刘大志很挫败，他连给自己买盒磁带的钱都没有。

"我和叮当可以资助你200元。"陈小武说。

"那是要给你买BP机的钱啊！"叮当阻止陈小武。

"欸，叮当，我和陈小武在一起多少年了，你和陈小武在一起多少天，你还没嫁给人家好吗，怎么就干涉起我们兄弟之间的感情了？大不了以后加倍还你们嘛！"刘大志十分不满。

"大志，我也可以赞助你200元。"陈桐说。

"你们真好，但是，我一分钱都没有。"

"那你不会去挣啊？马上放寒假了，有一个月时间，打工呗。"叮当鄙视刘大志。

刘大志被点醒了。这天之后，刘大志一放学就消失了；每天晚上八九点才回家。好在每天都做作业到凌晨一两点，郝铁梅虽然很疑惑，但也很欣慰。郝回归看刘大志白天困得要命,把他抓进办公室:"你最近怎么搞的?"

刘大志非常不合时宜地打了一个哈欠。

"我作业都做完了,老师说的我不懂的我当天都会弄明白的。"

郝回归把刘大志的作业找出来,确实比以往还要认真。

"听说你每天放学之后去打工?"

"啊哈,是啊。"

"现在这种时候还打工?"

刘大志挠挠后脑勺:"微笑不是要走了嘛,我想打工凑钱,帮她买一张演唱会的门票,路费陈桐和小武都帮我凑好了。我想她离开,我们又去外地读书,再见面可能是好几年之后了吧,我想为她做些事。如果换作是你,郝老师,你肯定也会这么干吧?"刘大志有点儿不太好意思,毕竟是第一次想为一个女孩子做些什么。郝回归居然有些欣慰。刘大志已经有了变化,他正在尽自己最大的努力和勇气去做他能做到的事。

"那,你也不能耽误学习,我打算寒假的时候带你们几个去松城看雪。"

"真的啊?我们几个?太好了!能不能等我打完工再去啊?"刘大志很兴奋。

"那就不用打工了,大家在一起不就好了?"

"不行。这是大家在一起的回忆,我想给她留下单独的一些回忆。郝老师,你不是说她喜欢我嘛。"刘大志有些羞涩。此刻的他比当年的郝回归勇敢多了,想做,也敢做。

"演唱会门票多少钱?"

"我想买一张最好的位置给她,420元。"

"我赞助你200元,你再挣220元就好了。再给你十天时间,之后不能再打工了。"

"真的?谢谢郝老师!哇!太好了!"

刘大志在工地搬砖,4小时8元钱。第一天觉得自己生龙活虎,放肆地搬,晚上回去后手起了好几个水疱,腰酸背痛。第二天还能忍,到了第三天,弯腰都要飙泪。他觉得自己命都快没了,才挣24元。如果不是微笑,他不会知道原来钱这么难挣，很多工友已经五十多岁了，手上满是茧，脸上也都是生活积压的忍耐。有人一天搬12个小时，一个月挣720元。第四天一早，他跑到郝铁梅跟前，说："妈，我对不起你。"郝铁梅没反应过来。

刘大志放学打工，晚上熬夜写作业，白天硬撑着精神上课。

"你能不能好好听课？怎么老睡觉？"微笑不知道刘大志为何又回到了从前。

"哦。"刘大志振作起来，没隔两分钟，又犯起了困。

下课之后，微笑问："你最近怎么了？上课心不在焉，手上又是水疱，放学走得早，你去干吗了？"

"我在打工。"刘大志脱口而出。

"打工？为什么？为什么要打工？"

"就是锻炼一下，体验生活。现在才知道挣钱有多难。"

"刘大志，我不管你干吗，反正马上要高考了，你不要忘记自己的目标。我马上也要走了，你自己对自己不负责的话，谁也救不了你。"

"晓得了，我知道，知道了。"刘大志赶忙敷衍。

时间过得飞快，一转眼就到年底了。小孩准备考试，大人准备过年，人人都在期盼新的一年有新的转变。王大千咬咬牙，订了几十桌酒席，请能来的拆迁户吃个团圆饭，一来表示歉意，二来图个吉利。虽然关系依然胶着，但听说有饭吃，该来的人都来了。王大千在台上说了一番感谢的话，也说了项目的进展、政府的关心，底下的街坊该吃的吃，也没谁搭理。郝铁梅不赞成王大千请大家吃饭，一方面钱要花在刀刃上，另一方面这些街坊也没有多少人能真正体谅他。很少人真的同情王大千，大多数人觉得他就是个骗子。

"每桌都有酒，大家自己喝，我敬大家一杯。"王大千站在台上，干了一杯。

"王总，你把我们几百号人弄进安置房，到现在没个说法，到底该怎么办？你觉得你就这么敬一杯酒就完事了？"说话的是个年轻人，刘大志认得他，是隔壁棉纺厂的小混混宋麻子，后面站了一群游手好闲的混混。

"王总，既然你那么能扛事，我这有两瓶白酒，你干了，这个年我们就相安无事。"

王大千笑了笑说:"这个酒我欠着吧,等工程结束后,我们再喝。不然现在喝了,今天工地我就管不了事了。"

宋麻子不依不饶:"王大千,别给你脸不要脸,今天来吃饭是给你面子。你不喝完这两瓶酒就是不给我面子。干了,就互相给个面;不干,我就把这里所有桌子给掀了。"

王大千知道,不喝这酒,肯定有人借机闹事,闹大了,还是自己收拾,而现在家里再也经不起这种折腾了。换作以前,谁敢跟他说这个?但如今,这么多街坊看着,却没人劝阻。微笑被气哭了,她恨这些落井下石的人,也恨自己不是个男人,不然一定冲上去揍宋麻子一顿。王大千苦笑了一下,拿着杯子朝宋麻子走过去。郝铁梅一把拽住王大千,准备跟宋麻子讲道理。

"啪!"宋麻子把手里的杯子狠狠砸在地上,玻璃碴儿溅得到处都是。郝回归一看这个局面,就知道今天躲不过了。当年自己一时犯怂,没有帮王大千把酒挡了,最后王大千离开了。今天,他必须站出来,虽然自己酒量不好,还对酒精过敏,但……郝回归心理建设还没完成,大家视线中突然出现了一个人。

刘大志站在宋麻子面前,看着宋麻子。

"拿来。"

宋麻子一愣。所有人都一愣。郝铁梅连忙把刘大志拽回去。郝回归心想完了!刘大志的酒量比自己差多了,而且也是酒精过敏啊。

宋麻子冷笑一声:"去去去,毛都没长齐。"

"喝完这两瓶是吧?我来。"没等人反应过来,刘大志直接把两瓶白酒从宋麻子手里抢过来,打开一瓶仰着头"咕嘟咕嘟咕嘟"喝下去。糟了!郝回归立刻冲上去,把刘大志手里的另一瓶白酒抢过来,也对着嘴"咕嘟咕嘟"喝下去。

所有人都静静地看着他俩,两瓶56度的白酒就这样被刘大志和郝回归喝光了。喝完之后,两个人同时用袖口擦了擦嘴。刘大志和郝回归并排站着,灌了整瓶白酒,两个人都眼睛通红,一人握着一个空酒瓶,指着宋麻子和他后面的一拨人,那种上了头的气势就像要拼命。宋麻子一看,再闹下去,眼前这两个人怕是要跟自己豁出命。

"行,今天就这么着。我们吃完了。"宋麻子带着人离开。

人一走,郝回归和刘大志同时憋不住了,"哇"的一口,吐了出来。王大千赶紧扶住郝回归,郝铁梅则扶住刘大志。

刘大志酒气上头,一脸傻笑:"郝老师,你怎么也喝?"

郝回归硬撑着说:"你酒量那么差,你还喝,你是不是傻?"

刘大志本想继续贫嘴,忽然身子一歪,倒了下去。郝回归酒量稍微好点儿,但也是感觉天旋地转的。大家连拖带拽把两人扛上王大千的车后座。

"爸,我陪你们一块去。"微笑赶紧上了副驾驶座。

路上颠簸,郝回归和刘大志一左一右倒在郝铁梅的腿上。

两个人酒气冲天,开始胡言乱语。

"刘大志,想不到你还挺猛的。"

"嘿嘿,郝老师,不要小看我,微笑的事就是我的事。"

迎着窗外的风,微笑的脸有点儿微烫,既担心又感动。

"这俩孩子,是不是疯了?!"郝铁梅特别担心,不停摸着郝回归的额头。

"妈、妈,你在哪里?"刘大志叫唤道。

"妈在这里,在这里。"郝铁梅腾出一只手摸摸刘大志的脸。

"我妈呢?我妈在哪里?"郝回归也在嘟囔着。

"郝老师,我妈可好了,借给你用一下。"

"借给我用?呵呵,你妈就是我妈,知道吗?"郝回归倒在郝铁梅的腿上一个人笑了起来。

"我妈是我妈,我妈不是你妈!但是我可以把我妈借给你用!"刘大志一边说着胡话,一边用手拍打郝回归。"好好好,借我用一下。妈!"郝回归靠在郝铁梅的腿上失去意识,不知何时,脸上多了一行泪。

两个人立刻被送到医院洗胃,郝回归的情况比刘大志稍好。

"怎么能这么喝酒?!差一点儿就中毒!尤其是小的,从来不喝酒,一喝喝一瓶，死了怎么办？！"医生很生气。郝铁梅和微笑通宵守在他们床边。过了七八个小时，郝回归先醒过来。

"郝老师，你太冲动了，怎么能喝那么多酒？！"大家稍微缓了口气，郝铁梅带着怜爱埋怨。郝回归想起昨晚的事，觉得幸好，如果不是自己在场，现在躺在床上可能永远醒不过来的一定是王大千或者是刘大志。他苦笑一下："如果不这样，恐怕结果会更糟糕吧。大志怎样了？"

刘大志躺在旁边的床上，打着吊瓶，依然昏迷。郝回归挣扎着起身，挪过去，摸了摸刘大志。他没想到这个17岁的自己那么勇猛，那么不在意自己，敢为了别人如此拼命。渐渐长大的他早就丢掉了热血。郝回归又有些得意，毕竟现在的他也敢豁出去了，比起刘大志，并没有丢脸啊！

又过了十几个小时，刘大志终于睁眼了。等他稍微清醒，发现爸爸、妈妈、微笑还有郝回归都在旁边看着自己。

"刘大志，你是不是不要命了？你差点儿死了知道吗？"郝铁梅特别激动。

微笑看见刘大志醒来，什么都没说，站起来走出病房。

"算了，别骂他了。他也是为了王大千好。"刘建国说。

"什么为王大千好？人家微笑爸爸每天喝酒，一两斤白酒也不会有什么负担，他一个17岁的小孩逞什么能，凑什么热闹！刘建国！你这样教小孩，以后他出了事你负责！"郝铁梅一着急，眼泪也出来了。

"妈，别生气，我这不是没事嘛。王叔叔不能喝。"刘大志使劲儿笑了笑。

"什么不能喝？为什么不能喝？"

"爸，你跟妈说一下吧。"

刘建国见微笑走出了病房，才轻声说："唉，本来王大千再三交代不能说，现在也没办法了。他啊，有很严重的肝硬化，不能再喝了，如果让他喝完这两瓶，可能现在我们就要参加他的葬礼了。"

"啊？"郝铁梅一愣，"大志你怎么知道？"

刘大志去医院找爸爸谈爸妈离婚的事，看见爸爸桌子上放着王大千的体检报告。刘大志没说话，刘建国也没有说话。

"这是上次我们几个在微笑家聚餐，趁微笑不在的时候，微笑爸爸自己说的，说大志的爸爸交代他不能再喝酒了。所以我们就喝了。"郝回归连忙插嘴道。

"是啊，大千的病是我给他看的。"刘建国赶紧补充。

"郝老师、大志，你俩都是我的儿子，我不允许你们再这么喝酒，如果真的出事了，你们想想给我们会带来多大的伤害。绝对不能再逞能了。"郝铁梅语气一下就软了。

"行行，他俩肯定不会再喝了。"刘建国在一旁补充。

郝回归看着郝铁梅和刘建国，有种说不上来的感觉。

无论是外公离开的那一天，还是眼前，原来他俩真的是有感情的，既依赖又默契，只是自己当初并不理解。

"嗯。"刘大志一脸惆怅，他根本不在意自己的身体，他惆怅的是耽误了打工的时间，少挣了几十块。

少年义气比什么都重要，自己认定的事，拼了命也要做到。

刘大志回到工地。工友见刘大志回来，都凑了上来。

刘大志很不好意思，对工头说："凡哥，前几天生病了，来不了，不好意思。"

"你是帮王老板喝酒的那个小孩吧？一口气干掉整瓶白酒？"凡哥叼着烟问。

刘大志没想到他会知道这件事，不知该如何回答。

"看不出来啊，搬砖一般，酒胆挺大。以前我们也和王老板合作过，他是个好人。没事，这几天的钱我都帮你领出来了，按一级工领的，你小子挺厉害。来，签个字。"凡哥拿出一张纸，上面每一天都有刘大志的名字。

"啊，这样不好吧？"刘大志觉得自己不该得这份钱。

"你就拿着吧。你要不是有急用，也不会来这种地方打工。就当我们报答老王的。"

凡哥看刘大志没动，就自己在上面写上名字，点了 80 元给刘大志："这是你这几天的。你放心，你那一份活，几个老哥都帮你干完了。要感谢的话，哪天就一起喝个酒，反正你酒量好。"

刘大志不好意思地挠挠头，想了想，接过工钱。从工地出来，陈小武和叮当正在外面等他。陈小武开了辆崭新的皮卡，虽不如轿车洋气，但比三轮车提高了好几个级别。

"快快快，哥，快来。这是小武的新车，以后有这个，就可以两个菜市场跑了。"叮当坐在副驾驶座上。陈小武很幸福地看着她。

刘大志一个翻身上了皮卡的后车厢，站在里面："小武，站稳了，开吧，让我感受一下。"

"好嘞，我们出发啦！"

迎着风，三个人在一辆崭新皮卡上奔向他们期盼的未来。

刘大志猛然发觉，这个学期，每个人的变化都好大。陈小武成了一家的顶梁柱，联合众摊主抵制保护费，成为摊主委员会最年轻的委员，跟银行借款买了货车，把生意做到了第二个菜市场。以前叮当最瞧不起这种车，现在坐在副驾驶座上，满脸笑意。半年前，自己都不敢和微笑对视，现在居然敢站出来帮她爸爸挡酒了，他觉得现在的生活从未有过地充实，每天都在奔向更好的未来。

时间能改变很多事，但关键是时间能改变一个人，所以才能改变很多事。刘大志站在后备厢看着眼前的风景。一个人骑着自行车从对面大路上交错而过。郝老师？郝回归骑着自行车直接进了湘南私立高中的大门。

郝老师居然会去湘南私立高中？刘大志一想，坏了！郝老师不会在最后关头变节，转校任教了吧？

"小武，停车停车！"刘大志狂拍后车窗。

"咋了？"

"快！开车去私立高中，我刚好像看见郝老师了！"

"然后呢？"

"我觉得他可能要转校任教了！"

"啊？"

"对一件事缺乏了解，
其实是因为缺乏兴趣。"

在等待告别的最后时间里，郝回归并没有太多遗憾。

周校工从精神病医院出院了，在学校里，遇见郝回归会主动打招呼，虽然两人什么都没有谈，但郝回归能感觉到周校工好像听懂了自己说的话。他也明白了自己30多岁的生活过得不好，不能赖刘大志17岁的糟糕，而是自己越活越不像自己。他羡慕刘大志的热情和义气和不害怕，羡慕刘大志的执着和"不要脸"。郝回归买了一个照相机，他想多留一些影像，如果能带着离开，就是最宝贵的财富。如果带不走，"咔嚓"一声留在记忆中也好。所以他去湘南私立高中，是想跟何世福告别。虽然何世福挖走了老师，给自己的工作带来了很多麻烦，但何世福却在自己刚来的时候给过他很多帮助。郝回归只是想跟何世福当面说一声"谢谢"。私立高中的老同事看到郝回归，很惊讶，寒暄几句后，告诉他何世福去了郑伟家。

"去郑伟家干什么？"

"哦，郝老师你不知道？很多从湘南五中转过来的学生家庭情况都很不好，虽然学校拿出了各种奖励，但学费和生活费依然是一大笔开销。郑伟家不让他考大学，打算让他高中毕业后直接去学门手艺。何主任拿出工资和奖金去资助郑伟这样的学生，免得他们的人生有遗憾……话说回来，很多人说他为了钱才转校的，这对老何有些不公平，他是为了钱，但不是为自己。"

"谢谢你，我过几天再来找何主任。"郝回归转身离开了。如果不是今天来找何世福，也许永远都不会知道这个秘密。有时候，人们更愿意相信那些丑陋的，而没有人会去传播那些善良的。有时候我们总说自己对一件事缺乏了解，其实更多的时候是缺乏兴趣。

"郝老师！"

郝回归一抬头，陈小武、叮当、刘大志靠着一辆皮卡车喊自己。

"你们怎么来了？"

"见你来了。你不会是想要转校吧?"刘大志问。

"我?我过来看看何主任。怎么,你们舍不得我?"

"我就说,郝老师怎么可能转校嘛!"刘大志大笑起来。叮当白了他一眼。

"你说说,为什么我不可能转校?"郝回归问。

"哎呀,我们那么多人在湘南五中,咱们关系又那么好,我们又听你的话,你怎么舍得离开我们?"说完,刘大志给郝回归抛了个媚眼。

"如果我就是转校了,怎么办?"郝回归问。

"那……我们肯定会哭着喊着不让你转的。你真转了,那我们就绝交吧。虽然失去你,我们会很难过,但好歹我们是一群人。你失去我们,嘻嘻,你就孤独终老一辈子了啊。"刘大志威胁郝回归。

是啊,自己离开,他们会痛苦一阵子,但他们是一群人。

而自己失去他们,就变成一个人,才是真正难过的吧。

寒假前,刘大志依然白天上课,晚上打工。微笑生气了好几次,也改变不了刘大志。微笑要开始去语言学校学习,她觉得一切好像都是徒劳,以前一切都在自己的把控之中,而现在一切都无能为力。

放学后,微笑坐在座位上发呆。刘大志破天荒没有立刻收拾东西走人,反而跟微笑说:"走不走?有事跟你说。"

"嗯?哦。"两个人走出教室。天上下起了小雨,小雨慢慢变成中雨。刘大志带了一把伞,但又不好意思和微笑同撑一把,只好收起来。微笑走在前面,刘大志跟在后面,两个人身上都被淋得有点儿湿。微笑此刻的表情是临走前的风平浪静,而刘大志是完成目标后的蠢蠢欲动。

"刘大志,你在发什么神经?"微笑一扭头,看见刘大志正低着头自言自语。

"啊?哦,我就是随便和自己说说话。"刘大志一脸尴尬。

"你不是说有事跟我说吗?说吧。"

"我有东西要给你。"说着,刘大志把书包放下来,从里面翻出一个信封,递给微笑。刘大志的表情怪怪的,说不上喜悦,有一些胆怯,却又有一种骄傲，总之他把信封交给了微笑，什么都没说。

微笑把信封打开，看见两张往返火车票，还有一张刘德华深圳演唱会的VIP座门票。

"这是什么？你给我的？"

"你不是要走了嘛，所以，我想送你一份礼物，希望你能记得，希望你能开心。"刘大志很不好意思地说。

"所以，这段时间，你每天放学之后，是去打工挣钱，为了给我买这个？"微笑的语气听不出任何情绪。

"嗯。"刘大志点点头，笑了起来，丝毫没有发现微笑的情绪有任何变化。微笑低下头，要把信封还给刘大志："谢谢你，但是你拿着吧，退了也行，我不要。"

"这是我专门送给你的，我知道你很想去听这个演唱会，所以才这么做的。"刘大志以为微笑会开心，会兴奋，他甚至都想好了怎么回答微笑，但完全没有料想到微笑会拒绝这份礼物。

微笑拿着信封，一直盯着刘大志。

"真的没事，你就收下吧，我所做的一切都是希望你开心。"刘大志继续劝说微笑。

"刘大志……"微笑低着头，很努力地克制着情绪。

"微笑，你怎么了？你别哭啊。为了这份礼物没有必要那么感动……以后我还会送你更好的礼物。"刘大志有点儿慌张。

"你们能不能不要都这样？！"

"你……你怎么了？"

"你们能不能不要都是为了我好，希望我开心，然后帮我做所有决定？我不喜欢你们为了我去打工，去借钱，假装开心，觉得很满足！你们有人考虑过我的感受吗？我爸说为了我好，就决定送我去美国读书。他问过我的意见吗？他觉得我跟着我妈以后会过上更好的生活，他以为更好的生活里没有他，我会开心吗？我是喜欢刘德华，但是深圳那么远，火车票和门票，你爸妈一个月工资才多少钱？我值得你这么做吗？你们都说只要我开心你们就开心,说到底还不是为了你们自己开心,还不是站在自己的角度?你们这样做是开心了,你们考虑过我的感受吗?"

这是刘大志第一次见微笑这么生气。

刘大志没有说话,他愣在那儿,但好像微笑并没有说错。

有路人经过看着微笑和刘大志,微笑丝毫没有避让,她是真的难过,压抑了很久,她不想给人造成负担。

"你上课睡觉,放学去打工,你有你的人生,你觉得我坐着火车,听着喜欢的歌,我就能开心吗?我在你心里是不是个傻子啊?是不是只有傻子才会在收别人礼物时不考虑它从何而来?刘大志,我和你想的不一样,你和我想的也不一样!你会喝酒吗?能喝酒吗?你帮我爸挡酒,我谢谢你,但你在医院躺了一周。你现在是站在这里,但如果你出事了,如果你死了,你想过我的心情吗?你想过大家的感受吗?你做这件事时觉得自己够英雄?很男人?我真的很讨厌你们这种男人,总觉得什么事都能自己扛下来,能自己做决定,你们根本就不知道这样会给周围的人带来多少困扰!"微笑边哭边说。刘大志心里好疼,他心疼微笑这么难过,也心疼微笑说的这些他确实没有考虑过,自己确确实实给周围的人造成了麻烦。他很懊恼自己人生第一次为了一个女孩那么努力,却以失败而告终。

"对不起……我没有想过这些。真的对不起。"刘大志特别难过。微笑说得没错,其实他就是个自私的人。只有自私的人才会为了满足自己的喜悦而给别人造成负担。刘大志很难过,连迈开步子都那么艰难。他从微笑手里接过信封,把信封放进书包,背上书包,转身离开。微笑根本不想多看他一眼,他也不看这样的自己。

微笑站在原地,雨越来越大,打在他们身上。

刘大志拖着沉重的步子慢慢离开,走了大概几米,突然站住,扭过头。刘海湿湿地挡在他的眼睛上,刘大志把额头的雨擦干净,带着一点儿哽咽,很大声地对微笑说:"你要走了!我就想给你留下一点儿印象!我就想做一件让你开心的事!我就想让自己喜欢的人知道我很努力!如果让你难过了,我对不起你!但是我真的只是很希望能给你留下一个美好的记忆!"

说完这些，刘大志继续走了两步，又停了下来扭过头。

刘大志擦了擦脸上说不清的雨水或眼泪。

"微笑，可能在你心里我就是一个傻子，一个幼稚的人，我就是想知道你有喜欢过我吗？哪怕只有一点点。"刘大志鼓起所有的勇气问出了这个问题，如果现在不问，也就问不出来了，也没有机会再问了。问完这个问题，刘大志反而平静了。

微笑深吸了一口气："我喜欢你，但是现在我更讨厌你，再也不想看见你。"

刘大志苦笑了一下，眼泪立刻涌了出来，和雨水混在一起，他得到了自己想要的答案。但他也知道这个答案同时意味着失去。

"当我终于敢对你说出我的心里话，那一刻，我已经赢了。如果你能听到我的心里话，那就是我们都赢了。"

我可以为了自己喜欢的人去做一切事。不是为了让她开心，而是我可以因为她变成一个无敌的人。我愿意为了自己喜欢的人去做从没有想过的事。不是为了让她担心，而是想告诉她，因为喜欢她我可以克服那么多的难题。

我想为了自己喜欢的人去做一切我能做到的事。不是为了逞能，也不是想当英雄，我知道我在我喜欢的人面前很渺小，小到可能对方都看不见我。

所以我想变得更大，大到她闭上眼都能感觉到眼前有个人影。

大到她在路边也会知道，她的发丝会因为我的存在而有被风吹到的感觉。

哪怕最后她不喜欢我，我也可以很骄傲地说：我曾那么认真地喜欢一个人。

郝回归念着刘大志的作文，全班一片哗然。念完最后一句，班里沉默了片刻，然后一个同学鼓掌，两个同学鼓掌，大家纷纷鼓起掌来。不是因为写得有多好，而是写出了每个人青春期喜欢的样子。

换作以前，刘大志会很不好意思，而此刻，微笑就坐在身边。喜欢一个人有什么好害羞的？如果喜欢一个人可以让自己更有力量，有什么好丢脸的？这种喜欢不是大人以为的"早恋"，而是少年觉得的"想变得更好"，因为一个人的存在想变得更好，像叮当和陈小武一样。因为有这么一个人，你就能感到自己活得很真实，真实的痛，真实的喜欢。

微笑被刘大志的作文感动了，但她什么都没说，似乎现在说什么都不对。微笑知道自己那天的话说重了，但她依然对去美国这件事耿耿于怀。不过她没有表现在脸上，上午依然在五中上课，下午去语言学校，晚上则准备去美国的东西。

这段时间，所有人的情绪都怪怪的。有人幸福，有人失落，有人想靠自己的成绩闯出一条路，有人要去陌生的环境，有人做着离去的准备……

音像店重复放着吕方的《朋友别哭》。

有没有一扇窗，能让你不绝望。

看一看花花世界原来像梦一场。

有人哭，有人笑。

有人输，有人老。

到结局还不是一样。

有没有一种爱，能让你不受伤。

这些年堆积多少对你的知心话。

什么酒醒不了，什么痛忘不掉。

向前走，就不可能回头望。

朋友别哭，我依然是你心灵的归宿。

朋友别哭，要相信自己的路。

红尘中，有太多茫然痴心的追逐。

你的苦，我也有感触。

朋友别哭，我一直在你心灵最深处。

朋友别哭，我陪你就不孤独。

人海中，难得有几个真正的朋友。

这份情，请你不要不在乎。

郝回归、刘大志、陈桐、叮当、微笑，每个人都买了这盒磁带。说不上原因，只是想把这种情绪一直留着，藏在音乐里。微笑在家里收拾衣服，电台正在连热线，传出叮当的声音，她依然热衷给电台打电话。"想点一首歌送给几个好朋友，无论发生什么事，都要记得人生中难得遇见几个真正的好朋友，无论在何时何地，都希望大家珍惜这份感情，不要忘记彼此。"微笑在衣柜角落里翻着旧衣服，她要带一件爸爸的旧T恤，这样在美国就能随时随地看到他的影子。翻着翻着，她发现衣柜最深处藏着一个本子。微笑疑惑地打开本子，里面夹着爸爸的病历。微笑一下愣住了，原来郝老师和刘大志帮爸爸挡酒是因为这个。微笑悄悄把病历放回原位，关上衣柜，一个人蹲在地板上默默地哭起来。听见爸爸开门的声音，她赶紧擦干眼泪，假装什么事都没有。

"怎么？刚哭过？舍不得走？"爸爸疲惫的脸上挤出一丝笑容。

"爸，我舍不得你。"微笑的泪花又出来了。

王大千走过去抱了抱微笑，然后对微笑说："对不起，让你去美国和你妈妈住的事情并没有和你商量过。这些年来，我也从来没有跟你聊过你妈妈的事情，其实当年我应该陪她一起离开，但后来我也是为了事业……"

微笑第一次听爸爸说起妈妈的事，但最幸福的是，爸爸并没有说妈妈任何不好，那些微笑想问妈妈的问题也有了答案。

第十四章

我们会再相遇

我会在未来等你,
在每一个路口拥抱你。

"我变了，变得开始能理解很多之前无法接受的事情了。"

刘大志慢慢觉得，虽然青春的成长是无所不能的，十几岁的我们对很多事却无能为力。他迫切地想要知道每件事的答案，却又不喜欢其中的很多答案。他想得到每一个人的认可，可最后却不喜欢那样的自己。他想要做很多事，但分不清楚做这些事的顺序。他自己也觉得古怪，自己的人生中，要么一件想做的事都没有，要么突然就几件事同时出现。他做过很多很傻的事，说过很多很傻的话，可无论如何努力，再也回不去的那天，再也收不回的那些话，却时刻提醒着他，他已经不再是以前的那个刘大志了。

微笑也慢慢觉得，无论自己从多小就学会了自立，学会了保护自己，能一次打倒三五个男孩，能快速做决定，能对自己的决定负责，但人都是需要感情的。这些天发生的所有事情，让她似乎变成另一个人，更容易被打动，更容易理解别人，以前自己的心好像有些冰冷，阳光只在脸上，而现在的她有很多话想要对大家说。她后悔对刘大志说的那些话，但她也知道有些事发生了，就不能假装没有发生。有些话说出口了，就没有办法收回。只能靠时间，靠机会，去沉淀更深的感情，去说更真的话。

郝回归看着他们，如此真切地观察到自己一天又一天的变化，拔节、新生，表面上每个人还是一如往常，心里的草却在疯长，长成田野，长成草原，长成森林，长成连绵不绝、一望无际的海洋。

这个学期的期末，陈桐还是第一，考出了680分的高分。刘大志变成第十四名，上了500分。微笑没参加考试，她说："我听郝阿姨说，只要你前进一名，她就帮你多买一盒磁带。所以我让一名出来给你。你记得送我一盒磁带啊。"微笑笑起来，好像之前的争吵都随风而逝了。谁都没有再提起那天，它被彼此尘封了起来，放在了最安全的地方。

刘大志把火车票退了、演唱会门票转卖掉了，该还的还了，剩下的给了陈小武做小本创业金。看着手上因搬砖受伤留下的疤痕，他并不后悔。而经过大半年的努力，陈小武租了一个小门脸，不仅卖豆芽，而且卖豆浆和豆腐。因为分量给得多，质量也好，所以生意也越来越好。他干脆在小门脸里放了张弹簧床，省去每天回家的时间，结束生意后，一个人就在门面里做着第二天的各种准备工作。一开始他不太愿意叮当来菜市场看到他的狼狈，后来叮当也开始打下手帮他干活的时候，他觉得自己的眼光真好。

放了寒假，刘大志每天都来菜市场帮陈小武的忙。每次和陈小武待在一起，他都对未来充满斗志。

"小武，你每天待在这个小门面里，醒了就工作，工作完就睡，你不觉得特别无聊吗？"

"没有啊。我以前就是浪费太多时间了，现在挺好的，每天都在抢时间，我还想早一点儿结婚，把叮当给娶了呢。"

"欸，你想过没有，如果叮当高考考到外地，你俩该怎么办？"刘大志问陈小武。

"我早就想过这个问题。其实每个人都在寻找一个值得自己付出的人，每个人心中都有一杆秤，如果她真在外地遇见比我更好的，如果我爱她，为什么我不希望她幸福呢？我也想明白了，我一定要让叮当觉得我陈小武可靠、努力，能够让未来的生活变得更好，让她在我身上看到希望，她才会毫不犹豫地和我在一起吧。再说了，你知道异地恋为什么会容易分手吗？"

"寂寞就容易劈腿呗。"

"为什么会寂寞呢？"

"因为没人陪呗，所以就想找个离自己近的人陪呗。"

"你看我，每天忙到死，从来不会有寂寞的感觉，所以感到寂寞的人本身就是很空虚的。再说了，如果她在外地寂寞了，我就立刻坐火车过去。火车不行，我就坐飞机。"

"得了吧，就你这个小门脸，还坐火车坐飞机，有那么多钱和时间吗？"

"你说对了，大志，大多数异地恋会出问题，就是因为一个人空虚，另一个人又无法把控自己的时间，加上又没有钱。那我挣钱就好了！她需要我的时候，我就去！"

刘大志突然一下振奋了。如果陈小武真能做到他说的那样，他和叮当就不会出问题。那如果自己努力的话，也能这么对微笑！微笑寂寞时，自己有了钱有了时间，就飞过去找微笑，这样的话两个人就一定会很好。但如果还是出了问题，那活该两个人会出问题，待在一起也会出问题，和异地恋一点儿关系都没有。他从来没有想过要去对抗现实，虽然陈小武把物质看得太重了，感觉好像有钱什么都可以做到，但实际是不是真的是这样呢？王尔德不是说过嘛：年轻的时候我以为钱就是一切，现在老了才知道，确实如此。

像陈小武这样靠自己努力去创造财富，脚踏实地，过自己想要的生活，总比空谈梦想好得多。毕竟生活是过出来的，不是幻想出来的。虽说刘大志从不崇拜陈小武，此刻却再也不觉得卖豆芽有什么不好。陈小武能为自己想要的生活付出120%的努力。一个人如此投入，就一定能感染到周围的人。刘大志热血沸腾，他没有想过那个每天跟他比谁的分数低的人居然成了生活里最励志的榜样。

听说郝老师要带大家去松城看雪，所有人都兴奋极了。

雪能吃吗？在哪里可以打雪仗？雪人怎么堆？雪球打在脸上疼不疼？如果把雪放进别人的衣领里，是不是真的很冷？除了陈桐，其他人都没见过雪。对于很多生活在内陆的人来说，第一次看海一定要和自己喜欢的人一起；对于没有看过雪的人来说，第一次看雪也一定要和喜欢的人一起。

"郝老师，我们什么时候去？"

"要不就开学前几天吧。微笑的补习不是也快要结束了吗？"

"太好了。我们赶紧把要复习的复习完。小武，你也赶紧把时间调整一下啊。"

"来，我给你们拍张照。"郝回归从包里拿出照相机。

"郝老师，你最近是爱上摄影了吗？"

"你们马上就要毕业了，所以老师拍一些照片留做纪念。"

"郝老师，你肯定会很想我和陈桐，还有微笑。但你肯定不会那么想念陈小武和叮当。"刘大志说。

"为什么？"叮当很不满。

"因为你又考不上大学，只能在湘南读一个民办高校，你没事可以每天来学校找郝老师。"刘大志嘻嘻地笑。

叮当很生气地追着刘大志打。

大家都笑了起来，郝回归也是。他知道以叮当的成绩能考上外地的大学，但她为陈小武留了下来，考了本地的三本院校。后来，陈小武硬着头皮去叮当家，像男人一样各种表态，坚持了好几年，郝红梅也看着陈小武从一穷二白到有了自己的事业，最终还是认可了他。

看雪的日子越来越近。这天，刘大志正在家里做题，电话突然响起。陈小武的弟弟哭着让刘大志去救哥哥。原来，菜场的所有摊主都被陈小武团结起来不交保护费，结果早上陈小武上货的时候，被黑社会的车给拽走了。那伙人让陈小武的弟弟找他爸去谈判，陈石灰身体不好，弟弟只能给大志哥打电话。

刘大志立刻给陈桐拨了电话："如果到时你给我家打电话我没有回来，你就告诉你爸，让你爸派人过去找我们。现在千万别说，我去找陈小武！"

陈桐在电话里说："不行，你不能独自去，我们一起去。"

"真不用。我给你打电话不是为了让你跟我一起去，是让你在后面保护我。"刘大志着急地说。

"没事，一起去，他们不敢对我们怎么着。别忘了我爸是做什么的。"

两人约好十五分钟后街口见面。下楼前，刘大志在镜子里看了看自己，穿校服有点儿没气势，所以换上了那件假耐克，可又觉得手里空空的少了些什么，就从厨房里翻出两瓶啤酒，把酒瓶打开，一口气喝完给自己壮胆，脑袋晕晕的，提着两个空啤酒瓶下了楼。走到一半，刘大志又返回去给郝回归打了个电话，这种事除了陈桐，他能相信的人就只有郝回归了。

但刘大志没想到郝老师在电话里格外紧张，好像会出什么大事一样。

"刘大志你听好了，马上就要高考了，不能出任何问题。今天的事，你们极有可能会受伤，交给警察去处理就好了，明白吗？"

"但是，郝老师……"

"这样，你们别去，告诉我地址，我去解决，你和陈桐绝对不能去。"

"郝老师，没你想的那么严重。陈桐和我一起，大家都知道他爸，肯定不会有事的。"

"刘大志，我有这么严肃地跟你说过事情吗？这件事你必须听我的，不能去！否则后果不堪设想，明白吗？"

"明白……"

"这样，你们俩在街口等我，我马上就来，千万别走。"

"好，好，郝老师别急。"

郝回归悬着的心放下来，挂了电话，朝校门口狂奔。他绝不能让刘大志和陈桐去谈判。

他记得非常清楚，当年就是自己和陈桐去谈判，和那群混混打了起来，全部负伤，尤其是陈桐，眼看一个板砖就要拍到自己，陈桐飞身帮自己挡了那一下，被砸成脑震荡，整整昏迷三天，差点儿成了植物人，休养了两个月，以致高考失常，没考上北大，毕业后成为当地的小公务员。因为这件事，陈小武也好，刘大志也好，一直对陈桐抱有愧疚。

郝回归心急如焚，踩着自行车赶到街口，却并没有看到刘大志和陈桐的身影。郝回归心里一沉，车头直接转向谈判的烟厂仓库，拐弯，进小巷子，右拐，闯红灯，再右拐。郝回归听不见任何喇叭声，他的世界里只有心脏跳动的声音。

郝回归一个急转弯，看到刘大志和陈桐正骑着一辆山地车在前方。

"站住！"郝回归着急地咆哮。

388

山地车刹住,停下来。

"郝老师,你怎么来了?"刘大志从山地车前杠上下来,见郝回归满头大汗,有些不好意思。

"手里拿着什么?"

刘大志把酒瓶往后收了收。

"刘大志,能理智点儿吗?这种事找陈桐的爸爸解决,明显是最安全的,你动手前能不能稍微想想办法?光想着逞能,讲这种义气有意义吗?"

"有意义。"刘大志斩钉截铁地说,"陈小武是我最好的朋友,他有麻烦,我当然要和他站在一起!我知道如果有麻烦的是我,小武和陈桐也一定会来救我!我不去,一定会后悔一辈子!"

"好,那你有没有想过陈桐?他要是跟着你受伤,影响高考怎么办?你不会后悔?"

陈桐接着说:"郝老师,不关大志的事,我不后悔。"郝回归站在那里一动不动,眼睛看着陈桐,他本以为陈桐会理解自己。

陈桐嘴角动了动,说:"我的人生一直都很顺,似乎什么都不缺,直到我转文科,认识你们,我才知道,这个世界根本就不缺乏正确的事,缺的是有意义的事。有意义的事也许也包括了错误的事。今天我们要真受伤了,我才会知道我是个愿意为朋友负伤的人。我并不知道真正的自己也能这样,但我喜欢这个能为朋友一次又一次变得不一样的自己。郝老师,如果你担心我们,可以报警,但我们还是要去。"刘大志转身把手里的酒瓶递给陈桐,自己又从包里拿出另一个藏进外套里。两个人把山地车放在墙边,朝仓库走去。

每个人都有自己的选择,即使头破血流也承担得起,不会后悔。郝回归依然站在原地,想着刘大志和陈桐说的话。如果我们一直在正确的路上行走,那不是我们的人生,那只是看起来正确的人生。很多时候,我们心怀遗憾,并不是当时我们做错了什么,而是我们没做什么。一个是为了朋友可以做一切,一个是不想为青春留下遗憾。这个世界上正确的事太多,但如果没有错,正确也就毫无意义。自己回到 17 岁的这段日子,做的都是正确的事吗?郝回归想了想,好像也并不是,有些事也是错的,但让他看到了不一样的风景。如果一件事能学到教训,能让人生变得开阔,也许就不是错的。明知道可能会受伤,但依然不管不顾地去做,谁能保证 17 岁青春的每一件事都是正确的呢?"正确"也许并不是这世界上唯一正确的事,即使错了又能怎样呢?郝回归想着自己,36 岁的人生不就是一直在正确的道路上走着,最后死路一条的吗?

"等等!"郝回归大声喊道。刘大志和陈桐回头,看到郝回归把自行车靠在路边,捡了一根木棍,朝他俩走过来。郝回归走在陈桐和刘大志中间,三个人互相看了一眼,笑了。受伤又如何?错了又如何?不做件随心所欲的事,怎么会知道什么才是真正的自己?

> "那些年的遗憾,不是因为做错了什么,
> 而是因为没做什么。"

八九个人正等着他们。

见他们三个人过来,三四个人从后面包抄,把他们围在中间。

"去跟你的朋友们商量,看看接下来怎么搞?"领头的黄毛扬扬下巴,让陈小武过去。

陈小武走近刘大志他们,龇牙咧嘴,一看就是被打过。

"郝老师,你怎么也来了?"

"我怕他们打架不行,只能自己来了。还好吧?"

"没事,冲撞了几下,没大事。"

"陈小武,这次是通知人来领你,下次不会这么舒服了。别再挑头了,听到没?你的那一份,我们给你免了。"

"啥意思?"刘大志问陈小武。

"就是让我不再搅和菜市场保护费的事了,他们不收我的,让我别多管闲事。一个个游手好闲,靠收保护费就想养家了?我干脆加入他们得

了。"陈小武故意说得很大声。

"陈小武，今天你不答应，你们几个都别想离开这儿。"

"你们还想怎么着？"刘大志挡在陈小武面前。

"怎么着？教训你们！"一个混混直接上来就要给刘大志一个耳光。陈桐迅速抓住对方手腕一翻，把对方整个人掀翻在地。混混们一瞬间都拥了上来，他们几个互相看一眼，那就打吧。对方虽有八九人，但郝回归他们并未处于下风。一群人混战成一团。陈小武虽矮，但亦招招制敌。刘大志一通乱拳，拿到什么就挥过去，不让混混们近身。郝回归就像脱了缰的野马，一个人对付两三个人不在话下。陈桐最冷静，拳拳到人，还不停地照顾着刘大志，生怕有人突袭。突然，一个混混随手拿起酒瓶就朝刘大志抡过去，速度极快。陈桐见状，一个飞身扑去要帮刘大志挡住。酒瓶离陈桐的脑袋越来越近，陈桐闭上眼，豁了出去。

"啪！"重重一声，酒瓶碎了。

众人停下来，看着陈桐的方向。那一瞬间，陈桐觉得自己已经完全麻木，毫无知觉。陈桐睁开眼，发现自己脸上并没有伤，而郝回归挡在自己面前，额头鲜血直流。抡酒瓶的混混已被郝回归一脚踢到要害，趴倒在地。看到郝回归额头止不住的血，混混们担心出事，互相使了个眼色，全撤了。

"郝老师，没事吧？"陈桐赶紧把外套和T恤脱下，紧紧按在郝回归的额头上。没过一会儿，T恤洇得都是血。郝回归睁开眼，幸好还看得清楚。他坐在地上，抚着额头说："估计要缝好几针了。"

刘大志、陈小武立刻跑到外面打电话叫救护车。郝回归反而冷静了。如果自己帮陈桐挡了这下，算是改变这件事的结局了吗？如果陈桐不再脑震荡，那高考是不是会比之前好一些？

这一架之后，陈小武把所有摊主团结到一起，发誓一定要让菜市场恢复秩序，绝不能让一些社会渣滓恣意染指。又过了一些日子，只要菜市场有了任何问题，众摊主第一时间就会来找陈小武商量。

郝回归休养了一周，去松城的计划搁置了。

因为额头受伤了要缝针,所以医生把郝回归的头发全剃光了。刘大志看见郝回归的光头,看一次笑一次,郝铁梅给郝回归织了一顶毛线帽。几个孩子的家长轮流来医院照顾他,尤其是郝铁梅,听说他为了自己的孩子受伤,特别心疼,每天一大早起来熬汤给他补身体。沾郝回归的光,刘大志也吃到了很多菜。

"郝老师,你就这样一直躺下去吧,我发誓这是我妈这辈子做菜最认真的一次。"

"刘大志,你嘴里还能说出什么鬼话?如果不是因为你们逗能,郝老师会受伤吗?你怎么不躺一辈子?"郝铁梅又开始凶刘大志。刘建国这时也走进病房探望郝回归。

"郝老师。"刘大志喊他。

"嗯?"

"我们还去松城吗?"

"去啊。"

"下周就开学喽。"

"呀。"郝回归直接从床上爬起来去看墙上的日历。

"刘大志!"郝铁梅又要开骂了。

"没事,没事,我答应过要带他们去看雪,你看其实我都已经好了,天天吃你做的饭,还胖了好多。"

"铁梅,有没有觉得郝老师和我们家大志真的长得还蛮像的?"刘建国打量着剃了光头的郝回归。

"真的,所以我就说了嘛,郝回归是我另一个儿子啊。"

刘大志撇撇嘴。

"大志,你通知一下大家,要不我们明天就去?"

"好啊!不用通知,大家时刻准备着,下午走都行呢!"刘大志特别兴奋。

"郝老师,你真的没事吗?"郝铁梅特别担心。

"没事,过几天来拆线就行。只要不疯玩就行。"刘建国说。

"大志，你拿着的是什么？"郝回归看见刘大志手里揣着一个本子，甚是眼熟。

"哦？这个？我上周捡到的，蛮有意思的。"刘大志举起本子。

郝回归心里一沉，这不就是自己在出租车上捡的那个日记本吗？

"里面可以写日记，还有专门给未来的自己对话的地方。"

"给我看看。"郝回归把本子接过来。

刘大志已经在上面写了一些文字，和之前看到的有所不同。

第一个问题：最迷茫的日子，谁在你的身边？

刘大志写着：可能就是现在吧，马上就要高考了，有些朋友不参加高考，有些朋友要出国，但是还好，大家还在一起，每天都待在一起。

第二个问题：你现在身处何方？10年后你向往的生活是什么？你想成为谁？

刘大志的回答是：我生活在一个小城市，我希望10年后能够有一份自己喜欢的工作，能每天生活得很有热情，即使有困难的事，也能想到办法去解决，不害怕解决问题。我想成为一个能给别人带去鼓励的人，一个能帮别人成长的人，就像我的老师郝回归那样的人。

第三个问题：你想对现在身边最要好的朋友们说什么？

纸上空着，刘大志还没有写。

郝回归看着既感动又紧张。感动于原来自己并没有让刘大志失望，紧张于刘大志已经开始记录日记，当他把最后一个问题回答完毕，自己就要回去了。

"大志，第三个问题还没有填？"

"啊，我还没有想好，想说的特别多，又不知道写哪句才好。"刘大志把本子收起来，"那我先去通知大家了。"说完刘大志跑出了病房。

郝回归知道自己的时间已经不多了。他并没有做好告别的准备，仿佛一切还停留在他刚刚进入高三（1）班的那天。这一切似乎只是个梦，不会投入感情的梦，随时会醒。而他却在这个梦里，重新认识了17岁的自己、父母和朋友们，认识了曾经不曾认真对待的世界。

郝铁梅收拾东西要回去,跟郝回归告别:"郝老师,等你们看雪回来,再来家里吃饭吧。"

"大志妈妈、大志爸爸,咱们合张影吧?谢谢你们这段时间的照顾。"

"你怎么突然说这个?你这孩子,又不是不见面了。"

是啊,其实就是不再见面了啊。

郝回归盯着郝铁梅和刘建国,想把他们年轻的样子永远地保存在记忆里。还有什么要跟妈妈交代吗?刘大志已然变了很多,比当年的自己强了很多,也更有主见了。

"大志妈妈,以后大志再让你给他买什么,你千万不要再说他长得像那个东西了,上次大志说他都有心理阴影了。"郝回归笑着说。

郝铁梅也笑起来:"我还以为你要说什么,行,我答应你。"

"还有,不要帮大志存娶媳妇的钱,让他选择他自己喜欢的,我跟你保证他选的一定会很优秀的。"

"郝老师,你现在明明要出院了,搞得跟交代身后事一样。等过年来家里吃饭,咱们再说。"郝铁梅语气里有些责备。

郝铁梅和刘建国走出病房后,郝回归心里说了句:"爸爸、妈妈,再见。"郝铁梅突然又回来了,走到床边,轻轻抱了抱郝回归:"我不知道你怎么突然想说这些,突然想起你第一天来家访的时候,就觉得你特别眼熟、特别懂事。别忘了,你也是我儿子。"说完,拍拍郝回归的后背,走出了病房。

看雪的前夜,所有人都没睡着。

郝回归舍不得,他怕自己还遗忘了什么事,他必须把所有能记住的、要交代的全写下来。刘大志的包不够大,他把自己的厚衣服全穿在身上,包里放满了磁带:张学友、张信哲、周华健、吕方、小虎队、许美静、许茹芸、林志颖、张清芳、Beyond、张国荣、齐秦、钟汉良、陈晓东、伍思凯、张雨生、郑智化……

陈小武连火车都没有坐过,刚上火车屁股还没坐热,就站起来跟郝回归说:"郝老师,我可以走一走吗?想看看火车是什么样子。"

"当然可以,你就沿着车厢走就好了。"

"我也跟你一起去!"叮当举手。

"记得把票带好,遇见检票员查票,给他们看就行。"

车厢里人很多,陈小武牵起叮当的手,叮当有点儿不好意思。郝回归以前虽和陈小武是好朋友,但其实并没有那么了解他。陈小武虽然家里条件不好,一直卖豆芽,但他并不自卑,他没有坐过火车就当着大家的面说去看看;他会在人群面前牵起叮当的手,他会下意识地去保护叮当。

微笑拿出一本英文单词书,为接下来的语言考试做准备。

陈桐和刘大志坐一起,两人都带着自己的 walkman。

"你带了这么多?!"

"第一次旅行,不知道带哪个好,就都带着了。你听听这个,《朋友别哭》,很好听。"

"我正在听。"陈桐把随身听停掉,给刘大志看里面的磁带。

"我们听的一样。最近有个新歌手叫陈晓东,听过吗?好听。"

"郝老师,你在听什么呢?"刘大志发现郝回归也在听磁带,用的和自己同一款的 walkman。

"任贤齐的《心太软》。"

"我怎么没听过这个人?好听吗?"

郝回归把耳塞递给刘大志。刘大志刚听几秒:"哇,这首歌好好听噢。郝老师,你怎么知道这个人的?一会儿借我听听?"碰到好歌,刘大志就很兴奋。

"现在就给你听。你把你那盒《漂洋过海来看你》给我。"

"好啊,我刚好带了。"

这些歌充满了回忆,因为每首歌都是当时的心境。每个人都戴着一副耳机,沉浸在自己的音乐里,想着自己的心事和未来。

一路上,刘大志大呼小叫,陈桐和微笑则很镇定。

"雪!看!山上白色的那个,是不是雪?!"

"哇!真的!郝老师!那是雪!"

整个车厢就听见他们几个的声音,其他的乘客都在笑。年轻真好,看什么都觉得稀奇。郝回归订了松城山里的小旅馆,不仅雪景好,还有温泉可以泡。

到了目的地,天色已暗,看不清雪景,刘大志一行人依然兴奋,只是精力都在一路上的大呼小叫中用完了。

"郝老师,虽然很暗,但是好美……怎么那么美……"刘大志筋疲力尽地说。

"小武,我们去打雪仗吧……"叮当扯着陈小武。

"今天早点儿休息吧,我已经快累死了……真的,比做生意还要累。"陈小武一头倒在床上。

郝回归订的是三间连房,女孩们一间,他自己一间,三个男孩一间。所有人的身体都累得不行,脑子却一直兴奋着。刘大志在床上躺了十几分钟,问道:"谁没睡?"

"我。"

"我也是。"

"我们去找她们聊天吧。"

三个男孩穿上衣服,悄悄经过郝回归的房间,发现房间里台灯开着,刘大志贴在门上听了一会儿,并没动静。三个人就去敲女孩们的门,刚敲一下,门就开了。

"正想去找你们呢,根本睡不着!"叮当抱怨道。

"嘘,小声点儿,不要吵到郝老师。"

"那我们干吗去?"

"到处逛逛,找地方聊天。"

松城天气很怪,虽然到处是雪,却不冷。五个人找到一间沿山而建的木头房子,是专门看雪景用的,上一拨客人走了,里面还有一些未灭的炭火。刘大志自房里伸出头,借着月光,看着满目银色铺满山间。

原来夜晚的雪山这么美。五人纷纷惊叹。

"好开心能和你们一起看雪。"微笑突然说,"我希望我出国后,我们

396

的感情还是这样。"

"我希望自己能考上北大,选一个自己喜欢的专业,让父母放心。"陈桐说。

"我觉得现在就很好,我希望生活能一直这样。"陈小武看着叮当说。

"我也是。"叮当很害羞地说。

"希望我们会越来越好。"

下雪的夜晚,万物静谧,微微的炭火旁,每个人脸上都放着光。

"大志,你呢?"

"我啊?我希望以后我们每年都能来一次这里,坐在一起,哪怕去别的地方,也能回来坐在一起,像现在这样,说说话。我怎么这么容易感动?奇怪了。"

人的成长从柔软开始

人的成长从倾听开始

人的成长从遇见相似的灵魂开始

人的成长从什么都不做也能觉得热闹开始

人的成长也从一群人热热闹闹但每个人都觉得安静开始

"拥有一个人,可以用一辈子去陪伴,也可以记住他一辈子。但最好的方式,就是变成他。"

第二天推开窗,一片明亮的世界,眼前白茫茫全是新雪,树上、地上、山上。

几个人换上衣服,直接冲到雪地里打滚,打雪仗。

郝回归拿出照相机,一点点记录着。

"雪能吃吗?"

"我吃吃看。"刘大志大大地吃了一口,嘴差点儿被冻僵。

"感觉甜甜的呢。"

"啪！"脸上正中一个雪球。微笑在离刘大志几米开外的地方大笑。几个人闹成一团，又追又跑，累了，就都躺在雪地上。郝回归爬上树，给所有人照了张躺在雪地里的照片。

刘大志在旅馆附近溜达，找到一片新雪地，在上面写着：微笑喜欢刘大志。听见有人来了，赶紧全抹掉。陈小武和叮当坐在小木屋安安静静地靠着，看着雪山。

"微笑呢？"刘大志问陈小武。

"好像和陈桐在一起。"

和陈桐在一起？刘大志在旅馆上上下下找了一圈，没有看见陈桐和微笑。他有不好的预感。刘大志冲进郝回归房间。郝回归正在写着什么，见刘大志进来，赶紧停下。

"郝老师，你看见陈桐和微笑了吗？"

"没有，怎么了？"

"哦，陈小武说他俩在一起，我找了一圈没看到。"刘大志语气有点儿怪。郝回归立刻明白了："别想太多，微笑要走了，当然要和同学单独说说话。"

"要说可以一起说，为什么要单独说？又不是叮当和陈小武。"

"走，我陪你一起去找他们。你记住，微笑喜欢你就行了。"看刘大志一副心急如焚的样子，郝回归就想笑。

郝回归和刘大志走到后山，看到陈桐和微笑正往回走。看见郝老师和刘大志，陈桐有点儿局促不安。微笑反倒特别自然地说："后山有个大瀑布，都结冰了。郝老师，我们一会儿一起去合影吧？"

"好啊。"

刘大志看着陈桐，陈桐立马扭头往左边看，很明显在回避。他又看了看微笑，什么都没看出来。大家吃完晚饭，各自回房休息。郝回归想带大家去放孔明灯，看见刘大志在写东西。他走过去，刘大志正在填写日记本上的第三个问题："你想对现在身边最要好的朋友们说什么？"

刘大志写道："我想对他们说，希望无论经过多少时间，我们都不要变。我们都能成为自己想成为的那个人,我们不要成为自己讨厌的那种人。"刘大志回头看见郝回归,笑了笑,说:"郝老师,我觉得你说的是对的。我希望我们所有人都能越来越好,成为自己想要成为的人,而不是成为自己讨厌的那种人。"

"嗯。"郝回归点点头。他知道,不出意外的话,自己马上就要回去了。不过,此刻,他反而十分平静。他看着眼前的刘大志、微笑、陈桐、陈小武和叮当,觉得特别欣慰。这大半年的时间,每个人都变了,都变得更好了。他们都学会了面对真实的自我,去勇敢追求自己想要的人生,还有什么比这更令人欣慰的呢?

"走,我们放孔明灯去。"郝回归拿出六个孔明灯,在宽阔的雪地上教大家安装,让大家在上面写下自己的愿望。大家都在想应该写些什么呢?那么重要的愿望,一定要实现的愿望,嗯,那就写那天晚上各自的理想吧!郝回归回到房间,拿出刘大志的日记本,翻开他写的那一页,深吸一口气,再翻到日记本背面。

他看到了电话号码,就跟当初在出租车上看到的一样。

他用房间的电话打了过去。

"喂,听得见吗?"

"你是郝回归?"

"我是。"

"那你对你的17岁还有遗憾吗?"电话那头问。遗憾?要说遗憾还有很多,但他已经明白了更多。自己的人生差劲儿,跟自己的17岁没关系。如果回到36岁,他有很多事要做。这一趟,他明白了,要改变人生,并不是从哪一刻去改变,而是从此刻去改变。

"没有了。"

"再见。"电话断了。郝回归轻轻把电话放下,走出房间。大家已经把字写好,郝回归把每个人的孔明灯点燃,然后点燃了自己的。

他的孔明灯只写着两个字:谢谢。

一片雪白的深山里,六盏灯缓缓升起。灯光映照着五个少年的脸庞,一生中，或许再也找不出比这更美的景色了。

"郝老师！下次我们再来吧！"刘大志回过头对郝回归说。

郝回归笑着点点头。

凌晨三点，众人早已熟睡。郝回归坐在房间的书桌前，整理着最后的告别。耳机里响起小虎队的《爱》，曲子欢快，却让郝回归觉得格外伤感。郝回归在给每个人写信。翻来覆去地检查，生怕有任何遗漏。他不敢打瞌睡，怕一走神，睡过去就再也没有办法和大家见面了。洗了几把脸，信里的措辞改了又改。最关键的是，他无法写清楚自己的去处，他本想撒谎，但他没办法撒一辈子的谎。明知不可能再发生的事，就不能留给任何人念想。郝回归把给每个人的信写完，沉默地看了许久，眼泪积蓄在理智的边界线，他不想让自己哭出来。

天色渐亮，隔壁房间有人起来上洗手间，传来哗啦啦的水声。这点动静攻破了郝回归的理智，眼泪就像泄洪般喷薄而出，郝回归任它在脸上奔腾狂浪。这不是哭，也许他是用这些泪洗刷自己来过的痕迹，也许他是用这些泪泡一壶茶赠予回忆。

"我叫郝回归，
总有一天，我们还会遇见。"

"起床啦！郝老师！"按道理，每天都是郝回归把大家叫醒，今天要回湘南，郝回归却没有来敲门。叫了几声，没有人作答。刘大志透过木头门的门缝往里看，门没锁，刘大志差点儿摔倒。

房里没人，桌上放着一张纸条。

"咦，郝老师人呢？他不会先走了吧？"刘大志看了看桌上的纸条。

"有些急事，我赶一早的火车先回去了，你们随后再回。到了湘南之后，先去我的宿舍，有一些东西要给你们——郝回归。"

回湘南的路上，大家有说有笑。只有刘大志隐约觉得不对劲儿。

下了火车，刘大志带头往郝回归的宿舍跑，几个人跟在后面。

推开宿舍的门，桌上放着五封信，分别写给五个人。

小武：

你看到这封信时，我已经离开。因为种种原因，我不能继续在湘南待下去。其实，我从未想过自己会成为你们的老师，阴错阳差，我们在一起度过了大半年的时间。用这样的方式告别，实属迫不得已，我有想过当面跟你们告别，但无论怎样的方式，都会让我们更感伤。但请相信我，我们还会再相见。

小武，你是所有人当中最早走上社会的，你好学、努力、善良，你一定能获得你所想要的生活。你也会和自己喜欢的人过上幸福的生活。

他们四个，老师拜托你了，请你在他们需要帮助的时候，多给他们一些意见……

叮当：

还记得那天晚上在大排档我们说过的话吗？每个人都能等到自己的幸福，每个人都能遇到一个正确的人。老师很高兴你能放下以前的观念，去接纳和了解一个新的人。老师不赞成早恋，但小武是个可靠的人，你可以继续观察他，直到他真的有一天能用他的能力去打动你和你的家人，你不要放弃，老师相信陈小武一定可以的……

陈桐：

你是如此优秀和自信。我相信你能通过自己的选择去决定你的未来。

昨天，你跟微笑说了你的心事，也许这件事会给你很大压力，也许总有一天你会把这件事告诉当事人。老师想告诉你的是，不要给自己那么大压力，如果你愿意，也可以立刻告诉大志、小武或者叮当。不要担心别人不能理解，你们是真正的好朋友，真正的好朋友不会把一个人的秘密当作笑话，他们会把每个人的秘密作为人生的一部分。

谢谢你欣赏大志，这并不需要有任何负担。他撕开了你原本的世界，让你觉得原来这个世界还有这样的人。慢慢地，你会发现，每个人的一生都会欣赏很多人，因为那些人身上的闪光点吸引了你，犹如我们总是向往阳光，如同你被很多人欣赏一样，这再正常不过了。你一直以来背负的责任和期望已经够大，无须为这些自然而然的事忧愁，你理应拥有更自由的、属于你自己的人生，而非躲藏自己。希望你能过上自己想要的生活。

谢谢你将大志视为最好的朋友。

微笑：

你现在很好，未来也会很好，不用给自己那么大的压力，你会发现身边有很多令人开心、幸福的事。（比如刘大志是个很好的男孩，他未来会很优秀，希望你们那时还能在一起）我们未来再见。

大志：

你很像当年的我，我相信，你未来一定会成为现在的我，并且超过现在的我。

希望你能一直保持现在的热情、善良和上进，希望你能变成你想要成为的自己。到那一天，我们还会相遇。

床底下有一个盒子，那是我给你的礼物。希望你会喜欢。

记住，无论接下来遇见什么困难，要记住，我都会在未来等你，在每一个路口拥抱你。

刘大志弯下腰，把盒子拿出来打开，里面是两件衣服：一件耐克，一件彪马。刘大志捧着两件衣服环视着宿舍，看着其他拿着信的死党，脱口而出："不行，我一定要把郝老师找回来！"

"刘大志，我是郝回归，
我会很好，希望你也是。"

郝回归睁开眼，出租车正从隧道中驶出，前方一片光亮，司机正在找路。他随手伸进衣袋，拿出手机，屏幕上显示：2017年6月24日8点——丫丫百日宴的第二天。刚刚是做了一个梦？郝回归靠在椅背上，看着窗外，街边是熟悉的游戏厅。他很肯定，自己并没有做梦。他看着手机，信号满格。自己真的回来了？

郝回归给微笑拨了一个电话。

"喂，微笑，你在哪儿？"

"去机场的路上啊。"

"那个，我想问一下你，你手上怎么戴了一个戒指？"

"哦，因为老有人问我是否结婚了，有没有男朋友，我就干脆自己买了一个戒指戴着，避免麻烦。"

果然避免了很多麻烦，差点儿把自己也给避免了。

"喂，回归，还听得到吗？"

"微笑……你在机场等我一会儿好吗？我立刻来给你送个戒指。"

"啊？"

"嗯，我要给你去送个戒指，我送的。"郝回归斩钉截铁地说。

"哦……那我现在开始计时，现在离我出发还有五个小时。"

"等着我！"郝回归立刻挂了电话，随后拨通陈桐的手机，"喂，你能赶紧帮我去买一个钻戒吗？别问为什么，然后立刻到湘南高速休息区来接我，我们一起去机场。对了，叫上小武和叮当！必须，一定！你们要帮我见证一件大事！"

开往机场的私家车上，郝回归坐在副驾驶座上，不停地催促陈桐开快一点儿。

"哥，你怎么回事？昨天还一副臭脸，怎么今天突然像变了一个人？！"叮当问。

郝回归看着叮当，这个女孩从陈小武一穷二白时就相信他，因为她的信任，陈小武才有了变得更好的动力。她不是家庭主妇，陈小武也不是暴发户，他和她是芸芸众生中通过奋斗才得到回馈的人。

"叮当，其实你比我聪明多了。"郝回归突然说。

"废话，我要是比你傻，还能嫁得出去吗？"

"陈小武，昨天对不起。"郝回归笑了笑又对陈小武说。

"啊？大志，回归，是我不对，我们那么好的关系，我怎么能对你那么说话？"

郝回归忽然想起了什么，问："陈桐，你现在是干吗的？"

"我？工商局啊！"陈桐看了郝回归一眼。叮当说得对，郝回归完全像变了一个人。哦……郝回归有点儿遗憾，原来自己经历的一切还是另一个世界，在那个世界自己帮陈桐挡了一下，并不能对这个世界造成影响。想到这个，郝回归自嘲地笑了笑。刚开始他希望通过自己的努力去改变1998年的他们，最后的结果却是自己被17岁的他们所改变了，但也挺好的，不是吗？

到了机场，郝回归打算立刻把戒指送给微笑。

"等等！换件正式点儿的衣服。"陈桐打开后备厢，他给郝回归准备了一套西服和衬衫。郝回归拿着衣服冲进洗手间，换完正准备出去。他突然在镜子里发现了什么，他慢慢凑近镜子，掀起自己的头发，发现自己的额头上不知何时多了一道缝针的伤疤。

这……这是我帮陈桐最后挡的那一下？郝回归很疑惑。不是一切都没有改变吗？陈桐不还是工商局的副局长吗？

"你怎么还没好？"陈桐进来找郝回归。

"陈桐，你大学在哪里读的？"

"回归，你是不是要告白，脑子就被烧糊涂了？我当年湘南高考第一进入的北大啊。"陈桐略微得意地说。

"原来……是真的！"

谨以此书,献给我们坚韧不拔的青春。

后 记

不知道看到这里，你们是什么心情。此刻，我的心情是不舍。

在将近一年的时间里，小说中的每个人物无时无刻不在我脑子里对话，我知道他们每个人的语气，看得到他们每个人的表情。他们就像我最亲近的朋友，敞开心扉，跟我诉说着生命中每件最私密的事，让我看到最真实的他们。

我是郝回归吗？我希望自己是，我羡慕他能和过去的自己如此相处。回想过去的人生，那一件件遗憾的事，我的心情和郝回归一模一样，有懊恼有悔恨，在无数个日夜怀念"如果还能重来一次就好了"。在郝回归的世界里，我重新经历了一些事，放下了一些遗憾。

我记得多年前的一个下午，父母告诉我外公离开的消息，我一个人在北京号啕大哭。所以郝回归帮我，跟外公做了最后的告别。我记得我很嫌弃妈妈唱卡拉OK，现在妈妈渐渐不唱了，我才意识到自己错过了什么。同样，当我看着刘大志肆无忌惮地说着那些话，做着那些事，我也很羡慕。虽然有些事现在看很幼稚，但不代表以前我有多傻，只能证明如今的我已经开始更在意别人的看法。

编辑说很想知道接下来郝回归改变了什么，很想知道刘大志真的去找郝回归了吗。其实，我和他们一样想知道未来的发展，我告诉自己这个故事一定要继续写下去，他们都活着。

最后，我代郝回归、刘大志、微笑、陈桐、叮当、陈小武谢谢你们。谢谢你们花了那么长时间来阅读他们的人生。

我们定会再见。

刘同

2017 年 8 月 15 日